Rettung der Highlanderin

LAURIN WITTIG

amazon crossing

Das Buch

Nach seiner Rückkehr aus dem Krieg gegen die Engländer in die schottischen Highlands wird Tayg Munro als Held empfangen – und vor ein erschreckendes Ultimatum gestellt. Bevor er in die Fußstapfen seines Vaters treten und dessen Nachfolge als Chief des Clans von Culrain antreten kann, muss er sich binnen eines Monats eine Ehefrau suchen ... andernfalls wird die Wahl für ihn getroffen. Wütend über die Anordnung seiner Familie schiebt Tayg das Unvermeidliche hinaus und meldet sich freiwillig für eine Mission des Königs, die ihn tief in die Highlands führt. In Gedanken über seine Heiratspflicht versunken macht sich der Krieger missmutig auf den Weg, ohne zu ahnen, welch schicksalhafte Begegnung ihn erwartet ...

Catriona MacLeod ist in den Highlands weithin als das Biest von Assynt bekannt – diesen Ruf verdankt sie ihrer rasiermesserscharfen Zunge und ihrem Widerwillen, sich ihren fünf Brüdern unterzuordnen. Als sie erfährt, dass ihr ältester Bruder einem Mann, den sie aus gutem Grund hasst, ihre Hand versprochen hat, flieht sie in die schottische Wildnis, fest entschlossen, den König zu bitten, ihr aus dieser Not zu helfen. Als sie sich zögernd einem gut aussehenden Reisenden anschließt, weiß sie weder, in welche hinterhältigen Intrigen sie schon bald verstrickt werden, noch ahnt sie etwas von der Leidenschaft, die zwischen ihnen entflammen wird.

Die Autorin

Seit sie als Zehnjährige bei einer Zusammenkunft der American Clan Gregor Society zum ersten Mal einen Dudelsack hörte, ist Laurin Wittig fasziniert von allem, was mit Schottland zu tun hat. Später entdeckte sie schottische Liebesromane und wusste auf der Stelle, dass sie selbst einen schreiben musste. Also packte sie ihren Koffer, ließ ihre Familie daheim zurück (für eine Woche) und reiste ins »aulde« Land, um sich inspirieren zu lassen ... äh ... um zu recherchieren. Heute lebt sie im US-Bundesstaat Virginia mit zwei mehr oder weniger erwachsenen Kindern, einem Eskimohund namens Anna und ihrem Ehemann, der sich weigert, jemals einen Kilt zu tragen.

LAURIN WITTIG

RETTUNG DER HIGHLANDERIN

Herkunft der MacLeod

Übersetzt von Jonas M. Jarr

amazon crossing

Die Originalausgabe erschien 2012 unter dem Titel
»Charming the Shrew« bei Montlake Romance, Las Vegas.

Deutsche Erstveröffentlichung bei
AmazonCrossing, Luxembourg, Februar 2013

Umschlaggestaltung: bürosüd° GmbH, München
Lektorat: Marion Bergmann
Satz: Monika Daimer, www.buch-macher.de

Printed in Germany
by Amazon Distribution GmbH, Leipzig

ISBN 978-1-477-80525-1

www.amazon.com/crossing

Für meine Mutter,

Jane Magruder Watkins,

von der ich lernte, meinem eigenen Stern zu folgen.

Prolog

23. Dezember 1307, Inverurie, Schottland

Es war ein Jammer, dass Robert the Bruce, König von Schottland, im Sterben lag. Tayg Munro versuchte diese befremdliche Wendung des Schicksals zu begreifen, während er sich neben einem kärglichen Feuer zusammenkauerte und zum zusätzlichen Schutz gegen die beißende Kälte des schottischen Winters sein Plaid fest um sich gewickelt hatte. Von den Kochstellen des Heeres stieg Rauch auf und blieb als dünner grauer Nebel innerhalb und außerhalb der Palisaden der nahen Festung in der Luft hängen. Gerade noch konnte er die Erhebung des in schmutzige Schneewehen gehüllten Erdhügels ausmachen, auf dem sich der hölzerne Turm erhob, wo der König dahinsiechte und zunehmend schwächer wurde.

Obgleich Longshanks – Langbein, wie man Edward I. von England auch genannt hatte – im Hochsommer gestorben war und Erleichterung herrschte ob des Desinteresses, das Edward II. dem Krieg entgegenbrachte, war Schottlands Schicksal noch nicht entschieden. Nun schien alles von den Tücken einer hartnäckig zehrenden Krankheit abzuhängen.

Die Ironie dieser Situation, in der alles, was die Schotten unter Longshanks erduldet und überstanden hatten, nun von einer zermürbenden Krankheit zunichtegemacht wurde, entging Tayg keineswegs. Seiner Ansicht nach gab es keinen anderen Anführer, der die verschiedenen Stämme Schottlands vereinen konnte. Der Verlust von Sir William Wallace war für ihren Befreiungskampf aus Englands Fängen ein fürchterlicher Schlag gewesen. Doch The Bruce hatte seinen Platz eingenommen und Sir Williams Freiheitsbanner mit bewundernswerter Kraft und Leidenschaft wieder erhoben.

Nun aber munkelte man, der König werde die Nacht nicht überleben. Auf der Suche nach einem Heilmittel hatte man Diener in alle Winkel des Landes geschickt. Selbst aus dem fernen Tal Kilmartin weit im Westen waren Heiler herbeigekommen. Doch die Hoffnung verflog im scharfen Winterwind.

Tayg stocherte im Feuer und schaute über die dürftigen Flammen hinweg zu seinen Gefährten in diesem Unterfangen: der rothaarige Duncan MacCulloch, sein bester Freund und Cousin, der alte Gair von MacTavish, den er kennengelernt hatte, als er sich Bruces Truppe anschloss, der stille junge Tearlach Munro, ein weiterer Cousin, und Taygs älterer Bruder, Robbie the Braw genannt, verehrt von allen, die ihn kannten. Nur der König war in Taygs Augen ein noch besserer Anführer.

Aber selbst aus Robbies Miene sprach, was die Männer hier empfanden – Erschöpfung, die an Verzweiflung grenzte. Sie war allen anzusehen, die um dieses Feuer hockten. Sie waren allesamt gute Männer, die jemanden oder etwas in diesem nicht enden wollenden Krieg gegen die Engländer und ihre eigenen Landsleute verloren hatten. Jeder von ihnen hatte seinen ganz eigenen Grund, hier zu sein, und darunter war der unerschütterliche Glaube, dass König Robert Schottlands letzte Hoffnung sei, nicht der geringste. Eine schwere Bürde für einen so jungen Herrscher.

Die schottischen Earls hatten es nicht eilig gehabt, sich der Sache anzuschließen. Der Earl von Ross etwa, Nachbar und Verbündeter der Munros, war nicht sonderlich erfreut gewesen, dass Munros Söhne dem König folgten, denn Ross stand auf der Seite desjenigen, der diesen Kampf für Schottland gewann, wer immer das am Ende auch sein mochte, und er hatte sein Schwert noch niemandem endgültig zu Füßen gelegt. Doch Taygs Bruder Robbie hatte beschlossen, The Bruce zu unterstützen, und ihr Vater hatte zugestimmt.

Tayg hatte sich in all dem Aufruhr noch gar keine eigene Meinung bilden können. Ehe er sich versah, hatte Robbie ihn in die Schlacht geschleift. Er hatte ein großes Abenteuer erwartet, in dem er Robbie den Rücken decken und dabei seine ureigenen Zukunftsinteressen schützen würde.

Aber dann war doch viel mehr daraus geworden als nur das.

Er hatte angefangen, die Männer, an deren Seite er kämpfte, zu bewundern und mehr noch den Mann, der sie anführte – den Mann, der nun hinter den hölzernen Wänden droben auf der Hügelkuppe im Sterben lag. Es war ein bitteres Los, herumsitzen und auf den Tod warten zu müssen.

Vor zwei Tagen erst hatte der Earl von Buchan einen Spähtrupp angegriffen, alle Mann abgeschlachtet und liegen lassen, auf dass sie von den Krähen und Elstern gefressen wurden. Es hieß, The Bruce habe daraufhin versucht, sich von seinem Totenbett zu erheben, um einen Gegenangriff zu führen, aber gesehen hatte man den König nicht.

Plötzlich ging ein überraschter Aufschrei durchs Lager. Tayg und seine Kameraden standen sofort auf und spähten ins Halbdunkel. In der Dämmerung tauchte ein Ritter in voller Rüstung auf einem silbergrauen Streitross auf. Als der Ritter näher kam, war auf seinem Wappenrock der sprungbereite schottische Löwe zu erkennen, blutrot auf golden leuchtendem Hintergrund.

Tayg hatte des Rätsels Lösung in Gedanken gerade gefunden, als schon im Chor die Hochrufe laut wurden.

»Der König!«

»Der König lebt!«

Jubel brandete ringsum im Lager auf, als sich die fast siebenhundertköpfige Menge um den Mann scharte, den sie für Schottland schon verloren geglaubt hatte.

Der König hob eine Hand, und Stille senkte sich über das Heer. »Ich bin es!« Erst zitterte seine Stimme ein wenig, dann wurde sie fester.

Wieder erklangen rings um ihn her Rufe auf, diesmal lauter. Sie erfüllten die Luft mit Aufregung und Hoffnung. Tayg spürte, wie ihm eine Last vom Herzen fiel.

Abermals gebot der König Ruhe. »Wir haben heute Nacht eine wichtige Aufgabe zu erfüllen, und die will ich euch nicht allein tun lassen.« Jetzt war seine Stimme kräftig und trug leicht über die Köpfe der verstummten Menge hinweg.

Tayg drängte sich weiter auf den Mann zu, der nicht viel älter als Robbie war. Nun war er ihm so nahe, dass er die Blässe, die der Haut des Königs noch anhaftete, und seine dunkel eingefallenen Wangen erkennen konnte. Aber seine Haltung war aufrecht, seine Stimme stark, und in seinen Augen lag ein Widerschein jenes inneren Feuers, das die Krankheit nicht zu löschen vermocht hatte. Es war ein Wunder!

»Wir müssen Buchan das Blutbad, das er vor zwei Tagen unter unseren Männern angerichtet hat, heimzahlen. Ich werde diese edlen Krieger Schottlands nicht ungerächt lassen. Wir brechen noch in dieser Stunde auf!«

Ein weiterer Jubelschrei ging durch die Menge, und Tayg fiel mit ein.

Der König kehrte zur Festung zurück, derweil das Heer sich daran machte, das Lager abzubrechen und sich auf die Schlacht vorzubereiten. Befehle flogen hin und her, und jedermann packte eilig seine dürftigen Habseligkeiten zusammen, um wieder in den Krieg zu ziehen.

Tayg kämpfte sich durch das Gedränge zurück zum knisternden Feuer. Duncan schloss sich ihm an, ebenso die anderen Gefährten. Nach dem bedeutungsschweren Auftritt des Königs im Lager hing jeder seinen eigenen Gedanken nach. Tayg sah eine Gruppe von Frauen in der Nähe vorbeigehen. Eine von ihnen kannte er, ein dralles Mädchen mit einem langen bernsteinfarbenen Zopf. Sie blieb zurück und schlängelte sich zu ihm durch.

»Dann gehst du also, Tayg?«, fragte sie.

Tayg grinste sie an. »Wird man mich etwa vermissen, Siusan?« Sie gehörte zu den Frauen, die dem Heer folgten, die Männer mit

Essen versorgten und ihre Kleidung einigermaßen sauber hielten. Tayg flirtete schamlos mit all den Frauen. Er genoss ihre Aufmerksamkeit fast ebenso sehr, wie es ihm gefiel, ihnen bei der Arbeit zuzuschauen und zu sehen, wie sie die Hüften wiegten und anmutig mit den Händen zugange waren.

»Aye, und wie man dich vermissen wird. Allerdings wird es zum Glück auch deutlich weniger Streit unter den Mädchen geben, wenn du dein hübsches Gesicht wieder im Krieg hinhalten musst.« Sie gab ihm einen dicken Kuss und wurde dann ernst. »Pass auf dich auf.«

»So gut es in einer Schlacht eben geht, meine Süße.« Er zwinkerte ihr zu. »Mach dir keine Sorgen, ich werde bald wieder da sein und für neuen Streit sorgen.«

Siusan musterte ihn, und einen Moment lang glaubte er, sie würde zu weinen anfangen. Tayg nahm ihre von der Arbeit raue Hand und küsste sie so galant, als wäre es die Hand der Königin. »Pass du auch auf dich auf, Kleines.« Das Mädchen nickte und eilte dann den anderen Frauen hinterher.

Duncan schüttelte verwundert den Kopf, derweil er seine Sachen packte. »Da ruft dich der König persönlich in die Schlacht, und nicht einmal dann kannst du es lassen, den Mädchen den Kopf zu verdrehen!«

»Warum sollte ich?«, entgegnete Tayg und verstaute einen Becher aus Holz in seinem Bündel. »Sie hat Angst, genau wie die anderen. Was schadet es, ihre Sorge ein wenig zu lindern und sie daran zu erinnern, dass es für Männer und Frauen Besseres zu tun gibt, als in den Krieg zu marschieren?«

»Und niemand lindert die Sorgen eines Mädchens so gut wie Tayg«, meinte der junge Tearlach, derweil er das Feuer austrat und dann mit den Füßen schmutzigen Schnee über die verglimmende Glut schob, die mit leisem Zischen verlosch.

Tayg unterdrückte ein Schaudern. Fast wäre auch dem König das Schicksal dieses Feuers beschieden gewesen.

»Es ist ein Wunder, dass er wieder auf die Beine gekommen ist«, sagte Duncan in leisem Ton. Ihn musste der gleiche Gedanke bewegt haben wie Tayg. »Unter den Männern wurde er schon totgesagt, und doch saß er da auf seinem Pferd, als käme er geradewegs von einem Kriegsrat.«

»Es ist schon merkwürdig.« Robbie blickte in die erlöschende Glut. »Einer der Heiler muss einen Weg gefunden haben, den inneren Feind des Königs zu bezwingen, was es auch gewesen sein mag.«

»Eine Hexe«, erklärte Gair. »Norval von Dummaglas hat sie gesehen. Rotbraunes Haar, groß. Sie kommt aus Kilmartin, sagt Norval.«

Tayg zuckte die Schultern. »Vielleicht waren es auch nur die Aufmerksamkeiten eines hübschen Mädchens, die ihn wieder zu Kräften kommen ließen. Ich habe oft gesehen, wie schnell unser wackerer Duncan wieder zu Kräften kommt, wenn seine Mairi sich um seine Wehwehchen kümmert.« Er warf Duncan einen Blick zu und grinste, froh darüber, die düstere Stimmung etwas aufzuhellen. Das blasse, sommersprossige Gesicht seines Freundes wurde rot, vom Hals angefangen und rasch bis hinauf zu den Haaren, die beinahe dieselbe Farbe, aber einen Stich ins Blonde hatten.

»Lass dich von dem Jungspund nicht in Verlegenheit bringen, Duncan«, sagte Robbie und schob seine Streitaxt in den Gürtel. »Du weißt ja, wie er es mit den Weibern hat.«

Gelächter erscholl rund ums Feuer.

»Aye. So war er schon immer.« Diesmal grinste Duncan zu Tayg hinüber, doch verbarg sich hinter dieser vertrauten Miene ein gewisser Ernst. »Er umgarnt sie, lockt sie ins Bett und lässt sie dann so verwirrt zurück, dass es Monate dauert, bevor sie einen anderen Kerl auch nur anschauen. So ist er, unser Tayg. Er hat sich nie für nur ein Mädchen entscheiden können.«

»Wozu denn auch? Wenn es doch so viele gibt, die sich nach meiner Gesellschaft sehnen«, er zwinkerte dem stillen Tearlach zu, dem Jüngsten in ihrer Runde, »und nach meinem Bett?«

»Ja, wozu?«, pflichtete Gair ihm bei. »Ich bin schon etwas neidisch auf den Schlag, den der Bursche bei den Frauen hat. Doch möchte ich weder meine Tochter noch meine Frau in seiner Nähe wissen«, fügte er mit sorgenvollem Ton hinzu. Allerdings hielt sich das Grinsen auch bei diesen Worten in seinem von vielen Kämpfen zernarbten Gesicht.

»Ich habe nie die Frau oder auch nur die Liebste eines anderen Mannes verführt.« Auf Duncans Schnauben hin wandte Tayg sich ihm zu. »Jedenfalls nicht, dass ich wüsste.«

»Da spricht er die Wahrheit, aber ich musste ihm schon in den Hintern treten, um ihn aus der Reserve zu locken«, sagte Duncan. »Ich kann von Glück reden, dass du gerade erst angefangen hattest, meiner Mairi schöne Augen zu machen. Sie stand noch nicht in deinem Bann.«

»Ein kluges Kind, diese Mairi«, meinte Gair.

Tearlach lachte, und die anderen grinsten angesichts dieses Lachens, das noch vor ein paar Minuten in diesem Lager voller frierender und entmutigter Männer undenkbar gewesen wäre.

Robbie zog die Kordel um sein Bündel ein bisschen heftiger zu, als es eigentlich nötig gewesen wäre. »Du kannst gern versuchen, meine schüchterne kleine Braut zu umwerben, Brüderchen«, sagte er.

Die plötzliche Stille zwischen ihnen schien durch den Lärm des ringsum zum Aufbruch rüstenden Heeres noch verstärkt zu werden.

»Nay«, erwiderte Tayg mit einem übertriebenen Schaudern. »Die ist mir zu unscheinbar. Und zu alt.«

Robbie lachte, auch wenn es ein wenig gezwungen klang. »Aye, das ist sie wohl, auch in meinen Augen.« Er hob die Schultern.

Tayg überprüfte seine Waffen – das Zweihandschwert auf seinem Rücken, den Dolch an der Hüfte, das *sgian dhub*, ein kleines Messer, das er in einer speziellen Scheide unter der Achselhöhle versteckt trug. Er wusste, dass das Mädchen nicht nach Robbies Geschmack war, auch wenn er es nie ausgesprochen hatte.

Sein Bruder war der bessere Mann, befand Tayg, als er sich sein Bündel über die Schulter schwang, seinen runden Holzschild aufnahm und sich mit den anderen in der eher lockeren Art der Highlander zum Aufbruch formierte.

Das Heer zog los und trabte die Straße entlang, Buchans wartender Armee entgegen. Der Krieg hatte Tayg gelehrt, dass das Leben kurz und hart war und man sich alle Genüsse, wann und wie sie auch kamen, gönnen sollte, denn sie boten sich nicht im Übermaß, nicht in diesen Zeiten und nicht an diesen Orten. Und doch band Robbie sich an eine Frau, an der er keine Freude fand.

»Warum hast du sie nicht abgewiesen?«, fragte er schließlich.

Robbie schwieg so lang, dass Tayg schon glaubte, er habe die Frage nicht gehört. »Das konnte ich nicht«, sagte er dann endlich. »Du weißt sehr wohl, dass es sich dabei um eine politische Verbindung handelt, um den Earl von Ross zu beschwichtigen.«

Tayg nickte.

»Hätte ich das Mädchen abgewiesen, wäre Ross beunruhigt gewesen. Das hätte dem Clan geschadet, und das wiederum würde ich nie zulassen. Es reicht schon, dass ich den Clan in diese Lage gebracht habe, indem ich Robert Gefolgschaft leiste. Es war meine Pflicht, zu tun, was getan werden musste, um die zu schützen, die daheimgeblieben sind.«

»Aber du bist nicht der Einzige, der hier kämpft.«

»Nay, aber eines Tages werde ich Chief sein, und die Menschen müssen wissen, dass ich alles tun werde, was zum Wohl des Clans nötig ist.«

Tayg dankte dem Himmel, dass er der Zweitgeborene war. Er neidete Robbie das Leben als Oberhaupt des Clans der Munros nicht. Auch er, Tayg, würde als Kämpe seines Bruders dem Clan dienen. Aber er würde, wenn es so weit war, in der Wahl seiner Frau und seines Lebens größere Freiheit genießen.

Einige Pferde galoppierten vorbei. Der König ritt auf seinem silbergrauen Schlachtross voran und rasch an die Spitze der langen Reihe seiner Männer. Stolz füllte Taygs Brust und felsenfeste Entschlossenheit hüllte ihn ein.

Bevor Robbie heiraten konnte, bevor sie alle in das Leben, für das sie sich entschieden, zurückkehren konnten, musste diese Schlacht gewonnen werden. Tayg wusste nur zu gut, wie viele junge Männer durch die Hand der Engländer und ihrer schottischen Verbündeten gestorben waren. Er wusste auch, dass in dem bevorstehenden Kampf noch mehr sterben würden, aber er glaubte nicht mehr, dass er eine Wahl hatte – nicht in dieser Sache. Er würde für König Robert kämpfen. Er würde an der Seite seines Bruders für Schottland kämpfen.

Und wenn die Schlacht, so Gott will, gewonnen war, würde er dabei sein, wenn Robbie ihren Clan in eine friedliche Zukunft führte.

Kapitel 1

Anfang Dezember im Jahr 1308, Highlands

Tayg hielt sein struppiges Pferd an und ließ den Blick über Culrain, das Tal seiner Kindheit, schweifen. Fast ein Jahr lang hatte er diese Rückkehr hinausgeschoben, während er unter Robert the Bruce gedient hatte. Noch länger konnte er sich seinem Los nicht entziehen.

Robbie war tot. Tayg wollte das Amt des Chiefs zwar nicht, doch blieb ihm keine andere Wahl. Denn Robbie hatte ihm das Versprechen abgenommen, seine Pflicht dem Clan gegenüber zu erfüllen.

Nun war also die Zeit gekommen, sich dem Schicksal zu stellen, und das wollte er tun, so wie Robbie es getan hätte. Er richtete sich auf, rückte seinen Umhang zurecht und setzte jene ernste Miene auf, die Robbie stets gezeigt hatte.

Dann trieb er das Pony voran.

Es trug ihn einen schneegesäumten Pfad entlang, der mitten ins Dorf führte. Er passierte die ersten Hütten, ohne dass deren Bewohner ihn zur Kenntnis nahmen. Zu seiner Verwunderung erleichterte es ihn, von jenem Aufruhr verschont zu bleiben, der üblicherweise entstand, wenn jemand nach langer Abwesenheit heimkehrte.

Nur blieb es nicht so. Ein Hund bellte, und um die Ecke einer Hütte kam ein Kind gelaufen und blieb schlitternd stehen.

»Robbie?«, fragte der Knabe, und Tayg schaute hinter sich, weil er fast damit rechnete, seinen Bruder dort vorzufinden. »Nein. Tayg! Da, es ist Tayg!«, rief der Junge, rannte zur Tür der Hütte und stieß sie auf. »Es ist Tayg!«, verkündete er lauthals ein weiteres Mal.

Türen flogen auf, und im Nu flankierte Taygs Sippe den Weg. Jung und Alt standen Spalier und riefen seinen Namen, als wäre er ein großer Kriegsheld – so wie sie Robbie begrüßt hätten.

Tayg wartete, dass wieder Ruhe einkehrte, jedoch vergebens. Es herrschten Jubel und Gelächter, und auf den Gesichtern der Menschen lag ein Strahlen, wie er es bei seiner letzten Rückkehr nicht gesehen hatte, vor beinahe einem Jahr, als er Robbies Leichnam zur Beerdigung nach Hause gebracht hatte.

Er zügelte das Pony vor dem Hallenhaus, dem größten Gebäude des Dorfes. Der dreistöckige Steinbau überschaute das Ende des Weges und wurde auf drei Seiten von einer Schleife des Flusses eingerahmt, wodurch es besser als jede andere Stelle im Dorf zu verteidigen war. Das Gebäude war sein Elternhaus und gleichzeitig Hauptspeicher und Gemeinschaftshaus des Clans. Sorcha Munro, seine Mutter, stand am oberen Ende der langen, schmalen Treppe, die zum einzigen Eingang hinaufführte. Ihr schmächtiges Gesicht sah älter aus, als er es in Erinnerung hatte. Ihr kräftiges, geflochtenes Haar war indes noch vom selben tiefen Zobelbraun, und in ihren Augen lag jenes Funkeln, das ihm verriet, dass sie ihren Mann und den ihr verbliebenen Sohn immer noch an der Kandare zu halten wusste.

Tayg schenkte ihr ein Lächeln und freute sich, als er es erwidert fand. Sie war von Trauer überwältigt gewesen, als sie Robbie begraben hatten, und er hatte nicht geglaubt, sie jemals wieder lächeln zu sehen. Er verwandelte sein Lächeln in ein freches Grinsen, das ihren Zorn stets hatte dahinschmelzen lassen, als er jung gewesen war und den Ärger gleichsam anzog. Ihr Lächeln wurde breiter, dann stieg sie kopfschüttelnd die Stufen hinunter.

Sein Vater, Angus Dubh, Chief von Munro, stand am Fuß der Treppe. Sein nachtschwarzes Haar zeigte an den Schläfen erste Silbersträhnen, genau wie sein üppiger Bart. Dennoch wirkte dieser Bär von einem Mann so stark und unbeugsam wie eh und je.

Tayg saß ab und reichte die Zügel einem jungen Burschen, der mit offenem Mund dastand, als wäre Tayg ein Ungeheuer mit Hörnern und kein Kämpfer, der aus dem Krieg zurückkam. Er zwinkerte ihm zu, und Röte huschte über die Wangen des Knaben. Dann wandte Tayg sich seinen Eltern zu.

»Da. Mama.« Er wusste nicht recht, was er als Nächstes tun sollte, aber seine Mutter wusste es, wie immer. Sie trat vor und schloss ihn fest in die Arme. Sein Vater gesellte sich zu ihnen, und Tayg spürte, wie ein großer Teil der Anspannung, die er so viele Monate lang mit sich herumgeschleppt hatte, von ihm abfiel.

Es tat gut, daheim zu sein.

* * *

Ein paar Stunden später – nach einem langen Gespräch mit seiner Mutter über das Wohlbefinden seiner vielen Cousins, die ebenfalls unter The Bruce dienten, und einem schönen heißen Bad in einer richtigen Wanne – zog Tayg die Falten eines nagelneuen Plaids zurecht, das seine Mama ihm gebracht hatte. Die Weberin hatte neue Farbstoffe und Muster ausprobiert, und dieses Umhangtuch war ihr bestes Stück geworden, das sie eigens für diese Gelegenheit aufbewahrt hatte.

Es gefiel Tayg, wie sich das Rot mit dem kräftigsten Grün, das er je auf einem Plaid gesehen hatte, und einem wässrigen Blau kreuzte und sich hauchdünne gelbe Linien durch das ganze Farbengeflecht zogen. Er würde dieses Plaid weder auf der Jagd noch im Kampf tragen, weil es leuchtend bunt war und leicht gesehen werden könnte, aber es bildete eine willkommene Abwechslung zu all den Braun- und Grautönen, die er in letzter Zeit so oft getragen hatte. Die Farben schienen seine Stimmung zu heben, und allmählich freute er sich auf den Abend in der Gesellschaft von Freunden und Familie.

Mama hatte erzählt, dass ein Barde den Winter bei ihnen verbrächte, eine glückliche, wenn auch ungewöhnliche Fügung, weil Barden eigentlich in den größeren Burgen zu überwintern pflegten, wo klingendere Münze lockte. Doch dieser Mann machte anscheinend einem Mädchen im Dorf den Hof und so hatte er den Clan in den vergangenen Monaten häufiger aufgesucht.

Tayg langte nach seinem Zweihänder, dann besann er sich, wo er war. Es war nicht nötig, sein festliches Gewand für diesen Abend um ein Schwert zu ergänzen. Seinen Dolch schob er aber doch in die Scheide, und er vergewisserte sich auch, dass sein *sgian dhub* an Ort und Stelle saß. Auf einige Dinge würde er nie verzichten, ganz gleich, wo er sich befand.

Zufrieden und bereit, dem Clan gegenüberzutreten, verließ er seine Kammer im obersten Stockwerk des Hallenhauses und stieg die gewundene, schmale Treppe zur mittleren Etage hinunter, die fast zur Gänze von einem Saal eingenommen wurde. Heute Abend war er gefüllt mit aufgebockten Tischen, die mit so vielen Speisen beladen und Menschen besetzt waren, dass ein dichtes, aber doch gemütliches Gedränge in dem großen Saal herrschte. In der Herdstelle auf der anderen Seite des Raumes bullerte ein Feuer, und an der Stirnseite erhob sich ein Podium, auf das man einen langen Tisch gestellt hatte. Entlang der Mitte des Tisches standen vier Stühle, die der Versammlung im Saal zugewandt waren.

Tayg sah, dass seine Mutter und sein Vater bereits dort Platz genommen hatten. Der Stuhl neben seiner Mama war leer, und neben dem freien Platz saß Duncan MacCulloch, sein Cousin und bester Freund, seit sie kleine Jungen gewesen waren. Duncan hatte das Kämpfen aufgegeben, nachdem er vor sieben Monaten bei Balnevie schwer verwundet worden war. Tayg freute sich, dass sein Freund offenbar vollständig genesen war, und so, wie er an seiner Mahlzeit herumsäbelte, hatte auch sein Schwertarm keinen bleibenden Schaden davongetragen. Erleichterung durchströmte ihn, obschon ihm gar nicht bewusst gewesen war, dass er sich mehr als nur beiläufig um Duncan gesorgt hatte. Wenn Tayg zum Chief ernannt wurde, würde Duncan sein Stellvertreter sein, und er zählte darauf, dass er ihm mit seinem kühlen Kopf dabei helfen würde, in Robbies beachtliche Fußstapfen zu treten.

Rasch schlängelte er sich nach vorn zu dem Tisch auf dem Podium, nickte seinem Vater zu, küsste seine Mutter auf die Wange und nahm seinen Platz an ihrer Seite ein. Duncan schlug ihm auf die Schulter und brachte, obschon er noch kaute, ein Grinsen zustande.

»Du siehst gut aus«, bemerkte Tayg, während er sich von einer Platte nahm, auf der sich dicke Scheiben gebratenen Fleisches türmten. »Wo ist Mairi?«

Duncan grinste. »Sie fühlt sich nicht wohl.«

Tayg musterte seinen Freund, dessen Grinsen ihm Rätsel aufgab.

»Sie ist schwanger«, erklärte seine Mutter und reichte ihm eine Schüssel mit geschmorten Rüben und Lauch.

Tayg schaute wieder zu Duncan, in dessen Gesicht der Stolz nicht zu übersehen war. »Herzlichen Glückwunsch! Dann wirst du also ein Da. Wann denn?«

»Noch zwei Monate, aber die Hebamme sagt, es könnte noch etwas länger dauern. Mairi fühlt sich zwar dauernd unwohl, aber sie ist glücklich.«

Duncan füllte einen Humpen mit dem dunklen Ale, das Tayg auf seinen Reisen so vermisst hatte. Er nahm den Krug und erhob ihn.

»Darauf, dass dir ein kräftiges und gesundes Kind geboren wird«, sagte er und trank einen langen, genussvollen Schluck.

Eine Zeit lang herrschte Schweigen, während sie aßen und Tayg über die Auswirkungen nachdachte, die Duncans baldige Vaterschaft haben würde. Er hatte sich nicht groß gesorgt, als Duncan verkündet hatte, dass er und Mairi heiraten würden. Dieses Ereignis hatte Taygs Leben kaum verändert. Duncan war Tayg und Robbie freudig in den Krieg gefolgt, obwohl das hieß, dass er Mairi zurücklassen musste. Nachdem seine Wunde verheilt war, hatte er sich ihnen jedoch nicht wieder angeschlossen, und nun wusste Tayg, warum. Duncan trug jetzt eine Verantwortung, die weit über die für ein hübsches Eheweib hinausging.

Offenbar hatten sowohl er als auch Duncan Pflichten, denen sie sich noch vor Jahresfrist nicht hatten unterordnen müssen.

Als Tayg eine zweite Portion von allem verspeist hatte, schenkte er sich den Krug noch einmal voll und schaute sich im Saal um. Der Barde war vom Tisch aufgestanden, saß am Feuer und spielte leise auf seiner Harfe. Seine langfingrigen Hände strichen über die Saiten, so wie ein Mann zärtlich die Wange einer Frau liebkost. Es war kein Wunder, dass die Mädchen sich um die Barden scharten und kichernd um sie herumscharwenzelten, wenn die Barden sie doch mit ihrem Spiel und Gesang regelrecht verführten.

Er schüttelte den Kopf, um den Gedanken zu vertreiben, und widmete sein Augenmerk wieder Duncan. Bis die Kerze zur nächsten Kerbe herabgebrannt war, erzählten sie sich Geschichten über all die Männer, an deren Seite sie gekämpft hatten, und planten sogar einen Besuch beim alten Gair, der einen Tagesritt von Culrain entfernt lebte. Als die Unterhaltung verebbte, saßen sie kameradschaftlich beisammen und tranken ihr Ale, jeder in seine Erinnerungen an frühere Zeiten versunken. Erst nur beiläufig nahm Tayg zur Kenntnis, dass sein Name besungen wurde. Es war ein Lied, das er noch nie gehört hatte, ein Lied, das seinen Namen ein ums andere Mal wiederholte. Er lehnte sich vor und konzentrierte sich ganz auf den schlanken Barden und die Worte, die er mit solcher Inbrunst sang.

Der schöne Tayg von Culrain hieb sich durchs Feindesheer
Und stieß auf noch zweihundert Engländer mehr.
Mit nichts als seiner Klinge bezwang er Buchans Mannen,
Bis er allein dastand in Winterkälte unter Tannen.

»Das ist völliger Unsinn«, sagte Tayg und sah Duncan um Zustimmung heischend an. »So war es ganz und gar nicht, als wir Buchan bei Balnevie gegenüberstanden.«

»Stimmt«, pflichtete Duncan ihm bei, »trotzdem ist das Lied sehr beliebt.« Er nickte in Richtung des Barden. Taygs rascher Blick schreckte mehr als nur ein Mädchen, das ihn mit verträumten Augen maß, aus seiner Versonnenheit. Die Burschen waren weniger schreckhaft und grinsten ihn unverhohlen an. Eine alte Frau hielt seinen Blick gar einen Moment lang fest und nickte dann mit dem Kopf, als hätte sie ihn eingeschätzt und wäre zu einem Schluss gekommen.

Grüppchen von Frauen, drei hier, fünf da, steckten wispernd die Köpfe zusammen, dann kicherten sie und warfen ihm verstohlene Blicke zu, um dann wieder zu kichern und weiterzuflüstern.

»Es wird noch Ärger geben in diesem Saal, denk an meine Worte«, prophezeite Duncan.

»Was denn für Ärger?«, fragte Tayg.

»Ärger, wie nur du ihn anziehst, mein schöner Junge«, antwortete seine Mutter von der anderen Seite. Sie hatte schweigend dagesessen und lang zugesehen. »Die Mädchen – und ihre Mütter – tuscheln schon über dich.«

Tayg lachte. »Das hat früher doch nie Ärger bereitet. Na ja, nicht viel Ärger jedenfalls …«

»Lach nicht, mein lieber Junge. Im Umkreis von einem Tagesritt gibt es kein Mädchen, das die Geschichten über den *tapferen Tayg* in der Schlacht und den *liebreizenden Tayg* im Saale nicht zum Träumen gebracht hätte. Deine Zeit im Dienst des Königs hat dir wie einem guten Schwert den letzten Schliff verliehen. Du bist noch schöner, als dein Bruder es war, gesegnet sei seine Seele. Du bist als tapferer Krieger des Königs aus dem Krieg zurückgekehrt, und du wirst deinem Vater als Chief nachfolgen. Nay, es gibt im Umkreis von *zwei* Tagesritten kein Mädchen, das nicht davon geträumt hätte, dass du zurückkehren, vor ihm auf die Knie fallen und um seine Hand anhalten würdest.«

Geistesabwesend lauschte er dem Barden, während sein Blick über die Köpfe der Mädchen schweifte und er sich fragte, ob eines von ihnen irgendwann in ihm den Wunsch zum Heiraten wecken würde. Sie schienen ihm alle so … gleich. Er war nicht so lang fort gewesen, dass er nicht jedes von ihnen gekannt hätte; er kannte sie alle von Kindesbeinen an. Es waren hübsche darunter und unscheinbare, die einen waren schlank, andere fülliger. Ein paar hatten kastanienbraunes Haar, andere waren blond, aber keines stach unter den anderen hervor. Keines unterschied sich wirklich von den anderen Mädchen. Die meisten waren hübsch anzuschauen und wären allein dadurch gute Ehefrauen, aber keines dieser Mädchen rührte etwas in ihm an. Das hieß, ein paar von ihnen schon, aber nur in rein körperlicher Weise. Keines von ihnen fing sein Denken und sein Herz so ein, wie es Mairi mit Duncan oder auch seiner Mutter mit Da gelungen war. Dennoch, vielleicht war eines dieser Mädchen, die hingerissen zuhörten, wie der Barde sang …

Tayg lauschte aufmerksamer. Das konnte doch nicht noch ein Lied über ihn sein. Er stützte den Kopf auf die Hand. Das musste aufhören. Sie waren lächerlich, diese Lieder, die einen einfachen Krieger auf die Stufe eines Helden erhoben.

Der Barde beendete das Lied mit einem schwungvollen Strich über die Harfensaiten, und die Menge applaudierte. Etliche Mädchen kicherten und warfen ihm dann über die Schulter hinweg wissende Blicke zu. Er war daran gewöhnt, wurde stets von Mädchen umschwärmt wie von schönen Nachtfaltern, die von einer flackernden Flamme angezogen wurden. »Es sieht ganz so aus, als könnte ich mich amüsieren«, sagte er mehr zu sich selbst als zu seinen Tischnachbarn.

»Das wirst du nicht tun«, beschied Sorcha und ihr ernster Ton fesselte Taygs ganze Aufmerksamkeit. »Es wird Zeit, dass wir über deine Zukunft reden.«

Er hatte sich eigentlich mit seiner Zukunft abgefunden, und doch lief ihm bei den Worten seiner Mutter ein Schauer über den Rücken. Der Ausdruck, der wie der Schatten einer dunklen Wolke über das Gesicht seines Vaters huschte, verstärkte sein Unbehagen noch.

Er schob seinen Stuhl nach hinten und legte in unbekümmerter Pose die Füße auf den Tisch. »Wünsch mir Glück, Duncan. Jetzt geht's um meine Zukunft.«

Duncan lächelte. »Vielleicht wird dir deine Zukunft ja gefallen. Ich habe das Gefühl, du bist dafür bereit.« Er prostete Tayg mit seinem Becher zu und trank ihn aus. »Und ich werde mich jetzt um Mairis Wohl kümmern.«

»Grüß sie von mir«, sagte Tayg, dann richtete er alle Aufmerksamkeit auf seine Eltern. Es hatte keinen Sinn, die Angelegenheit noch weiter aufzuschieben, als er es mit dem Jahr, das er im Krieg zugebracht hatte, ohnedies schon getan hatte. »Also, wie steht es um meine Zukunft?«

Angus erhob sich von seinem Stuhl und schritt der Länge nach über das Podium. Sorchas Blick folgte ihm; Taygs Augen mied sie. Das ungewöhnliche Verhalten seiner Eltern ließ ihm die Kopfhaut kribbeln, gerade so, wie es sich anfühlte, kurz bevor sich der Feind in die Schlacht stürzte. Er schaute von seiner Mutter zu seinem Vater und wartete darauf, dass einer der beiden das Wort ergriff.

Schließlich seufzte Angus und lehnte sich mit der Hüfte gegen den Tisch, sodass Tayg zwischen seinen Eltern gefangen war. Aus der Richtung des Barden wehte eine muntere Melodie heran, die in schroffem Gegensatz zu den ernsten Mienen von Angus und Sorcha stand.

»Du weißt, dass du Chief werden wirst, aye?«

»Aye.«

»Im vergangenen Jahr hast du gezeigt, was in dir steckt. Ich glaube, du wirst dem Clan gute Dienste leisten.«

Tayg musste sich zwingen, seine entspannte Haltung beizubehalten, derweil er seine Eltern nur beobachtete und abwartete, wie er es im Krieg so oft getan hatte. »Ich werde mein Bestes geben. Das habe ich Robbie versprochen.«

Erstaunlicherweise lächelte Angus. »Daran zweifle ich nicht. Robbie hätte nicht zugelassen, dass seine Verantwortung brachliegt. Er nahm diese Dinge stets sehr ernst.«

»Aye, das tat er.«

»Und darum möchten wir auch dich bitten«, sagte Sorcha.

Das Kribbeln seiner Kopfhaut weitete sich auf seinen Rücken aus, und er ertappte sich dabei, dass er sich wie zum Kampf wappnete.

»Sorcha, ich glaube nicht, dass dies die rechte Zeit ist, um über derlei Dinge zu sprechen«, meinte sein Vater.

»Unsinn, Angus, es ist für den Jungen längst an der Zeit, zu heiraten.«

»Heiraten?« Taygs Füße rutschten vom Tisch und landeten mit einem dumpfen Laut auf dem Boden. Er griff nach seinem Humpen. Der zunehmende Glanz in den blauen Augen seiner Mutter bereitete ihm Sorgen, und er erkannte, dass es zu spät war, um noch zu entkommen, ehe sie ihm ihren wie auch immer gearteten Plan unterbreitete.

»Wenn wir großen Aufruhr im Dorf vermeiden wollen, dann müssen wir dich umgehend verheiraten. Es würde ein langer und elendiger Winter werden, wenn sich die Mädchen um dich stritten, zumal sie von ihren Müttern dazu aufgestachelt würden.«

»Ich möchte aber nicht heiraten.«

»Das möchten die wenigsten Männer, bis es dann so weit ist«, erwiderte Sorcha. »Es gibt mehr als genug willige Mädchen hier in Culrain. Du wirst noch vor Monatsende heiraten, und dann wird alles gut.«

»Nay, gar nichts wird dadurch gut! Nay«, wiederholte er, um Zeit zu schinden, in der er in Gedanken nach einem passenden Argument suchte, um den Plan seiner Mutter zu vereiteln. »Ich brauche noch ein Jahr, mindestens, vielleicht sogar zwei.«

Angus lachte leise. »Ich würde dir noch mehr gewähren, Junge, aber ich fürchte, deine Mutter hat nicht ganz unrecht.«

Tayg streckte die Hand mit seinem Krug aus. Angus schenkte ihm rasch nach. Dann ließ Tayg den Kopf gegen die Stuhllehne sinken und starrte zur rauchgeschwärzten Decke empor. Er war gerade erst heimgekehrt, fand sich gerade erst ein in seine neue Rolle im Clan, und schon drängte seine Mutter ihn.

Er wusste, dass man ihn an seiner Reaktion messen würde, aber er konnte diese Aufgabe nicht allein übernehmen. Es war schon genug, in Robbies Fußstapfen treten und den Clan führen zu müssen. Das war seine Pflicht, und die würde er erfüllen. »Ich möchte nicht heiraten … noch nicht«, sagte er, den Blick immer noch zur

Decke hinaufgerichtet, damit er den sturen Glanz nicht sehen musste, den er in den Augen seiner Mutter wusste.

»Aber …« Sorcha fasste ihn am Arm.

Er hob eine Hand, um sie zu unterbrechen.

»Wenn ich Robbies Platz einnehmen soll«, fuhr er fort und sah sie nun endlich an, »dann musst du mir vertrauen in dem, was ich für das Beste halte. Eine überstürzte Heirat würde den guten Leuten hier nur Unfrieden bescheren. Und mir auch. Sag jedem, und insbesondere diesem Barden, dass ich mir eine Frau suchen werde, sobald ich dazu bereit bin. Sollte es Streit geben, werde ich mein Möglichstes tun, um ihn beizulegen. Und sag ihm, er soll aufhören, diese verdammten Lieder zu singen.«

»Siehst du, Sorcha, habe ich es nicht gesagt?«, fragte Angus. Er grinste, als hätte Tayg den größten Hirsch im Wald erlegt.

»Aye, das hast du, aber das wird nicht reichen.«

»Ich lasse mich nicht zwingen, eines dieser Mädchen zu heiraten. Wär's nicht ich, würden sie sich eben um einen anderen zanken. Und außerdem«, Tayg ließ den Blick über die jungen Frauen schweifen, die dem Gesang und Spiel des Barden lauschten, »kenne ich sie alle schon lang genug, um zu wissen, dass keine unter ihnen ist, die ich heiraten wollte.«

»Dann werden wir dir eine andere suchen.«

»Nay. Ich werde selbst die richtige Frau für mich finden.«

Sorcha musterte ihn mit ruhigem, festem Blick. »Du wirst Chief werden. Es ist deine Pflicht, das zu tun, was für den Clan am besten ist. Solang du hier und nicht verheiratet bist, wirst du unter den Frauen für Ärger sorgen. Und das ist für niemanden gut.«

Tayg seufzte und betete um die Kraft, sich gegen den starken Willen seiner Mutter zu behaupten. »Dann werde ich eben gehen. Ich werde wieder in die Dienste des Königs treten …«

»Warte, Junge«, warf Angus ein. »Wie es der Zufall will, habe ich eine Aufgabe für dich, die das, was deine Mutter befürchtet«, er maß Sorcha mit einem eindringlichen Blick, »ein wenig aufschieben wird. Außerdem wirst du Gelegenheit haben, andere Mädchen kennenzulernen, die dir vielleicht eher … zusagen.« Er bedeutete Tayg mit einem Wink, ihm in die Kammer des Chiefs zu folgen.

»Angus.« Sorcha sprach zwar leise, ließ jedoch keinen Zweifel daran, wie sehr ihr seine Einmischung missfiel.

»Der Junge hat recht, meine Liebe. Wir sollten ihn nicht zwingen, so überstürzt zu heiraten. Es gefiel mir schon nicht, dass Robbie ein Mädchen heiraten musste, das er nicht mochte. Der Junge hier ist klug genug, um den Unsinn eines solchen Vorhabens zu erkennen. Wir verschaffen Tayg und dir etwas Zeit.« Er beugte sich vor und küsste seine Frau auf die Wange. »Geh. Sag allen, dass Tayg im Auftrag des Königs umgehend aufbrechen muss. Und mach diesem Barden klar, dass er mit uns an einem Strang ziehen muss, wenn er weiterhin Freude haben will an der Gesellschaft dieses Mädchens aus dem Munro-Clan, hinter dem er her ist. Und er soll aufhören, diese Lieder zu singen.«

»Und diese Geschichten zu verbreiten«, fügte Tayg hinzu.

Sorcha betrachtete erst ihren Mann und dann ihren Sohn. Sie stand auf und umarmte Tayg. »Ich will dich nicht unglücklich sehen. Unglück gibt es schon genug in diesem Leben, aber wir müssen an den Clan denken …«

»Geh jetzt, meine Liebe«, sagte Angus. Die Sanftheit in der Stimme seines Vaters überraschte Tayg.

Die beiden Männer sahen Sorcha nach, wie sie zu dem Barden hinüberging und ihn aus dem Kreis seiner Zuhörer zog, dann legte Angus einen Arm um Taygs Schulter und führte ihn ins Privatquartier des Chiefs. Für Tayg war dieser Raum immer die Bärenhöhle gewesen, eine dunkle, kleine Kammer, in die Da und Robbie sich stundenlang zurückzogen und alle anderen ausschlossen, um wer weiß was zu bereden. Nach dem zugigen Saal kam ihm der kleine Raum fast zu warm vor, und deshalb ließ Tayg die Tür offen, damit die Hitze sich mit der kühleren Luft vermischen konnte und das Trällern des Barden die düstere Atmosphäre der Kammer aufheiterte.

Sein Vater stand vor einem zerschrammten Tisch, der die Mitte des Raums einnahm. Mit einem kräftigen Finger tippte er auf ein

Pergament, das mit Torfziegeln beschwert war, damit es flach auf der Tischplatte lag.

»Das traf gestern ein. Der Earl von Ross, dieses dumme Rabenaas, hätte mir sein Begehr auch von dem Barden ausrichten lassen können, anstatt dieses Gefasel zu schicken«, er hieb mit der Faust auf den Tisch, »aber er prahlt nun einmal gern mit seiner Schreiberei.«

»Du weißt aber, dass er jemanden hat, der für ihn schreibt, oder?«, fragte Tayg.

»Aye, aber er wird es nicht müde, damit zu protzen, dass er seine Botschaften handschriftlich verschickt. Damit will der Narr gewährleisten, dass der Bote seine Nachricht nicht falsch überbringt. Pah. Als ob ein Barde die falschen Worte wählen könnte. Ein dämlicher Einfall. Aufgeschriebene Nachrichten können von anderen gefunden und gelesen werden. Wenn etwas wirklich wichtig ist, sollte es nie zu Pergament gebracht werden!«

Tayg nickte nur, während er die hingekritzelten Worte überflog. Er konnte lesen, aber er bediente sich dieser Fähigkeit nicht allzu häufig, und wie jede Fähigkeit rostete auch diese ein, wenn man sie nicht benutzte. Doch schon nach wenigen Augenblicken hatte er den Dreh wieder heraus und begann laut zu lesen: »Angus Dubh von Munro, ich grüße Euch.«

Er fuhr mit dem Finger über das Pergament und entzifferte den Rest der dort stehenden Worte:

Ich unterrichte Euch hiermit darüber, dass Lord Robert, der glorreiche König von Schottland, Dingwall Castle und seine Bewohner am dritten Tage vor Hogmanay[1] mit seiner höchst gnädigen Anwesenheit beehren wird, um der Heirat seiner Schwester, der holden Lady Maude, und meines Sohnes und Erben, Hugh O'Beolan, beizuwohnen.
Er befiehlt jedem seiner getreuen Chiefs, dort zugegen zu sein, auf dass er sie kennenlerne und sie ihm ihre Lehnstreue erweisen.

---

[1] *Schottisch für Silvester*

Mit besonderer Freude blickt unser König dieser Bezeigung seitens der MacDonells von Dun Donell entgegen.
Es ist Eure Pflicht, dafür Sorge zu tragen, diese Nachricht dem Chief der MacDonells zu übermitteln sowie jedem weiteren Chief, den Euer Diener zwischen Culrain und Dun Donell finden mag.

Unterschrieben war die Botschaft mit dem Zeichen des Earls und einem verschnörkelten Siegel aus rotem Wachs, in das ein Wacholderzweig hineingedrückt war.

Tayg dachte einen Moment lang über das Gelesene nach und ließ den Blick noch einmal über die Worte wandern, um ihren Sinn zu verstehen. Dann sah er zu seinem Vater auf, der die Stirn in tiefe Falten gelegt hatte.

»Warum schickt er nicht selbst einen Boten zu den MacDonells?«, fragte Tayg.

»Interessanter ist die Frage, warum er sich die Mühe machte, eine solche Aufforderung auf Pergament festzuhalten«, erwiderte sein Vater, der im Kreis um Tayg und den Tisch herumging.

»Damit seine Worte nicht missverstanden werden können?«

»Nay, das ist eine ganz einfache Nachricht, die sich auch bei mündlicher Überlieferung kaum verdrehen ließe. Es steckt mehr dahinter. Nur seh ich es noch nicht.«

»Es steckt nicht mehr dahinter, Da.«

»Oh doch, Junge«, knurrte Angus. »Genau wie eine Stimme die wahre oder falsche Absicht des gesprochenen Wortes verraten kann, so können Pergament und Feder mehr aussagen als nur das, was geschrieben steht.«

Tayg lehnte sich gegen den Tisch und harrte der Erklärung seines Vaters.

»Du warst mit dem König zusammen. Was weißt du darüber?« Angus deutete auf das Schreiben.

Tayg war überrascht. Sein Vater fragte ihn nach seiner Meinung? Nun gut, das mochte eine Prüfung sein. »Das Bündnis zwischen dem König und dem Earl von Ross«, begann er, »ruht auf wackligen Beinen, trotz der bevorstehenden Eheschließung zwischen dem Sohn des Earls und der Schwester des Königs. Es ist kein Geheimnis, dass Ross und der König einander noch nicht recht vertrauen.«

»Aye«, sagte sein Vater und strich sich durch den schwarzen silbern durchsetzten Bart, »dann muss Ross dem König also beweisen, dass er ein treuer Diener ist, und wie ginge das besser, als dies von so vielen Menschen wie möglich bezeugen zu lassen, nachdem sie diese Botschaft gesehen oder davon gehört haben.«

Tayg nickte und spann den Gedankenfaden weiter. »Er will, dass dieses augenfällige Schriftstück jedem Chief vorgelegt wird, damit sie alle die Treue des Earls von Ross bestätigen können, wenn sie den König auf Dingwall begrüßen.«

Angus nickte und ging weiter im Kreis umher.

»Aber warum soll es einer von uns überbringen?«, überlegte Tayg.

»Nun, das ist leicht zu beantworten. Der Earl möchte natürlich keinen von seinen eigenen Leuten in diese Festung schicken. Der Earl von Ross und die MacDonells sind sich nicht grün.«

»Und darum hat er uns, die wir treue Verbündete des Earls sind und mit den MacDonells nicht im Streit liegen, auserkoren, um ausgerechnet zu Beginn des Winters ins Gebirge zu marschieren.«

»Ah, du hast es begriffen.« Angus grinste, als hätte Tayg ihn überrascht. »Es steckt mehr hinter diesem Sendschreiben als nur die Worte, die auf dem Pergament stehen. Offenbar hat die Zeit im Dienste des Königs deinem Hirn genauso gutgetan wie deinem Schwertarm.«

Tayg überging die Bemerkung, die auf seine frühere Gleichgültigkeit gegenüber der Politik unter den Clans anspielte. Wer über ein Jahr lang der Sache des Königs diente, der erlernte neben der Kunst des Kampfes noch vieles andere.

»Das wird keine leichte Reise«, meinte Tayg. »Und bis Hogmanay ist es keinen Monat mehr.«

»Aye, es wird wahrscheinlich vierzehn Tage oder länger dauern, den Auftrag zu erfüllen, und das nur, wenn der Schnee noch auf sich warten lässt.« Angus zog ein zusammengerolltes Pergament aus einem Regal unter dem Tisch hervor und breitete es über dem Schriftstück aus. Es war eine Karte, die er zu studieren begann.

Tayg dachte über den Auftrag nach. Eine vierzehntägige Reise durch die Highlands. Der Weg nach Dun Donell war schon im Hochsommer, wenn die Tage lang waren und das Wetter schön, kein einfacher. In diesen vierzehn Tagen jedoch würde er durch die Kälte von Dorf zu Dorf und von Burg zu Burg wandern müssen, ganz allein. Aber vierzehn Tage mochten ihm auch genug Zeit bieten, sich zu überlegen, wie er die Lösung, die seine Mutter für das Problem mit den Mädchen ersonnen hatte, umgehen konnte; oder wenn er schon heiraten musste, blieb ihm wenigstens diese Zeit, um seine Wahl unter anderen Mädchen zu treffen, die ihm unterwegs begegnen mochten. Ihm wurde der Plan seines Vaters klar.

»Dann werde ich also dieses Sendschreiben zu den MacDonells bringen«, sagte er, »damit dem König sowie dem Earl von Ross einen Dienst erweisen und zugleich den Fängen von Mutter und den anderen intrigierenden Frauen entgehen.« Er versuchte das Lächeln, das sich auf sein Gesicht stehlen wollte, zu unterdrücken. »Und vielleicht finde ich ein Madchen, das ich heiraten möchte – eine Frau, die nicht in die Bardenversion von Tayg von Culrain verliebt ist.« Er blickte auf die Karte.

Vielleicht war es in mehrerlei Hinsicht von Vorteil, wenn er die Behaglichkeit seines Zuhauses noch für eine Weile verließ. Vielleicht war dieser Barde verschwunden, wenn Tayg von seiner Reise zurückkehrte, oder vielleicht waren wenigstens seine Lieder verklungen. Oder er zog weiter in ein anderes Dorf, wo er dieselben Geschichten erzählen und dieselben Lieder singen und diesen Unfug noch weiter über die Highlands tragen würde … wenn andere das nicht schon längst getan hatten.

Es wäre töricht gewesen zu glauben, dass eine Flucht aus Culrain dieses Problem lösen könnte. Die Barden hatten diese Lieder und Geschichten zweifellos schon überall in den Highlands verbreitet. Derlei Dinge sollten die Stimmung der Menschen heben, und Lieder über die Tapferkeit im Krieg machten stets am schnellsten die Runde. Kein Wunder, dass seine Mutter behauptete, die Mädchen würden Ränke schmieden, um ihn zu heiraten. Mit solchem Gewäsch in den Ohren mussten die Mädchen ihm freilich auflauern, erst recht, wenn bekannt wurde, dass er zu einer Reise in die Berge aufbrach. Verflucht! Dem Plan seiner Mutter mochte er damit entkommen, heiratswütigen Mädchen jedoch nicht.

Applaus drang zur Tür herein, und er hörte, wie der Barde mit klarer Tenorstimme bat, ihn zu entschuldigen, weil er eine kurze Pause einlegen wolle.

Das war ein Leben. Ein Barde reiste frei umher, frei von Pflichten und Verantwortung. Die Mädchen schenkten ihm ihre Aufmerksamkeit, aber er brauchte sich nicht mit ihren Hoffnungen herumzuschlagen. Einem Barden wurde alles Gute im Leben zuteil und nur wenig vom Schlechten. Wenn er doch nur …

Natürlich! Einem einfachen Barden war möglich, was Tayg von Culrain nicht vergönnt war. Ein Barde konnte das Sendschreiben des Earls von Ross überbringen, leichten Herzens mit den Mädchen tändeln und die Gastfreundschaft eines jeden Menschen genießen, der ihm auf seiner Reise begegnete. Die einzige Pflicht, die er hatte, bestand darin, seine Gastgeber mit Liedern, Geschichten und dem neuesten Klatsch zu unterhalten. Gewiss, Taygs Sangeskünste ließen zu wünschen übrig, aber Geschichten erzählte er nicht schlechter als jeder geübte *seanachaidh*. Und als Junge hatte er ein wenig Trommel gespielt. Aus seiner Zeit in der Armee des Königs kannte er Tratsch zuhauf. Wie schwierig konnte es also sein, sich als Barde auszugeben, sobald er die Gegend verlassen hatte, in der sein Gesicht bekannt war?

»Ich mache mich bei Tagesanbruch auf den Weg.« Rasch rollte Tayg das Pergament des Earls von Ross zusammen.

Angus lachte leise. »Kluger Junge. Ich werde mich nach Kräften bemühen, deine Mutter davon abzubringen, selbst ein Mädchen für dich zu finden. Ehrlich gesagt glaube ich, dass sie Ärger wittert, wo gar keiner droht, oder vielleicht sehnt sie sich auch einfach nur nach Enkelkindern. Sieh zu, dass du nicht zu bald wiederkommst, sonst verheiratet sie dich womöglich doch noch im Handumdrehen.«

Tayg musste packen und eine Trommel finden, denn er würde noch vor Sonnenaufgang aus diesem Haus verschwinden. Er nickte seinem Vater zu und verließ die Bärenhöhle voller Freude auf die nahe Zukunft – für den Moment jedenfalls.

Kapitel 2

»Raus aus meiner Kammer!« Catriona MacLeod funkelte Broc, ihren ältesten Bruder, wütend an und wies mit dem Finger zur Tür.

Der Name passte zu ihm, so ähnlich war er einem Dachs[2] sowohl dem Aussehen als auch dem Temperament nach. Groß, mit spitzem Gesicht, nachtschwarzem Haar und kleinen Augen ging er keinem Streit aus dem Weg und verteidigte sein Recht, die vielen jüngeren Geschwister herumzukommandieren, ohne Gnade. Catriona, die Jüngste, wusste indes mit seiner Art des Hochmuts gut umzugehen.

Er trat auf sie zu. »Ich bin noch nicht fertig damit, dir Anweisungen zu …«

»Wenn ich mich recht erinnere, war nach dem letzten Mal, als du mir *Anweisungen* erteilt hast, dein Haferbrei wochenlang jeden Morgen angebrannt, dein Bett brach unter dir zusammen und …«

»Das reicht!«, fuhr er auf. Catriona gefiel der rote Ton, den seine Haut annahm.

»Ich bin eine erwachsene Frau und ich führe diese Burg, wie ich es für richtig halte. Wenn es dir nicht passt, dann geh. Dem Geruch hier drinnen käme das sehr zugute.«

---

[2] *Broc, gälisch für »Dachs«*

Er trat noch näher an sie heran, bis ihre Nasen sich beinahe berührten und sie die Härte in seinen dunklen Augen sehen konnte.

»Du wirst diese Burg nicht mehr lang mit deinen Forderungen und Drohungen führen, Triona«, sagte Broc. »Bald werde ich Chief sein, dann wird meine Frau die Burg führen, und dann werde ich endlich meine Ruhe und eine anständige Mahlzeit auf dem Tisch haben und brauche mir deine spitze Zunge nicht mehr gefallen zu lassen.«

»Vergisst du da nicht etwas?«, fragte sie und entfernte sich ein wenig von ihm, ohne jedoch so dumm zu sein, ihn aus den Augen zu lassen.

»Ich vergesse nie etwas ...«

»Du hast keine Frau. Zu dumm, dass niemand einen so grässlichen Rüpel wie dich heiraten wird.«

»Im Gegensatz zu dir, liebes Schwesterlein.« Er stürzte sich auf sie, packte sie am Arm und drückte fest zu. Im Stillen verfluchte sie sich dafür, ihm nicht ausgewichen zu sein, aber die Befriedigung, einen Schmerzenslaut aus ihrem Mund zu hören, gönnte sie ihm nicht. »Du wirst eher verheiratet sein, als du denkst.«

Der drohende Unterton in seiner verächtlichen Stimme bereitete Catriona eine Gänsehaut.

»Was meinst du damit?«, fragte sie und verachtete ihn allein schon des Glitzerns wegen, das in seinen Augen tanzte, während sich ein unverfälschtes Lächeln auf sein Gesicht legte. Wenn Broc etwas lustig fand, hatte das nie etwas Gutes zu bedeuten.

»Das wirst du noch früh genug erfahren.« Er ließ sie los und wandte sich zum Gehen. Catriona hörte ihn kichern. »Du bekommst, was du verdienst.«

»Verrat mir, was du weißt, sonst sorge ich dafür, dass dir die kärglichen Reste deines kostbaren Haars bis zum Ende des Monats auch noch ausfallen.« Catriona kannte die wunden Punkte aller ihrer Brüder, und Brocs war sein Haarschopf. Lang hatten ihn die Mädchen seiner glänzenden schwarzen Locken wegen bewundert, aber inzwischen, mit gerade einmal achtundzwanzig Jahren, wurde sein Haar rasch dünner.

Broc verzog das Gesicht, drehte sich aber wieder zu ihr um. »Dein Verlobter«, das Lächeln auf seinem Gesicht verwandelte sich in ein höhnisches Grinsen, »wird in einer Woche hier eintreffen. Drei Tage später wirst du verheiratet sein. Und wir sind dich los.«

Wie betäubt starrte Catriona ihn an. »Wer?« Sie hasste sich dafür, dass sie das Wort nur als Flüstern über die Lippen brachte.

»Das ist eine gute Frage«, sagte Broc. »Es gibt in den ganzen Highlands nur einen Clan, der so verzweifelt um ein Bündnis bemüht ist, um dafür selbst Triona, die Widerborstige, als Braut hinzunehmen.«

»Wer?«, fragte sie noch einmal. Nun klang ihre Stimme fester, und sie starrte Broc finster an. Er war drauf und dran, von Neuem zu lächeln. *»Wer?«*

Das Lächeln zersprang auf seinem Gesicht, und sie wollte ihm die Faust hineinschlagen, aber auf diesem Wege hatte sie gegen ihre Brüder noch nie Erfolg gehabt, und sie musste herausfinden, welches Los ihr bestimmt sein sollte. Unter großer Anstrengung und indem sie ihre Fingernägel in die Handballen grub, gelang es ihr, die Fäuste bei sich zu behalten.

»Wen soll ich heiraten, Broc?« Ihre Stimme troff vor der Verachtung, die sie für ihren Bruder empfand, aber sie wusste, dass ihm das entging – er war zu angespannt, zu sehr darauf bedacht, sie zu quälen, um es zu sehen.

»Das solltest du von Da erfahren …«

»Es wäre ein Jammer, wenn du deine übrigen Haare auch noch verlörest. Sind sie doch das Einzige, was den Mädchen an dir gefällt.«

Er wurde bleich.

Sie sah ihn unter einer erhobenen Augenbraue hervor an, ein perfektes Spiegelbild seines bevorzugten Gesichtsausdrucks, wenn er sie in die Enge gedrängt hatte.

»Nun gut, ich sag's dir«, knurrte er, »aber dafür wirst du mir die Haare nicht ausfallen lassen.«

Catriona nickte. Sie hatte auch bislang nichts damit zu tun gehabt, und so fiel es ihr leicht, dieses Versprechen zu geben.

»Es ist einer von den MacDonells, der sich bereit erklärt hat, dich zu nehmen.« Sein Tonfall war ganz ungezwungen, als spräche er über das Wetter, doch die Boshaftigkeit war in seine Augen zurückgekehrt.

Catriona spürte, wie ihr das Blut aus den Wangen wich. Auf einmal fror sie bis ins Mark. »Nay, es ist doch nicht etwa …«

Brocs breites Grinsen und sein knappes Nicken ließen ihr die Knie weich werden, aber sie hütete sich, ihm zu zeigen, wie furchtbar seine Eröffnung sie traf. Sie drängte sich an ihm vorbei, forderte ihn beinahe heraus, sie doch zu packen, damit sie reagieren konnte, wie sie es als Kind getan hatte; mit Fäusten und Füßen hatte sie damals nach seiner empfindlichsten Stelle geschlagen und getreten. Aber es war lang her, seit sie mit derlei Verhalten davongekommen war. Enttäuschung erschütterte sie förmlich, und Broc lief ihr den Gang entlang hinterher, als sie in Richtung der Kammer ihres Vaters rannte.

»Vater!«, schrie sie, als sie sich dem Gemach des Chiefs näherte. Ohne sich darum zu scheren, dass die Tür geschlossen war, stieß Catriona sie auf und schritt geradewegs auf den schmächtigen, grauhaarigen Mann zu, der an einem Tisch saß und blinzelnd auf ein Pergament blickte, das mit winzigen Zeichen übersät war.

»Broc soll aufhören, mich bis zur Weißglut zu reizen, sonst kann ich nicht versprechen, dass er eines Tages einen Erben wird zeugen können.«

Ohne aufzuschauen, antwortete Neill MacLeod: »Still, Triona, ich rechne.«

Catriona keuchte auf, wich jedoch nicht von der Stelle. Sie war daran gewöhnt, von ihrem Vater ignoriert zu werden.

»Broc sagt, dass ich mit diesem hundsgesichtigen jungen MacDonell verheiratet werden soll.«

Ihr Vater schenkte ihr auch weiterhin keine Beachtung und fuhr fort, stumm mit den Lippen Zahlen zu formen, die er eifrig zusammenrechnete.

»Vater!«

Seine Lippen bewegten sich weiterhin tonlos.

So war er immer, ganz bedacht auf jedes Detail des Lagerbestands, auf die kleinen Streitigkeiten des Clans. Für sie erübrigte er dieses Maß an Aufmerksamkeit nie. In ihrer Verzweiflung nahm sie das Tintenfass, nach dem er, ohne hinzusehen, mit seiner Feder stocherte, und entzog es seiner Reichweite.

»Triona! Verdammt, Mädchen! Jetzt habe ich die Zahl vergessen, die ich aufschreiben muss.«

»Siebenhunderteinunddreißig.« Sie hielt ihm die Tinte hin, damit er seine Feder hineintunken konnte, dann wartete sie, bis er die Zahl bedächtig niedergeschrieben hatte. Als er damit fertig war und bevor er anfangen konnte, weitere Zahlen zu addieren, sagte sie: »Broc behauptet, du willst mich mit Hundsgesicht MacDonell verheiraten.«

Hinter ihr lachte Broc glucksend. »Sein Name ist Duff MacDonell und er ist der Chief des Clans. Ihr passt gut zusammen, Triona.«

Sie fuhr zu ihm herum und sah sich auf einmal drei ihrer anderen Brüder gegenüber. Callum, Gowan und Jamie waren stets im Rudel unterwegs. Sie standen da wie die Orgelpfeifen, und ihre Gesichter zeigten den Ausdruck gelassener Schafe, an die sie Triona auch sonst erinnerten. Jetzt hielten sie sich einen Schritt hinter Broc, wie sie es immer taten. Nur Ailig, der jüngste Sohn und ihr gelegentlicher Verbündeter gegen die anderen, war nicht zugegen. Auch das war keine Überraschung, denn seine Art, mit ihrem ältesten Bruder umzugehen, bestand in der Regel darin, ihn zu meiden.

»Mit dir habe ich nicht geredet«, sagte sie und starrte Broc voller Zorn und Abscheu an. Dann ging sie um den Tisch herum, damit ihr Vater nicht umhin konnte, sie zu beachten.

»Dir ist doch klar, dass ich ihn nicht heiraten werde? Ich werde mich nicht so einem wie Hundsgesicht MacDonell beugen!«

»Oder sonst irgendjemandem, wie es scheint, meine Tochter.«

»Sich jemandem zu beugen, bringt keinen Nutzen. Man beugt sich niemandem. Meine Brüder tun das auch nicht. Warum also sollte ich es tun?«

»Nun, man kann sich beugen, oder man kann wählen. Du hast keins von beidem getan. Weder beugst du dich meinem Willen noch erwählst du dir einen Ehemann. Was soll ich denn machen mit so einem eigensinnigen Kind?«

»Ich bin nicht eigensinnig.« Darüber, dass jeder Mann im Raum die Brauen hob, sah sie geflissentlich hinweg. »Ich will mich nur nicht opfern lassen.«

»Wir opfern dich doch nicht.«

»Nay«, sagte Broc halblaut, aber immer noch so laut, dass sie es hören konnte, »wir geben dich mit Freuden weg.« Eines der Schafe prustete.

Triona schloss die Hand fest um das Tintenfass und widerstand nur mit Mühe dem Drang, es Broc in sein süffisant grinsendes Gesicht zu schleudern. Stattdessen setzte sie es hart auf dem Tisch ab und dachte zu spät daran, dass der Stöpsel nicht darin steckte. Tinte spritzte hoch, aber sie streckte rasch die Hände aus und fing das meiste der Flüssigkeit auf, bevor sie auf das mit Zahlen beschriebene Pergament schwappen konnte.

»Triona!« Ihr Vater zog das Pergament aus dem Gefahrenbereich. Ihre Brüder lachten leise. Sie funkelte sie zornig an. Dabei tropfte Tinte zwischen ihren Fingern hindurch und klatschte auf die nun leere Tischplatte.

»Was ist daran so komisch?« Ihr Bruder Ailig, Zweitjüngster unter den Geschwistern, kam in die Kammer und drängte sich an den Schafen vorbei. Er trat einen Schritt in den Raum hinein und schien sofort zu begreifen, was geschehen war. Flugs schnappte er sich einen Lappen von einem Tisch nahe der Tür und legte ihn so hin, dass Catriona die restliche Tinte darauf laufen lassen konnte.

»Gut reagiert.« Er lächelte ihr zu, doch erreichte dieses Lächeln seine Augen nicht, und seine Stimme klang müde.

Er war ihr Lieblingsbruder, mehr noch, der Einzige, den sie überhaupt mochte, blond und sowohl hinsichtlich seines Benehmens als auch seines Äußeren ganz anders als die übrigen.

»Wer hat diesmal wem was angetan?« Ailig musterte erst Catriona, dann Broc und schließlich die anderen Brüder, die nach wie vor hinter ihm aufgereiht standen.

»Du hast es Ailig nicht gesagt?« Diese Worte richtete sie an ihren Vater. »Hattest du Angst, er könnte es mir verraten?«

»Nay. Es stand auch Broc nicht zu, es dir zu sagen«, erwiderte Neill und bedachte seinen Ältesten mit einem strengen Blick. »Wir wollten die Verlobung erst beim Abendessen verkünden.«

Zum zweiten Mal an diesem Morgen durchfuhr sie blanker Schrecken.

»Du wolltest es mir erst sagen, wenn du es vor dem ganzen Clan bekannt gibst?« Sie wischte sich die Hände an ihrem Kleid ab und hinterließ lange schwarze Tintenstreifen auf dem bernsteinfarbenen Stoff. Neill studierte das Pergament, das er in Sicherheit gebracht hatte und in seinen Händen hielt.

»Ich werde ihn nicht heiraten«, erklärte sie, als müsste sie das nicht nur allen anderen im Raum, sondern auch sich selbst klarmachen. Sie wandte sich ihrem Vater zu, die tintenfleckigen Fäuste in ihr Kleid gekrallt. »Wenn du mich zwingst, dann … dann … dann werde ich ihn im Schlaf erdolchen. Und *dann* hast du Ärger am Hals!«

»Triona …« Ihr Vater streckte eine Hand nach ihr aus, aber sie entschlüpfte ihm und floh aus dem Raum. Brocs selbstzufriedenes Lachen folgte ihr den leeren Flur entlang.

* * *

Catriona stürmte durch den Burghof zum Haupttor. Kinder und Hühner stoben vor ihr auseinander, um ihr Platz zu machen. Kaum hatte sie die Mauern der Burg verlassen, tat sich vor ihr die überwältigende Aussicht auf Loch Assynt in all ihrer frühwinterlichen Pracht auf. Die schneebedeckten Gipfel des Quinag, der sich am jenseitigen Ufer erhob, spiegelten sich auf der glatten Oberfläche des Sees. Als sie sich dem steinigen Ufer näherte, verlangsamte sie ihre Schritte. Eis klammerte sich an den Rand und breitete sich dick über die Felsen aus, die aus den dunklen Tiefen des Wassers emporstachen.

Eine für Dezember erstaunlich sanfte, aber doch kalte Brise zupfte an ihrem ruinierten Kleid. Sie schlang die Arme um ihren Oberkörper und wünschte, sie hätte daran gedacht, ihren Umhang mitzunehmen, bevor sie aus der Burg gerannt war. Der Winter stand vor der Tür, und sie musste zugeben, dass der Zeitpunkt für diesen unglückseligen Versuch, sie zu vermählen, nicht besser hätte gewählt sein können. Bald würde die Schneedecke von den Bergen bis in die Täler hinunterreichen. Jedermann in den Highlands würde sich vor dem Winter verkriechen. Man würde warten, bis die langen, dunklen Monate vorbei waren und milderes Wetter kam, das die Schneeschmelze mitbrachte. Erst dann würde man sich wieder aus der Sicherheit der eigenen vier Wände hinauswagen.

Sie schaute zum Quinag hinauf. Der weiße Gipfel und der kristallblaue Himmel dahinter bildeten einen auffälligen, glitzernden Gegensatz. Sie liebte diesen Anblick, diesen friedlichen Ort, wo sie nicht vor der ständigen Feindseligkeit ihrer Brüder auf der Hut zu sein brauchte.

Gewiss war diese Hochzeit Brocs Einfall gewesen. Er wollte sie am dringendsten loswerden. Und wie wäre er leichter an dieses Ziel gekommen als durch eine Heirat just in dem Moment, da der Winter im Begriff war, sie von der Außenwelt abzuschneiden? Dann hätte sie monatelang keine Möglichkeit, nach Hause zurückzukehren. Sie hätte aber auch keinen Grund, heimzukehren; allenfalls den, Broc das Leben zur Hölle zu machen. Das war keine schlechte Idee, auch wenn sie hier offenkundig von jedermann unerwünscht war. In ihr rangen Wut und Schmerz mit dem qualvollen Gefühl, inmitten dieser Männerhorde völlig allein zu sein. Nicht zum ersten Mal wünschte sie sich, eine Schwester zu haben, eine Mutter oder auch nur eine Tante, die in der Nähe lebte. Sie brauchte eine Verbündete.

Sie hob einen runden, weiß gefleckten Stein auf und ließ das Eis darauf auf ihrer vor Zorn erhitzten Haut schmelzen. Sollten sie sich doch alle zum Teufel scheren, ihre Brüder, ihr Vater, so dachte sie, während sie auf einen der vereisten Felsen weit draußen im Loch zielte. Sie ließ ihren Stein fliegen und traf das Ziel so hart, dass der Eismantel zersplitterte.

»Kann ich mich ungefährdet zu dir gesellen, oder wirfst du den nächsten nach mir?«

Sie drehte sich um und sah Ailig wütend an. Das blonde Haar fiel ihm in zotteligen Locken ins ernste Gesicht, und seine Augen waren von einem so blassen Grau, dass sie manchmal wie Silber aussahen, so wie jetzt. Er trug ein ausgebleichtes blaues Plaid über nackten Beinen, hatte zum Schutz vor der Kälte jedoch seine ledernen Kurzstiefel übergezogen.

Dieser jüngste Bruder, nur zwei Jahre älter als sie selbst und mithin einundzwanzig, war der Tapferste von allen. Broc ergötzte sich zwar daran, sie in Wut zu versetzen, doch Ailig war der Einzige, der sich je in ihre Nähe wagte, wenn sie schon wütend war.

»Und?«, fragte er.

»Was? Ach so, ob ich den nächsten Stein nach dir werfe?« Sie schüttelte den Kopf und wandte sich wieder dem Loch zu. »Fürs Erste bist du in Sicherheit. Aber ich habe genügend Steine zur Hand, sollte ich es mir anders überlegen.«

»Ich habe die Warnung verstanden. Hier, ich dachte, den könntest du gebrauchen.« Er legte ihr einen Umhang über die Schultern.

Ailigs ruhige Stimme stand zu Brocs herablassendem Ton in einem ebensolchen scharfen Gegensatz wie der Himmel zum Berggipfel. Sie wollte sich in seine Arme werfen und sich von ihm trösten lassen, wie er es immer getan hatte, als sie Kinder waren, indem er ihr Geschichten über seine Besuche in Edinburgh erzählte, um sie von der Drangsal durch ihre älteren Brüder abzulenken. Aber sie hatte schon vor langer Zeit geschworen, vor keinem von ihnen mehr Schwäche zu zeigen, nicht einmal vor Ailig. Sie zog den Umhang fest um sich und richtete den Blick wieder auf den Loch.

»Der Schnee reicht heute Morgen schon weiter den Berg sherunter«, sagte Ailig. »Nicht mehr lang, dann füllt er das Tal.«

»Darum kommen sie jetzt mit diesem Plan daher, nicht wahr? Der Winter steht vor der Tür, ist aber noch nicht ganz da.«

Ailig nickte. »Zweifellos.« Er legte ihr einen Arm um die Schultern und zog sie an sich. »Ich hätte dir diese Neuigkeit nicht vorenthalten, wäre ich in die Sache eingeweiht gewesen.«

Catriona zuckte nur die Schultern. Sprechen konnte sie nicht, sonst wäre jene Weichheit zum Vorschein gekommen, die sie tief in sich versteckt hielt, wo sie vor Verletzungen sicher war. Brocs Gepolter und Sticheleien gefährdeten ihre Selbstbeherrschung nie so, wie es Ailigs Fürsorglichkeit tat. Sie hatte seit ihrem zwölften Lebensjahr nicht mehr geweint, doch Ailigs schlichte Geste ließ Tränen in ihr aufsteigen, die ihr den Hals verschlossen. Aber vergießen würde sie diese Tränen nicht. Sie legte den Kopf auf seine Schulter und genoss den Trost, um den sie nicht gebeten hätte.

»Was wirst du tun?«, fragte er nach einer Weile.

Zorn überwältigte sie von Neuem. Sie holte tief Luft und löste sich mit einem Schritt aus Ailigs Umarmung, sog die kalte Luft in ihre Brust und hüllte sich wieder ein in ihre Wut wie in einen dicken Umhang.

»Ich werde Hundsgesicht MacDonell nicht heiraten. Das würde weder mir noch dem Clan einen Nutzen bringen. Nur Broc hätte etwas davon, er wäre die Distel in seinem Schuh los, und die MacDonells, die damit den Vorteil unserer Stärke und unseres Rufes gewännen.«

»Aye, das sehe ich genauso.«

»Warum lässt Vater das dann zu?«

Ailig zuckte mit den Schultern und warf ein paar Steine ins Wasser. Schließlich wandte er sich zu ihr um. »Ich glaube, Vater ist Brocs Klagen und eurer ständigen Streitereien müde. Du hast es abgelehnt, dir selbst einen Ehemann zu suchen …«

»Es gab keine …«

»Ich weiß, aber du hast ihm kaum eine andere Wahl gelassen. Er muss dich mit irgendjemandem verheiraten, den er dazu bewegen kann, dich zu nehmen, ehe diese Aufgabe im Sommer in Brocs Verantwortung fällt.«

Catriona zuckte zusammen. »Dann soll ich also dafür bestraft werden, dass ich meine Meinung kundtue. Glaubst du wirklich, dass mir ein solches Los beschieden sein sollte?«

»Nay, und ich habe immer wieder auf Vater und den Rest der Familie eingeredet, aber du weißt ja, auf mich hören sie ebenso wenig wie auf dich.«

Sie kehrte ihm den Rücken zu, weil er nicht sehen sollte, wie sehr sie die Wahrheit in seinen Worten schmerzte. Es stimmte: Für ihren Vater und die anderen Brüder waren sie beide praktisch unsichtbar. Das hieß, *sie* war nicht ganz unsichtbar, aber nur weil sie jedermann aufrührte und für Unruhe sorgte, indem sie Wahrheiten aussprach, die niemand hören wollte. Ailig jedoch *war* unsichtbar. Er war still, nachdenklich und neigte nicht zum Zank mit den anderen vier. Es war beklagenswert, weder gesehen noch auf andere Weise wahrgenommen zu werden; das machte einen Menschen bitter und wütend, doch Ailig schien damit besser fertigzuwerden als sie.

Als sie ihre Stimme wieder unter Kontrolle hatte, drehte sie sich zu ihm um. »Was hast du ihnen denn geraten, auch wenn sie es nicht beherzigt haben?«

Sie sah ihm an, dass er seine Worte mit Bedacht wählte. Wahrscheinlich suchte er nach dem freundlichsten Weg, etwas zu sagen, von dem er wusste, dass es sie wütend machen würde. Denn bisweilen blieb nicht einmal Ailig von ihrer scharfen Zunge verschont.

»Red schon, Brüderchen.«

»Na gut. Ich schlug vor, sie sollten entweder ein Kloster finden, das dich aufnimmt, oder dich an einen Clan verheiraten, der so weit entfernt lebt, dass man dort nichts weiß von deinem … Ruf.«

»Dann würdest du mich also auch mit einem Fremden verkuppeln.«

»Aye, aber zu *deinem* Besten, nicht zu Brocs. Vielleicht wärst du ja glücklich an einem Ort, wo man dich vielleicht nicht nur deiner Verbindung zu diesem Clan wegen zu schätzen wüsste. Wo du neu anfangen könntest.«

»Ich brauche nicht neu anzufangen. Mein Zuhause ist hier, und ich werde es nicht aufgeben, nur weil Broc es gerne so hätte.«

Ailig schüttelte den Kopf. »Nay, aber du wirst es für deinen eigenen Stolz aufgeben.«

»Nay!«

»Aye, Mädchen. Du steigerst dich so sehr in deinen Kampf gegen Broc hinein, dass du nichts siehst außer dem, was ihn am meisten grämt. Überleg doch einmal, was für dich das Beste wäre. Hierzubleiben oder Hundsgesicht zu heiraten? Wenn du dich weigerst, einen anderen Weg einzuschlagen, dann wirst du ihn heiraten, und weder du noch der Clan wird einen Nutzen davon haben. Aber wenn du selbst entscheidest, was du tun willst, was spielt es dann für eine Rolle, ob es auch Broc in den Kram passt?«

»Was redest du da für dummes Zeug?«

»Ich bitte dich lediglich, über die Streitigkeiten mit unserem Bruder hinauszublicken und nachzudenken. Wie kannst du diese Situation zu deinem Vorteil wenden? Wenn dir das nicht gelingt, wirst du mit Hundsgesicht verheiratet werden. In einer Woche wird eure Verlobung bekannt gegeben. Drei Tage später wird Broc gewonnen haben – und du wirst alles verloren haben, was du dir für dieses Leben gewünscht haben magst.«

Ailig kam wieder näher, fasste sie mit den Händen an den Schultern und zwang sie, ihn anzuschauen. »Schwester, für die meisten ist deine scharfe Zunge wie ein Funke, der auf Zunder fällt. Du solltest Duff MacDonell nicht unterschätzen. Er lässt sich von niemandem den Kopf waschen, und er wird sich im Gegensatz zu deinen Brüdern nicht damit begnügen, es dir mit Belanglosigkeiten heimzuzahlen. Mit diesem Mann an deiner Seite fürchte ich um mehr als nur um dein Glück.«

»Keine Sorge. Ich werde weder ihn noch einen anderen MacDonell heiraten. Ailig, vergiss nicht …«

»Aye, aber du hast dir das selbst eingebrockt, Triona, weil du jeden der wenigen Burschen, die es wagten, um deine Hand anzuhalten, abgewiesen hast. Unser Vater ist verzweifelt, und Broc drängt ihn, dich loszuwerden.«

»Aber es gibt doch noch andere, die ich heiraten könnte. Wir haben Verbündete, die Söhne haben. Einer von ihnen würde doch sicher …«

»Glaubst du wirklich, Da würde ein Bündnis aufs Spiel setzen, indem er dich einem befreundeten Clan aufhalst?« Er schüttelte sie, dann ließ er sie los und entfernte sich ein paar Schritte. »Du weißt doch selbst nie, was dir als Nächstes über die Lippen kommt. Wenn du nur innehalten und überlegen würdest, bevor du sprichst, dann hättest du vielleicht eine Chance, glücklich zu werden.«

»Ich überlege sehr wohl.«

»Aye, aber erst, wenn der Schaden angerichtet und nicht mehr zu beheben ist. Du hast ein gutes Herz, Triona. Aber dein Herz ist nicht stark genug, um sich gegen dein Mundwerk durchzusetzen. Nay, dieses Mundwerk kann Da keinem Freund zumuten.«

Catriona war sprachlos. Ailig sagte in vielerlei Hinsicht stets die Wahrheit. Warum sollte sie glauben, das wäre anders, wenn es um sie ging?

Er trat vor und umarmte sie, dann drückte er ihr einen sanften Kuss auf die Stirn. »Denk nach, Catriona. Denk nach. Die MacDonells werden in einer Woche hier sein, und bis dahin musst du entschieden haben, was du tun willst. Deine Zukunft hängt davon ab, und du hast nicht viel Zeit.«

»Dafür hat Broc ja gut gesorgt.« Sie blickte in die hellgrauen Augen ihres Bruders. »Es wäre besser für alle, wenn du der älteste Bruder wärst.«

Ailig schenkte ihr ein trauriges Lächeln. »Aber das bin ich nun einmal nicht. Es bräuchte einen Königsbefehl, damit ich diesen oder einen anderen Clan führen könnte.«

Catrionas Herz tat einen Sprung. Natürlich. »Dann besorg dir einen.«

»Was?«

»Sorg dafür, dass der König es befiehlt. Du bist doch gut mit seinen Brüdern bekannt, oder? Du hast mir selbst erzählt, wie du in Edinburgh mit ihnen Zeit verbrachtest.«

»Das waren doch nur Geschichten. Ich verbrachte Zeit an denselben Orten …«

»Wenn du zu König Robert gingest und ihm erklärtest, dass du der einzige Bruder bist, der fähig ist zur Führung des …«

»Das werde ich nicht tun.« Die ungewohnte Schärfe in seinem Ton ließ sie verstummen und zwang sie, ihn anzusehen. »Ich werde nicht mit solchem Gerede vor den König treten. Meine Pflicht gilt den MacLeods, dem Assynt. Wo liegt deine Pflicht, Catriona? Was ist in diesem Fall für den Clan am besten?«

Die Kälte in seiner Stimme und der harte Glanz in seinen Augen erschreckten sie, und sie konnte ihm nur wortlos hinterherschauen, als er sich umdrehte und zur Burg zurückging.

* * *

Nachdem Ailig gegangen war, blieb Catriona noch lang am Ufer des Lochs stehen und versuchte nachzudenken, versuchte nicht in Panik zu verfallen, versuchte zu begreifen, was ihr Bruder ihr zu tun geraten hatte und warum er die offensichtliche Lösung ihrer beider Probleme ausschlug. Ailig hatte schon immer gesagt, was man von ihm zu hören erwartete, indessen sagte er auch vieles, was sich erst im Nachhinein erschloss. Während Catriona den Provokationen ihrer anderen Brüder und ihres gleichgültigen Vaters direkt mit Temperament und Worten begegnete, hielt Ailig sich aus ihren Auseinandersetzungen heraus und stieß sie alle mit einem Wort hier, einer hintergründigen Geste da und manchmal auch mit seinem Schweigen in die Richtung, die ihm die beste dunkte. Doch diesmal schwieg er nicht. Und er ging auch nicht hintergründig zu Werke.

Ihr Leben war vorbei, und der Clan würde gewiss zu Schaden kommen, wenn sie keine Möglichkeit fand, ihren Vater von seiner Absicht abzubringen. Sie wünschte sich weder das eine noch das andere, und ihr blieb furchtbar wenig Zeit, die Katastrophe abzuwenden. Sie wollte nicht dabei zusehen müssen, wie die MacDonells die MacLeods in jenen Dreck hineinzogen, der das Los im Leben der MacDonells war. Sicher verdienten ihre Brüder diese Loyalität nicht, aber Catriona konnte einfach nicht anders, sie musste tun, was für ihren Clan am besten war. Sie war die Tochter des Chiefs und trotz der Streitigkeiten mit ihren Brüdern hatte sie eine Pflicht zu erfüllen: Sie musste die Angehörigen des Clans schützen, auch dann, wenn dies hieß – und das war meistens der Fall –, sie vor Broc zu schützen, ihrem zukünftigen Chief.

Dämliche Idioten.

Aber was sollte sie tun? Sie brauchte einen Plan.

Sie könnte sich einen anderen Bräutigam suchen und die Verlobung verkünden lassen, bevor Hundsgesicht hier eintraf. Sie schüttelte den Kopf. Selbst wenn es einen Mann gegeben hätte, mit dem sie sich eine Ehe vorstellen könnte, hätte doch keiner der Burschen, die sie kannte, etwas mit ihr zu schaffen haben wollen. Es gab rings um Loch Assynt im Umkreis von einem Tagesritt keine Männer, die es auch nur in Betracht zögen, sie zu heiraten.

Und keinen, mit dem sie verheiratet sein wollte, nicht einmal zum Wohle des Clans.

Dann also ins Kloster, ein religiöses Leben führen. In Armut, Keuschheit und Gehorsam. Sie schauderte. Für so ein Dasein war sie nicht geschaffen, und das war ihr wohl bewusst. In Armut könnte sie zwar leben, aber sie wünschte sich, eines Tages eigene Kinder zu haben, ein kleines Wesen, das sie nur um ihrer selbst willen liebte. Und Gehorsam? Der zählte nicht zu ihren Stärken. Und wenn sie nicht gehorchen konnte? Bei Broc wusste sie wenigstens, wie er es ihr vergalt, und sie verstand damit umzugehen. Eine Vergeltung im Hause Gottes wäre jedoch etwas gänzlich anderes, und sie hatte keine Lust, es darauf ankommen zu lassen. Nein, das eingeschränkte Leben einer Nonne wäre nichts für sie, ganz abgesehen davon, dass dann niemand mehr da wäre, der Broc in seinem Irrsinn zügelte. Nay, sie wurde hier gebraucht, solang Broc oder die Schafe die Verantwortung trugen.

Was dann? Heirat oder das Kloster – eine andere Wahl hatte man als Frau nicht, es sei denn, man war eine dieser seltenen Kräuterhexen, die allein im tiefen Wald lebten. Sie drehte sich um und blickte auf den grauen Klotz, der Assynt Castle war. Trotz all des Verdrusses mit ihrer Familie ließ die Vorstellung, für immer allein zu leben, wirklich allein und nicht nur einsam zu sein, Catriona förmlich erzittern. Sie wollte nicht ohne Menschen leben müssen, selbst die MacDonells wären noch besser als so ein Schicksal … vielleicht. Aber der Clan …

Catriona war nicht imstande, sich von der Stelle zu rühren, derweil ihre Gedanken sich wanden und verstrickten wie Schlangen in einem Korb – und worum sie sich drehten, erschien ihr genauso widerlich.

Es gab keinen Ausweg. Sie sah keinen, der nicht schrecklich gewesen wäre. Hundsgesicht heiraten oder ins Kloster gehen. Sie hatte niemanden, den sie um Hilfe bitten konnte, niemanden, der ihr auch nur einen Augenblick lang Mitleid geschenkt hätte. Ihr blieb nur eines zu tun – sie musste sich so furchtbar aufführen, so garstig und vollkommen widerspenstig sein, dass Hundsgesicht sie doch nicht heiraten wollte. Aber der Gedanke, ihm gegenübertreten zu müssen, ließ sie frösteln, und diese Schwäche wiederum machte sie wütend. Sie schlang die Finger beider Hände ineinander, um sie ruhig zu halten. Nay, sie würde ihm nicht gegenübertreten.

Zorn toste durch ihre Adern und entfachte in ihr ein Feuer, bis sie mit langen, schnellen Schritten am Ufer entlanglief und nach etwas suchte, das sie werfen konnte, etwas, womit sie die anderen so sehr verletzen könnte, wie es sie verletzen würde, in Hundsgesicht MacDonells Arme gestoßen zu werden. Sie konnte sich ihm nicht hingeben. Und sie würde es auch nicht tun.

Lieber würde sie sterben, ehe sie Assynt mit Hundsgesicht verließ – oder er würde sterben. Es musste doch einen Weg geben …

Eine plötzliche Erkenntnis erfüllte sie mit Hoffnung und Furcht. Ihr blieb keine Wahl. Sie durfte nicht hier sein, wenn Hundsgesicht eintraf. Wenn sie ihr Zuhause vorübergehend verließ, dann konnte sie Broc und Hundsgesicht entgehen. Eine alte Erinnerung blitzte in ihren Gedanken auf. Sie hatte sich eine Schwester oder eine Mutter gewünscht, aber beides hatte sie nicht. Allerdings hatte sie eine Tante, die Schwester ihrer Mutter, die in einem Dorf nahe dem Meer lebte. Als kleines Mädchen, bevor ihre Mutter starb, war sie einmal dort gewesen. Bis zum Meer war es nicht weit, und sie waren verwandt. Wenn Catriona ihre Tante um deren Gastfreundschaft bat, könnte sie ihr die nicht verweigern.

Sie würde sich am Morgen auf den Weg machen und noch bevor die Nacht anbrach am Ziel sein. Niemand käme darauf, dass sie dort hinging.

Zufrieden damit, wenigstens eine einstweilige Lösung gefunden zu haben, nahm sie die Aussicht noch einmal in sich auf. Sie würde gehen, ihrem eigenen Ziel folgen, wie Ailig es ihr geraten hatte, und alles würde gut werden.

Denn wenn sie bliebe, hätte sie keine andere Wahl, als Hundsgesicht im Schlaf zu erdolchen.

* * *

Tayg Munro saß in der Großen Halle von Dun Donell Castle auf einem wackligen dreibeinigen Hocker, den Rücken angenehm nah beim Feuer, die flache Trommel auf seinem Schenkel. Er lächelte der kleinen Schar zu, die sich um ihn versammelte.

Es hatte ihn drei harte Tage gekostet, Dun Donell zu erreichen. Zwar war es kalt gewesen, doch der Himmel war klar geblieben, andernfalls hätte er noch länger gebraucht. Die erste Nacht hatte er in einem Dorf der MacKensies verbracht. Dort war es unangenehm gewesen, weil man ihn kannte und als Helden begrüßt hatte. Er hatte sich so verhalten, wie Robbie es getan hätte. Freilich hatte er sich bedankt für die Aufmerksamkeit der vielen Mädchen – einige von ihnen waren selbst zum Heiraten noch zu jung –, die ihn mit Getränken versorgt hatten, und ein paar hatten ihm auch mehr angeboten als nur Wein oder Ale. Keines dieser Mädchen wusste mehr über ihn, als dass er jener Tayg aus den Liedern und Geschichten der Barden und *seanachean* war, dass er Chief von Munro werden würde und ein hübsches Gesicht hatte. Über ihn selbst wussten sie damit nichts.

Am nächsten Morgen hatte er sich rasch auf den Weg gemacht, bis er auf ein weiteres Dorf stieß, wo er wiederum eine unerfreuliche Nacht verbrachte, wenn auch aus anderen Gründen. Er hatte seine neu entdeckte Unbekanntheit zwar genossen, sein erster Auftritt als

Barde war jedoch nicht gut verlaufen. Noch vor Sonnenaufgang war er weitergezogen, auf geradem Weg und so schnell seine Beine ihn nach Dun Donell trugen. Er wollte seinen Auftrag erledigen, damit er hernach etwas gemächlicher durch die Highlands wandern konnte. Er war weit nach dem frühen Sonnenuntergang angekommen, und er wollte auch nur eine Nacht bleiben, um nicht Gefahr zu laufen, dass man herausfand, wer er wirklich war.

Doch erst einmal musste er sich als Barde mehr ins Zeug legen. Es war nicht so leicht, sich als solcher auszugeben, wie er gedacht hatte. Die Leute hatten bestimmte Erwartungen, und die hatte er im letzten Dorf gewiss nicht erfüllt. Zum Glück war es ihm gelungen, sich dank seines natürlichen Liebreizes durch den Abend zu mogeln. Diesmal hatte er allerdings eine bessere Idee, was zu tun war.

Erst würde er eine alte Ballade singen, etwas Melancholisches, das die Versammelten kannten. Dann wollte er ein, zwei Geschichten erzählen. Geschichten hätte er die ganze Nacht lang erzählen können. Nur das Singen und Spielen war eine Plagerei. Im Anschluss an die Geschichten würde er eine lebhaftere Melodie zum Besten geben und sich dann den Neuigkeiten und dem Tratsch zuwenden. Wenn er es richtig anstellte, musste er den ganzen Abend über nur eine Handvoll Lieder singen – und keines davon würde sich um Tayg von Culrain drehen.

Nun denn, es konnte losgehen. Er trank einen großen Schluck Ale, um sich Mut zu machen, und begann rhythmisch auf die Trommel zu schlagen. Als ihm der Takt stetig genug vorkam, um ihn um eine Melodie zu ergänzen, fing er an zu summen. Vielleicht konnte er die Zuhörer ja dazu bringen, mit ihm zu singen, dann hing nicht alles allein von seiner Stimme ab. Er summte ein wenig lauter, aber niemand fiel mit ein.

Als er das Gefühl hatte, es nicht länger aufschieben zu können, setzte er zu dem traurigen Lied an und merkte sogleich, dass er die Trommel zu schnell schlug. Er verhaspelte sich, als er den Takt anpasste, und nahm auf dem einen oder anderen Gesicht in der Runde einen überraschten Ausdruck wahr. Ein Kind kicherte, und er spürte, wie seine Wangen heiß wurden. Was hatte er sich nur dabei gedacht, als er auf diese Idee verfallen war?

Abermals brachte er die Worte durcheinander und geriet aus dem Takt. Mühsam konzentrierte er sich wieder auf das Lied und brachte es vorzeitig zu Ende. Dann trank er noch einen großen Schluck Ale und verlegte sich auf seine Stärke.

»Wie Ihr seht, bin ich kein großer Sänger.« Vereinzeltes Lachen antwortete ihm, und er versuchte, sich nicht daran zu stören. »Dafür bin ich ein ausgezeichneter Geschichtenerzähler, einer, der sogar dem König das Wasser reichen kann.« Er grinste einem dicht bei ihm sitzenden Mädchen strahlend zu und wurde mit einem Lächeln belohnt, das ihre Grübchen zeigte.

»Was für eine Geschichte werdet Ihr uns denn erzählen?«, fragte sie.

»Na, was für eine Geschichte würdet Ihr denn gern hören?«, entgegnete er ans Publikum gewandt und suchte in den Gesichtern nach Anregungen.

»Eine mit Ungeheuern und Blut!«, rief ein Junge mit schmutzigem Gesicht und blonder Zottelmähne.

»Aha, dann wollt Ihr also eine Geschichte über die Engländer hören und Longshanks, ihren lieben verstorbenen König?«

Ein lauter Chor aus Buhrufen und Pfiffen brachte ihn zum Grinsen.

»Eine Geschichte über Krieg und Sieg!«, rief jemand.

»Eine Liebesgeschichte!«, verlangte ein Mädchen von der anderen Seite des Kreises her.

»Aha, da habe ich genau die richtige«, sagte Tayg, sorgsam darauf bedacht, alle Geschichten zu meiden, die sich auf ihn beziehen konnten. »Und wahr ist sie obendrein. Kennt ihr schon die Geschichte über den wütenden Chief und die schöne Heilerin? Nay? Na, dann rückt näher, und ich erzähle euch von dem bösen Treiben weit drunten in Kilmartin.«

Tayg hob zu einer Geschichte an, die er im vergangenen Winter kurz nach der wundersamen Genesung von König Robert gehört hatte, allerdings schmückte er die Liebesgeschichte darin mit möglichst vielen Ränken und Schrecken aus. Als er zum Ende kam, applaudierte die Menge und wollte mehr hören, und so erzählte er eine weitere Geschichte über einen Mann, der aus dem Nebel der Zeit kam, um seine einzig wahre Liebe zu sich zu holen. In dieser Geschichte wimmelte es von Schwertkämpfen und Wundern, und er hatte die Zuhörer bis zum Schluss, wo der Schurke ein feuriges Ende nahm, fest in seinem Bann. Diesmal brach die Menge in Jubel aus, und Tayg war sehr zufrieden mit sich. Vielleicht war das Ganze ja doch nicht so schwer.

»Erzähl uns noch eine, Barde.«

»Aye, gleich. Aber jetzt habe ich erst einmal Hunger, und der Duft, der von diesen Servierplatten aufsteigt, ist äußerst verlockend!«

Die Versammelten schauten sich um und stellten offenkundig überrascht fest, dass Speisen im Saal aufgetragen worden war, ohne dass sie es bemerkt hatten. Alle waren seiner Meinung und drängten sich zu den Sitzplätzen. Tayg legte die Trommel behutsam neben seinem Hocker auf den Boden, dann schlenderte er zu einem der Tische hinüber und suchte sich einen Platz, von dem aus er beim Mahl den ganzen Saal im Blick hatte.

Er setzte sich zwischen zwei hübsche Mädchen, das eine blond, das andere brünett. Beide kicherten, als er ihnen zugrinste. Just als er nach einem Teller mit kleinen Pasteten griff, senkte sich Schweigen über den voll besetzten Saal.

Tayg blickte gerade noch rechtzeitig auf, um zu sehen, wie der Chief an der Stirnseite des Saals am Tisch Platz nahm. Duff MacDonell war ein großer, hässlicher Mann. Seine Haut war pockennarbig, und das strähnige braune Haar hing ihm in die fast farblosen Augen. Seine Nase war so lang, dass sie seinen Mund auf das vorspringende Kinn hinunterzudrücken schien.

Und sein Wesen entsprach ganz seinem Äußeren.

Tayg hatte dem Chief die Botschaft des Earls gleich nach seiner Ankunft überbracht. Duff wirkte seltsam erfreut über die Einladung zur Begrüßung des Königs; das war ganz und gar nicht die Reaktion, mit der Tayg gerechnet hatte.

Duff MacDonell war weithin als Unruhestifter mit einem Hang zum Größenwahn bekannt. Er war ein Händelsucher, und sein Clan war deswegen sehr unbeliebt. Irgendetwas stimmte hier nicht. Vielleicht war es das merkwürdige Funkeln in Duff MacDonells Augen, als Tayg ihm die Nachricht vorgelesen hatte, vielleicht auch die Art und Weise, wie der junge Chief ihm befohlen hatte, auf eine Botschaft zu warten, die er nach Assynt bringen sollte, ohne auch nur zu fragen, ob er überhaupt auf dem Weg dorthin war.

Aber vielleicht mochte er den Mann auch einfach nur nicht.

Tayg schüttelte das sonderbare Gefühl ab und richtete sein Augenmerk erneut auf die Speisen, die vor ihm standen. Kurz darauf erfüllte auch wieder das Raunen leise geführter Unterhaltungen den Raum.

»Wisst Ihr eigentlich, dass er dieses Biest hierherbringen wird? Sie soll bei uns leben«, sagte die Tischnachbarin zu seiner Rechten.

»Ein Biest?« Tayg bewunderte die blonde Schönheit und wog seine Chancen auf ein späteres Schäferstündchen mit ihr ab.

»Aye, er wird das Biest von Assynt heiraten und sie dann nach Dun Donell bringen. Es heißt, sie sei genauso hässlich wie Duff und doppelt so bösartig.«

»Warum heiratet er denn so ein Mädchen? Doch nicht aus Liebe, oder?«

»Nay«, sagte die Brünette, die links von ihm saß. »Unser Duff hat einen Plan. Das Biest hat fünf schneidige Brüder, und ihr Vater ist verwandt mit den MacLeods von Lewes, denen große Teile der Inseln und der Küste unterstehen. Mit ihnen will Duff uns verbünden.«

Tayg kaute einen Moment lang auf einem zarten Stück Wildfleisch, bis er genau begriff, was dieses Bündnis zu bedeuten hatte.

»Dann hält Euer Chief die Sache König Roberts also für hoffnungslos?« Vielleicht tat der König besser daran, als er dachte, wenn er MacDonell befahl, in Dingwall zu erscheinen und der Krone die Lehnstreue zu schwören. Oder war es schon zu spät?

Das brünette Mädchen hob die Schultern. »Ich weiß nicht, und es kümmert mich auch nicht, welche Bündnisse sich aus der Heirat ergeben. Es sind die Frauen des Clans, die die meiste Zeit mit dem Biest zubringen müssen. Es sind die Frauen des Clans, die ihr Manieren beibringen müssen, wenn sie nicht aufs Meer hinausgeschafft und zum Ersaufen auf einem Felsen zurückgelassen werden will.«

Tayg lachte leise. »Ich beneide die Frau nicht um ihre Zeit hier.«

»Ich beneide sie auch nicht um ihre Ehe mit Duff«, sagte das Mädchen. »Netta dort«, sie nickte in Richtung seiner blonden Tischnachbarin, »hatte gehofft, ihn zu heiraten, aber was mich angeht«, sie hakte ihren Arm unter Taygs und lehnte sich so dicht zu ihm hinüber, dass er spürte, wie sich ihre weiche Brust an ihn drückte, »mir ist an einem Mann ein schöneres Gesicht lieber.« Sie lächelte ihn breit an und klimperte mit den Wimpern.

Tayg grinste ihr zu, dann maß er Netta mit einem Blick. Von ihren Wimpern löste sich eine dicke Träne und lief ihr über die Wange. Er hatte schon vor langer Zeit herausgefunden, dass viele Mädchen weinen konnten, wann immer sie glaubten, es gereichte ihnen zum Vorteil. Er durchschaute ihr Spiel also, wollte es aber mitmachen. Vielleicht brachte er dabei mehr über seinen Gastgeber in Erfahrung, dem zu misstrauen der König offenbar allen Grund hatte. Er wischte ihr die Träne fort, dann beugte er sich zu ihr hinüber.

Ganz dicht an ihrem Ohr flüsterte er: »Es liegt doch auf der Hand, dass dieser Rüpel Euch gar nicht verdient hätte.«

Ihre Augen weiteten sich, und das Lächeln kehrte zurück. Er grinste ihr zu und wackelte mit den Augenbrauen, was ihr ein leises Lachen entlockte.

»Erzählt Ihr uns noch eine Geschichte?«, fragte das andere Mädchen und lenkte seine Aufmerksamkeit damit wieder auf sich.

»Das will ich gerne tun, sobald ich diese köstliche Wildpastete verspeist habe.« Er winkte, auf dass man ihm seinen Krug nachfülle, dann aß er rasch auf. Ihm mochte der Sinn ja nicht nach Heirat stehen, aber er hatte Grund zu der Hoffnung, dass ihm eines dieser hübschen Mädchen heute Nacht das Bett wärmen würde, und wenn er unterdessen noch etwas herausfand, das dem König von Nutzen war, dann war es seine Zeit gleich zweimal wert. Vielleicht brauchte er seinen Besuch auf Dun Donell ja doch nicht so eilig abzubrechen.

Als Tayg mit seinem Mahl fertig war, setzte er sich wieder auf seinen Hocker am Feuer. Seine Tischnachbarinnen folgten ihm hurtig nach und sicherten sich Plätze, wo ihm niemand die Sicht auf ihre Reize nehmen konnte. Er wärmte sich die Hände, lächelte den beiden Mädchen zu, dann nahm er seine Trommel wieder auf. Leise spielte und sang er ein paar einfache Lieder, die er kannte, seit er ein kleiner Junge war. Der Lärm der Leute, die noch aßen, übertönte seine Fehler und gab ihm das Gefühl, mit den Hintergrundgeräuschen eins zu werden. Das entspannte ihn ein wenig.

Langsam ließen sich immer mehr Menschen wieder um ihn herum nieder und hörten ihm zu, während sie leise miteinander sprachen. Er zwinkerte Netta und dem anderen Mädchen zu, dann blickte er sich in der Runde um und in die anderen freundlichen Gesichter dort. Je lockerer er wurde, desto leichter fiel es ihm, die Melodie mit dem Takt der Trommel zu verweben, ohne ins Straucheln zu geraten. Als das Lied zu Ende war, griff er nach seinem Krug. Er trank einen großen Schluck und sah über den Rand hinweg, wie sein Gastgeber durch die Menge auf ihn zukam.

Er wollte nicht noch einmal mit dem Mann sprechen, aber es schien unvermeidlich.

Tayg stellte seinen Krug ab, rückte die Trommel auf seinem Schoß zurecht und machte sich bereit, ein weiteres Lied anzustimmen. Doch dazu kam er nicht.

»Kommt mit«, sagte Duff und packte ihn am Ellbogen, sodass die Trommel fast zu Boden gefallen wäre.

Tayg schüttelte die Hand des Mannes ab und lehnte das Instrument vorsichtig an den Hocker. Dann wandte er sich seinem Publikum zu und verbeugte sich tief, wie er es bei vielen Barden gesehen hatte. »Ich werde in Kürze wieder da sein, um Euch weiter zu unterhalten«, erklärte er mit einem anzüglichen Blick auf den Chief.

Der Mann schnaubte und ging durch die Menge voraus zu einem verlassenen Tisch in einer dunklen Ecke des Saals.

»Bringt das nach Assynt«, sagte er und schob Tayg ein zusammengefaltetes Stück Pergament hin.

Tayg nahm und wendete es, um einen Blick auf die andere Seite zu werfen, aber es trug kein Siegel, das auf den Verfasser des Schriftstücks hinwies, nur einen dicken, nicht markierten Wachsklecks.

»Möchtet Ihr mir verraten, was darin steht, damit ich die Nachricht auf Assynt kundtun kann?«

»Nay. Es handelt sich um eine vertrauliche Nachricht an meine Verlobte. Sorgt dafür, dass ihr Bruder Broc sie erhält. Er wird veranlassen, dass man sie ihr vorliest.«

Tayg hob eine Braue.

»Kümmert Euch darum«, verlangte Duff. »Wenn Ihr bei Sonnenaufgang aufbrecht, könnt Ihr am Abend auf Assynt sein.«

»Ich hatte eigentlich daran gedacht, ein, zwei Tage hierzubleiben.« Er beobachtete das Gesicht des Chiefs und erkannte, dass dieser Mann von niemandem Widerworte duldete. Man tat, was er forderte, sonst trug man die Konsequenzen. Er hatte an der Seite solcher Männer gedient und hielt wenig von diesen Kerlen.

»Ihr brecht am Morgen auf.«

»Aber ich habe … einen Grund gefunden, länger zu bleiben«, beharrte Tayg und fügte ein keckes Grinsen hinzu. Wären seine hübschen Tischnachbarinnen nicht gewesen, hätte er nicht länger als eine Nacht bleiben wollen, aber er konnte es sich einfach nicht verkneifen, Duff zu reizen. Es passte ihm nicht, von diesem Mann herumkommandiert zu werden.

»Ihr werdet am Morgen aufbrechen. Über das Frühstück hinaus werdet Ihr hier nicht willkommen sein.«

Tayg blickte wieder auf das Pergament in seiner Hand. Den Worten der Mädchen nach zu schließen konnte es sich dabei kaum um eine Liebesbotschaft handeln. Seine Gedanken rasten. Dieser Mann wusste nicht, dass er lesen konnte. Er vertraute ihm ein

Sendschreiben an, das er dem Bruder seiner Verlobten aushändigen sollte. Wenn Tayg feststellte, dass das Wachssiegel locker wäre und die Nachricht zufällig läse …

»Wie Ihr wollt«, sagte er und verstaute das Pergament in dem Lederbeutel, der an seinem Gürtel hing. Dann ging er rasch davon, weil er MacDonell keine Zeit geben wollte, ihn wegzuschicken.

Was war so wichtig an diesem anderen Clan und dem Biest in dessen Reihen? Taten sie sich alle gegen König Robert zusammen? Sobald er das Land dieses verdammten Clans verlassen hatte, würde er die Nachricht lesen, und dann musste er sie wohl überbringen. Wie wäre es ihm schließlich leichter gefallen, in Erfahrung zu bringen, was die beiden Clans im Schilde führten? Und wenn sie eine Gefahr für den König und Schottland bedeuteten, dann konnte er als Barde die eine oder andere Geschichte in Umlauf bringen …

Kapitel 3

Catriona führte das schwarze Pferd, das ihrem mittleren Bruder Gowan gehörte, über den Burghof. Sie hätte ja ihre Stute genommen, aber das Tier war trächtig und hätte Catriona nicht den weiten Weg tragen können, der heute vor ihr lag. Sie nahm nur wenig mit, Kleidung zum Wechseln und gerade genug Proviant für einen Tag. Hätte sie mehr eingepackt, wäre man misstrauisch geworden, und das durfte sie nicht riskieren.

Ihr Plan beruhte darauf, dass sie sich routiniert verhielt, und so ging sie wie gewöhnlich ihren täglichen Pflichten nach. Broc hatte sie aufgespürt, wie immer, um ihr die Laune zu verderben, indem er sie mit ihrem drohenden Schicksal verspottete, was zu einer ihrer üblichen Auseinandersetzungen geführt hatte; aber auch das kam ihrer Absicht entgegen. Jetzt brach sie auf, um auszureiten, bis ihre Wut verflogen war, oder jedenfalls würden die anderen das annehmen. Sie lieh sich Gowans Pferd nun schon seit drei Tagen aus, war jeweils mehrere Stunden lang ausgeritten, nachdem sie ihre Pflichten auf der Burg erledigt hatte, und jeden Tag ein bisschen später zurückgekehrt. Niemand würde sie heute bis weit nach dem Mittagessen vermissen. Bis dahin würde sie das Dorf ihrer Tante am Meer fast erreicht haben. Dort würde Catriona die Tante bitten, sie zu verstecken, bis der verhasste MacDonell aufgab und heimkehrte. Dann hatte sie den ganzen Winter lang Zeit, um ihren Vater zu überzeugen, dass nichts Gutes daraus erwüchse, sie mit diesem grässlichen Mann zu verheiraten.

Draußen vor dem Tor stieg sie aufs Pferd und ritt zum Loch hinunter. Kurz davor würde sie eine andere Richtung einschlagen. Sobald sie von der Burg aus nicht mehr zu sehen war, würde sie einen Bogen zurückschlagen und den eigentlichen Weg nehmen. Sie hoffte, mit diesem Manöver jeden zu täuschen, der sich auf die Suche nach ihr begeben mochte.

Der Loch erstreckte sich vor ihr, auf der anderen Seite ragte der Quinag auf, aber heute war der Himmel stahlgrau und der Berggipfel lag unter einem dichten Wolkenmantel verborgen. Sie blieb kurz stehen, wie sie es immer tat, um die friedvolle Stimmung dieses Fleckchens zu bewundern, aber lang konnte sie nicht verweilen. Und sie würde ja bald wieder nach Hause zurückkehren. Jetzt jedoch musste sie weiterreiten, als wäre dies ein Tag wie jeder andere. Sie wendete das Pferd und entfernte sich rasch.

Als sie eine Felszunge umrundet hatte, die den Blick auf die Burg verwehrte, trieb sie das Pferd zum Galopp an und jagte den Weg entlang, fort von Zuhause, fort von ihrer Familie, die sie unglücklich machte, und fort von einer Heirat, über die sie nicht einmal nachdenken wollte. Sie beugte sich tief über den Hals des kräftigen Pferdes und ließ es laufen. Der kalte Wind zerrte an ihrem Umhang, aber der Rausch, frei zu sein, überwog alle Unannehmlichkeiten. Als sie auf den Wildwechsel trafen, den Catriona gestern entdeckt hatte, lenkte sie das Pferd diesen Pfad entlang, umrundete die Burg auf der Rückseite und schlug dann den Weg ein, der sie nun an ihr Ziel führen würde. Schon bald würde sie den würzigen Salzgeruch der Seeluft einatmen und schon wenig später bei ihrer Tante sein. Ihr Vater, Broc und die Schafe würden keine Ahnung haben, wo sie hingegangen war. Sie würden Hundsgesicht erklären müssen, warum er den langen Weg gekommen war, obschon es auf Assynt nie eine Braut für ihn geben würde.

Es erfüllte Catriona mit Genugtuung, ihre Familie in diese schwierige Lage zu bringen. Sie trieb das Pferd an, wand ihre Hände in seine Mähne, ließ sich vom Wind das geflochtene Haar auflösen und genoss lang den kalten Biss der vorüberrasenden Luft in ihre Wangen, bis das Pferd schließlich von selbst langsamer wurde. Erst als es stehen blieb, merkte sie, dass ihr Magen vor Hunger knurrte. Sie schaute auf und versuchte, die Tageszeit zu schätzen, doch der graue Himmel hatte sich inzwischen so weit herabgesenkt, dass er unmittelbar über ihrem Kopf zu hängen schien und die Sonne hinter den Wolken nicht mehr auszumachen war. Die Berge waren in dämmriges Licht getaucht, nur ihre felsigen Ausläufer waren unterhalb der Wolken noch zu sehen. Der Wind, den Catriona dem Tempo des Pferdes zugeschrieben hatte, zerrte an ihrem Umhang, als wollte er ihn fortreißen.

Wie weit war sie geritten? Sie entdeckte ringsum nichts, was ihr bekannt vorkam. Erste Schneeflocken tanzten im Wind. Sie hätte das Meer unterdessen doch erreicht haben müssen. Sie sah sich um, überzeugt, dass das Donnern, mit dem die Wellen auf die Felsenküste trafen, ganz nah sein musste. Vielleicht dämpften die Wolken das Geräusch? Aber der Geruch … schnüffelnd sog sie die Luft ein. Sie erinnerte sich von ihrem einzigen Besuch bei der Familie ihrer Mutter an den Geruch des Meeres, doch der scharfe, klare Duft von Salz und Gischt lag nicht im Wind. Dafür roch es nach Schnee.

Panik erfasste sie einen Moment lang, bis sie sich zwang, tief durchzuatmen und klar zu denken. Hatte sie den falschen Weg genommen? Um ihren Orientierungssinn war es nicht gut bestellt, das stimmte, aber sie hatte doch alles geplant. Hätte sie nicht so im Hochgefühl ihrer Flucht geschwelgt, dann hätte sie womöglich besser aufgepasst. Vielleicht war sie einfach nur falsch abgebogen … aber nein, der Loch lag noch zu ihrer Seite, also konnte das nicht sein. Sie musste nur bis zum Ende des Lochs reiten und dann auf demselben ausgetretenen Weg bis zum Meer bleiben.

Das Pferd fraß von dem kargen Moos, das entlang des Weges wuchs. Catriona zog an den Zügeln und versuchte, den Kopf des Tieres beiseitezuziehen. Es schüttelte sich nur und fraß weiter. Sie wollte jedoch nicht Gefahr laufen, hier draußen in einen Schneesturm zu geraten. Sie musste schnell einen Unterschlupf finden. Der Winter war bedrohlich nahe gerückt. Sie atmete noch einmal tief ein und versuchte, Ruhe zu bewahren, was nie ihre größte Stärke gewesen war.

Sie hätte auf dem Weg, den sie gekommen war, nach Assynt zurückreiten können, aber das wollte sie nicht. Sie musste weiter und sich eine Zuflucht suchen, und zwar schnell. Wenn sie erst einmal vor dem nahenden Sturm in Sicherheit war, konnte sie in Ruhe überlegen, wo sie fehlgegangen war, und den richtigen Weg zum Meer suchen. Aber dazu war später Zeit. Jetzt brauchte sie einen Unterschlupf, und dem rasch tiefer sinkenden Himmel nach zu schließen, musste sie sich beeilen.

Sie zog abermals an den Zügeln des Pferds, und wieder schnaubte es nur und schüttelte den Kopf. Sie versuchte, es mit den Fersen anzutreiben. Es rührte sich noch immer nicht vom Fleck.

Schnee stach ihr ins Gesicht, und nun riss ihr der Geduldsfaden. »Du hohlköpfiges Viech!« Sie trat es fester und zog zugleich an den Zügeln. Das Pferd reagierte, allerdings nicht wie gewünscht.

Catriona flog durch die eisige Luft und landete hart auf dem Rücken. Der Aufprall trieb ihr die Luft aus den Lungen, und für einen Augenblick wurde es um sie dunkel. Als sie wieder atmen konnte, rappelte sie sich vorsichtig auf, dankbar dafür, dass das verfluchte Pferd sie in Moos und welkes Heidekraut abgeworfen hatte und nicht auf den steinigen Teil des Weges, der just hinter ihnen lag.

Wütend sah sie zu dem widerspenstigen Tier auf und langte nach den herabhängenden Zügeln. Das Pferd tänzelte nach hinten, gerade weit genug, um ihrem Griff zu entgehen. Sie trat vor. Das Pferd wich nach links aus. Sie sprang. Das Pferd drehte sich um, trabte davon und verschwand im Nu hinter einer Anhöhe.

Catriona stand mitten auf dem Weg und starrte mit offenem Mund in die leere Gegend. Das Pferd hatte sie im Stich gelassen.

»Aaaargh!« Sie legte all ihre Enttäuschung und Wut in diesen einen Schrei, dann belegte sie das Pferd mit sämtlichen Schimpfnamen, die sie je von ihren Brüdern aufgeschnappt hatte, und dazu noch mit einer Handvoll, auf die zu kommen den Kerlen der Verstand fehlte.

»Eine wahrlich feine Sprache, derer Ihr Euch da befleißigt.«

Catriona schrie auf, fuhr herum und sah sich von Angesicht zu Angesicht einem anderen Pferd gegenüber.

»Wie könnt Ihr es wagen, Euch so an mich heranzuschleichen?«, brauste sie auf und trat zurück, damit sie zu dem Reiter hinaufschauen konnte.

Aus dem Grinsen auf den vollen Lippen des Mannes, das sich als Glitzern in seinen Augen widerspiegelte, wurde rasch ein Ausdruck amüsierten Wohlgefallens, wie Catriona ihn noch nie im Antlitz eines Mannes gesehen hatte.

»Braucht Ihr Hilfe?«, fragte er, hob die Brauen und lächelte.

Der Mann war schön. Er saß vollkommen ungezwungen im Sattel. Seine Schultern waren breit, seine Haare dunkelbraun und sein Mund … etwas an seinem Mund ließ ihr den Atem stocken und füllte ihren Kopf mit Watte. Sie wollte etwas sagen, schien aber keine Worte finden zu können.

»Seid Ihr verletzt?«

Catriona wandte den Blick ab und versuchte ihre verwirrten Gedanken so weit zu ordnen, dass sie ihm mit etwas anderem als nur einem unverständlichen Gurgeln antworten konnte.

»Ich werde Euch nichts zuleide tun«, versicherte er.

Sie sah wieder zu ihm auf, entschied jedoch, sich auf die Ohren des Pferdes zu konzentrieren anstatt auf das faszinierende Gesicht des Mannes. »Mein Pferd ist davongelaufen.« Der atemlose Ton ihrer Stimme verblüffte sie und machte sie noch nervöser.

Das Wohlgefallen verschwand aus seiner Miene und wurde durch Sorge ersetzt. »Seid Ihr verletzt? Kann ich Euch nach Hause bringen? Wenn Ihr allein seid, kann es nicht weit sein.«

»Nay, ich …« Was sollte sie sagen? Sie würde nicht heimgehen, denn das wäre eine Schmach gewesen, außerdem würde es ihr Schicksal besiegeln. Und sie wusste, Broc würde ihr keine zweite Gelegenheit zur Flucht geben.

»Wir brauchen eine Unterkunft. Ich bin nach Assynt Castle unterwegs.«

Catriona schüttelte den Kopf. Ihre Gedanken überschlugen sich. Er war auf dem Weg nach Assynt! Dorthin konnte sie nicht gehen, doch hatte sie weder ein Pferd noch eine Zuflucht oder Proviant, nicht einmal ein Plaid, in das sie sich zum Schutz vor der Kälte hüllen konnte. Ohne die Hilfe dieses Mannes bestand kaum Hoffnung, dass sie die kommende Nacht überlebte.

Er beugte sich herab und streckte ihr seine kräftige, große Hand entgegen. »Steigt auf diesen Stein und haltet Euch fest. Ich hebe Euch herauf und bringe Euch nach Assynt, und zum Dank für meine gute Tat könnt Ihr dafür sorgen, dass man mir dort eine warme Mahlzeit und einen Schlafplatz am Feuer gewährt.«

Als sie seine Hand ergriff, war sie für einen Moment abgelenkt durch seine klare Stimme und das Gefühl seiner schwieligen Haut auf der ihren, die sich warm, rau und stark anfühlte. Nur langsam und während er darauf wartete, dass sie hinter ihm aufsaß, drangen seine Worte in ihr Bewusstsein.

»Ich geh nicht nach Hause«, sagte sie. Sie zwang sich, nach oben und in seine überraschten Augen zu blicken, die mit der Farbe seines Haars harmonierten.

»Über unseren Köpfen braut sich ein Sturm zusammen, und Ihr wollt Euch nicht in Sicherheit bringen?«

»Nay.« Sie zog die Unterlippe zwischen die Zähne. »Ich will nicht nach Assynt.«

»Der Sturm bricht gleich los, und ich fürchte, wir haben kaum eine andere Wahl.«

Sie versuchte, ihre Hand aus seinem warmen Griff zu lösen, aber er hielt sie fest. »Ich sagte, ich will nicht nach Assynt.«

»Ihr müsst aber. Es gibt in der Nähe keine andere Zuflucht. Dun Donell ist einen guten Tagesritt von hier entfernt.«

»Da geh ich auch nicht hin. Ich bin auf dem Weg zum Meer und zum Dorf meiner Tante.«

»Zum Meer? Das Meer liegt hinter Euch, Mädchen.«

»Nay, es liegt gleich hinter dem Loch«, entgegnete sie, doch ihre Stimme klang nicht so fest, wie sie es sich wünschte, denn Schnee fing sich auf seinen Augenbrauen und Wimpern und sie schien sich auf nichts anderes als sein Gesicht konzentrieren zu können.

»Aye, und zwar an diesem Ende«, erwiderte er und zeigte hinter sie. »Ich weiß nicht, wovor Ihr davonlauft, aber es kann nicht schlimmer sein als ein Wintersturm bei Nacht.«

»Was wisst Ihr schon?«

»Ich weiß zum Beispiel, woran ich ein sturköpfiges Mädchen erkenne, wenn mir eines über den Weg läuft. Wenn Ihr mit mir reitet, könnt Ihr mein Gesicht so lang Ihr wollt betrachten«, sagte er mit einem dreisten Grinsen.

»Warum sollte ich das tun wollen?« Catriona riss ihren Blick von seinem Gesicht los, woraufhin er über seine Brust streifte, deren Anblick sie um keinen Deut weniger verstörte. Abermals wollte sie ihre Hand aus seiner befreien, aber er ließ noch immer nicht los. Sie versuchte den seltsamen Zustand, in dem sie wie gefangen war, abzuschütteln. Er ließ sie nicht gehen. Er wollte sie nach Assynt zurückbringen. Wieder drängte sich Panik in ihr Denken. Sie zog fester, und da ließ er sie auf einmal los. Sie stolperte nach hinten und stürzte beinahe über einen Stein. Sie fing sich, und dann heftete sie den härtesten Blick, zu dem sie fähig war, auf ihn.

»Schert Euch davon. Ich kann selbst auf mich achtgeben.«

* * *

Tayg vermisste das Gefühl der kalten Hand dieser sturen Schönheit in der seinen, aber er fürchtete, sie zu verletzen, wenn er seinen Griff nicht löste.

Verärgerung nagte an ihm. Er hatte keine Zeit für uneinsichtige Mädchen, die sich verirrt hatten. Der Sturm hatte sie fast erreicht, sie mussten sich einen Unterschlupf suchen, und nachdem er die Nachricht gelesen hatte, die Duff MacDonell ihm mit auf den Weg nach Assynt gegeben hatte, war er überzeugt, dass eine Verschwörung im Gange war; nur wusste er nicht genau zu sagen, worum es ging. Er musste nach Assynt. Das war seine Pflicht dem König gegenüber, und dieses Mädchen kam ihm dabei in die Quere.

Er hatte es mit Charme versucht, er hatte es mit Vernunft versucht, und dem dichter werdenden Schneefall und böigen Wind nach zu urteilen blieb ihm nur noch wenig Zeit zum Streiten, aber sein Gewissen ließ es einfach nicht zu, dass er das Mädchen kurzerhand dem Kältetod überantwortete, ganz gleich, was sonst noch zu tun war. Er musste schleunigst eine Zuflucht für sie beide finden. Er sah keinen Grund zu der Annahme, dass sie auf sich selbst achtgeben konnte. Sie befand sich hier mitten in der Wildnis, allein und unvorbereitet, und er wollte sich nicht die Schuld an ihrem Tod aufbürden. Er hatte auch so schon genug Grund zur Sorge.

Tayg seufzte und setzte sein bestes geschauspielertes Lächeln auf. »Ich werde Euch nichts tun, Mädchen.« Das finstere Funkeln in ihren Augen besagte, dass sie ihm nicht glaubte. »Und ich werde Euch auch nicht nach Assynt bringen, dazu scheint es ohnehin zu spät zu sein.« Er ließ den Blick durch das Zwielicht ringsum schweifen, dann richtete er ihn wieder auf sie. Ihre Schultern waren herabgesunken, und sie nagte wieder an ihrer Unterlippe. Allein der Anblick ihrer ebenmäßigen weißen Zähne auf ihrer Lippe ließ ihm den Mund trocken werden. Er zwang seine Gedanken, zu der Misere zurückzukehren, in der sie steckten, und reichte ihr ein weiteres Mal die Hand.

»Kommt schon, Mädchen. Ich lasse nicht zu, dass Ihr hierbleibt.« Er sah, wie die schwarzhaarige Schönheit ihr Kinn anhob, sodass sie ihn über ihre Nase hinweg von oben herab anzuschauen schien, obgleich er auf einem Pferd saß und sie zu seinen Füßen stand. Abermals straffte sie die Schultern, und er hätte schwören können, dass sie sich zum Kampf bereit machte. Was hatte er denn nun wieder gesagt, um sie gegen sich aufzubringen? Er hatte keine Zeit für diesen Unsinn.

»Wir müssen«, er bewegte sein Pferd auf sie zu, »einen Unterschlupf«, er griff rasch nach unten, fasste sie um die Taille und schwang sie mit einem kräftigen Ruck hoch und auf seinen Schoß, »finden.« Sie lag bäuchlings über seinen Knien. Nach einem Sekundenbruchteil, in dem die Überraschung ihr die Stimme verschlug, fing sie an zu schreien, um sich zu schlagen und zu treten.

Tayg ließ das Pferd antraben, und die Bewegung des Tieres raubte ihr den Atem und ließ sie verstummen.

»Das hat mir gerade noch gefehlt«, brummte er vor sich hin, »dumme Mädchen, die nichts anderes wollen, als sich und mich umzubringen.«

»Ich … will … niemanden … umbringen … *noch* nicht!« Ihre Stimme klang gedämpft und atemlos, allerdings auf ganz andere Weise als noch vor wenigen Augenblicken.

Dummes Ding. Albernes, hübsches Frauenzimmer. Tayg schüttelte den Kopf. Schön war sie, ja. Ebenholzschwarzes Haar, blasse, makellose Haut, Augen so blau, dass er den Ton nicht benennen konnte. Und ihr Mund war üppig und glänzte wie Tau. Doch dann erinnerte er sich ihrer Worte, als er sie entdeckt hatte, und des störrischen Zugs um ihr Kinn. Das war kein Mädchen, wie man es alle Tage traf.

* * *

Die Wärme des Tieres unter ihr und die Wärme des Mannes hinter ihr empfand Catriona als willkommene Linderung, nachdem der schmetternde Wind mit eiskalten Fingern an ihr gezerrt hatte; ihre unbequeme, beschämende Lage indes, quer auf seinem Schoß liegend, ließ sie vor Wut schäumen. Das vertraute Gefühl von Zorn und Enttäuschung tröstete sie merkwürdigerweise über die Panik hinweg, die in ihr aufgestiegen war, als er sagte, er werde sie nach Assynt zurückbringen. Jetzt war ihm das erst einmal nicht möglich. Und sobald sie die Gelegenheit dazu fand, würde sie verschwinden.

Sie versuchte immer dann zu atmen, wenn die Bewegung des Pferdes ihr nicht die Lungen quetschte. Allmählich wurde ihr bewusst, dass sie einen Hang hinaufritten, allerdings konnte sie sich an keine Hügel entlang des Seeufers erinnern.

»Wo bringt Ihr mich hin?«, rief sie über den Wind und das Klimpern und Klirren des Zaum- und Sattelzeugs hinweg.

Er sagte nichts, aber sie spürte, wie er das Pferd zu schnellerem Gang antrieb. Catriona versuchte ihren Kopf so zu halten, dass er weder gegen das Bein des Mannes schlug noch in der Luft herumhüpfte. Schließlich fand sie eine wenigstens einigermaßen bequeme Position, in der sie ihre Stirn auf seine Wade betten konnte. Sie war immer noch kurzatmig, stellte jedoch fest, dass sie einigermaßen Luft bekam, wenn sie nicht gegen die Gangart des Pferdes ankämpfte.

So erhielt sie allmählich ein genaueres Bild des Mannes, über dessen Schoß sie lag. Seine Beine waren hart, kräftig und muskulös. Sein Bauch war flach, aber ebenfalls hart, was ihre Schulter bezeugen konnte. Auch wenn sie es momentan nicht sehen konnte, hatte er doch gewiss schlanke Hüften, und sie entsann sich seiner breiten Schultern. Der Mann strahlte die Kraft eines Kriegers aus. Sie entspannte sich weiter und musste sich widerwillig eingestehen, dass ihr fast behaglich zumute war. Eigentlich hätte sie sich vor ihm fürchten sollen … nay, sie hätte wütend auf ihn sein sollen, und das war sie auch, aber er hatte etwas an sich, das sie beinahe beruhigte.

Er hatte recht. Sie war dumm.

Gerade als ihr richtig warm zu werden begann, blieb das Pferd stehen, und der Mann ließ sie herabgleiten, bis sie auf ihren Füßen stand. Als er selbst absaß, stieß er sie jedoch fast um. Catriona sog die eisige Luft der Highlands tief in ihre Lungen und verspürte ein fürchterliches Kribbeln, mit dem das Blut in ihre Füße zurückschoss.

»Wartet hier!«, rief er, doch im tosenden Wind und Schneegestöber konnte sie ihn kaum hören. Er deutete auf einen dunklen Riss, der in der Felswand vor ihnen nur schwer auszumachen war. »Ich sehe nach, ob die Höhle wirklich leer ist!« Er reichte ihr die Zügel und ließ sie neben dem Tier stehen. Sein Befehl schürte ihre Wut von Neuem, aber ihr war schwindlig von dem Ritt, den sie kopfüber zugebracht hatte, und ihre Füße schienen ihr bleischwer, sodass sie stehen blieb, zwar immer noch wütend, aber wohl wissend, dass sie im Moment ohnehin nirgendwo anders hin konnte. Sie sah ihm nach, wie er in der Höhle verschwand, wenige Augenblicke später wieder zum Vorschein kam und sie zu sich winkte. Catriona zog an den Zügeln und zwang ihre Füße, sich in Bewegung zu setzen.

Der Mann sagte etwas, aber sie hatte zu viel damit zu tun, ihr Gleichgewicht zu wahren, um ihm zuzuhören. Er nahm ihr die Zügel ab, als sie an ihm vorbei in die Höhle ging. Gleich hinter dem Eingang blieb sie stehen und schüttelte den schweren, nassen Schnee von ihrem Umhang, dann ging sie weiter in den Unterstand hinein.

Es war ein durchaus gemütliches Örtchen, wenn auch nicht groß. Vielleicht konnte der Mann in der Nähe des Eingangs ein Feuer machen. Daran würde sie ihre Kleider trocknen – wenn sie nur etwas gehabt hätte, das sie währenddessen tragen könnte, aber Gowans Pferd war mit allem, was sie mitgenommen hatte, davongelaufen. Der Mann schob sie beiseite, als er das Pferd aus dem Sturm hereinführte.

»Hier drinnen ist schon für uns kaum genug Platz. Gibt es für das Pferd denn keine andere Höhle?«, fragte sie.

»Die mag es vielleicht geben, aber Pferde erzeugen viel Wärme. Wir brauchen die Hilfe des Tieres, um die Nacht über halbwegs warm zu bleiben.« Er führte das große braune Pferd zur hinteren Wand der Höhle und klemmte die Zügel unter einen großen Stein.

Catriona sah, dass das Fell des Pferdes und das Haar des Mannes dieselbe Farbe hatten, schön wie Kastanien, glänzend braun, beinahe schwarz.

»Ich suche etwas, womit sich ein Feuer machen lässt.«

Seine volle Stimme lenkte ihren Blick zu seinem Mund, und ein seltsames zuckendes und warmes Gefühl durchlief sie.

»Holt Ihr schon mal mein Zündzeug aus meiner Satteltasche«, sagte er, und sein ungeduldiger Tonfall, der sie an Broc erinnerte, machte das reizvolle Gefühl zunichte. Sie starrte ihm finster hinterher, als er aus der Höhle stapfte, zurück in die Arme des inzwischen wütenden Sturmes.

Die Taubheit in ihren Zehen und Fingern bewegte sie schließlich dazu, doch zu tun, was er sagte, trotz des Tones, den er anschlug. Sie zerrte die Taschen vom Rücken des Pferdes, ließ sie zu Boden fallen, durchwühlte seine Sachen und fand Kleidung zum Wechseln, einen Sack mit einer kleinen Trommel, Reiseproviant sowie ein Lederbeutelchen, das zwei Feuersteine, etwas geschabte Rinde und getrocknete Heidekrautblüten enthielt. Das Messer, das sie an der Hüfte trug, konnte als das Eisen dienen, das man brauchte, um einen Funken aus dem Feuerstein zu schlagen.

Sie nahm das Zündzeug und den Proviant. Den Rest stopfte sie zurück in die Satteltaschen. Sie legte die Sachen neben sich ab, zog den Umhang fester um ihren Leib, nahm mit dem Rücken an die Wand gelehnt Platz und wartete auf seine Rückkehr.

Sie wartete lang. Ihre Füße kribbelten nicht mehr ob des Blutes, das wieder hindurchströmte, sondern von der Kälte. Sie zog die Beine an und setzte sich auf ihre Füße, um sie warm zu halten. Es blieb ihr so viel Zeit, dass ihre Gedanken umherzuwandern und schließlich um ihre Situation zu kreisen begannen.

Sie brauchte einen neuen Plan. Dieser Mann wollte sie nach Assynt zurückbringen, und das ging nicht. Wenn er recht hatte und sie in die falsche Richtung geritten war, musste sie Assynt passieren, um zum Dorf ihrer Tante zu gelangen, und auch das ging nicht. Wenn sie auf dem eingeschlagenen Weg blieb, würde sie schließlich auf Dun Donell landen, und das ging ebenso wenig.

Im Moment konnte sie nichts weiter tun, als hier zu sitzen, in einer Höhle irgendwo in der Wildnis der Highlands, während draußen ein Sturm tobte und sie auf die Rückkehr eines fremden Mannes wartete. Sie wusste nicht, ob sie beten sollte, dass der Fremde bald oder gar nicht wiederkam. Ihr miserabler Orientierungssinn und die Eiseskälte eines plötzlichen Wintersturms hatten ihr eine im Grunde einfache Reise vereitelt. Was hatte sie sich da nur eingebrockt?

Gerade als das letzte Tageslicht fast erloschen war, stolperte ihr Retter zum Eingang herein, auf den Armen ein Bündel aus mit Schnee gepuderten Ästen und Heidekrautzweigen.

Catriona stand auf. Erleichterung erfüllte sie. Doch hütete sie sich, ihm zu zeigen, wie sehr sie sich gefürchtet hatte, derweil er fort gewesen war, und auch, wie dankbar sie für seine Rückkehr war. Schwäche zu zeigen, das hieß, dem Schmerz Tür und Tor zu öffnen.

»Ich dachte schon, Ihr hättet Euch verlaufen«, sagte sie.

»Ich habe einen hervorragenden Orientierungssinn.« Er sah sie an und ließ das Holz nahe des Eingangs zu Boden fallen.

»Ich habe das gefunden«, überging sie seine Spitze. Sie nahm das Zündzeug und warf es ihm zu, dann zog sie ihren Arm schnell wieder in die relative Wärme ihres Umhangs zurück.

Sie beobachtete ihn, wie er da in der Nähe des Eingangs stand und den Schnee abschüttelte. Er fuhr sich mit den Fingern durch das schneefeuchte Haar und lenkte ihre Aufmerksamkeit einmal mehr auf dessen sanfte Wellen und kräftige Farbe. Sie bewunderte seine schlichte Anmut, als er unweit des Eingangs eine Feuerstelle vorbereitete und sich dann daran machte, ein Feuer zu entfachen. Aus jeder Bewegung sprachen Zuversicht und eine Spur von Stolz, als rechnete er damit, dass sie ihm zusah. Es dauerte einige Zeit, aber schließlich gelang es ihm, erst den Zunder und dann das feuchte Kleinholz zum Brennen zu bringen, und daraus entstand ein kleines, flackerndes Feuer. Catriona kauerte sich sogleich davor.

»Das ist nicht annähernd genug Holz, um uns die ganze Nacht über warm zu halten«, sagte sie, während er vorsichtig ein weiteres Stück Holz in das kleine Feuer schob.

»Das reicht schon. Aber wenn Ihr möchtet, könnt Ihr gerne mehr sammeln.«

»Ich habe keine Lust, in diesen Sturm hinauszugehen.« Sie rieb die Hände aneinander und hielt sie über das Feuer, bis sie merkte, dass sie zitterten. Da zog sie sie wieder zurück und schlang die Finger ineinander, um das verräterische Anzeichen für ihre Schwäche nicht preiszugeben. »Außerdem ist es Eure Schuld, dass wir in diesem Schlamassel stecken. Ihr solltet Holz sammeln gehen.«

Er hörte auf, das Feuer mit frischem Holz zu versorgen, und schaute zu ihr auf. Sein Gesicht war in Schatten gehüllt. »Warum ist das meine Schuld?«, fragte er. Es lag ein gefährlich schneidender Ton in seiner Stimme, den sie zuvor noch nicht vernommen hatte.

»Hättet Ihr nicht mit mir gestritten, hätten wir einen richtigen Unterstand finden können, ein Häuschen vielleicht oder eine Hütte. In Hütten liegen immer Torf oder Holz, damit Reisende sich ein Feuer machen können.«

Er schüttelte den Kopf und wandte sich wieder seinem Tun zu. »Da habt Ihr recht.«

»Ach ja?« Die Worte platzten wie von selbst aus ihr heraus. »Natürlich hab ich recht.«

Er lachte in sich hinein. »Aye, natürlich habt Ihr recht. Nur wären wir, hätten wir nicht gestritten, jetzt nicht in einem Häuschen oder einer Hütte. Wir säßen auf Assynt Castle im Warmen, hätten etwas zu essen im Bauch und ein schönes Feuer zu unseren Füßen. Ihr wärt daheim.«

Catriona hockte sich hin. Sie wollte nicht auf dem kalten Fels sitzen, aber sie musste näher ans Feuer, damit sie sein Gesicht sehen konnte. Was wusste er über sie?

»Warum wollt Ihr nach Assynt?«, fragte sie.

»Ich habe eine Nachricht zu überbringen, und ich habe gern etwas zu essen auf dem Tisch und ein Dach über dem Kopf.« Er beugte sich hinab und blies von unten ins Feuer, sodass die Flammen ein wenig höher züngelten und wenigstens einen Moment lang etwas heller brannten.

»Warum seid Ihr zu dieser Jahreszeit unterwegs?« Sie setzte sich auf ein Polster, das sie sich aus ihrem Rock und Umhang zurechtmachte. Ihre Beine waren müde von der heutigen Reise.

»Ich sagte es Euch doch schon, ich muss eine Nachricht überbringen.«

»Hm. Eine Nachricht kann jeder überbringen. Ihr habt eine Trommel. Seid Ihr ein Barde?« Der Ausdruck, der über sein Gesicht huschte, war flüchtig, aber sie glaubte, Beschämung darin erkannt zu haben.

»Aye, ein Barde, ein Bote und offenbar der Retter junger Frauen, die zu durcheinander sind, um Osten von Westen zu unterscheiden.«

Catriona errötete, ließ sich jedoch nicht von ihren Fragen abbringen. »Für wen ist Eure Nachricht bestimmt?«

Er schüttelte den Kopf und machte sich weiter am Feuer zu schaffen. »Sie ist für die Verlobte von Duff MacDonell. Catriona heißt sie. Ihr kennt sie wahrscheinlich. Den Geschichten zufolge, die ich gehört habe, ist sie ein hässliches Biest und …« Catriona zuckte zusammen, als hätte er sie geschlagen. Er schaute ihr ins Gesicht. »Nay, Ihr könnt doch nicht …«

»Ich bin nicht hässlich«, brachte sie mühsam hervor, weil ihr die Kehle eng geworden war. Sie hatte oft gehört, dass man sie mit derlei Worten belegte, so oft, dass sie sich fragte, ob etwas Wahres daran sei. Aber nie hatte sie sich anmerken lassen, wie sehr sie es hasste, so gesehen zu werden. Catriona streckte die Hand aus. »Eure Nachricht ist überbracht. Jetzt habt Ihr keinen Grund mehr, Euren Weg nach Assynt fortzusetzen.«

Der Mann sprang auf und ging in der engen Höhle hin und her. »Das könnt nicht Ihr sein. Ihr seid nicht hässlich.«

»Nay, ich bin nicht hässlich.« Sie straffte die Schultern, hob das Kinn und richtete ihren einschüchterndsten Blick auf ihn. »Ich bin Catriona, Tochter von Neill, Chief des Clans Leod von Assynt. Richtet mir Eure Nachricht aus, und Eure Pflicht ist erfüllt.«

»Ihr habt einen wichtigen Teil dessen, wer Ihr seid, vergessen«, sagte er mit einer Stimme so eisig wie der Wind, der draußen vor der Höhle blies.

»Und welcher Teil wäre das?«

»Ihr seid die Verlobte von Duff MacDonell.«

»Nie und nimmer werde ich diesen hundsgesichtigen …« Catriona knirschte mit den Zähnen, ihr fiel kein geeigneter Schimpfname für den Mann ein. »Ich habe einen Besseren verdient.«

»Ach, wirklich? Wie viel besser denn?«

»Besser als Ihr«, versetzte sie, obschon sie sich nicht vorstellen konnte, dass irgendein Mann einen besseren Anblick bieten könnte als dieses eingebildete Exemplar.

»Wenn Ihr den albernen romantischen Geschichten gelauscht hättet wie jedes andere Mädchen in den Highlands, dann wüsstet Ihr, dass es keinen Besseren gibt als mich.«

Sie lachte, ein heller Laut wie von einem silbrigen Glöckchen. »Ich lausche den Geschichten über Sir William Wallace, über König Robert the Bruce und die tapferen Krieger, die für die Freiheit Schottlands kämpfen.«

»Wie Tayg von Culrain?«

»Aye, wie der tapfere Tayg von Culrain.«

Catriona sah, wie erst Stolz und dann Wut in seine Augen traten. Er blieb stehen, dann drehte er sich um und verließ ohne ein weiteres Wort die Höhle.

* * *

Was war bloß in ihn gefahren, eine solche Frage zu stellen? Tayg stapfte durch die zunehmende Dunkelheit; allzu weit wagte er sich von dem kargen Licht des Feuers am Höhleneingang nicht zu entfernen. Ihm war kalt, aber nicht wegen des Wetters. Dieses Mädchen, dieses schöne Mädchen mit dem wohlgeformten Mund, war das Biest von Assynt, die Zukünftige von Duff MacDonell. Wenn man sie hier fand, allein mit ihm, wäre es ihrer Familie ein Leichtes, darauf zu bestehen, dass er sie heiratete. Schließlich wäre er ein viel besserer Fang für ihr ungeliebtes Biest als dieser Emporkömmling MacDonell mit seinen albernen, größenwahnsinnigen Träumen. Was wäre das für ein grausamer Streich des Schicksals? Da entkam er den Machenschaften seiner Mutter, nur um dann an eine Frau zu geraten, mit der nicht einmal Mama ihn verkuppeln würde.

Er würde diese Frau nicht heiraten, dieses Biest. Es war ihm egal, wie schön ihre mitternachtsblauen Augen im Feuerschein blitzten und wie ihr seidiges schwarzes Haar schier danach verlangte, dass ein Mann seine Hände darin vergrub. Er war auf einer Mission im Auftrag des Königs, er durfte seine Zeit nicht damit vertun, nach einem schwierigen, dummen Mädchen zu gieren, das sein Leben ruinieren könnte, wenn es herausfände, wer er wirklich war.

Was also sollte er tun? Was konnte er tun? Er musste bald in die Höhle zurückkehren, denn das Schneetreiben wurde dichter. Er hatte Hunger. Er war müde. Er fror. Und er fürchtete, dass Mädchen da drinnen könnte ihm das Leben durch seine bloße Gegenwart verderben.

Tayg holte tief Luft und versuchte wenigstens halbwegs Ordnung in seine durcheinandergeratenen Gedanken zu bringen. Im Augenblick konnte er nichts unternehmen; er konnte nur dafür sorgen, dass sie die Nacht überlebten. Im Morgengrauen – und einerlei, wie das Wetter dann war – würde er sie in die Nähe von Assynt bringen und dort zurücklassen, sodass sie entweder nach Hause gehen konnte oder nicht, das lag ganz bei ihr. Dann hätte er sie in relative Sicherheit gebracht, und ihr Schicksal lastete nicht mehr auf seinem Gewissen. Wenn er Assynt Castle nie betrat, würden sie nie erfahren, wer ihr Retter war. Nicht einmal *sie* wusste schließlich, wer er war, obwohl er sich beinahe verraten hätte. Er musste vorsichtiger sein und den Barden spielen, als hinge sein Leben davon ab. Er fürchtete, dass das auch der Fall war.

Zwar würde er unter diesen Umständen nichts weiter herausfinden, was für den König von Nutzen sein könnte, aber vielleicht wusste er ja schon genug. Er hatte das Sendschreiben des Königs überbracht, und die Nachricht von Duff trug er bei sich, auch wenn sie nicht viel Sinn ergab. Er hatte getan, was man ihm aufgetragen hatte. Vielleicht genügte das ja.

Er hatte also einen Plan. Die Nacht herumbringen so gut es ging und darauf achten, Distanz zu wahren. Sie am Morgen zu ihrer Familie zurückbringen und sich dann ungesehen davonmachen. Damit wären all seine Probleme, die dieses Mädchen betrafen, gelöst. Noch vor der Mittagszeit würde er wieder unterwegs sein, in Frieden und allein, um den König aufzusuchen und ihm die Neuigkeiten, die er durch Duff gewonnen hatte, zu überbringen.

Ganz beruhigt war er nicht ob dieses Plans, aber er sah keine andere Lösung für seine unerwarteten Schwierigkeiten, und so kehrte er in die Höhle zurück, bereit zu tun, was er tun musste, um die Nacht in der Gesellschaft des schönen Biests zu überstehen.

* * *

Fast schweigend teilten sie ein Mahl aus getrocknetem Rindfleisch und noch trockeneren Haferplätzchen. Tayg sah keinen Grund, dem Mädchen seinen Plan für den kommenden Morgen zu offenbaren und dadurch den vorläufigen Waffenstillstand, den sie geschlossen hatten, zu gefährden. Er war ziemlich sicher, dass sie sich verirrt hatte, als er auf sie gestoßen war, und so würde er sich am Morgen bereit erklären, sie dort hinzubringen, wo immer sie hin wollte. Er bezweifelte, dass sie merken würde, wo er sie wirklich hinbrachte, bis sie dort ankamen, und dann würde er sie einfach absetzen, ihr den Heimweg weisen und rasch davonreiten.

»Warum schaut Ihr so finster drein?«, fragte Catriona.

»Tu ich das?«

»Ihr seht aus wie eine fette Stallkatze, die einen Eindringling beäugt. Oder schmeckt Euch nur die Mahlzeit nicht?« Sie nahm im Licht des Feuers ein Stück Fleisch in Augenschein und schüttelte den Kopf. »Ich habe jedenfalls kein großes Vergnügen daran, Leder zu verspeisen.«

»Das ist Rindfleisch, und Ihr solltet froh darüber sein. Es ist nämlich mehr, als Ihr ohne mich hättet.«

Sie reckte ihr Kinn hoch, schaute ihn aber nicht an und gestand auch nicht ein, dass er die Wahrheit gesprochen hatte.

»Ich würde dann gern die für mich bestimmte Nachricht hören«, ergriff sie nach einer Weile das Wort. »Sagt mir, was darin steht.«

»Wie höflich Ihr zu bitten versteht.« Er kramte in dem Beutel an seiner Hüfte herum und zog das zerknitterte Stück Pergament heraus, das der Chief der MacDonells ihm gegeben hatte. »Ich weiß nicht, was darin steht«, behauptete er, als er es ihr reichte. »MacDonell trug mir auf, es Eurem Bruder Broc zu übergeben, der es Euch dann vorlesen würde.«

»Dieser Esel kann so wenig lesen wie ich«, sagte sie und brach den Wachsklumpen entzwei, der das Schreiben versiegelte. »Ailig, der war in Edinburgh und wurde in den Künsten des Lesens, Schreibens und Rechnens unterrichtet. Broc hat für solche Dinge keine Zeit.«

Tayg sah ihr zu, wie sie über dem Geschriebenen rätselte.

»Ich weiß nicht, warum Hundsgesicht mir eine Nachricht schicken sollte, es sei denn, um mir zu drohen. Glaubt Ihr, es handelt sich um eine Drohung?«

Tayg griff nach dem Pergament und neigte es so, dass der Feuerschein auf die krakelige Schrift fiel. »Ich werde drei Tage früher eintreffen. Die Hochzeit muss sofort stattfinden. Der Spinnengucker wartet auf Seonas Gruß, und wir werden ihn nicht enttäuschen. Ich möchte, dass Ihr losreitet, sobald das Bett bereitet ist.«

Ein unheimliches Kribbeln überlief seine Haut. Er blickte auf und sah, dass Catrionas Augen vor Staunen geweitet waren und ihr Mund offen stand.

»Ihr könnt lesen!«

Verflucht! Kein Barde seines angeblichen Standes verstand sich auf diese Fertigkeit. »Ein wenig. Ich sollte … ich sollte eigentlich Mönch werden«, rettete er sich in eine Ausrede, die aber fast wie eine Frage klang. Er wedelte mit dem Pergament herum, um ihre Aufmerksamkeit wieder darauf zu richten und von seinem Fehler abzulenken. Diese Bardenrolle war schwieriger, als er gedacht hatte.

Sie blickte auf das Schreiben, und Tayg sah, wie das Staunen in ihren Augen verschwand und Wut an seine Stelle trat. »Ich werde diesen Mann niemals heiraten, und ganz gewiss werde ich ihm nicht das Bett bereiten! Er ist so dumm, dass er sogar meinen Namen mit dem von Brocs Breitschwert verwechselt hat.«

Ihre Stimme troff vor Giftigkeit, und Tayg war froh, dass sie nicht von ihm sprach. »Euer Bruder hat seinem Schwert einen Namen gegeben?« Er wollte ihr das Pergament zurückgeben, doch sie wich vor ihm zurück, als hielte er ihr einen abgeschlagenen Kopf hin.

»Ich will nichts von diesem widerlichen Hundsgesicht, noch nicht einmal seine Worte. Verbrennt das Schreiben. Benutzt es zum Feuermachen. Es ist mir egal – wiederholt nur niemals mehr diese Worte!« Sie zog ihren Umhang fest um sich und legte sich mit dem Rücken zu ihm in der Nähe des Feuers nieder.

Tayg betrachtete sie einen Moment lang, dann richtete er den Blick wieder auf die Nachricht, die sie so aufgeregt hatte. Das Schreiben ließ keinen Zweifel daran, dass der Bursche kein Romantiker war, der mit zärtlichen Worten und falschen Liebesschwüren um eine Frau warb, zumal er sich ja nicht einmal an den Namen seiner Verlobten erinnerte. Es hörte sich ganz danach an, als wollte der Kerl mit Catriona ebenso wenig zu tun haben wie sie mit ihm. Eine solche Heirat war in den Highlands durchaus nichts Ungewöhnliches, aber wenn so viel Hass zwischen Braut und Bräutigam herrschte, blies die Familie das Vorhaben normalerweise ab und suchte einen anderen, geeigneteren Kandidaten.

Er las die Worte noch einmal und versuchte herauszufinden, was ihn daran so störte. MacDonell wollte die Hochzeit schnell hinter sich bringen … vielleicht fürchtete er, die Braut könnte davonlaufen. Der Gedanke ließ Tayg lächeln. Er wollte ihn nicht enttäuschen, den … er musste noch einmal auf das Pergament schauen … den *Spinnengucker*. Eine merkwürdige Bezeichnung für jemanden, es sei denn …

Tayg las die Nachricht ein weiteres Mal, und diesmal entsann er sich dabei der Botschaft, die er MacDonell überbracht hatte, und des überraschend erfreuten Aufblitzens in dessen Augen ob des Befehls, vor dem König zu erscheinen. Der König …

Tayg hatte einmal eine Geschichte gehört, die vom König handelte und davon, wie er in einer Höhle einer Spinne zugesehen und Mut aus dem Verhalten des entschlossenen Tierchens geschöpft hatte. MacDonell wollte Catriona also zur Frau nehmen … nay, er hatte nicht Catriona gesagt, er hatte den Namen von Brocs Schwert benutzt …

Kalter Schweiß trat Tayg auf die Stirn, als ihm die wahre Bedeutung der Nachricht schlagartig bewusst wurde. Diese Botschaft war für Broc bestimmt gewesen, nicht für Catriona, und sie umriss das Bündnis zwischen den Clans – sowie die erste Aufgabe, die das Abkommen auf die Probe stellen sollte und darin bestand, die Schwerter wider den König zu erheben! Davon war Tayg nun überzeugt.

Die MacDonells und die MacLeods ritten zu einem Treffen mit dem König, jedoch nicht, um ihm die Lehnstreue zu schwören. Die beiden Clans ritten *gegen* König Robert, und Tayg hielt den Beweis dafür in Händen. Was sollte er tun? Er konnte nicht allein gegen MacDonell reiten, und Catrionas Clan würde ihm nicht helfen. Im Gegenteil, wenn er sich den Zorn der MacLeods nicht schon damit zuzog, dass er eine Nacht allein mit ihr verbrachte, würde er das Fass spätestens dann zum Überlaufen bringen, wenn er gegen den Verbündeten des Clans zu Felde zöge.

Damit blieb ihm also nur, den König zu warnen. Er musste losreiten, um den König persönlich von dem Plan in Kenntnis zu setzen. Er hatte einen Beweis für das Komplott. Diese Aufgabe kam allein ihm zu.

Er betrachtete das Mädchen auf der anderen Seite des Feuers. Nein, vielleicht nicht ihm allein. Er hatte den Beweis, und er hatte eine Geisel, die ihm den nötigen Hinweis zum Verständnis der Nachricht geliefert hatte und die womöglich noch mehr wusste, was dem König zum Vorteil gereichen mochte. Er faltete das Schreiben zusammen und steckte es in seinen Beutel.

So viel also zum Thema geruhsame Abenteuer oder auch nicht so geruhsames Herumspionieren in den Highlands. Er musste so schnell wie möglich zum König, und damit würde er sich allzu bald wieder in den Fallstricken der Intrigen seiner Mutter verheddern. Tayg hätte gern auf irgendetwas eingeschlagen. Seine ganzen Pläne wurden zunichtegemacht von einem hinterhältigen, hundsgesichtigen Chief. Er konnte seinen König oder seine Freiheit retten, nur beides zugleich ging nicht, und schlimmer noch, er musste das Biest mitnehmen.

Das Schicksal kannte wahrlich keine Gnade.

Kapitel 4

Catriona drehte sich um und lag nun mit dem Gesicht zum Feuer. Ihr Rücken fühlte sich inzwischen etwas weniger erfroren an. Von der Vorderseite ihres Körpers konnte sie das nicht behaupten. Das flackernde Feuer erfüllte die dunkle Höhle gerade mit so viel Licht, dass sie den auf dem Rücken schlafenden Mann sehen konnte, ihn und seine wohlgeformten, in engen Hosen steckenden Beine, die unter dem Plaid hervorragten, das ihm als Unterlage und Decke diente. Der finstere Ausdruck war von seinem Gesicht verschwunden und hatte an seiner statt eine fast anmutig friedvolle Miene hinterlassen, die den Zug um seinen Mund weicher wirken ließ und seine zuvor in Falten gelegte Stirn glättete. Er machte ganz den Eindruck, als hätte er es bequem dort auf dem harten Höhlenboden jenseits des kärglichen Feuers; sie jedoch fror und fand den Boden hart und holprig. Ihr Winterumhang bot ihr kaum Schutz davor. Jetzt drückte ihr ein Stein in die Hüfte und sie beschloss, den Gedanken an Schlaf aufzugeben. Stattdessen setzte sie sich auf und richtete ihre Kleider so, dass sie ihr so viel Wärme wie nur möglich spendeten.

Am liebsten hätte sie ein Plaid gehabt, um sich darin einzuwickeln, wie er es tat, oder wenigstens ein Paar von Ailigs abgelegten Hosen, um der Zugluft zu entgehen, die ihr unter die Röcke fuhr.

Aber Ailigs alte Hosen befanden sich auf Assynt, und sie war hier mit diesem Fremden, seinem Pferd und … Moment! Unter seinen Sachen in den Satteltaschen war ja eine Hose gewesen! Und der Barde wollte doch gewiss nicht, dass sie noch länger fror.

Sie erhob sich leise und schlich in den hinteren Teil der Höhle, wo die Taschen lagen. Vorsichtig hob sie die Klappe der ersten Tasche an und schob ihre Hand hinein. Proviant. Sie wandte sich der nächsten zu. Hafer für das Pferd. Die dritte war die richtige. Sie zog eine Wollhose heraus. Sie war groß, aber sie würde ihren Zweck erfüllen. Catriona streifte ihre Stiefel ab, zog die Hose über, schlüpfte mit den kalten Füßen wieder in ihre Stiefel und zerrte die wollene Hose bis zur Hüfte hoch. Es dauerte etwas, bis sie ihren Gürtel aufgemacht, den zu weiten Bund der Hose unter ihr Kleid gestopft und dann den Gürtel wieder geschlossen hatte, damit er auch die Hose oben hielt. Ganz löste das Kleidungsstück das Kälteproblem nicht, aber es half. Sie kehrte zu ihrem Platz am Feuer zurück.

Dort setzte sie sich so nahe wie möglich an die Flammen und blickte hinein, bis sich ihre Aufmerksamkeit doch wieder auf die schlafende Gestalt ihres Gefährten richtete. Er drehte sich plötzlich zu ihr um und erschreckte sie mit der Bewegung, verfiel aber rasch wieder in tiefen Schlaf, einen muskulösen Arm unter den Kopf geschoben. Sie rief sich in Erinnerung, wie stark seine Arme, wie warm seine Hand, die ihre umschlossen hatte, und wie kraftvoll seine Schenkel gewesen waren, als sie auf dem Ritt zu dieser Höhle quer über ihnen lag. Er war wirklich ein schöner Mann, sah im Schlaf jedoch jünger aus, weniger bekümmert als zuvor, als legte er in seinen Träumen alle Sorgen ab. Aber welche Sorgen konnten einen Barden schon plagen, der nichts anderes zu tun hatte, als die letzten Neuigkeiten aufzuschnappen und für seinen Lebensunterhalt zu singen?

Sie hingegen hatte Sorgen und zwar keine geringen; Sorgen, mit denen sie sich befassen musste.

Ihre Flucht hatte zumindest verhindert, dass sie Hundsgesicht in die Hände fiel, und der Nachricht zufolge, die der Barde ihr vorgelesen hatte – sie staunte noch immer darüber, dass er lesen konnte –, war sie keinen Tag zu früh aufgebrochen.

Aber was sollte sie jetzt tun? Wenn sie an ihrem ursprünglichen Plan festhielt, musste sie Assynt auf ihrer Weiterreise passieren, um zum Dorf ihrer Tante zu gelangen. Sie wollte sich aber nicht einmal in die Nähe ihres Zuhauses wagen, bis sie sicher sein konnte, dass Hundsgesicht abgereist war und nicht zurückkommen würde. Damit schied ihre Tante als Ziel ihrer Flucht aus. Wohin konnte sie sich dann wenden?

Weder nach Assynt noch Dun Donell, nicht in das Dorf am Meer oder ein Kloster. Sie schauderte. Die Liste der Orte, die nicht infrage kamen, wurde mit jedem Augenblick länger.

Ein weiterer Gedanke ließ sie frösteln: Es war nicht unüblich, dass eine Braut vertretungsweise verheiratet wurde. Nay, das würde Broc ihr nicht antun … oder? Sie durfte nicht in Panik verfallen. Sie war schlauer als Broc, also musste es einen Weg geben, dieses Problem zu umgehen. Vielleicht hatte er ja nicht an eine Vertretungsheirat gedacht … aber das würde er schon noch tun. Irgendjemand würde die Sprache darauf bringen, Hundsgesicht wahrscheinlich, auch wenn sie immer noch nicht verstand, warum er sie überhaupt heiraten wollte. Aber so ein Vorschlag würde ihm ähnlich sehen; in dieser Hinsicht war er wie Broc, der nicht duldete, dass andere seine Wünsche vereitelten. Sie war nicht sicher vor diesem abscheulichen Kerl, bis er sie schlicht nicht heiraten *konnte.*

Eine Idee nahm in ihrem Kopf Gestalt an, erst nur vage, doch als sie sich länger damit beschäftigte, wurde sie klarer und trat kräftiger zutage. Sie musste einen anderen zum Mann nehmen, bevor Hundsgesicht oder Broc sie fanden und ihr Schicksal besiegeln konnten. Selbst wenn man sie in ihrer Abwesenheit mit Hundsgesicht vermählte, hätte diese Ehe keine Gültigkeit, wenn sie zuvor schon eine Verbindung mit einem anderen Mann eingegangen wäre, dem sie freiwillig die Treue geschworen hatte.

Sie musste heiraten. Sie musste schleunigst heiraten.

Ihr Blick fiel auf den Mann, der auf der anderen Seite des Feuers schlief. Er war sehr schön anzuschauen, aber … nay, einen Ehemann von der Art, wie sie ihn brauchte, gäbe er nicht ab. Sie musste jemanden finden, der über genug Kraft und Macht verfügte, um sich gegen Hundsgesicht und Broc behaupten zu können, denn so weit würde es kommen, dessen war sie sich gewiss. Sie brauchte einen Helden, wie die Barden sie in ihren Liedern besangen … einen Helden wie Tayg von Culrain.

Darüber dachte sie einen Moment lang nach. Soweit sie wusste, war er unverheiratet und ein zweitgeborener Sohn. Er war der Krone aufrichtig verbunden, denn er hatte viele Monate lang an König Roberts Seite gekämpft. Er war treu, stark und tapfer. Alles Eigenschaften, über die der richtige Ehemann verfügen musste, um ihret- und des Clans willen. Aber würde er sie zur Frau nehmen?

Ihre Mitgift war, neben einem beträchtlichen Vermögen, ein mächtiges Bündnis. Tayg von Culrain war dem Vernehmen nach das genaue Gegenteil von Hundsgesicht und Broc. Vielleicht konnte sie, sollte es ihr nicht gelingen, ihn selbst zu überzeugen, den König dazu bewegen, sie einander zu versprechen, denn es würde auch ihm zum Vorteil gereichen, ein Bündnis zwischen einem seiner loyalsten Männer und einem der abgeschiedenen Highland-Clans zu besiegeln.

Der König. Sie hatte Ailig geraten, den König zu bitten, ihn zum nächsten Chief des Clans Leod zu machen, aber er hatte dieses Ansinnen entschieden abgelehnt. Das hieß jedoch nicht, dass sie den König nicht selbst um Hilfe ersuchen konnte. Ailig hatte sie gefragt, was ihre Pflicht sei. Bestand sie etwa nicht darin, für das Wohl des Clans zu sorgen? Hundsgesicht zu heiraten, würde dem Clan nicht zum Wohl gereichen. So wenig wie Broc, wenn er an ihres Vaters statt Chief des Clans wurde.

Aber wenn es ihr gelänge, ein starkes Bündnis mit einem Manne wie Tayg von Culrain zu sichern und den König dazu zu bringen, Ailig zum Nachfolger seines Vaters als Chief des Clans Leod von Assynt zu bestimmen, das würde dem Clan zum Wohl gereichen.

Freilich mochte sie mit ihrer Zunge weder die Zuneigung des Königs gewinnen noch die des Bräutigams, den sie ins Auge gefasst hatte. Wut wallte in ihr auf, weil sie ihr wahres Ich würde verbergen müssen, doch kamen ihr Ailigs kluge Worte wieder in den Sinn.

Wenn sie sich nur ein bisschen Mühe gab, ihre Zunge im Zaum zu halten, wäre das ihren eigenen Zielen dienlich und sie würde sich eine Zukunft sichern, der sie ohne Abscheu entgegenblicken konnte. Einen Helden zu heiraten wäre schließlich etwas ganz anderes, als einen Schurken zum Mann nehmen zu müssen. Sie lächelte. Sie hatte einen Plan. Morgen in der Früh würde sie sich auf den Weg zum König machen, ob mit oder ohne den Barden.

* * *

Tayg wurde langsam wach und starrte zum Eingang der Höhle. Der Schneefall hatte nachgelassen, während er schlief, und der Himmel nahm gerade die dunkelgraue Färbung des frühen Morgens an. Er blickte über das Feuer zu dem schlafenden Mädchen, das es fertiggebracht hatte, sein Abenteuer zunichtezumachen, weil es einfach nur vor ihm auf einem Weg gestanden hatte. Er riskierte eine Zwangsverheiratung mit dem schönen, aber lästigen Mädchen. Er riskierte sein Leben, wenn MacDonell herausfand, was Tayg in Erfahrung gebracht hatte. Er riskierte sein zukünftiges Glück, indem er von diesem Abenteuer zurückkehrte, bevor sein Vater die Pläne seiner Mutter vereitelt hatte, ihn bis zum Ende des Monats unter die Haube zu bringen.

Er stand auf und legte sich das Plaid ordentlich um, den Blick finster auf das Mädchen gerichtet. Wie war es möglich, dass eine zufällige Begegnung mit jemandem auf einem verlassenen Pfad in den Highlands so vieles verändern konnte? Er stapfte zu seinen Satteltaschen hinüber. Das Biest von Assynt. Tod und Verdammnis! Er musste nicht nur seine Reise abbrechen und zum König eilen, um ihn vor der Verschwörung der MacDonells und der MacLeods zu warnen, nein, er musste auch noch das Biest mitnehmen.

Er holte den Hafersack hervor, den er für sein Pferd mitführte, und fütterte das Tier. Verdammt! Er durfte sich nicht allein mit dem Biest fassen lassen. Das wäre sein Verhängnis, und seiner Mutter wäre es einerlei. Nay, das durfte nicht geschehen. Und ihre

Brüder? Was würden sie tun, wenn er und Catriona zusammen gefunden wurden? Sie würden ihn entweder umbringen oder zwingen, sie zu heiraten. Er sah keinen rechten Unterschied zwischen diesen beiden Geschicken. Und in den Augen ihrer Familie wäre der Schaden bereits angerichtet. Sie hatten in einer Höhle in der Wildnis eine Nacht miteinander verbracht, mochte es auch noch so sittsam zugegangen sein.

Was war zu tun? Es war klar, dass sie so schnell wie möglich zum König mussten. Es war auch klar, dass niemand von dieser gemeinsamen Nacht erfahren durfte, bis sie beim König eintrafen. Wenn alle Stricke rissen, musste er eben dafür sorgen, dass das Mädchen sich weigern würde, zwangsweise mit ihm vermählt zu werden. Nur, wie sollte er das anstellen? Sein Blick fiel auf den Beutel mit der Trommel neben den Satteltaschen. Natürlich! Ein Barde würde ihren Ansprüchen nicht genügen. Ein Mädchen wie dieses verlangte nach Sicherheit und Treue.

Er musste darauf vertrauen, dass sie sich nicht dazu herablassen würde, einen Barden zum Mann zu nehmen … aber nur für alle Fälle würde er obendrein noch sicherstellen, dass sie ihn nicht haben wollte. Aye, so würde es gehen.

Zufrieden mit seinem Plan trat er neben sie, um sie zu wecken. Im Schlaf sah sie wirklich schön aus. Ihr Gesicht war weich, ihre Haut schimmerte im fahlen Licht der Morgendämmerung wie Sahne. Ihr Haar glänzte wie die flüssige Nacht, und ihre Lippen …

Er riss sich am Riemen. Nay, sie war das Biest von Assynt, und wenn er nicht aufpasste, konnte sie ihm den Rest seines Lebens verderben und nicht nur die kommende Woche.

Er stieß sie mit der Fußspitze an. »Wacht auf. Es ist Zeit, die Höhle zu verlassen.«

Ihre Augen öffneten sich langsam, und genauso langsam drehte sie den Kopf, um ihn anzusehen. Träume verschleierten noch ihren Blick, und er sah ihr die Verwirrung an.

»Wacht auf. Es ist Zeit zum Aufbruch.«

Ihr Blick klärte sich, und unter den zusammengezogenen Brauen trat ein verärgerter Ausdruck an die Stelle des zuvor sanften, verschlafenen Gesichtsausdrucks. Da fiel ihm ein, dass es einen todsicheren Weg gab, sie auf Distanz zu halten.

»Steht auf. Wir reiten nach Assynt. Ich bringe Euch zurück zu Eurer Familie. Soll man sich dort mit Eurer Treulosigkeit herumschlagen.« Tayg freute sich über den harten Ton in seiner Stimme. Eine perfekte Nachahmung seines Bruders, die ihm einen noch missmutigeren Blick seitens des Mädchens eintrug.

»Ich habe es Euch doch schon gestern gesagt, ich geh nicht zurück nach Assynt.«

»Und ich habe beschlossen, dass es das Risiko, in Eurem Beisein gefunden zu werden, nicht wert ist.«

»Risiko? Was für ein Risiko geht Ihr denn ein? Niemand weiß, dass ich bei Euch bin, und es hat auch niemand Grund zu dieser Annahme. Meine Brüder kennen Euch ja nicht einmal.«

»Aye, das ist richtig, aber MacDonell kennt mich. Er bat mich schließlich, sein Sendschreiben zu überbringen.«

»Was Ihr getan habt.«

Theoretisch stimmte das, ja, aber er wusste, dass das Schreiben nicht bei seinem wahren Empfänger angekommen war. Doch wollte er ihre Gedanken nicht von Neuem auf die merkwürdige Botschaft lenken. Darum wechselte er das Thema.

»Man wird Eurer Spur folgen.«

»Die hat der frisch gefallene Schnee zugedeckt. Was ist der wahre Grund, weshalb Ihr Euch meinem Wunsch verweigert?«

Er musterte sie, überlegte, was sie am wütendsten machen würde. »Ich habe drei Gründe.« Er hielt den Zeigefinger hoch. »Ich will nicht mit einem Biest umherreisen.« Ihr Gesicht verfinsterte sich wie ein aufziehender Wintersturm den Himmel, und er sprach eilig weiter und hob einen zweiten Finger. »Ich möchte die MacDonells nicht verärgern.« Er reckte einen dritten Finger in die Höhe und bewegte ihn drohend hin und her. »Und Ihr wärt mir ein Klotz am Bein.« Rasch wandte er sich seinen Satteltaschen zu und suchte nach etwas, um seinen Hunger zu stillen.

»Ist das alles?«, fragte sie in scharfem Ton.

»Das reicht ja wohl«, erwiderte er, den Rücken ihr zugewandt, obgleich er außerordentlich neugierig auf ihre Miene war.

»Dass ich das Biest von Assynt bin, daran kann ich nichts ändern; darüber lohnt es sich also nicht zu diskutieren. Ob Hundsgesicht MacDonell verärgert ist oder nicht, das schert mich einen Dreck, und was den Klotz am Bein angeht – wenn wir beide auf dem Pferd reiten, werdet Ihr meinetwegen nicht langsamer vorankommen.«

Tayg warf ihr über die Schulter hinweg einen Blick zu. Sie stand da, breitbeinig und die Hände zu Fäusten geballt, als machte sie sich bereit, ihn tatsächlich zu schlagen, sollte es nötig sein. Gut. Viel fehlte nicht mehr.

»Das Pferd kann uns nicht längere Zeit beide tragen, schon gar nicht in diesem tiefen Schnee. Ihr werdet mich aufhalten, und ich muss so schnell wie möglich zum König.«

In ihren Augen blitzte es auf, und Tayg hatte das deutliche Gefühl, in ein tiefes Loch zu stürzen, aus dem er sich nie mehr würde retten können.

»Ich dachte, Ihr seid auf dem Weg nach Assynt, und jetzt wollt Ihr auf einmal zum König? Was habt Ihr denn mit dem König zu schaffen?«

Das war eine gute Frage, und er wusste nicht, wie er sie beantworten sollte, ohne preiszugeben, was er wusste. Ihre Loyalität gegenüber ihrem Clan mochte ihren Hass auf MacDonell überwiegen, wenn sie herausfand, weshalb er zum König ritt.

»Nun, Barde? Macht Ihr einen Botengang für ihn? Seid Ihr womöglich ein Spion? Schaut Ihr Euch in den Highlands um und berichtet ihm, was die Clans treiben?«

Jetzt musste er auf der Hut sein. »Ich bin …« Er suchte nach einer einleuchtenden Erklärung; immerhin war er ein ausgezeichneter Geschichtenerzähler, also sollte ihm das ein Leichtes sein. »Ich bin auf einer Mission des Königs.«

»Und die wäre …?«

»Ich suche nach Bräuten.« Es war einfacher, sich am Rande der Wahrheit zu bewegen, als eine völlig falsche Geschichte zu ersinnen.

»Aber der König ist schon verheiratet.«

»Aye, aber er … er will sich die Unterstützung der Highlands sichern, deshalb sucht er nach Bräuten für die Söhne einiger seiner Verbündeten.«

»Und welche Söhne wären das …?«

Es behagte ihm nicht, das Mädchen anzulügen, genauso wenig wie der Funke Neugier in ihren Augen, aber er hatte wohl keine andere Wahl. Tayg kramte in seiner Satteltasche und holte eine Ecke Käse heraus; vielleicht konnte er sie von ihren Fragen ablenken, wenn er ihr etwas zum Frühstück anbot. Er schnitt ein Stück ab und warf es ihr zu, und es überraschte ihn, als sie es geschickt, aber fast beiläufig auffing. Dann bediente er sich selbst und verstaute den Käse wieder in der Tasche.

»Wisst Ihr nicht, für wen Ihr nach Bräuten sucht?«, hakte sie nach.

»Es steht mir nicht zu, über die Pläne des Königs zu sprechen.« Er kehrte ans Feuer zurück, setzte sich, beobachtete sie und kam zu dem Schluss, dass dies der rechte Moment sein mochte, um sie in seinen Plan zu verstricken.

»Wie Ihr seht, könnt Ihr mich nicht begleiten. Ich werde Euch zurückbringen nach …«

»Nay, das werdet Ihr nicht tun. Auf Assynt gibt es außer mir keine geeigneten Mädchen, Ihr braucht also keine Zeit damit zu vergeuden, dort hinzureisen. Ihr müsst schnell zurück zum König, das habt Ihr selbst gesagt. Ihr müsst Eure Mission erfüllen, und das kommt meinen Absichten sehr entgegen.«

»Was?« Tayg merkte, wie ihm die Kontrolle über das Geschehen entglitt.

»Ich muss jede Chance auf eine Heirat mit Hundsgesicht ausräumen. Für ein Leben im Kloster bin ich nicht geschaffen, also muss ich heiraten. Ich glaube, Tayg von Culrain wäre der passende Mann – für mich, für meinen Clan und für die Zwecke des Königs. Ich möchte rasch zum König, um ihn in dieser Angelegenheit um Hilfe zu bitten, bevor Hundsgesicht und Broc mich finden.« Ein breites Lächeln ließ ihr Gesicht gleichsam leuchten, und Tayg musste den Blick abwenden, sonst wäre er völlig in den Bann dieser himmelblauen Augen geraten, in denen plötzlich Schadenfreude aufblitzte.

»Ich werde Euch helfen, geeignete Bräute zu finden«, fuhr sie fort, »und Ihr helft mir, wenn wir dem König gegenüberstehen. Aye, damit ist uns beiden gedient.«

Trotz der Kälte in der Höhle trat Tayg Schweiß auf die Stirn. Sie wollte ihn heiraten? Unmöglich. Er glaubte, die Heiratsintrigen hinter sich gelassen zu haben, als er Culrain und seine Mutter verließ. Sie hatte sich geirrt, seine Mutter – sein Ruhm hatte sich weit über einen Umkreis von zwei Tagesritten hinaus herumgesprochen. Und nun stand er vor einem schwierigen Problem.

Er brauchte das Mädchen als Geisel für den König. Er wollte sie ebenso wenig mit Duff MacDonell verheiratet sehen wie sie selbst, weil diese Ehe nichts Gutes für den König und für einen möglichen Frieden in den Highlands oder gar in ganz Schottland verheißen hätte. Wäre der König nämlich gezwungen, sein Reich im Norden und im Süden zu verteidigen, müsste er seine Armee aufteilen, und darunter hätte ganz Schottland zu leiden. Wie ging es nur an, dass ein lästiges Mädchen zum Dreh- und Angelpunkt für die Zukunft eines ganzen Königreichs werden konnte? Und wie ging es an, dass dieses lästige Mädchen ihn als die Lösung ihrer Probleme ansah?

Er betrachtete sie einen Moment lang. Es stimmte, der König sähe einen Vorteil in einer Ehe zwischen Tayg und diesem Mädchen. Es stimmte auch, dass eine solche Heirat ihren Clan und seinen verbände – gegen die MacDonells. Das alles stimmte, aber Tayg wollte kein Mädchen wie dieses heiraten. Wenn er schon heiraten musste, dann wünschte er sich eine reizvolle Frau. Das Leben war auch so schon schwer genug, da brauchte er sich nicht obendrein noch an ein solches Biest zu ketten. Und doch musste er sie zum König mitnehmen.

Eine Idee nahm Gestalt an. Er würde einen Ehemann für sie finden, bevor sie beim König ankamen. Es musste doch noch andere Clans zwischen hier und Dingwall geben, mit Burschen, die dem König ergeben waren. Er brauchte nur einen von ihnen dazu zu bringen, das Mädchen zu heiraten … eine Aufgabe, die sich allerdings als unmöglich erweisen mochte.

Er sah zu ihr hin. Sie saß da, musterte ihn, wartete auf seine Antwort. Ein hübsches Lächeln spielte um ihre vollen Lippen und brachte ihre mitternachtsblauen Augen zum Funkeln, derweil sie ihr ebenholzschwarzes Haar mit geschickten Händen zu einem Zopf flocht. Wenn er sie dazu brächte, ihre Zunge im Zaum zu halten, wäre es nicht schwer, einen Burschen für so ein schönes Mädchen zu entflammen. Aber konnte sie ihre Zunge im Zaum halten?

Das musste er eben herausfinden.

»Was springt für mich dabei heraus?«, fragte er.

Seine unerwartete Frage schien sie zu erschrecken.

»Ich bin ein Barde, der im Auftrag des Königs unterwegs ist. Welchen Vorteil habe ich davon, wenn ich Euch behilflich bin?«

»Ich werde jedenfalls nicht …«

Sie wurde rot, und seine Gedanken folgten rasch der Richtung, die ihre offenkundig eingeschlagen hatten. Sein Herz schlug schneller und er verfluchte sich für die ungewollte Reaktion, die die Vorstellung dessen, worauf sie da anspielte, ausgelöst hatte.

»Ich will Euch nicht in mein Bett ziehen«, sagte er schnell. Im Gegenteil, er wollte, dass sie seinem Bett so fern wie möglich blieb, ganz gleich, wie sein Körper auf sie reagierte, denn ginge er mit dem Mädchen ins Bett, wäre das ihrem Plan, ihn zu heiraten, nur förderlich.

»Ich habe kein Geld, aber das könnte ich Euch beschaffen, hinterher. Oder wenn es Euch lieber ist, kann ich Euch einen Platz zum Überwintern besorgen. Entscheidet Euch, wie Ihr wollt.« Sie erhob sich und streifte sich den Schmutz von den Röcken. »Aber lasst uns nun gehen, Barde. Es liegt ein weiter Weg vor uns, wenn wir zum König wollen.« Sie nahm die Satteltaschen und legte sie dem Pferd auf.

Tayg stand lächelnd hinter ihr. »Was ist, wenn wir auf ein Dorf stoßen, wo man Euch kennt? Oder auf einen anderen Reisenden, dem Ihr schon begegnet seid? Wie wollt Ihr dann erklären, dass Ihr allein mit einem Barden unterwegs seid?«

Catriona drehte sich zu ihm um.

»Östlich von Loch Assynt kennt man mich nicht, allenfalls meinen Ruf. Niemand wird mich erkennen. Ihr habt selbst gesagt, dass ich nicht hässlich bin, aber genau das behaupten die Klatschmäuler. Außerdem kann ich mich ja als eine andere ausgeben … als Eure Schwester vielleicht? Das würde gehen.« Sie raffte ihre Röcke hoch, stopfte sie in ihren Gürtel und brachte darunter ein vertrautes Paar Wollhosen zum Vorschein. »Seht Ihr, ich kann mich als reisendes Mädchen von einfacher Herkunft verkleiden. Niemand wird Argwohn schöpfen.«

Tayg konnte sich nur mit Mühe ein Grinsen verkneifen. Schlau war sie ja, das musste er ihr lassen. Eine Verkleidung wäre hilfreich, ja, aber er musste prüfen, ob sie noch einen entscheidenden Schritt weitergehen konnte.

»Sobald Ihr den Mund aufmacht, wird jedermann wissen, dass Ihr das Biest von Assynt seid. Und die Kunde von Eurem Aufenthaltsort wird sich rasch verbreiten, bis hin ans Ohr Eures«, er wählte das nächste Wort mit Vorsicht, »Verlobten.«

Sie verengte die Augen und presste die Lippen aufeinander. So starrte sie ihn an, mit loderndem Blick, jedoch ohne ein Wort zu sagen. Perfekt. Sie war perfekt.

»Gut. Dann könnt Ihr also die Rolle einer empörten Schwester spielen. Ich kann mir denken, dass Ihr darin Erfahrung habt.«

Sie nickte. »Ihr nehmt mich mit zum König, Barde. Vielleicht verheiratet er mich mit Tayg von Culrain, oder vielleicht finden wir unterwegs einen Mann für mich, während Ihr nach Bräuten sucht – solang es nur schnell geschieht. Von Hundsgesicht werde ich mich jedenfalls nicht aufstöbern lassen.« Sie schenkte ihm ein selbstgefälliges Lächeln und machte sich wieder daran, das Pferd zu beladen.

Tayg rollte mit den Augen. Dann würde sie sich also als seine Schwester ausgeben; trotzdem würde er jedes Dorf meiden, bis er sicher sein konnte, dass sie nicht aus der Rolle fiel. Jetzt mussten sie aber erst einmal von den Ufern des Loch Assynt verschwinden, bevor ihre Familie sie beide fand.

Er trat neben sie und wühlte in einer der Taschen. Dann zog er ein altes rot-schwarzes Plaid heraus und reichte es ihr.

»Wickelt Euch das um den Kopf, um Euch warm zu halten.« Aus einer anderen Tasche nahm er sein zweites Paar Handschuhe. »Damit Euch die Finger nicht abfrieren.«

Er rückte die Satteltaschen zurecht und nahm die Zügel. Als er das Tier zum Höhlenausgang führte, warf er Catriona einen Blick zu. »Die Hosen könnt Ihr anbehalten«, sagte er.

»Das habe ich auch vor«, erwiderte sie und folgte ihm aus ihrem Unterschlupf hinaus in den heller werdenden Morgen.

* * *

Der Schnee war tief und sie stapften seit Stunden hindurch. Tayg blickte nicht einmal zurück, er wollte nicht, dass es ihn kümmerte, wie müde das leidige Mädchen war. Und wenn er nicht hinschaute, dann wusste er es auch nicht. Zugutehalten musste er ihr, dass sie ihn kein einziges Mal um Hilfe gebeten hatte, obschon er sicher war, dass sie mehrmals hingefallen war, so oft wie sie ein überraschtes »Uff!« ausgestoßen hatte. Es kostete ihn seine ganze Selbstbeherrschung, ihr nicht zu helfen, sie nicht aufs Pferd zu setzen und für ihre Bequemlichkeit zu sorgen. Es war eine Prüfung, rief er sich zum hundertsten Mal in Erinnerung. Er musste sich davon überzeugen, dass sie ihre Zunge im Zaum halten konnte, dass sie ihre Rolle wirklich spielen konnte, selbst unter schwierigen Bedingungen, denn ihre Sicherheit – und seine Zukunft – hingen davon ab, dass sie geheim hielten, wer sie wirklich waren.

»Uff!«

Er zuckte zusammen. Ihr Hintern musste inzwischen schon ganz wund sein, aber auch er hatte eine Rolle zu spielen, und zwar nicht die des charmanten Tayg.

»Barde.«

Tayg ging weiter und zog das Pferd durch eine hohe Wehe aus schwerem, nassem Schnee.

»Barde!«

Er blieb stehen und drehte sich langsam um. Sie saß breitbeinig im Schnee, das vom Wind gerötete Gesicht zu einer finsteren Miene verzogen. Er hob eine Augenbraue, sprach aber kein Wort.

»Ich habe Hunger«, sagte sie. »Und ich habe … gewisse Bedürfnisse«, fügte sie mit abgewandtem Blick hinzu.

»Tut Euch keinen Zwang an.«

»Wartet Ihr auf mich?«

Sein Magen knurrte, und ihm wurde bewusst, dass es lang her war, seit sie gefrühstückt hatten. Er nickte und ließ die Zügel des Pferdes zu Boden fallen.

Catriona rappelte sich auf, verließ den Weg und verschwand hinter einem großen Felsbrocken. Wenig später kam sie zurück. Tayg reichte ihr ein Haferplätzchen und etwas getrocknetes Rindfleisch. Dann nahm er seinen Becher, schöpfte ihn voll Schnee und gab ihn ihr.

»Was soll ich damit?«, fragte sie.

»Haltet den Becher während ihr esst im Schoß, damit Euer Körper ihn wärmt. Wenn Ihr mit dem Essen fertig seid, habt Ihr Wasser zum Trinken.«

Sie lachelte sogar, als sie den Becher unter ihren Umhang schob. Dann schauderte sie. »Ist ein bisschen kalt.«

Tayg lachte leise. Er aß langsam, um dem Mädchen Gelegenheit zu geben, sich auszuruhen. Er war nicht zimperlich mit ihr umgesprungen, hatte im Tiefschnee gnadenlos ein so zügiges Tempo vorgegeben, dass er selbst müde war. Er betrachtete sie, während sie in die Wolken hinaufschaute. Die Schatten unter ihren Augen kündeten von Erschöpfung, aber sie hatte sich nicht beklagt. Das überraschte ihn. Er hatte damit gerechnet, dass sie verlangen würde, er möge sie auf dem Pferd reiten lassen oder immer wieder anhalten, damit sie sich ausruhen konnte; zumindest hatte er erwartet, dass sie Gründe finden würde, sich über seine Gesellschaft zu beschweren oder über das Wetter, den Weg oder alle möglichen anderen Dinge.

Doch das hatte sie nicht getan.

Plötzlich sah sie zu ihm her und ertappte ihn dabei, wie er sie anstarrte. »Wisst Ihr schon, wo wir heute übernachten werden?«

»Nay.«

»Gibt es in der Nähe ein Dorf?«

»Nay.«

»Könnt Ihr noch etwas anderes sagen als *nay*?«

Tayg rang das Lächeln nieder, das sich auf seine Lippen schleichen wollte. »Nay.«

»Was seid Ihr bloß für ein furchtbares Mannsbild«, sagte sie, doch besaßen ihre Worte längst nicht mehr dieselbe Schärfe wie zuvor.

»Nay.« Diesmal lächelte er, und sie erwiderte es mit einem silberhellen Kichern.

»Ihr versteht Euch nicht annähernd so gut darauf, mir auf die Nerven zu gehen, wie meine Brüder.«

»Ist das eine Beschwerde oder ein Kompliment?«

Sie überlegte kurz, dann zuckte sie mit den Schultern. »Ein Kompliment, nehme ich an.« Sie holte den Becher unter ihrem Umhang hervor und lächelte, als sie hineinblickte. »Ich wünsche niemandem, meinen Brüdern nachzueifern, am allerwenigsten Broc, dem ältesten.« Sie trank das Wasser aus, und er bewunderte ihren blassen, schlanken Hals. Dann reichte sie ihm den leeren Becher.

»Mit Broc kommt Ihr nicht aus?«

Sie stieß ein höchst undamenhaftes Schnauben aus. »Ganz und gar nicht.«

»Ich frage mich, warum?« Er warf ihr einen Seitenblick zu.

Sie stand auf, die Hände in die Hüften gestemmt. »Weil er ein großmäuliger, nervtötender Ochse ist. Er hat nicht genug Verstand, um sich um seine Angelegenheiten zu kümmern, geschweige denn um die des Clans. Weil er glaubt, eine Frau könne nichts Kluges zu sagen haben. Weil er sich daran ergötzt«, sie hielt inne und holte tief Luft, »jedermann zu erniedrigen.«

»Ein Glück, dass ich gefragt habe.«

»Können wir weitergehen? Ich möchte die Nacht lieber in einem Bett verbringen. Im Schnee zu schlafen, darauf habe ich keine Lust.«

Tayg stand auf und deutete eine spöttische Verbeugung an. Das Biest war ein paar Augenblicke lang verschwunden gewesen, und er hatte unter dieser Oberfläche eine sanftere Frau erspäht, doch ließ sich das Biest nicht lang unterdrücken, und er war fast dankbar, daran erinnert worden zu sein. So vergaß er nicht, mit wem er es wirklich zu tun hatte.

Sie trotteten weiter und folgten einem abschüssigen Pfad entlang eines Baches, der bis auf ein schmales Rinnsal in der Mitte seines Bettes zugefroren war. Tayg beschäftigte sich in Gedanken mit dem unmittelbaren Problem: Konnte er darauf vertrauen, dass sie ihre Zunge im Zaum halten würde? Es hatte ihn nicht viel Mühe gekostet, sie gerade eben wieder in Rage zu versetzen.

Ein vertrauter, erdig würziger Geruch schlängelte sich in seine Überlegungen. Er blieb so abrupt stehen, dass die Schnauze des Pferdes fast auf seiner Schulter zu liegen kam.

»Was ist?«, wollte Catriona wissen.

Tayg sog die Luft ein. Sie war frisch vom Neuschnee, aber durchsetzt mit dem charakteristischen Geruch brennenden Torfs. Eine ganz leichte Brise wies ihm die Richtung, aus welcher der Rauch heranwehte.

Catriona schob sich durch den tiefen Schnee am Pferd vorbei. »Nun, Barde? Warum bleiben wir stehen?«

»Wir müssen den Weg für eine Weile verlassen«, sagte er und überschlug im Kopf rasch, welche Richtung sie einschlagen mussten, um die Behausung, die vor ihnen lag und in der wer auch immer wohnen mochte, zu umgehen. Er war noch nicht so weit, dass er ihre List endgültig auf die Probe stellen wollte.

»Warum? Es folgt uns doch niemand.«

»Das könnt Ihr nicht wissen. Wollt Ihr MacDonell eine deutliche Spur hinterlassen, der er nur nachzugehen braucht, um Euch zu finden?«

Catriona schaute zurück auf die tiefe Furche im Schnee, wo sie entlanggegangen waren. »Aber wir werden doch auf jeden Fall eine

Spur hinterlassen, ganz gleich, wo wir entlanggehen. Wäre es nicht besser, wir blieben auf diesem Weg, den vielleicht auch andere benutzen, die unsere Spuren mit den ihren überdecken?«

Das Mädchen war schlauer, als er erwartet hatte.

»Wir können es nicht riskieren, irgendjemandem zu begegnen«, sagte er schließlich.

Ihre feinen Augenbrauen wanderten verdutzt aufeinander zu. »Ich dachte, wir wären übereingekommen, dass ich mich als Eure Schwester ausgebe, und da Ihr Euch genauso unvernünftig wie meine Brüder benehmt, wird mir das sehr leicht fallen.«

»Aye, so leicht, dass Ihr nicht daran denken werdet, Eure Zunge im Zaum zu halten.«

»Das werde ich schon nicht vergessen.«

»Selbst wenn, wie wollt Ihr garantieren, dass wir auf niemanden treffen, der Euch erkennt?«

»Ich sagte es Euch doch schon, in dieser Gegend war ich noch nie.«

»Aye, aber das heißt ja nicht, dass wir nicht auf jemanden stoßen könnten, der schon einmal auf Assynt war.«

Für den Moment hatte Tayg damit den Sieg davongetragen, aber sein Triumph war nur von kurzer Dauer.

»Nun gut, dann reicht es eben nicht, wenn Ihr mich Schwester nennt. Wir müssen uns noch ein bisschen mehr einfallen lassen.«

Tayg stöhnte. Dieses Mädchen gab einfach nicht nach. Aber sie konnten kein Risiko eingehen. »Die Schwester eines Barden muss für eine Unterkunft und Verpflegung singen und Geschichten erzählen.«

»Nay, das müsst Ihr tun. Ich kann nur um Gastfreundschaft bitten – und das außerordentliche Können meines Bruders als Barde anpreisen.«

Jetzt war es Tayg, der schnaubte.

»Und Ihr habt ja auch Eure Mission zu erfüllen. Wie wollt Ihr dem König von einer Brautschau berichten, wenn Ihr nicht in die Dörfer geht, um nach heiratsfähigen Mädchen zu suchen? Und mir würde es auch nicht schaden, geeigneten Heiratskandidaten zu begegnen.«

Damit hatte sie ihn ertappt. Wenn er sie bei sich behalten wollte, ohne Gewalt anzuwenden, dann musste sie ihm seine Geschichte glauben, auch wenn ihm die Vorstellung, sie am Hals zu haben, bis sie zum König kamen, fast unerträglich war. Er musterte sie eingehend und taxierte die Merkmale, die ihm am markantesten erschienen und anhand derer man sie am ehesten erkennen würde.

Rasch machte er eine Bestandsaufnahme: Glänzend schwarzes Haar, das ihr selbst geflochten bis zur Hüfte reichte; Augen so blau wie der Abendhimmel kurz nach Sonnenuntergang im Hochsommer, wenn die Farben der Welt dunkel und kräftig waren; die Haut blass und makellos; und ihr Mund, weich und einladend.

Sein Körper spannte sich und er rang mit dem Vergnügen, das nur daherrührte, dass er sie ansah. Seine Fantasie machte ungewollt einen Sprung, und er sann darüber nach, wie es wohl wäre, sie zu berühren.

Er war verdammt. Er musste etwas tun. Und er musste es schnell tun.

»Lassen wir es auf uns zukommen«, sagte er und sprach ein stummes Gebet, dass der Ursprung des Rauchs nicht auf ihrem Weg liegen mochte. Jetzt musste er erst einmal Distanz zwischen sich und sie bringen, bevor sein Leib und seine Vorstellungskraft sich gegen ihn verbrüderten und er etwas tat, das er für alle Zeit bereuen würde. »Wenn wir auf jemanden treffen, müssen wir dafür sorgen, dass Ihr unscheinbar wirkt, bevor man uns sieht.« Er wandte sich von ihrem überraschten Blick ab und setzte den Weg fort.

Kapitel 5

Beißender Torfrauch stieg Catriona in die Nase, lang bevor das Dorf in Sicht kam. Eine Erschöpfung, wie sie sie noch nie erlebt hatte, zerrte an ihren Füßen und machte es ihr zunehmend schwerer, sie zu heben. Zum Glück bahnten ihr der Barde und sein Pferd den Weg, sonst hätte sie schon vor Meilen aufgegeben.

Er blieb ein paar Schritte vor ihr stehen und wartete auf sie. Hätte sie es nicht besser gewusst, dann hätte sie den Ausdruck auf seinem Gesicht für Sorge gehalten, aber er war fast ebenso gehässig zu ihr wie Broc, also war das unmöglich. Ihn hätte es nicht einmal gekümmert, wenn sie mit einem Stein um den Hals im Höllenfeuer versunken wäre. Aber das war ungerecht. Wenn sie ehrlich zu sich selbst war, musste sie zugeben, dass er auf eine schroffe Weise eigentlich freundlich zu ihr gewesen war. Er hatte sie sogar zum Lachen gebracht. Sie wollte den Mann nicht mögen, aber sie musste sich eingestehen, dass er gar nicht so übel war – im Vergleich zu den meisten anderen.

Sie schloss zu ihm auf und war von dem seltsamen Ausdruck in seinen Augen verblüfft – er schaute geradezu so, als hätte er sie noch nie zuvor gesehen.

»Wir müssen Euer Haar hochstecken und bedecken, bevor wir das Dorf betreten. Und Eure Haut schmutzig machen«, sagte er zu ihr.

Sie nickte nur und fragte sich, ob sie es schaffen würde, noch einmal einen Fuß vor den anderen zu setzen, nachdem sie nun einmal stehen geblieben war. Sie blickte zu ihm auf und sah die unmissverständlichen Anzeichen von Sorge in den Linien seines Gesichts und der Neigung seiner Augenbrauen.

»Keine Angst, Barde«, sagte sie. »Ich werde nichts sagen, was mich verraten könnte.«

Er starrte sie einen Moment lang an, als wäre sie ein sonderbares Stück Treibgut, das er gefunden hatte, dann wandte er sich um und kramte in einer Satteltasche. Er zog einen fleckigen Stofffetzen heraus und reichte ihn ihr.

»Was soll ich damit tun?«

»Daraus müsst Ihr Euch eine Rise machen, wenn Ihr könnt, oder wenigstens einen Schleier. Je mehr Euer Haar und Euer Gesicht bedeckt sind, desto weniger Aufmerksamkeit wird Euch zuteilwerden. Wenn man Euch erkennt, werden wir das beide bereuen.«

Natürlich. Sie streifte die Kapuze ihres Umhangs ab und löste den Plaidstreifen, den sie wie einen Schal um den Hals trug. Dann zog sie ihren dicken Zopf unter dem Umhang hervor, schlang ihn sich um den Kopf und versuchte, ihn mit einer Hand festzuhalten, während sie mit der anderen den Stoff darumwickelte.

Doch kaum hatte sie den Stoff umgelegt, entglitt der Zopf ihrem Griff. Sie fing von vorn an, und abermals entglitt ihr der Zopf, als sie den Stoff fast darum gewickelt hatte.

»Wartet, ich halte Euch das Haar«, sagte der Barde. Seine Stimme klang merkwürdig belegt.

Er trat hinter sie, nahm ihr den Zopf aus der Hand und schlang ihn ungeschickt, aber behutsam um ihren Kopf. Catriona erschauerte unter der angenehmen Wärme seiner Finger auf ihrer Kopfhaut, während es ihr endlich gelang, den Stoff umzulegen und am Hinterkopf zu verknoten. Als sie fertig war, drehte sie sich zu ihm um.

»Eine Rise ist das nicht, aber es wird seinen Zweck erfüllen«, meinte er, streckte die Hand aus und schob eine hervorlugende Haarsträhne unter den Stoff. Seine Finger fühlten sich auf ihrer vom Wind rauen Wange bemerkenswert zart an, und ein seltsam warmer Schauder durchlief sie dort, wo er sie berührte. Einen Augenblick lang starrte er sie an, als wäre er am Fleck festgefroren.

»Barde?« Sie berührte ihn am Arm, und er zuckte zusammen, als hätte er sich an ihr verbrannt. Dann beugte er sich rasch vor und begann wortlos mit den Füßen im Schnee zu graben. Als er auf den felsigen Boden darunter stieß, grub er weiter, bis er eine kleine Handvoll Erde beisammenhatte. Er gab ein wenig Schnee dazu, rührte ein schlammiges Gemisch daraus und rieb die Hände aneinander, wobei das meiste wieder zu Boden fiel. Anschließend griff er abermals nach ihrem Gesicht, doch Catriona wich zurück.

»Ich tu Euch nicht weh, Mädchen, aber wir müssen von Eurer Schön... von Eurer blassen Haut ablenken.« Sanft rieb er mit seinen Daumen über ihre Wangen, was sich mehr wie eine Liebkosung als irgendetwas sonst anfühlte. Mit einem Finger fuhr er über ihre Nase, als wollte er sich ihren Schwung einprägen. Langsam strich er mit der flachen Hand über ihr Kinn. Seine Augen folgten dem Weg, den seine Hände nahmen, und Catriona war wie verzaubert von dem seltsamen Gefühl seiner weichen Berührung, mit der er den kalten, körnigen Schlamm verrieb. Ihr fiel das Atmen schwer, und er schien dieselbe Mühe damit zu haben. Ihre Haut wurde heiß, und sie wusste nicht, wohin mit ihren Händen. Schließlich streifte er einen großen Teil seines Werks mit der Rückseite seiner Finger wieder ab, und wiederum ließ er sich viel Zeit dabei.

Dann trat er einen Schritt nach hinten. Sie fuhr sich mit der Zunge nervös über die Lippen und sah, wie er schluckte und seinen Blick auf ihren Mund heftete. Einen Moment lang standen sie nur schweigend da und schauten einander an.

»Ich glaube, das genügt«, sagte er nach einer Weile, und wieder lag dieser heisere Ton in seiner Stimme. Er bückte sich abermals in den Schnee hinunter und säuberte seine Hände. Als er sie wieder ansah, zeigte sein Gesicht den leicht beunruhigten Ausdruck, den sie indessen gewohnt war.

»Ihr wisst, was Ihr zu tun habt?«, fragte er. »Wie Ihr Euch verhalten müsst?«

»Ja, Barde«, antwortete sie mit atemloser Stimme. Sie räusperte sich, und verbannte die Erinnerung an das verstörende Gefühl seiner Hände auf ihrem Gesicht aus ihren Gedanken. »Mit dem Verhalten einer Schwester gegenüber einem älteren Bruder kenne ich mich gut aus.« So war es schon besser. »Das wird mir keine Schwierigkeiten bereiten.«

Er nickte, wirkte allerdings nicht überzeugt. Im Gegenteil, er machte ein bisschen den Eindruck eines Mannes, der zum Galgen geführt wird.

»Ich kann das schon«, versicherte sie und legte ihm eine Hand auf den Arm. »Macht Euch keine Sorgen.«

Er wich einen Schritt zurück, wodurch ihre Hand von seinem Arm glitt, dann nahm er die Zügel auf und setzte sich in die Richtung, aus welcher der Torfrauch kam, in Bewegung.

»Wartet, Barde!«, rief sie.

Er blieb stehen und schaute sich nach ihr um, als sie zu ihm aufholte.

»Findet Ihr nicht, dass eine Schwester den Namen ihres Bruders kennen müsste?«

»Tayg« sagte er, und sie sah, wie er zusammenzuckte, als hätte er ihr das nicht verraten wollen.

Überrascht fragte sie: »Wie der tapfere Tayg von Culrain?«

Er drehte sich um und ging weiter. »Der Name ist im Clan Munro sehr geläufig.«

»Dann gehört Ihr zu dem Clan?« Sie versuchte, trotz ihrer Erschöpfung mit langen Schritten nicht den Anschluss zu verlieren. »Wart Ihr deshalb gestern Abend so wütend? Seid Ihr vielleicht Rivalen?«

»Spart Euch Euren Atem, Mädchen«, riet er ihr. »Die Sonne geht bald unter. Wenn wir dieses Risiko schon eingehen müssen, möchte ich unser Ziel gern erreichen, bevor es ganz dunkel ist.«

Catriona folgte ihm und sagte sich im Stillen seinen Namen vor: Tayg. Er rief Bilder eines Mannes im Kampf wach, über seinem Kopf das wehende Banner des Königs, das Schwert gezogen, einen Schlachtruf auf den Lippen. Aber dieser Tayg in ihrer Begleitung war ein Barde, kein Krieger. Sie versuchte, ihre Gedanken auf das Bild eines Barden umzulenken, der inmitten von Zuhörern in einem Saal saß, doch das gelang ihr nicht. Jetzt hatte der Krieger ein Gesicht, und es war das des Taygs, der vor ihr herging. Sie schüttelte den Kopf ob dieses Unfugs. Ja, es war ein ungewöhnlicher Name, aber er verband den Mann eben mit seinem Clan. Es war ein guter Name – für einen Barden wie auch für einen Krieger.

* * *

»Hallo!«, rief Tayg bei ihrer Ankunft im Dorf, als gerade das letzte Licht des Tages vom Himmel schwand. Köpfe reckten sich hinter Hüttentüren hervor, aber niemand sprach sie an. »Ich bin ein Barde auf der Suche nach einer warmen Mahlzeit und einem Platz zum Schlafen, damit ich und meine Schwester nicht in der Kälte übernachten müssen«, tat er laut kund.

»Kommt nur näher, Barde«, rief eine dröhnende Stimme aus einem größeren Gebäude am anderen Ende des kleinen Dorfs.

Tayg und Catriona passierten ein Dutzend kleiner Steinhäuser, die mit Heidekraut gedeckt waren. Der erdige Geruch brennenden Torfs hing über der Siedlung. Auf der Schneedecke zeichneten sich schmutzige Trampelpfade ab, die von den Behausungen zum Hauptweg führten, auf dem sie nun durch die Mitte des Dorfs trotteten. Es unterschied sich kaum von anderen Dörfern in den Highlands, die Tayg kannte, auch nicht von seinem eigenen.

Als sie das Ende des Wegs erreichten, begrüßte sie ein Mann mit breiter Brust, der in der Tür eines Hauses stand, das leicht zweimal so groß war wie die anderen, an denen sie vorbeigekommen waren.

»Ich bin Farlan, Chief der MacKenzies von Fionn. Ich heiße Euch in unserem Dorf willkommen.«

»Ich bin …« Tayg zögerte. Er wollte nicht ihre wahren Namen nennen. »Ich bin Duncan, und das ist meine Schwester Mairi.«

»Wir hatten schon lang nicht mehr das Vergnügen, einen Barden in unserer Mitte zu haben, guter Mann. Wenn Ihr uns unterhaltet, gewähren wir Euch gerne eine warme Mahlzeit und einen Schlafplatz am Feuer.«

Tayg grinste. »Aye, das wäre ein guter Handel, Farlan.«

»Warum seid Ihr bei solchem Wetter unterwegs, noch dazu mit Eurer Schwester?«

»Ach, das ist eine lange, komplizierte Geschichte«, wich er aus. Was war nur los mit ihm? Es war töricht, nicht vorher an diese Fragen gedacht zu haben. Seine Gedanken drehten sich nur um das Mädchen anstatt um ihrer beider Überleben. »Ich begleite meine Schwester zu ihrer neuen Familie. Sie heiratet.« Das war nicht allzu weit von der Wahrheit entfernt.

»Und der Bräutigam konnte nicht kommen, um sie persönlich abzuholen?«

»Nay.« Tayg sah sie an und schüttelte leicht den Kopf. Er hätte sich zusammen mit ihr eine einleuchtende Geschichte zurechtlegen sollen, bevor sie das Dorf betraten, damit sie einander nicht verrieten, aber er hatte ja nur daran denken können, ihren Liebreiz zu verbergen. Und dann hatte ihn der staunende Ausdruck auf ihrem Gesicht ob seiner Berührung fast um den Verstand gebracht. Er war drauf und dran gewesen, ihre Lippen zu kosten …

Farlan räusperte sich.

Kopfschüttelnd versuchte Tayg sich von der verwirrenden Erinnerung zu befreien und sich stattdessen auf die Geschichte zu konzentrieren, die er sich zu ihrer Sicherheit zusammenspinnen musste. Es behagte ihm nicht, aber er musste darauf vertrauen, dass sie mitzog bei dem, was er ausheckte.

»Ihr Verlobter hatte einen Jagdunfall und hat sich das Bein gebrochen. So ist es ihm unmöglich zu reisen, doch können die beiden es kaum erwarten, ihr gemeinsames Glück zu beginnen.«

Er grinste Catriona schief zu, die, das musste er ihr lassen, auf seine Stichelei nur reagierte, indem sie die Augen verengte und ihre schönen Lippen schürzte. Es war dumm, sie zu reizen, und doch ertappte er sich dabei, dass er es einfach nicht lassen konnte.

»Sie ist fast eine alte Frau und möchte dem Burschen keine Gelegenheit geben, es sich noch anders zu überlegen.«

Der Chief lachte schallend. »Wenn Eure Schwester alt ist, dann bin ich jung, aber wenn man verliebt ist, hat man eben ein ganz anderes Gefühl für die Zeit.« Er tätschelte Catriona unter dem Kinn, und Tayg betete, dass sie den Mann nicht biss. Zu seiner Erleichterung tat sie es auch nicht.

»Es kommt nicht alle Tage vor, dass man genau den Richtigen findet«, sagte sie, den Kopf sittsam gesenkt, den finsteren Blick jedoch fest auf Tayg gerichtet. »Solltest du unserem Gastgeber nicht auch den anderen Grund deines Hierseins erläutern, Bruder?«

Tayg erschrak, dann fiel ihm ein, dass sie nicht die Verschwörung gegen den König meinen konnte. »Welchen anderen Grund?«

»Die Brautschau natürlich.« Sie sah Farlan an. »Ihr müsst ihm verzeihen. Die Kälte hat ihm das Gehirn umnebelt.«

»Das kommt vor, aye, aber was hat es auf sich mit dieser Brautschau?«

Catriona trat näher auf Farlan zu und hakte sich bei ihm unter, als zöge sie ihn ins Vertrauen. Tayg fragte sich, was sie im Schilde führte.

»Habt Ihr denn nicht gehört, dass der König die Söhne seiner treuen Gefolgsleute zu vermählen trachtet?«, fragte sie.

Farlan schüttelte den Kopf. »Diese Nachricht hat uns nicht erreicht.«

»Mein Bruder wurde ausgesandt, um die schönsten Mädchen in den Highlands aufzuspüren und dem König als infrage kommende Bräute vorzustellen.«

Tayg warf ihr einen düsteren Blick zu, aber sie grinste im Gegenzug nur keck zurück.

»Ihr habt hier doch gewiss ein paar hübsche Mädchen, oder?«, fuhr sie fort.

»Allerdings!«, antwortete Farlan, und seine Augen leuchteten vor Freude. »Meine eigene Tochter wäre eine feine Partie für jeden Mann.«

»Habt Ihr auch Söhne?«

Farlan sah sie blinzelnd an.

»Oh, nicht für mich. Ich habe gehört, dass ein Clan in der Nähe des Meeres eine schöne Tochter zu verheiraten hat. Ich dachte nur …«

»Der Gedanke ehrt Euch, Mädchen, aber meine Söhne sind alle längst verheiratet. Hat Euch der König auch gebeten, neben Bräuten nach heiratsfähigen Söhnen zu suchen?«

»Nay, ich wünschte nur, alle Mädchen hätten das Glück, so einen tapferen, schönen Mann wie ich heiraten zu dürfen.«

Sie bedachte den Chief mit einem bezaubernden Augenaufschlag, und Tayg musste an sich halten, um bei ihrer Vorstellung nicht lauthals loszulachen. Sie verstand sich viel besser auf dieses Spiel, als er gedacht hatte.

Farlan gluckste. »Nun, ich habe jedenfalls nur noch eine Tochter, die ich unter die Haube bringen muss, Mädchen. Aber kommt doch, Ihr seid gewiss ganz durchgefroren. Setzen wir unser Gespräch drinnen fort. Gebt Ian Euer Pferd.« Er schob einen Burschen, der nicht weit entfernt herumlungerte, auf Tayg und das Tier zu. »Er wird sich gut darum kümmern.«

»Dafür danken wir herzlich«, sagte Tayg, froh, das Thema wechseln zu können. »Wenn wir uns aufgewärmt und etwas gegessen haben, wird es mir ein Vergnügen sein, Eure Leute heute Abend zu unterhalten.«

Farlan geleitete sie in das Gebäude, gefolgt vom größten Teil der Dorfbewohner, wie es schien. Er trug mehreren Leuten auf, zu essen und zu trinken heranzuschaffen, dann führte er Tayg und Catriona zu einem Tisch in der Nähe eines bullernden Feuers an der Stirnseite des Saales. Rasch stellte man eine Platte mit Schaffleisch und eine mit gerösteten Zwiebeln und Rüben vor sie hin, dazu einen großen Krug Ale. Holzteller und Löffel aus Horn wurden verteilt und hölzerne Becher neben den Krug gestellt.

Das heiße Mahl war köstlich, und sie aßen zügig. Tayg freute sich zu sehen, wie die Farbe in Catrionas schmutzverschmierte Wangen zurückkehrte. Das Mädchen konnte sich hier eine Weile ausruhen, während er wieder versuchte, den Barden zu geben. Er würde es so halten wie auf Dun Donell und mehr auf sein Talent zum Geschichtenerzählen anstatt auf seine fragwürdige Begabung als Musiker setzen.

Farlan gesellte sich zu ihnen, ein Mädchen mit fuchsrotem Haar am Arm. »Mein lieber Barde, das ist meine Tochter, die süße Dolag.«

Tayg sah zu dem hübschen Mädchen auf, das siebzehn Jahre alt sein mochte. Ihr kupferfarbenes Haar umrahmte ein herzförmiges Gesicht mit wilden Locken, die Augen hielt sie jedoch gesenkt, sodass er ihre Farbe nicht erkennen konnte. Sie war schön, doch nicht so schön wie Catriona. Tayg hielt einen Augenblick den Atem an, entsetzt ob des Gedankens. Er durfte nicht vergessen, weshalb er mit Catriona reiste, und sich nicht von ihrer Schönheit ablenken lassen. Er musste stets daran denken, dass sie ein Biest war und eine Geisel. Entschlossen, seine ärgerlichen Gedanken zu zerstreuen, erhob er sich, nickte und deutete eine Verbeugung an.

»Ich bin sehr erfreut, Eure Bekanntschaft zu machen.«

Das Mädchen errötete auf reizende Weise. Sie setzte sich neben Farlan auf die Bank gegenüber von Tayg und Catriona, die Löffel und Messer beiseitelegte und Vater und Tochter musterte.

»Welche Neuigkeiten bringt Ihr mit?«, fragte Farlan.

Tayg kaute kurz, dann sagte er: »Um diese Jahreszeit gibt es nicht viele Neuigkeiten. Den MacDonells geht es gut.« Catriona murmelte etwas, aber er verstand nicht, was. »Allerdings vergreifen sich die Beatons an ihrem Vieh. Die MacLeods von Assynt«, er warf Catriona einen knappen Blick zu, »streiten sich wie immer untereinander.«

Er zuckte zusammen, als Catriona ihm unter dem Tisch mit der Ferse auf die Zehen trat, ihrem Gastgeber über den Tisch hinweg jedoch unverändert zulächelte. Tayg zog seinen Fuß unter ihrem hervor.

»Und was wisst Ihr Neues?«, fragte Catriona an Farlan gewandt.

»Ach, da gibt es nur wenig zu erzählen. Es gab viel Schnee in unserem Tal, obwohl es erst Dezember ist. Ich fürchte, uns steht ein langer, kalter Winter bevor.«

Tayg nickte. »Im Süden lag nur wenig Schnee, als ich vor einer Woche dort unterwegs war, aber hier sieht es aus, als sei der Winter schon lang eingekehrt.«

Schweigen senkte sich zwischen sie, und Tayg versuchte, die Erwartung, die fast spürbar von Farlan ausging, zu ignorieren.

Der Mann grinste Tayg an und tätschelte den Arm seiner Tochter. »Meine süße Dolag wird eine feine Frau abgeben. Sie ist freundlich, reizend und sittsam. Sie weiß, wie man ein Haus oder eine Burg führt. Sie kocht und näht und kann gut mit Kindern umgehen.«

Tayg wand sich unter Farlans Aufzählung der Qualitäten seiner Tochter. Es war, als hörte man einem Mann zu, der von seinem liebsten Jagdhund sprach. Dann fiel ihm plötzlich ein, dass er diese Gelegenheit und seine Anonymität nutzen sollte, um vielleicht ein Mädchen zu finden, mit dem er glücklich verheiratet sein könnte. Wenn er keines fand, bevor er beim König eintraf, würde seine Mutter die Wahl für ihn treffen. Ein Schauer lief ihm über den Rücken. Das durfte nicht geschehen. Und wann hätte er mehr über eine vielleicht infrage kommende Braut erfahren können als jetzt und hier?

»Hat sie Sinn für Humor?«, wollte er wissen, ein Grinsen im Gesicht, um die Ernsthaftigkeit seiner Frage zu verschleiern. Die Frau, mit der er letztendlich zusammenkam, musste auf jeden Fall über seine Scherze lachen können.

Farlan runzelte die Stirn. »Was nützt der bei einer Ehefrau?«

Tayg lachte, als hätte er absichtlich einen Witz gerissen. »Aye, nur so.« Sprach das Mädchen denn nie für sich selbst? »Und was ist mit dir, süße Dolag? Was wünschst du dir von einem Mann?«

Endlich sah sie zu ihm auf. »Was ich mir wünsche?«

Tayg nickte ihr zu, und sie schaute zu ihrem Vater, als müsste sie ihn nach ihrer eigenen Meinung fragen.

»Ich … ich weiß nicht. Ich wünsche mir wohl einen Mann, der für mich und unsere Kinder sorgt, genug zu essen auf den Tisch bringt und uns ein Haus baut. Was sollte ich mir sonst noch wünschen?«, fragte sie mit ausgesprochen ernster Miene.

»Wünscht Ihr Euch denn keine Liebe?«, entgegnete er.

»Natürlich. Tut das nicht jedes Mädchen? Aber man findet sie nur selten.« Das entsprach ganz Taygs Erfahrung. »Ich rechne nicht damit. Wenn ich Glück habe, werde ich den Mann, den ich heirate, mit der Zeit lieben lernen.«

»Das ist aber eine traurige Weise, den Hafen der Ehe anzusteuern«, meinte Tayg. Er hatte genug gehört von diesem Mädchen. Sie war süß, oh ja, und fügsam, aber er konnte sich nicht vorstellen, eine lange Winternacht mit ihr zu verbringen. Nay, für seinen Geschmack war sie zu scheu und zu nüchtern, trotz ihrer wilden roten Lockenpracht.

Er leerte seinen Becher und langte nach dem Sack, der seine Trommel enthielt. »Ich glaube, es ist Zeit für Musik«, sagte er. Er holte die Trommel heraus und strich über die Bespannung, um sie langsam zu erwärmen, wie er es schon viele Barden hatte tun sehen. Er suchte in seinem Gedächtnis nach weiteren Dingen, die er bei Barden beobachtet hatte; andere als nur mit den Mädchen zu schäkern. Was das betraf, hatte er selbst genug Übung.

Er stellte eine leere Bank näher ans Feuer und setzte sich so, dass er seine Füße wärmen konnte, während er spielte. Wie zuvor scharte sich die Menge um ihn, ein paar Bewohner zogen sich Bänke heran, andere blieben stehen, und die Kinder hockten sich allesamt zu seinen Füßen hin. Er begann mit derselben langsamen Ballade, die er auf Dun Donell gespielt hatte, nur traf er diesmal den Takt gleich richtig. Er fing an zu singen und achtete sorgsam darauf, den Rhythmus der Trommelschläge und ihren Ton im Einklang mit der Melancholie in seiner Stimme zu halten.

Am Ende klatschten die Zuhörer, und er fragte, was für eine Geschichte sie hören wollten. Während er abermals die Geschichte vom wütenden Chief erzählte, bemerkte er, dass Catriona ihm gegenüber am Rand des Kreises seines Publikums stand und ihn beobachtete wie eine Katze, die zum Sprung auf eine fette Maus ansetzte.

Am Schluss der Geschichte brandete wieder Applaus auf, und Tayg griff nach seinem Becher und trank schlürfend daraus.

»Singt uns noch ein Lied, Barde«, rief jemand vom Rand der Menge.

»Aye, sing uns ein Liebeslied, etwas Süßes und Romantisches.«

Er blickte über den Rand seines Bechers geradewegs in die tiefblauen Augen der Sprecherin – Catriona.

»Ich hätte noch eine Geschichte zu erzählen …«

»Aber wir möchten lieber ein Lied hören, Bruder. Ein schönes Lied. Du kennst doch *Der Jungfrau Wahl*. Sing das für uns.«

Tayg sah Catriona verdrießlich an.

»Mädchen«, rief sie mit erhobener Stimme, »mein Bruder braucht einen Anreiz. Sein voller Bauch hat ihn offenbar melancholisch gemacht, und in einer solchen Stimmung taugt kein Mann viel, habe ich recht?« Sie besaß sogar die Unverfrorenheit, ihm zuzuzwinkern, während die Mädchen kicherten und die Männer schallend lachten.

»Hier brauche ich deine Hilfe nicht, liebe Schwester.« Er musste laut sprechen, damit er über das Gelächter hinweg zu hören war.

»Nein, *meine* Hilfe brauchst du vielleicht nicht …« Sie schlängelte sich zwischen den Leuten hindurch. »Aber vielleicht brauchst du ein wenig Inspiration? Du solltest einem Mädchen ein Lied vorsingen … diesem Mädchen«, sagte sie und zog Dolag in die Mitte des Kreises. »Vielleicht singst du ja mit ihr vor Augen besser als bislang.«

Tayg schoss einen finsteren Blick auf Catriona ab, brachte jedoch schon im nächsten Moment ein Lächeln zustande, als Dolag ihm schüchtern zulächelte.

»Ach, Dolag«, seufzte er, nachdem er beschlossen hatte, Catrionas Spielchen mitzumachen – und sie darin zu schlagen.

»*Süße* Dolag, das ist ihr Name«, rief Farlan von der anderen Seite des Kreises her.

Tayg nickte. Wenn er es richtig anstellte, konnte er Farlan eine Freude machen und Catriona heimzahlen, dass sie ihn in diese schwierige Lage gebracht hatte. Sie würde es bereuen, ihm auf die Zehen getreten zu sein und sich in seinen Auftritt eingemischt zu haben. Mit schmalen Augen konzentrierte er sich auf Dolag, nein, auf die *süße* Dolag, rief er sich in Erinnerung.

»Oh, süße Dolag von Fionn.« Er schenkte ihr sein strahlendstes Lächeln und blinzelte ihr so auffällig zu, dass auch Catriona dieses Zwinkern mitbekam. Er sah, wie sich Dolags Wangen allein aufgrund dieser kleinen Tändelei zart röteten. Das war ein Mädchen, das nicht an die Aufmerksamkeiten eines Mannes gewöhnt war. Es würde leicht sein, ihr zu schmeicheln. Er begann mit einem einfachen Takt auf seiner Trommel.

»Süße Dolag von Fionn, sie ist so süß und schlau. Ihr Haar, das ist wie Feuer, ihr Gesicht sieht aus wie …« Er geriet aus dem Takt, weil er sich zu verkneifen versuchte, was ihm als erster Reim einfiel: Sau.

Die Menge johlte, aber Farlan machte keinen erfreuten Eindruck und Dolags Unterlippe bebte.

»Ich bitte um Verzeihung«, beeilte sich Tayg zu sagen. »Normalerweise habe ich mehr Zeit zum Reimen«, fügte er hinzu. »Ich will es noch einmal versuchen, wenn Ihr erlaubt, denn so ein schönes Mädchen verdient auch ein schönes Lied.«

Farlan nickte, und Dolags bereits rosige Wangen wurden noch röter.

»Ich helfe dir, Bruder«, sagte Catriona und trat neben Dolag.

»Nay, du hast schon genug geholfen.«

Die Zuhörer lachten abermals laut auf.

Tayg fing wieder an, die Trommel zu schlagen. »Die schöne Dolag von Fionn, das Gesicht so fein und ohne Sorgen. Sie leuchtet wie ein Blümchen an einem Frühlingsmorgen.«

»Ja, so ist's besser, Bursche«, rief Farlan.

»Sie ist kein Biest, keine Gans und auch kein Luder. Sie hat Manieren«, er richtete den Blick auf Catriona, um sich zu vergewissern, dass sie seine Spitze auch verstand, »und sie widerspricht nie ihrem Bruder.«

Tayg trommelte einen Moment lang stumm weiter, derweil er überlegte, was er noch singen könnte.

»Die schöne Dolag von Fionn strahlt die Anmut eines Kätzchens aus. Sie singt wie ein Engel …«

Das Publikum grölte, und Dolag zog den Kopf ein und schlug den Blick nieder. »Offenbar hat er sie noch nicht singen gehört!«, rief jemand aus der Menge.

Tayg lächelte. »Und sie …«

»… ist blind wie eine Fledermaus!«, reimte ein anderer.

Tayg versuchte, nicht zu grinsen. »Ihr seid ungerecht zu der reizenden Dolag«, rief er in die Runde, in der Hoffnung, dem beschämten Mädchen ein Lächeln abzuringen. Aber sie stand nur da und zog die Schultern hoch. »Sie ist schön und zart, wenn du sie siehst«, sang er. »Ganz anders als meine Schwester, dieses Biest.« Er beendete das Lied mit einem Trommelwirbel.

Donnernder Applaus war sein Lohn, wer in der Nähe stand, schlug ihm dazu noch anerkennend auf die Schulter, und jedermann lachte laut. Tayg musterte die beiden Frauen, die vor ihm standen. Ein Blick auf Dolag verriet ihm, dass sie genug hatte von seiner Aufmerksamkeit. Und ein Blick auf Catriona verriet ihm, dass seine Spitzen ins Schwarze getroffen hatten. Dolag war puterrot und zog den Kopf ein, wie um sich zu verstecken; Catriona stand da, die Fäuste fest in die Hüften gestemmt, das Kinn vorgeschoben und die Haut vor Wut gerötet.

»Ich habe eine gute Idee«, sagte er. Dabei schlug er noch immer die Trommel, schaute Catriona aber unverwandt in die Augen. »Ich singe Euch jetzt ein Lied, das wir alle kennen. Ihr könnt mit einstimmen und der süßen Dolag«, er schenkte dem Mädchen einen Blick, der ihm sagen sollte, wie einmalig es war, »eine Atempause von Euren Hänseleien gewähren.«

Das trug ihm ein kleines, scheues Lächeln ein, das er wiederum mit einem Grinsen und einem Zwinkern erwiderte. Abermals wurde das Mädchen tiefrot. Oh ja, sie war sittsam, aber viel *zu* sittsam. Sie war so kleinlaut, dass er fürchtete, ihre eigenen Kinder könnten ihr eines Tages auf der Nase herumtanzen. Tayg konnte sich nicht vorstellen, mit einer Frau verheiratet zu sein, die sich solche Sticheleien nicht nur zu Herzen nahm, sondern sich obendrein nicht einmal dagegen wehrte.

Er seufzte und begann mit einem wohlbekannten, etwas derben Lied, in das die Menge, sehr zu seiner Erleichterung, eifrig einstimmte. Catriona bedachte ihn mit einem finsteren Blick, als sie sich durch den Kreis der MacKenzies drängte und aus dem Saal stürmte.

* * *

Catriona stampfte aus dem vollen Saal und hinaus in die kalte Nachtluft. Wolken jagten über den silbrig blassen Mond, als hätten sie es eilig, sich davonzumachen. Genau das sollte sie eigentlich auch tun. Sich davonmachen. Sie ging über einen ausgetretenen Pfad durch den Schnee. Dieser eingebildete, leidige Barde! Er hatte an ihrem Stolz gerührt, ihre Wut geschürt und dabei die ganze Zeit über gewusst, dass sie, wenn sie ihre Zunge nicht im Zaum hielt, sich und ihn so sehr in Schwierigkeiten brächte, wie sie es sich nicht einmal vorstellen wollten. Und dann hatte er sie mit dem Wort belegt, das sie hasste wie kein anderes: Biest.

Nur der Gedanke, für immer an diesen ungehobelten MacDonell gebunden zu sein, hatte ihr die Kraft gegeben, still zu sein. Wie konnte er es wagen, sie vor all diesen Leuten so bloßzustellen! Er war genauso schlimm wie ihre Brüder. So dumm wie ihr Vater. So unausstehlich wie … wie … ihr fiel überhaupt niemand ein, der so unausstehlich gewesen wäre wie dieser Barde. Wenn er überhaupt ein Barde *war*, denn er sang wie eine sterbende Kröte.

Catriona zog ihren Umhang fest um sich. Sie hatte das Ende des Dorfes erreicht, drehte um und ging zurück in die Richtung des Saales.

Sie hatte es von Herzen satt, als Biest tituliert zu werden. Und wenn er sie so nannte, traf sie das irgendwie noch härter, als wenn Broc es tat, von dem sie nichts anderes erwartete. Sie musste es ihm heimzahlen. Musste ihn vor Fremden hänseln und aufziehen, bis … nun, ein bisschen hatte sie das ja bereits getan. Aber er verdiente noch mehr. Viel mehr. Zu dumm, dass sie seine Hilfe brauchte, sonst hätte sie ihn hiergelassen, wo er wie ein Narr herumgrinsen und -zwinkern konnte vor der ebenso süßen wie dummen Dolag, die nicht genug Verstand besaß, um sich gegen ihre Peiniger zur Wehr zu setzen. Das Mädchen sollte anfangen, ein bisschen Rückgrat zu zeigen, denn so ein bedauernswertes Geschöpf wollte niemand heiraten.

Freilich, Broc behauptete auch, außer Hundsgesicht würde sie kein Mann heiraten, aber das lag wenigstens nicht daran, dass sie bedauernswert gewesen wäre. Es war besser, seine Meinung laut auszusprechen, als gar keine Meinung zu haben, die der Rede wert gewesen wäre.

Sie machte wieder kehrt, um abermals bis zum Ende des Dorfs zu gehen. Es war ihr nicht möglich gewesen, Tayg seine Worte so zu vergelten, wie sie es gern getan hätte, andernfalls hätte sie seinen ganz und gar nicht unterschwelligen Hinweis darauf, wer sie wirklich war, bestätigt. Aber sie würde ihre Rache schon noch bekommen.

Zum einen boten sich die einfachen Wege und Mittel an. Sie hätte ihm im Schlaf einen Eimer Wasser über den Kopf schütten können, das wirkte immer, aber dann wäre seine Kleidung nass und sie müssten ihre Abreise aufschieben. Nein, das kam also nicht infrage.

Wäre die Schneedecke nicht so hoch gewesen, hätte sie trockene, stachelige Disteln sammeln und ihm ins Bett legen können. Damit hatte sie Callum ein paar Mal hereingelegt, als sie klein gewesen war, aber er war irgendwann schlau genug gewesen, in seinem Bett nachzuschauen, *bevor* er sich hineinlegte. Offenbar gab es gewisse Stellen am Leib eines Mannes, die besonders empfindlich auf die Stacheln einer Distel reagierten. Sie lächelte, als sie an den Ausdruck auf Callums Gesicht dachte – schmerzhafte Überraschung, gemischt mit widerwilligem Respekt.

Aber der Schnee lag zu hoch, und das Mondlicht war zu fahl, um Disteln sammeln zu gehen. An Taygs Proviant konnte sie sich nicht vergreifen, weil sie auch davon aß. Sie konnte ihm Dung in die Schuhe stecken oder Schnee in die Taschen. Nay, das würde sie alles nur aufhalten, und sie wollte nicht riskieren, dass Hundsgesicht oder ihre Familie sie einholten, ehe sie ihre Zukunft und die des Clans mit Hilfe des Königs gesichert hatte. Es musste doch irgendetwas geben …

Als sie umdrehte und in ihrer Spur zum Saal zurücklief, sah sie, wie die Tür aufging und Tayg aus dem schwach erhellten Inneren in die Nacht heraustrat. Sie verlangsamte ihre Schritte und schaute ihm argwöhnisch entgegen, als er auf sie zukam.

»Friert Ihr nicht?«, rief er ihr zu.

»Ich bin zu wütend, um die Kälte zu spüren«, erwiderte sie, obgleich sie bei seinen Worten wieder jener merkwürdig warme Schauer überlief.

Er besaß doch tatsächlich die Frechheit, zu lachen. »Das habt Ihr Euch selbst zuzuschreiben.«

»Indem ich Euch gebeten habe, Eure Aufgabe als Barde zu erfüllen?«

Auf halbem Weg zwischen dem Saal und dem Ende des Dorfs trafen sie zusammen und blieben einander gegenüber auf dem Pfad im Schnee stehen. »Indem Ihr die süße Dolag derart vorgeführt habt. Das war nicht sehr freundlich.«

Scham durchzuckte sie und versetzte ihr einen überraschend heftigen Stich in die Brust. Ein Gefühl, das ihr nicht sonderlich vertraut war und das ihr auch nicht behagte, und es machte sie wütend, dass er es ihr bereitete. »Ich habe das schon viele Barden tun sehen«, sagte sie in bewusst scharfem Ton.

»Mag sein, aber ich kenne keinen Barden, der sich so ein schüchternes Mädchen aussuchen würde, um es vor seinen Zuhörern bloßzustellen.«

Die Enttäuschung in seiner Stimme ging ihr auf die Nerven und machte sie noch zorniger. »Aber musstet Ihr denn nicht ihre Stärken und Schwächen zum Vorschein bringen, damit Ihr den König über ihre Qualitäten unterrichten könnt? Musstet Ihr nicht feststellen, dass sie für ihn nicht geeignet ist?«

»Für ihn?« Er schaute auf sie hinab, als wäre sie ein störrisches Kind. »Haltet Ihr sie etwa für eine Rivalin bei den Plänen, die Ihr mit dem armen Tayg von Culrain habt? Es war nicht nötig, sie zu blamieren, um ihren wahren Charakter in Erfahrung zu bringen, Catriona von Assynt.« Sein Ton traf sie und beschämte sie von Neuem. »Das hat sie schon beim Essen ganz gut allein geschafft. Dazu brauchtet Ihr ihre Unzulänglichkeiten nicht vor aller Augen offenzulegen. Ich bezweifle nicht, dass jedermann hier ihre Schwächen und Stärken bereits kennt.«

»Ihre Stärken? Sie besitzt keine Stärken. Ein paar Sticheleien machen sie ganz flatterig. Sie hat nicht genug Rückgrat, um für sich selbst einzustehen …«

»Dann hättet Ihr das vielleicht für sie tun sollen.«

»Ich? Ich bin ihr nichts schuldig!«

Er schüttelte den Kopf und sagte leise: »Aye, Ihr seid niemandem irgendetwas schuldig, nicht wahr? Ihr seid die selbstsüchtigste Person, der ich je begegnet bin.«

»Ich … warum sollte …« Sie starrte ihn wütend an. Er kannte sie gar nicht, verstand sie nicht. Wie konnte er es wagen, so harsch über sie zu urteilen? »Das stimmt nicht. Ich sorge mich nur um meinen Clan.«

Er schüttelte wieder den Kopf und lachte freudlos auf. »Nay, Ihr sorgt Euch nur um Euch selbst und Eure eigenen Probleme. In Euch steckt nicht ansatzweise so viel Würde wie in diesem scheuen Vögelchen.« Damit drehte er sich um und schritt zurück zum Saal.

Catriona konnte nicht glauben, was er gesagt hatte. Selbstsüchtig? Und wie viel Würde konnte denn in Dolag stecken, wenn sie sich von ihrem eigenen Clan so verspotten ließ, ohne auch nur ein einziges Widerwort zu geben? Entschlossen, es ihm heimzuzahlen, entschlossen, ihm den gleichen Stich zu versetzen, den seine Worte ihr bereitet hatten, setzte sie ihm nach, packte ihn am Arm und zwang ihn, sie anzusehen.

»Ich weiß nicht, wo Ihr die Frechheit hernehmt, so mit mir zu reden«, sagte sie, ergriff nun seine beiden Arme und stellte sich auf die Zehenspitzen, damit sie fast auf Augenhöhe mit ihm war. »Es bedürfte nur eines einzigen Wortes von mir, und Ihr hättet mich für den Rest Eures Lebens am Hals!«

»Aye, Mädchen, und Ihr mich«, erwiderte er mit leiser Stimme. Sein warmer Atem strich über ihr Gesicht. »Könnt Ihr mir sagen, welches Los das schlimmere ist?«

Catrionas Herz schlug schnell, und ihr war seltsam zumute, fast schwindlig, gerade so, als stünde sie neben sich und beobachtete diese beiden streitenden Fremden, die nun immer näher aufeinander zutraten. Sie hatte Mühe, an ihrem Zorn festzuhalten, denn ein anderes, tieferes, dunkleres Gefühl drohte sie zu übermannen. Sie schluckte. »Diese Frage ist ganz leicht zu beantworten. Ich würde nie und nimmer mein Leben mit Euch verbringen.« Fieberhaft überlegte sie, womit sie ihn ganz und gar vor den Kopf stoßen könnte. »Ich werde einen besseren Mann als Euch heiraten«, zischte sie.

Er besaß nicht einmal den Anstand, zusammenzucken. Stattdessen legte er den Kopf schief und schürzte seine vollen Lippen, als wäre sie ein Kind, das ihm Rätsel aufgab. »Das sagt Ihr so. Aber woher wollt Ihr wissen, ob ein anderer Mann besser ist als ich?« Seine Stimme war jetzt ganz leise, aber es lag etwas Gefährliches darin.

»Jeder wäre besser als Ihr.«

»Sogar Hundsgesicht MacDonell?«

Sie versuchte, Ja zu sagen, doch eine so große Lüge wollte ihr einfach nicht über die Lippen kommen.

»Dann gibt es also mindestens einen Mann, der nicht besser ist als ich. Eine feine Art habt Ihr, Euch bei jemandem zu bedanken, der Euch vor dem Erfrieren gerettet, der Euch eine warme Mahlzeit und für heute Nacht einen Schlafplatz am Feuer beschafft hat.« Er fasste sie bei den Schultern und schaute ihr in die Augen, dann ließ er den Blick zu ihrem Mund hinunterwandern. Unter dem eindringlichen und konzentrierten Ausdruck in seinen zimtfarbenen Augen stockte Catriona der Atem.

»Nach der Vorstellung da drinnen können wir von Glück reden, dass man uns nicht im Schnee zu schlafen zwingt«, sagte er, wenn auch mehr zu sich selbst.

»Ihr wart es doch, der sagte, sie sähe aus wie …«

Bevor sie den Satz zu Ende bringen konnte, brach etwas in seinen Augen, und er beugte sich vor und begrub ihre Lippen unter den seinen.

Catriona keuchte auf, war aber augenblicklich hingerissen von den Gefühlen, die seine Berührung durch ihren Körper jagte. Er nutzte ihr Zögern aus und drückte seine Lippen noch einmal auf die ihren, weich und doch fest. Catriona spürte, wie sie ein Schauer durchlief, dasselbe warme Schaudern, das sie empfunden hatte, als er ihr half, ihre Haare zu verbergen. Verzückt ließ sie ihn den Kuss fortsetzen. Völlig still stand sie da und ließ ihre Augen zufallen, damit sie sich besser konzentrieren konnte auf die überraschenden Empfindungen, die sie erfüllten. Warm und sanft spielten ihre Lippen miteinander. Sie legte die Hände auf seine Arme, trat ein wenig näher und gab ihrem Verlangen nach.

* * *

Tayg löste sich von ihr und schaute in ihre mitternachtsblauen Augen. Wie konnten aus so einem süßen Mund dermaßen scharfe Worte kommen? Sein Blick bewegte sich von ihren überraschten Augen hin zu ihren vollen Lippen, und, mochte Gott ihm beistehen, er küsste sie abermals.

Diesmal lehnte sie sich ihm allerdings entgegen. Er hob seine Hände an ihr Gesicht und neigte ihren Kopf, damit er besser herankam an diese wunderbare Süße. Er küsste sie, zupfte an ihren Lippen, ließ sich in seinem Tun von seinem aufgestauten Ärger lenken anstatt von seinem Kopf. Er brauchte mehr, wollte …

Tayg drängte sie, den Mund zu öffnen, dann lehrte er sie die Freuden des tieferen, innigeren Küssens. Er zog sie an sich, drückte ihren weichen Busen an seine Brust. Ein leises Stöhnen entfleuchte ihr, und er lächelte, ohne seine Lippen von ihrem Mund zu nehmen.

»Seht Ihr, Mädchen«, sagte er und knabberte erst an ihrem Mundwinkel, ehe er dann weiterglitt zu jener empfindlichen Stelle unterhalb ihres Ohres, »eine Zunge lässt sich doch besser nutzen als nur dazu, den Stolz eines Mannes zu verletzen.«

Die eben noch so warme und anschmiegsame Catriona wurde binnen eines Herzschlags kalt und steif. Sie versetzte ihm einen harten Stoß, der ihn nach hinten stolpern ließ. Diesmal wünschte Tayg, *er* hätte seine Zunge im Zaum gehalten.

»Wenn Ihr das noch einmal versucht«, sagte sie, stieß ihn mit spitzem Finger vor die Brust und schaute zu ihm auf, die Augen schmal und voll unverhohlenem Zorn, »werde ich mehr als nur Euren Stolz verletzen.« Sie gab ihm einen weiteren Stoß, dann fegte sie an ihm vorbei und zurück in den Saal.

Tayg stand da und versuchte sich klar zu werden über das, was da gerade geschehen war. Was hatte er sich nur dabei gedacht, sie zu küssen? Hatte ihn sein Verstand verlassen? Er wollte diese Frau so wenig, wie er Dolag wollte. Dann lachte er über sich selbst, denn ein gewisser Teil seines Leibes war sich durchaus sicher, dass er sie wollte.

Er holte tief Luft und versuchte, sein in Wallung geratenes Blut zu beruhigen. Diese Frau strahlte eine ungewöhnliche Mischung aus kratzbürstigem Stolz und sanfter Sinnlichkeit aus – wenn sie es zuließ. Die Erinnerung daran, wie sie sich an ihn geschmiegt hatte, an dieses kleine, süße Stöhnen, das über ihre wie von Tau feuchten Lippen geflohen war. Ach! Wenn er so weitermachte, musste er sich noch in den Schnee setzen, bevor er in den Saal zurückkehren konnte.

Er schaute zum Himmel hinauf, der nun von Sternen übersät war, nachdem sich die Wolken beinahe verzogen hatten. Schön, vielleicht war morgen ein guter Tag zum Reisen. Wenn er Catriona nur hierlassen könnte. Aber das war unmöglich. Er musste einen Weg finden, dieser ungewollten Anziehungskraft, die sie auf ihn ausübte, einen Riegel vorzuschieben, bevor er ganz zu denken aufhörte und eine richtige Dummheit beging.

* * *

Tayg drehte sich herum und blickte in das erlöschende Feuer. Jedes Mal, wenn er fast eingeschlafen war, hatte er von den Küssen geträumt, die er und Catriona ausgetauscht hatten. Und jedes Mal fuhr er erschrocken aus dem Halbschlaf auf, wenn das Mädchen, das er küsste, sich von einer schönen jungen Frau in eine Wildkatze verwandelte, die ihm mit ihren Krallen das Gesicht zerkratzte. Das war ein Bild, das er im Kopf bewahren sollte, denn sie war für ihn genauso gefährlich wie diese hungrigen Katzen, die durch die Highlands streiften.

Er blickte zum Grund seiner unruhigen Nacht hinüber. Sie schlief, ungerührt von den Problemen, die sie umschwirrten. Er setzte sich auf, richtete sein Plaid und gürtete es fest um. Wenn es ihm gelang, sich den Schrecken seiner Träume stets vor Augen zu halten, geriet er sicher nicht wieder in Versuchung, diese erstaunlich süßen, weichen Lippen … nein, er durfte seine Gedanken nicht wieder in diese Richtung wandern lassen. Sie war so wild und gefährlich wie eine Raubkatze, und das würde er nicht noch einmal vergessen.

Er erhob sich von seiner Pritsche und schlich sich von der schlafenden Wildkatze fort. Die Luft draußen war kalt und feucht von dichtem Nebel, das blassgraue Licht der späten Winterdämmerung drang kaum durch den wattigen Dunst. Er schaute sich nach einem Abort um, konnte im Nebel jedoch nicht weit sehen. Schulterzuckend machte er sich auf den Weg zum nahen Wald. Er brauchte nicht unbedingt einen Abort.

Zwischen dem Saal und einer Hütte hindurch stapfte er in den Wald hinein. Gerade wollte er dessen schützende Deckung wieder verlassen, da hörte er Stimmen und das gedämpfte Geräusch von Pferden im Schnee. Seine Kopfhaut kribbelte, ein Zeichen, das ihn vor drohender Gefahr warnte und das ihn lange Erfahrung nicht zu missachten gelehrt hatte. Er ging hinter der Hütte entlang, schlich um die Ecke herum und weiter, bis er die Vorderseite erreichte, von wo aus der Blick auf den Pfad fiel, auf dem er und Cat gestern ins Dorf gekommen waren.

Der Nebel war unverändert dicht, und die Stimmen klangen erstickt. Er wartete.

»Einen guten Tag wünschen wir Euch!«, rief eine tiefe Stimme wie unter einer schweren Decke hervor. »Seid Ihr noch nicht auf den Beinen?«

Die Stimme hatte etwas merkwürdig Vertrautes – nein, nicht die Stimme selbst, sondern eher ihr Klang oder vielleicht auch der fordernde Ton, als erwarte der Sprecher …

Tayg erstarrte.

»Aye, wir sind schon auf den Beinen«, wehte Farlans Stimme von irgendwoher in die Richtung der Neuankömmlinge. »Was wollt Ihr in Fionn?« Seinem Tonfall nach hieß er diese Besucher nicht so herzlich willkommen, wie er gestern Tayg und Cat empfangen hatte. Heute klang er eindeutig misstrauisch.

»Wir suchen nach einem Mädchen, nach einem zänkischen Biest, die Ihr Eurem ärgsten Feind nicht an den Hals wünschen wollt. Sie ist hier, und wir sind gekommen, um Euch von der Bürde ihrer Gesellschaft zu befreien.«

Das Kribbeln auf Taygs Kopfhaut ergriff auf einmal auch von seinem Nacken und Rücken Besitz. Jetzt wusste er zweifelsfrei, dass der Neuankömmling kein anderer als Cats Bruder war.

Broc MacLeod hatte sie gefunden.

Kapitel 6

Tayg pirschte näher heran, hielt sich aber in den tiefen Schatten der schummrigen, nebelverhangenen Dämmerung. Broc war offenbar ihrer Spur im Schnee gefolgt. Es bedurfte keines großen Geschicks, einer einzelnen Fährte in frischem Schnee nachzuspüren. Aber was wusste der Mann? Tayg schlich noch näher an die Vorderseite der Hütte heran und spähte vorsichtig um die Ecke.

Der dichte Nebel ließ die Einzelheiten verschwimmen, aber es war zu erkennen, dass Farlan dem Neuankömmling gegenüberstand … nein, es handelte sich um mehr als nur einen, berichtigte sich Tayg, denn er machte mindestens drei Pferde aus. Der Nebel riss überraschend auf, und Tayg verschluckte einen Fluch. Er zog sich hinter die Ecke der Hütte zurück, konnte dem Wortwechsel aber weiter folgen.

»Und warum jagt Ihr ein Mädchen durch dieses Wetter? Hat sie Euch womöglich Eure Männlichkeit geraubt?« In Farlans Stimme lag ein ungewohnt scharfer Ton.

»Das geht Euch nichts an, alter Mann. Ich bin Broc MacLeod von Assynt …«

»Ich weiß sehr wohl, wer Ihr seid, Bursche, also mäßigt Euren Ton oder ich werfe Euren kümmerlichen Arsch von der Klippe.

Euch folgt der Ärger auf dem Fuße wie ein treuer Hund, und es gibt kaum jemanden in den Highlands, der das nicht weiß.«

Einen Moment lang herrschte Schweigen, und Tayg konnte sich das Duell der Blicke, das sich die beiden Highlander lieferten, lebhaft vorstellen.

»Wir sind ihrer Spur im Schnee gefolgt. Sie hat uns hierhergeführt. Wir werden das Mädchen mit uns nehmen.«

»Bei uns gibt es kein – wie sagtet Ihr noch gleich? – *zänkisches Biest*. Die Mädchen von Fionn sind sanftmütig, was auf Euer Mädchen offenbar nicht zutrifft.«

»Sie ist nicht mein Mädchen.«

»Warum sucht Ihr sie dann?«

Wieder kehrte Stille ein, bis Broc sich räusperte. »Sie ist meine Schwester und mit unserem Verbündeten verlobt. Ich habe geschworen, sie zu ihrer Hochzeit heimzubringen. Wo ist sie?«

»Ich sagte es Euch doch schon. Hier ist kein Mädchen, auf das Eure Beschreibung zutrifft.«

»Von wem stammt dann diese Spur, die in dieses Dreckloch führt?« Brocs Geduldsfaden, von Anfang an dünn, drohte nun vollends zu reißen.

»Die stammt von dem Barden«, meldete sich eine dünne Stimme.

»Alasdair!« Farlans Stimme klang streng und erinnerte Tayg an die seines eigenen Vaters, wenn dieser sich über ihn geärgert hatte. »Scher dich zurück an den Rockzipfel deiner Mutter und überlass diese Angelegenheit den Erwachsenen.«

Tayg hatte Mitleid mit dem Jungen. Zwar konnte er ihn nicht sehen, doch war er sicher, dass er unter dieser scharfen Zurechtweisung die Schultern hängen ließ und vor Wut kochte.

»Es ist ein Barde bei Euch?«, fragte eine andere Stimme, ebenfalls die eines Mannes, jedoch nicht so tief wie Brocs.

»Ich verstehe nicht, was ein Barde mit Eurem weggelaufenen Mädchen zu tun haben könnte.«

»Es gab Anzeichen dafür, dass die Spur, der wir folgten, von zwei Menschen hinterlassen wurde«, warf eine dritte Stimme ein.

»Befand sich eine Frau in der Begleitung dieses Barden?«

Diesmal zog sich das Schweigen lang hin. Tayg wagte einen weiteren Blick um die Ecke. Der Nebel hatte sich wieder um die Männer geschlossen, aber er konnte immer noch Farlans Gestalt erkennen, der die kräftigen Arme vor der breiten Brust verschränkt hatte. Das schulterlange braune Haar stand ihm wild vom Kopf ab, und obschon der Nebel ihn vor Taygs Blick zu verbergen trachtete, war doch klar, dass Farlan die Männer, die vor ihm standen, finster anstarrte.

Schließlich sagte er: »Aye, er wurde von einer Frau begleitet – von seiner Schwester.«

»Woher wisst Ihr, dass sie seine Schwester ist?«

»Das ist leicht zu beantworten. Er hat sie uns vorgestellt. Er hat sie geneckt. Sie hat ihn geneckt – aber nicht auf zänkische Art. Und der Barde war ihr mit Leichtigkeit überlegen, wie es sich für jeden älteren Bruder gehört. Aye, die beiden sind Bruder und Schwester, daran habe ich keinen Zweifel.«

Broc schnaubte. Der Nebel um ihn herum geriet ins Wogen. »Triona hat reichlich Erfahrung mit älteren Brüdern, die ihr überlegen sind. Es würde ihr keine große Mühe machen, diese Rolle vorzugaukeln. Ich möchte dieses Mädchen mit eigenen Augen sehen«, sagte er. »Kommt, Männer. Wenn Farlan uns nicht zeigen will, wo sie zu finden ist, müssen wir sie eben selber suchen.«

Tayg war sicher, dass Farlan eine solche Suche nicht erlauben würde, aber er ging kein Risiko ein. Er rannte hinten um die Hütte herum und eilte zum Saal.

Cat war das Bindeglied zwischen Hundsgesicht MacDonell und den MacLeod-Brüdern. So lang ihr Schicksal in Taygs Hand lag, bestand eine Chance darauf, dass die Verschwörung gegen den König fehlschlug. Er glaubte nicht, dass ein Clan dem anderen ohne dieses Bindeglied vertraute. Selbst wenn er nicht rechtzeitig zum König kam, um ihn zu warnen, mochte es genügen, die Heirat zwischen Cat und dem Chief der MacDonells zu verhindern, um den Zwist der Verschwörer untereinander so zu schüren, dass sie ihren Plan aufgaben.

Er lachte in sich hinein. Diese Argumentation war dürftig, aber er wollte nach keinem anderen persönlicheren Grund suchen, der ihn dazu bewegen mochte, sie bei sich zu behalten.

Er schlüpfte durch die Tür und eilte durch den Saal dorthin, wo Cat nahe dem Feuer schlief. Er rüttelte sie an der Schulter. »Wacht auf«, flüsterte er, als sie versuchte, seine Hand abzustreifen. »Euer Bruder ist hier.«

Cats Augen öffneten sich schlagartig. »Was?«

»Broc. Er ist hier. Er fragt nach Euch und hat noch andere Männer bei sich.«

Sie setzte sich auf. Angst flackerte in ihren weit aufgerissenen Augen. »Ich gehe nicht mit ihm!«

»Pst! Das weiß ich doch. Kommt«, sagte Tayg, derweil er seine Habseligkeiten einsammelte. »Wir müssen weg, und zwar schnell und leise.«

»Aber warum ...«

»Stellt keine Fragen. Es sei denn, Ihr wollt, dass ich es mir anders überlege und Euch hierlasse, damit er Euch findet.«

»Ich stelle Fragen, wie es mir beliebt ...«

»Dann stellt sie später. Jetzt müssen wir aufbrechen. Broc kann jeden Moment hier sein.«

Sie starrte ihn düster an, stand aber rasch auf, zog ihren Umhang um sich, rollte ihre Decken zusammen und klemmte sie sich unter den Arm. »Ich bin fertig.«

Es überraschte Tayg, dass sie so schnell nachgab. Broc musste ihr wirklich Respekt einflößen.

»Es gibt nur die eine Tür, die ins Dorf hinausführt, aber draußen liegt dichter Nebel, der uns Deckung geben wird. Seid ganz leise, bei solchem Wetter weiß man nie, wie weit ein Laut zu hören ist.«

Er nahm ihre Hand, und sie folgte ihm ohne ein weiteres Wort. Tayg redete sich ein, dass er ihre Hand nur hielt, damit sie sich im Nebel nicht verirrte oder er sie nötigenfalls drücken konnte, wenn er ihr bedeuten wollte, still zu sein. Er wusste aber auch, dass das widerwillige Vertrauen, das sie zeigte, die Wärme ihrer Berührung verstärkte, und das freute ihn unermesslich.

Sie verließen den warmen Saal und gingen zügig am Rand des Gebäudes entlang zum Pferdestall. Tayg war froh, dass so viele Füße einen so festen Pfad zwischen den Gebäuden getreten hatten, dass ihre eigenen Spuren nicht zu sehen waren. Sie stahlen sich in den Stall, und Tayg sattelte und belud sein Pferd im Nu. Dann führte er das Tier aus dem Stall, schwang sich in den Sattel und reichte Cat die Hand.

»Steigt auf«, flüsterte er.

Sie zögerte, doch da wehten wütende Stimmen durch den Nebel heran, als stritten unsichtbare Geister. Ob Farlan nun Broc und seine Männer aufhielt, um ihnen Zeit zur Flucht zu verschaffen, oder einfach nur, weil er den Mann nicht mochte, war Tayg völlig einerlei. Sobald mit dem König alles geklärt war, würde er Farlan seinen Dank übermitteln. Cat hatte sich unterdessen immer noch nicht von der Stelle gerührt, sie war wie gebannt von den Stimmen. Wenn das Mädchen nicht endlich aufstieg, würde gar nichts geklärt werden.

»Wollt Ihr, dass sie Euch wie ein ausgeweidetes Reh verschnüren und zu Hundsgesicht zurückschleifen?«

Keuchend wandte sie mit einem Ruck den Kopf in seine Richtung und schaute ihm in die Augen. Angst trübte ihren Blick, und Tayg ertappte sich dabei, sie trösten und ermutigen zu wollen. Bevor er jedoch etwas sagen konnte, ergriff sie seine Hand und kletterte hinter ihm in den Sattel. So leise, wie er konnte, führte Tayg das Pferd aus dem Dorf hinaus.

* * *

Catriona schaute über die Schulter nach hinten. Jeden Moment konnte man sie entdecken, und dann würden sich Taygs barsche Worte bewahrheiten. Zum Glück hielt sich der Nebel und verhüllte alles bis auf einen schwachen, dunklen Umriss des Saals.

»Ich hab genug! Wo ist sie?« Das war Brocs Stimme. Sie dankte allen Heiligen, dass der Barde auf Broc aufmerksam geworden war, bevor dieser …

Der Nebel teilte sich für einen Moment. Catriona drückte sich an Taygs kräftigen Rücken, konnte den Blick jedoch nicht abwenden.

Es war nicht nur Broc, der hinter ihr her war, sondern alle ihre Brüder! Sie konnte die Augen nicht von ihnen lassen, aber sie standen zum Glück mit dem Rücken zu ihr. Sie blinzelte und versuchte den Nebel kraft ihres Willens zu zwingen, ihre Flucht wieder zu verschleiern. Plötzlich warf Ailig, ihr jüngster Bruder, einen Blick über die Schulter. Er schien sie direkt anzublicken, drehte sich dann aber wieder um, genau in dem Moment, da der Nebel endlich dem Befehl ihres Herzens gehorchte. Sie lauschte auf Ailigs Stimme, nach dem Geräusch von Verfolgern. Aber da war nichts.

Sie erreichten den Schutz des Waldes, und Tayg drang weiter in die dunklen Tiefen vor. Catriona sah, dass nur wenig Schnee den Weg durch das dichte Nadelwerk der Kiefern und das entlaubte Geäst der eng beisammenstehenden Birken gefunden hatte. Hier würde man ihrer Spur nicht so leicht folgen können.

Tayg trieb das Pferd mit den Fersen zu einer schnelleren Gangart an, und sie ritten schweigend dahin, die Stille nur unterbrochen vom dumpfen Hämmern der Hufe des Pferdes. Als sie sich weit genug vom Dorf entfernt hatten, ließ Tayg das Tier wieder langsamer gehen und schließlich anhalten.

Catriona wollte zu Fuß gehen, um das nervöse Kribbeln loszuwerden, das mit ihrem plötzlichen Aufwachen und ihrer schnellen Abreise einhergegangen war.

»Lasst mich runter«, sagte sie.

Tayg ließ sie vom Pferd gleiten und folgte ihr. »Ihr habt ihn also gehört?«, fragte er.

»Aye, aber es war nicht Broc allein.«

Taygs Augenbrauen rutschten hoch, und Catriona nickte.

»Das waren alle meine Brüder.« Sie verschwieg ihm Ailigs Blick. Offenbar hatte er sie nicht bemerkt, also gab es keinen Grund, den Barden damit zu beunruhigen.

»Sie wissen, dass Ihr bei mir seid«, sagte er.

»Woher?«

»Ich hörte sie mit Farlan reden. Sie wissen, dass ich mit einem Mädchen kam, auch wenn Farlan ihnen versicherte, dass Ihr wirklich meine Schwester seid. Broc glaubte ihm nicht, und darüber kam es zum Streit.«

»Also hegen sie eine Vermutung, aber sicher sind sie sich nicht.« Sie ging auf dem Weg weiter, dem sie gefolgt waren. »Wir müssen uns ein Versteck suchen. Sie werden kaum aufgeben, nur weil wir ihnen dieses eine Mal entkommen sind.«

»Aber diesmal müssen sie sich anstrengen, um unsere Fährte zu finden. Zum Dorf hin gab es nur wenige Spuren, aber jetzt führen wir sie schön an der Nase herum.« Er grinste ihr zu. »Wir bleiben noch eine Weile auf diesem Weg, dann schlagen wir einen Bogen zu unserer tatsächlichen Route.«

Catriona schaute sich verständnislos um. »Wie meint Ihr das?«

»Da«, er wies in die Richtung, in die sie sich bewegt hatten, »liegt Norden. Unser Weg zum König führt jedoch im Süden am Fluss entlang.«

Catriona zog die Brauen zusammen. »Und warum tut Ihr das?«

Tayg holte eine Karotte aus einer der Taschen und gab sie dem Pferd zu fressen. »Das Tier ist müde.« Er griff mit der Linken nach den Zügeln, mit der Rechten nach ihrer Hand und führte Pferd und Mädchen den Pfad entlang.

»Warum, Barde?«

Er ging weiter und zog sie praktisch hinter sich her. Catriona musste sich beeilen, um mit ihm mitzuhalten.

»Tayg?«, sagte sie, in der Hoffnung, die Nennung seines Namens möge ihn zum Sprechen bringen.

Er schaute sie an. »Ihr wolltet den König sehen. Vielleicht ist es ja dumm von mir, aber ich werde Euch zu ihm bringen.« Er grinste ihr schief zu, dann lief er los, bevor Catriona weiter in ihn dringen konnte.

Schließlich bog Tayg auf einen Wildwechsel ab, und Catriona ließ sich etwas zurückfallen, um ihm und dem Pferd auf den schmalen Weg folgen zu können. Sie war müde, und ihre schmerzenden Füße brauchten dringend eine Pause.

Hinter Tayg und dem Pferd stieg sie eine tiefe Klamm hinab, die entlang eines kaum auszumachenden Pfades verlief. Sie war dankbar dafür, dass Tayg ihr am Morgen geholfen hatte, auch wenn sie noch immer nicht verstand, warum er es getan hatte. Das wäre doch die perfekte Gelegenheit für ihn gewesen, sie loszuwerden.

Sie dachte daran zurück, wie er sie aufgeweckt hatte. Warum hatte er sie nicht einfach zurückgelassen? Er hatte deutlich gemacht, dass er nicht mit ihr reisen wollte. Er hatte deutlich gemacht, dass sie ihm als Begleiterin nicht willkommen war. Warum also hatte er ihr geholfen, wo es ihm doch klar zum Vorteil gereicht hätte, sie ihren elenden Brüdern zu überlassen? Das ergab keinen Sinn.

»Drunten machen wir Rast und essen etwas«, ließ Tayg sie über seine Schulter hinweg wissen.

Ihr Magen knurrte, sie merkte, dass sie hungrig und durstig war. Sie hatten nichts gegessen, nicht Halt gemacht und kaum ein Wort miteinander gewechselt, seit sie aus dem Dorf geflohen waren. Er hatte ihre Fragen abgewehrt, sie aus dem Dorf gedrängt und ihr gesagt, sie könne später Fragen stellen. Jetzt war es später, und sie wollte ein paar Antworten hören. Sie würde herausfinden, was er im Schilde führte, denn *dass* er etwas im Schilde führte, war klar.

Finster blickte sie auf den breiten Rücken vor sich. Sein braunes Haar schimmerte im Sonnenlicht, das durch die Bäume gefiltert herabfiel. Sein Plaid schlug im Rhythmus seiner Schritte um seine wohlgeformten, in Wollhosen steckenden Beine.

Das Pferd befand sich zwischen ihnen. Catriona lief schneller und schützte ihr Gesicht vor tief hängenden Zweigen, als sie sich an dem Tier vorbeischob und zu Tayg aufschloss, bis sie neben ihm ging.

»Warum habt Ihr mir geholfen?«, wollte sie wissen. »Ihr wolltet mich doch von Anfang an zu meinen Brüdern zurückbringen. Warum habt Ihr mich jetzt nicht einfach bei ihnen gelassen?«

Er sagte nichts, starrte nur stur geradeaus.

»Barde!« Sie hieb ihm mit der Faust auf den Arm, um seine Aufmerksamkeit auf sich zu ziehen. »Warum habt Ihr etwas derart Dummes getan?«

Er warf ihr einen Blick zu, doch sie konnte seiner Miene nichts entnehmen. Er hob nur die Schultern und schritt weiter aus. Catriona musste in Trab verfallen, um an seiner Seite zu bleiben und nicht Gefahr zu laufen, von dem Pferd überrannt zu werden. Der Pfad führte auf einmal steiler in die Tiefe, und sie trat rasch beiseite und ließ das Pferd wieder zwischen sich und den Mann treten, der sie zunehmend wütender machte. Sie folgte ihm nun langsamer und setzte ihre Schritte auf der vereisten Schräge ganz vorsichtig. Sie würde eine Antwort bekommen. Sie hatte zu viel Erfahrung mit Brüdern und deren Intrigen, um die Hinweise zu übersehen. Sie hatte außerdem reichlich Erfahrung damit, ihnen Antworten zu entlocken. Und das würde sie auch bei Tayg schaffen. Sie musste nur ausdauernd und hartnäckig bleiben.

Ein Bach kam in Sicht. Tayg sprang die letzten paar Fuß zu seinem Ufer hinunter und ließ dabei die Zügel los. Er kniete am Rand des Bachlaufs nieder und tauchte sein Gesicht ins Wasser. Als er sich wieder aufrichtete, drehte er sich um und blickte sie mit dunklen, ernsten Augen an.

»Kommt her und trinkt.«

Doch Catriona konnte sich nicht rühren. Ihr Blick hing förmlich an den glitzernden Tropfen auf seinen Lippen, und Wut und Frustration fielen von ihr ab. Jedes Gefühl, das sie, als er sie gestern Abend küsste, befallen hatte, durchraste sie nun von Neuem und raubte ihr den Atem. Trotz der kalten Dezemberluft war ihr unangenehm warm.

»Cat? Habt Ihr keinen Durst?«

Sie zwang ihre Füße, sich in Bewegung zu setzen, und nickte nur, denn ihrer Stimme traute sie nicht. Der Drang zur Flucht am heutigen Morgen hatte die Erinnerung aus ihren Gedanken und aus ihrem Leib vertrieben, aber jetzt entsann sie sich lebhaft! Noch nie zuvor hatte sie diese flüssige Hitze verspürt, die sie erfüllt hatte. Noch nie zuvor hatte sie so verstörende, aber keineswegs leidvolle Träume gehabt wie in der vergangenen Nacht.

Einerseits wollte sie dieses herrliche, verwirrende Gefühl erneut erleben, doch andererseits wusste sie – als würde sie von einer strengen Stimme ermahnt –, dass das gefährlich wäre. Zu gefährlich, um dieses Gefühl zuzulassen. Noch nie zuvor war sie so sehr willens gewesen, ihre Selbstbeherrschung aufzugeben und einfach nur sie selbst zu *sein*. Es war unvernünftig, sich noch einmal diesem Gefühl auszuliefern. Es war reine Torheit, aber es glich keiner Torheit, die sie je begangen hatte.

Sie ging neben ihm am Bachufer in die Knie und stillte ihren Durst. Ihn anzusehen, gestattete sie sich jedoch nicht.

* * *

Stunden später blickte Tayg zum dunkler werdenden Himmel empor. Sie mussten sich einen Platz suchen, wo sie die Nacht verbringen konnten. Die Höhlen hatten sie hinter sich gelassen, und der Wald bot wenig echten Schutz vor dem Wetter. Wenigstens war der Himmel größtenteils klar. Wenn es nicht schneite, mussten sie nicht unbedingt ein Dach über dem Kopf haben. Und falls es doch schneite, nun, damit würden sie auch fertigwerden, wenn es nicht anders ging.

Ein wenig Deckung brauchten sie aber doch, nur für den Fall, dass sie Cats Brüder nicht so weit abgehängt hatten, wie er hoffte.

Tayg machte einen kleinen Hain junger Kiefern aus, der von immergrünem Buschwerk mit dichtem Gezweig umgeben war. Er verließ den Pfad und hielt darauf zu.

»Wo wollt Ihr hin?«, fragte Catriona.

Er schaute zu ihr zurück. Sie stand auf dem Weg, die Fäuste in die Hüften gestemmt, die Mundwinkel fast verächtlich nach unten gezogen. Sie war wütend, weil er ihre Fragen nicht beantwortete, aber er wusste nicht, was er darauf sagen sollte. Die Wahrheit konnte er ihr nicht anvertrauen, nicht einmal den Teil davon, dessen er sich sicher war. In Lügen wollte er sich nicht verstricken, also blieb ihm nichts anderes übrig, als Antworten zu vermeiden. Bei ihrem Gesichtsausdruck am Bachufer war ihm fast das Herz stehen geblieben. Er hätte schwören können, dass der Ausdruck

Verlangen bedeutete, blankes, kühnes Verlangen. Und vielleicht war es so gewesen, denn er hatte ihn an jenen Ausdruck auf ihrem Gesicht erinnert, als er sie gestern Abend dummerweise geküsst hatte. Doch sie hatte diese Verwundbarkeit rasch überwunden.

»Hier werden wir die Nacht verbringen«, sagte er und wandte sich wieder dem Hain zu.

»Wo?«, rief sie ihm hinterher.

Tayg ging weiter, ließ das Pferd am Rand zurück und zwängte sich durch die dichten Büsche. Als er schließlich unter dem Geäst der Bäume stand, entdeckte er genau das, worauf er gehofft hatte – einen dicken Teppich aus abgefallenen Kiefernadeln, der eine kleine Lichtung bedeckte. Eine Stelle, die wahrscheinlich von Rehen genutzt wurde. Sie mochte ihnen zwar kein Dach über dem Kopf bieten, war jedoch groß genug für ihre Zwecke. Hier waren sie vor Blicken vom Pfad geschützt und, sollte das Wetter umschlagen, auch vor dem ärgsten Schneefall.

»Barde?« Ihre Stimme drang von außerhalb des Wäldchens zu ihm und zitterte leicht, als hätte sie Angst. »Barde? Tayg?«

Er lächelte still. Ja, vor Blicken vom Pfad waren sie geschützt. Offenbar konnte sie ihn nicht einmal aus ein paar Fuß Entfernung sehen.

»Tayg!« Jetzt hatte sich ein Anflug von Panik in ihre Stimme geschlichen.

Er trat vor und streckte die Hand durch das stachelige, duftende Nadelwerk.

»Oh!«

Sie war ganz nah. Er winkte sie mit dem Finger zu sich herein, zog die Hand zurück und teilte die Zweige so weit, dass er zu ihr hinausspähen konnte.

»Es ist gemütlich hier drinnen und liegt vom Pfad geschützt. Auf ein Feuer sollten wir allerdings verzichten, falls …«

»Aye, falls Broc und die anderen nicht auf Eure List hereingefallen sind, nicht wahr?«

Ihr Ton traf ihn heftiger als ihre Worte. »Wäre es Euch lieber gewesen, ich hätte Euch dort gelassen, damit Eure Brüder Euch finden?« Er schnappte sich die Zügel des Pferdes und zog das Tier durchs Gebüsch. Die Zweige peitschten zurück, und Catrionas überspitztes Aufkeuchen, als sie davon getroffen wurde, erfüllte Tayg mit einer gewissen Genugtuung.

Er führte das Pferd zum Rand der kleinen Lichtung und schlang die Zügel um einen Ast. Dann hob er die Satteltaschen vom Rücken des Tieres, ließ sie in der Mitte des runden Flecks zu Boden fallen und zuckte zusammen, als die anderen Taschen mit einem dumpfen Laut auf derjenigen landeten, in der die Trommel steckte.

»Einen schönen Barden werdet Ihr abgeben, wenn Ihr kein Instrument mehr zum Spielen habt.«

Er warf einen Blick in die Richtung ihrer Stimme. Sie hatte die Lichtung erreicht, stand mit verschränkten Armen da und hatte eine ihrer rabenschwarzen Brauen nach oben gezogen.

»Ich bin müde. Das war ein Versehen. Der Trommel fehlt bestimmt nichts.« Nur um seine Tarnung aufrechtzuerhalten, nahm er die Taschen beiseite und zog die Trommel aus der untersten hervor. Er strich mit den Händen über das straff gespannte Fell, als wüsste er, worauf er zu achten hatte. Es wies keine erkennbaren Löcher auf. Er konnte nur hoffen, dass die Trommel keinen Schaden genommen hatte, der weniger offensichtlich war. Mit einem Achselzucken schob er das Instrument zurück in den schützenden Beutel.

Catriona stand unverändert und mit streitlustiger Miene da. Er stand auf.

»Was plagt Euch, Mädchen?«, fragte er, während er das Pferd absattelte.

»Mich? Mich plagt nichts außer dem Umstand, dass ich mit einem dummen Mannsbild unterwegs bin, das sich nicht erklären will.«

»Ich muss mich Euch nicht erklären.«

Catriona schritt langsam auf ihn zu und setzte ihm mit loderndem Blick einen Finger auf die Brust. »Aye, das müsst Ihr wohl. Warum habt Ihr die Gunst der Stunde nicht zu Eurem Vorteil ausgenutzt und seid mich losgeworden?«

Die Luft knisterte zwischen ihnen, als sie einander anstarrten und sie seiner Antwort harrte, derweil er überlegte, was er antworten sollte. Er sah Wut in ihren Augen aufflammen, doch ein winziges Zittern ihres Mundwinkels verriet ihre Angst. Aber wovor hatte sie Angst? Das Mädchen schien sich doch vor kaum etwas zu fürchten. Vor ihm am allerwenigsten. Er streckte die Hand aus und strich mit den Fingern über ihre weiche Wange. Die Wut verging, und etwas Tiefergehendes stieg in ihrem Blick empor.

»Ich glaube, es lag daran«, sagte er und neigte seinen Mund dem ihren entgegen.

Funken durchstoben ihn, als ihm die Wahrheit in seinen Worten bewusst wurde. Trotz ihrer spitzen Zunge war ihr Kuss wie flüssiges Feuer, brannte in seinen Adern, fegte den Verstand aus seinem Kopf.

Cat schwankte fast unmerklich auf ihn zu, dann besann sie sich rasch wieder. Sie trat zurück, eine Hand an den Lippen, die Augen geweitet.

»Tut das nie wieder«, sagte sie, aber er sah, wie ihr Kinn bebte, und er kannte das Feuer, das in ihren Augen brannte, nur zu gut, denn es brannte genauso heiß in seinem Bauch. Vielleicht wollte sie seine Küsse nicht, aber sie hatten Catriona ebenso entflammt wie ihn.

Er grinste und deutete eine kleine Verbeugung an. »Wie Ihr befehlt, meine Dame.«

»Das bin ich nicht, und ich werde auch nie die Dame eines Barden sein. Und ich werde auch nicht Eure Dirne spielen, solang wir auf dem Weg zum König sind.«

»Ihr seid keine Dirne, nur ein schwieriges, undankbares Frauenzimmer. Tayg, der Barde, wird Euch nicht mehr anrühren, darauf könnt Ihr Euch verlassen.« Solang er seine Triebe beherrschen konnte. Was war nur über ihn gekommen? Er wollte sich nicht weiter in den Gefühlen für diese Frau verstricken, und doch war er dem sirenenhaften Ruf ihrer Lippen abermals erlegen. Zum Glück hatte sie ihre Beherrschung wiedergefunden, bevor er etwas wirklich Dummes tun konnte. Er riss sich zusammen und richtete sein Augenmerk wieder auf das Pferd.

»Macht Euch nützlich«, sagte er und klang dabei wie Robbie, wenn ein Kampf bevorstand. Nur so konnte er seine zunehmende Verdrossenheit über dieses verstörende Mädchen verbergen. »Sucht uns etwas Wasser, dann essen wir. Es wird bald ganz dunkel sein.« Als er nicht hörte, dass sie sich vom Fleck bewegte, warf er einen Blick über die Schulter. Sie stand da, kerzengerade, die Nase hochgereckt, Wut in den Augen.

»Was ist?«, fragte er.

»Ich lasse mich nicht wie eine Dienstmagd herumkommandieren.«

Er richtete sich auf und wandte sich zu ihr um. Seine eigene Wut näherte sich dem Maß seiner Verdrossenheit an. »Das tut Ihr wirklich nicht.« Er holte tief Luft und versuchte zu bedenken, dass sie ein Mädchen war, kein Soldat in der Armee. »Ich bitte um Verzeihung. Ich war zu lang mit Soldaten zusammen.« Überraschung blitzte in ihren Augen auf, und ihm wurde bewusst, dass er abermals vergessen hatte, seine Rolle als Barde zu spielen. »Da habe ich die Kriegslieder gelernt«, sagte er schnell. Um sie von seinen Worten abzulenken, grinste er sein strahlendes Grinsen, das seine Wirkung nie verfehlte, und verbeugte sich tief. »Ich werde uns das Nachtlager bereiten. Wollt Ihr unterdessen etwas Wasser holen?«

Er bückte sich und löste den Riemen von seinem Trinkschlauch, dann warf er ihn ihr mit einer schwungvollen Bewegung zu. Sie fing ihn auf, ohne Tayg aus den Augen zu lassen.

»Ich weiß nicht, was Ihr vorhabt, Barde, aber glaubt nur nicht, dass Ihr mich mit Euren Worten zum Narren halten könnt.«

»Wenn Ihr lieber das Lager bereiten wollt, hole ich das Wasser gern selbst.« Er wartete auf ihre Entscheidung.

Nach einer Weile, die ihm wie Stunden erschien, stieß sie endlich ein Knurren und einen gemurmelten Fluch aus, dann drehte sie sich um und duckte sich unter den schützenden Zweigen ihres Verstecks hindurch. Tayg machte sich immer noch grinsend wieder an seine Arbeit. Sie war stachelig wie ein Stechginsterstrauch, aber unter diesem schwierigen Äußeren steckte irgendetwas, das ein bisschen Zuwendung und Pflege brauchte. Ab und zu – dann zum Beispiel, wenn er sie küsste – kam ihre sanftere Seite zum

Vorschein. Trotzdem erinnerte sie ihn immer noch an die Wildkatze aus seinem Traum: weiches Fell, scharfe Zähne. Einen Vorteil hatte es, Cat zu küssen: Sie konnte keine bissigen Bemerkungen machen, wenn ihr Mund so beschäftigt war.

Er gewahrte, dass er sie nicht mehr bei ihrem eigentlichen Namen nannte. Nay, für ihn war sie Cat, die Katze, und dieser Name passte gut zu ihr, verfügte sie doch ebenfalls über Krallen und dergleichen. Tayg lächelte abermals und fuhr mit seiner Arbeit fort.

* * *

Sie verbrachten einen ereignislosen Abend. Schweigen wechselte sich mit finsterem Brüten und Starren ab, und dazwischen stellte Cat ihre gespielte Gleichgültigkeit zur Schau. Als sie sich schließlich auf ihre getrennten Lager legten, betrachtete Tayg ihren starren Rücken, dessen Konturen das schwache Mondlicht nachzog, bis sie sich nach einiger Zeit endlich entspannte und ihr Atem ruhig und gleichmäßig ging. Er musste etwas unternehmen gegen den zunehmenden Reiz, den sie auf ihn ausübte, und zwar bald. Es war Unsinn, dass er sich zu ihr hingezogen fühlte. Sie bedeutete nur Ärger, und davon gab es in seinem Leben schon genug.

Er drehte sich auf die andere Seite, sodass er die sanfte Wölbung von Cats Hüfte im blassen Mondlicht nicht mehr sehen konnte. Nay, er würde nicht zulassen, dass er der Versuchung ihrer Lippen noch einmal nachgab. Egal, was noch passieren mochte, er wusste, dies war keine Frau, die er heiraten wollte, und sie zu küssen, würde nur zu anderen, intimeren Dingen führen. Und wenn sie dann herausfand, wer er wirklich war, konnte sie diese Intimitäten nutzen, um ihr Problem zu lösen. Sie kannte die Lieder und Geschichten. Laut seiner Mutter wollte ihn jedes Mädchen, das sie je gehört hatte, zum Ehemann haben. Cat bildete da keine Ausnahme. Sie bedeutete Ärger, und er musste sie zum König schaffen. Schleunigst.

Er wälzte sich abermals herum, drückte jedoch die Augen fest zu, damit er ihr ebenholzschwarzes Haar nicht sehen musste. Aber ihr Bild tauchte selbst hinter seinen Lidern auf, schwebte dort, sanft und lockend. Tayg stöhnte und versuchte an nichts anderes zu denken als an die Pflicht, die er zu erfüllen hatte.

Kapitel 7

Tayg schrak aus dem Schlaf. Einen Moment lang wusste er nicht, wo er war, doch dann nahm er das schneebefleckte Grün über seinem Kopf wahr und die warme, leise schnarchende Frau, die sich in seine Arme schmiegte. Er strich mit seiner Wange über ihr Haar und sog den Duft der schlafenden Cat ein …

Cat? In seinen Armen!

Catriona schlief, ihre sanft gerundete Kehrseite ruhte in seinem Schoß, ihr Bauch hob und senkte sich langsam unter seiner Hand. Er ließ sie los und wälzte sich auf den Rücken, fort von ihr.

Heilige Mutter Gottes. Was hatte er getan? Was hatten *sie* getan? Der frühe Morgenhimmel schien durch den dunklen Kreis aus Nadelwerk und Geäst auf ihn herabzustarren, als beobachtete er ihn.

Rasch rief er sich die Abfolge der Nacht in Erinnerung: Sie hatten sich geküsst, eine kalte Mahlzeit gegessen, er hatte unter ihren wütenden Blicken und ihrer schlechten Laune gelitten, und dann hatten sie sich schlafen gelegt, jeder auf seinem eigenen Lager aus Farnkraut und Decken. Er hatte nichts getan. Sie waren getrennt voneinander eingeschlafen. Er hob den Kopf und schaute sich um. Sie hatte ihren Fleck, nicht weit von seinem, aber doch nicht unmittelbar daneben, verlassen und sich zu ihm gelegt.

Tayg stemmte sich auf die Ellbogen hoch und betrachtete das vollkommene Profil ihres blassen Gesichts. Die Reise hatte ihr zugesetzt, das zeigte sich in den dunklen Schatten, die unter ihren Augen lagen. Im Schlaf war ihr das hässliche Tuch vom Kopf gerutscht, und ihr geflochtener Zopf hatte sich aufgelöst, sodass ihr Haar sich wie flüssiges Ebenholz um sie ergoss. Er wandte sich ihr zu, nahm eine schwere, seidige Locke und ließ sie durch seine Finger gleiten.

Sie war schön. Der Schlaf ließ ihre Züge weich wirken, verwandelte die übliche Angriffslust in verletzliche Unschuld. Eine merkwürdige Feststellung, aber ihre Wahrheit landete wie ein Hieb in seinem Bauch. Der ungewohnte Drang, sie zu beschützen, erwärmte und erschreckte ihn zugleich.

Sie regte sich und schlug die Augen auf.

Tayg stand so gelassen wie möglich auf, die Decke, in der seine Füße sich verfangen hatten, erschwerte ihm das allerdings. »Guten Morgen«, sagte er.

»Guten …« Catriona setzte sich auf. In ihren Augen lag das gleiche düstere Funkeln wie am Abend zuvor. »Was habt Ihr getan?«

»Ich habe geschlafen. Und Ihr?« Er sah gezielt dorthin, wo sie sich schlafen gelegt hatte – ein gutes Stück entfernt von der Stelle, an der sie aufgewacht war.

»Was wollt Ihr damit sagen?«

»Ich will gar nichts sagen. Aber es hat den Anschein, als hättet Ihr in der Nacht gefroren und versucht, ein wenig Körperwärme auszutauschen.« Ihr Verhalten ärgerte Tayg. Sie fauchte und stammelte, stand dann aber einfach auf und verließ das gemütliche Dickicht. Er hörte sie durch das Wäldchen brechen.

Seine Haut kribbelte, wenn er daran dachte, wie sich ihre weichen Rundungen an ihn geschmiegt hatten. Es war nicht das erste Mal, dass ein Mädchen des Nachts in sein Bett gestiegen war. Für gewöhnlich endeten solche Nächte allerdings angenehmer, als diese es heute Morgen tat. Rasch löste er den Gürtel um das verdrehte und verhedderte Plaid, breitete es auf dem Boden aus und machte sich daran, die Falten zu ordnen, was ihm ein wenig

Ablenkung verschaffte. Als das Plaid zu seiner Zufriedenheit gefaltet war, schob er seinen breiten Ledergürtel darunter, legte sich selbst auf das Plaid und gürtete es wieder um. Schließlich stand er auf, zog die Falten um seine Hüften zurecht und die losen Enden zu seiner Schulter hoch, um sie dort mit der großen silbernen Gewandspange aus dem Besitz seines Bruders zu befestigen. Als er damit fertig war, kehrten seine Gedanken rasch zurück zu dem Mädchen, das jenseits ihres Verstecks lautstark zwischen den Bäumen umherstapfte.

Nun empfand er fast schon Wut darüber, wie außer sich sie war ob der Vorstellung, sich an ihn geschmiegt zu haben. Die meisten Mädchen freuten sich, wenn er ihnen seine Aufmerksamkeit schenkte, aber dieses … Sie wurde weich und begierig, wenn er sie küsste, doch dann hüllte sie sich wieder in den Mantel ihrer Wut und bewies, dass man sie nicht von ungefähr ein Biest nannte. Und doch konnte er trotz ihrer scharfen Zunge nicht aufhören, daran zu denken, wie es sich angefühlt hatte, sie in den Armen zu halten, und daran, wie ihre blauen Augen sich vor Verlangen zu verflüssigen schienen, denn er hatte Verlangen in ihrer Miene erkannt, genauso deutlich, wie er die Verachtung darin sah.

Was sollte er nur tun angesichts dieser immer stärker werdenden Anziehung zwischen ihnen? Es ging nicht an, sie immer weiterwachsen zu lassen. Sie wollte ihn nicht – es sei denn, sie hatte gewusst, wer er wirklich war –, und er wollte sie ganz gewiss nicht. Sie war schön, aber ihr Mund war so stachelig wie eine Distel … nun, ihre Worte waren stachelig, ihr Mund hingegen war, wie er sich erinnerte, weich und süß und …

Er musste etwas tun, und er musste es schnell tun. Vielleicht würde sie ja in eine Klamm stürzen und in einem Bach ertrinken. Nay, das hätte zwar sein unmittelbares Problem gelöst, aber er hätte es sich nie verziehen, wenn er so etwas zuließe. Ganz zu schweigen davon, dass er dann keine Geisel für den König hätte.

Der König. Er durfte seine Pflicht keinen Moment lang aus den Augen verlieren. Aye, wenn sie sich beeilten, wenn sie sich nicht schonten und keine Ruhe gönnten, würden sie rechtzeitig auf

Dingwall Castle eintreffen, um den König zu warnen, und dann wären sie zu erschöpft, um dieser vorübergehenden und ungewollten Zuneigung nachzugeben. Und wenn er dafür sorgte, dass sie wütend blieb, dann würden ihre Worte ihm dabei helfen, sich auf ihre Fehler zu konzentrieren anstatt auf ihre Reize. Seine Gedanken schweiften ab zu ihren vielen süßen Reizen …

Der Lärm, den Cat veranstaltete, kam näher, riss Tayg aus seiner Versonnenheit und lenkte seine Aufmerksamkeit zurück auf sein Problem. Er sah durch die immergrünen Zweige nach oben und stellte fest, dass es inzwischen fast hell geworden war. Sie hatten aneinandergeschmiegt wie zwei Bärenjunge kostbare Zeit vergeudet. Seine Gedanken kreisten um andere, reizvollere Methoden, wie sie sich gegenseitig hätten wärmen können. Mühsam rief er sich den König in Erinnerung, die Verschwörung, den Schnee – alles, nur sie nicht.

Er durfte sich solche Gedanken nicht erlauben, ging es doch um Catriona, das Biest. Die Küsse waren schon gefährlich genug gewesen. Aber nun, da er wusste, wie sie sich anfühlte, schwebte er in noch größerer Gefahr. Wenn er ihr auch nur den geringsten Hinweis gab, dass ihre Macht über ihn stetig zunahm, brächte ihn das in noch größere Schwierigkeiten. Es musste etwas geschehen. Und es musste jetzt geschehen.

Er las die Decken auf und stopfte sie in einen ledernen Beutel. Dann nahm er den Schlauch, trank den letzten Schluck Wasser daraus und spülte sich damit den sauren Geschmack aus dem Mund. Schließlich holte er die letzten Haferkekse und den Rest des getrockneten Rindfleischs aus dem fast leeren Proviantbeutel und stellte beides zum Frühstück bereit. Als er von einem kurzen Ausflug ins Unterholz zurückkehrte, hatte der Grund seiner chaotischen Gedanken schon mit dem Mahl angefangen.

»Wir müssen den Trinkschlauch noch einmal auffüllen«, sagte er.

Sie nickte, ohne ihn anzusehen.

»Es wird Zeit zum Aufbruch. Wir verschwenden wertvolles Tageslicht, und wir müssen uns beeilen, um dem König Euer Anliegen vorzutragen.«

Diesmal schaute sie ihn an. »Aye.«

Tayg schritt unruhig auf der kleinen Lichtung hin und her. »Es wird nicht lang dauern, bis Eure Brüder unsere Fährte wieder aufgenommen haben.«

»Ihr habt sie doch in die Irre geführt. Wir haben zwar Grund zur Eile, aber vor ihnen sind wir sicher.«

Er sah sie scharf an. »Stellt Euch nicht dumm. Sie sind Euch bis nach Fionn gefolgt. Sie vermuten, dass Ihr bei mir seid. Was glaubt Ihr, wie lang es dauern wird, bis sie dahinterkommen, dass wir nicht in unsere ursprüngliche Richtung weitergegangen sind? Wie lang wird es dauern, bis sie uns zusammen finden, nur Euch und mich?«

»Dann dürfen wir unseren Vorsprung eben nicht verlieren.« Sie zuckte mit den Schultern und knabberte so niedlich an ihrem Haferplätzchen, dass Tayg fast vergaß, worum es ihm eigentlich ging.

Er fuhr sich mit den Fingern durch das zerzauste Haar und zwang sich, den Blick von ihrer blassen, makellosen Haut zu lösen und sich stattdessen darauf zu konzentrieren, dass er sich ihrer Gesellschaft entledigen musste, was ihm seine Pflicht gegenüber dem König jedoch nicht erlaubte. Er fühlte sich wie im Fegefeuer gefangen. »Eure Brüder haben Pferde. Glaubt Ihr wirklich, wir können ihnen mit *einem* Pferd, das wir uns teilen müssen, auf Dauer entkommen?«

Sie sah ihn an, kaute ihr Rindfleisch, sagte jedoch nichts.

Verstörend, ärgerlich, schön, leidig … all das traf auf diese Frau zu. Er musste unverblümt deutlich werden, wenn er sie zu einer Reaktion bewegen wollte, und eine solche brauchte er von ihr. Unbedingt.

»Was war das heute Morgen?« Aha, das ließ sie erröten und die Augen niederschlagen; trotzdem schluckte sie den Köder nicht. »Habt Ihr nun vor, jede Nacht mit mir zu verbringen? Solltet Ihr das nämlich vorhaben, dann müssen wir uns eine andere Geschichte überlegen. Es wäre doch sehr unziemlich für einen Bruder und eine Schwester in unserem fortgeschrittenen Alter, so miteinander zu schlafen.«

»Das wird nicht wieder vorkommen«, sagte sie.

Er sah, wie sie die Lippen aufeinanderpresste, bis sie einen dünnen Strich bildeten. Ihr Rücken war starr und gerade, das Kinn hatte sie eine Spur angehoben. Er hatte sie fast so weit. Nur noch ein Schubs oder zwei und das Biest käme wieder zum Vorschein, und er wäre sicher – sicher jedenfalls vor seinen eigenen dummen Trieben.

Er trat dicht an sie heran. Seine Beine berührten beinahe ihre Knie. Er fasste nach ihrem Kinn und hob es an, sodass sie zu ihm aufsehen musste, während er auf sie hinabgrinste und sein Bestes tat, um sie zu verunsichern und das Biest hervorzurufen. Er *musste* dieses unerquickliche Weib sehen, nicht die wunderbar warme Frau, die in seinen Armen geschlafen hatte.

»Aber könnt Ihr mir das garantieren, Mädchen?« Er wollte, dass ihre Lage sie in ebensolch eine heillose Verwirrung stürzte wie ihn selbst, er wollte ihr die erwartete Reaktion entlocken, um sich vor seiner eigenen Torheit zu retten. »Ich kann nämlich nicht garantieren, dass ich mich beherrschen werde, wenn Ihr Euch noch einmal so in mein Bett stehlt.«

»Ich habe mich nicht …« Sie sprang auf, die Augen zu Schlitzen verengt, das Mahl war vergessen. Fast Nasenspitze an Nasenspitze starrte sie ihm in die Augen. »Ich würde mich nie in das Bett eines niederen Barden stehlen, der nicht einmal eine ordentliche Ballade singen oder eine einfache Trommel spielen kann. Ich würde mich nie mit so einem wie Euch besudeln!« Wieder hatte sie die Hände zu Fäusten geballt und in die Hüften gestemmt, und ihre Stimme wurde mit jedem Wort lauter, schärfer und schriller.

Tayg verkniff sich ein Grinsen, denn er wollte ihre Aufgebrachtheit auf gar keinen Fall zunichtemachen. Jetzt hatte er sie genau da, wo er sie haben wollte – vor ihm stand das Biest in all seiner Herrlichkeit. Er trat zurück und verbeugte sich tief.

»Ich möchte keinesfalls, dass Ihr Euren kostbaren Ruf mit einem wie mir besudelt – so wenig von Eurem Ruf auch übrig sein mag.« Er wartete einen Herzschlag lang, um seine Kränkung wirken zu lassen, dann richtete er sich wieder auf und blickte sie unter einer erhobenen Braue hervor an, reizte sie, flehte sie fast an, abermals gegen ihn loszuwettern.

»Mein Ruf ist …«

»Ruiniert«, brachte er den Satz für sie zu Ende. »Man hat uns zusammen reisen gesehen, und zumindest Eure Brüder vermuten die Wahrheit. Was wird Euch der König für einen Ehemann geben können, wenn das bekannt wird?«

Sie holte tief Luft, und einen Moment lang glaubte er, Furcht in ihren Augen zu sehen, aber an deren Stelle trat sogleich wieder die bekannte harte Entschlossenheit.

»Meine Brüder können es nur vermuten. Mit Bestimmtheit wissen sie es nicht. Es ist nichts dabei, wenn wir als Bruder und Schwester zusammen reisen. Sobald ich dem König meine Misere erläutert habe, wird alles gut werden, und es braucht niemand je zu erfahren, dass wir zusammen gereist sind.«

»Ihr möchtet, dass die Welt nach Eurer Pfeife tanzt, aber sie richtet sich selten nach Euren oder irgendjemandes Plänen.«

Sie starrte zu ihm hoch. »Über mein Schicksal entscheide ich, niemand sonst.«

»Nun gut. Dann entscheidet über Euer heutiges Schicksal. Die Sonne ist schon aufgegangen, und wir haben kostbares Tageslicht vergeudet. Wir sollten längst unterwegs sein.«

Sie musterte ihn kurz, dann schnappte sie sich die Trinkschläuche und verschwand abermals durch die grüne Wand des Wäldchens.

Tayg sah ihr nach. Er hatte das Biest mit Erfolg geweckt, hatte ihre Augen zum Funkeln und ihre Wangen zum Glühen gebracht.

Unglücklicherweise hatte das auf ihn jedoch nicht die erwünschte Wirkung.

* * *

Auf dem Weg zurück zum Pfad ging Catriona voraus. Ihre Gedanken wirbelten wie Gewitterwolken im Wind. Der Mann hatte sie bewusst gereizt. Dessen war sie sich sicher, denn hatten ihre Brüder – und insbesondere Broc – das nicht ihr Leben lang getan? Aber warum? Er hatte sie schon zuvor gereizt, nur hatte sie da nie das Gefühl gehabt, er täte es in solcher Absicht. Er hatte sie zur Eile getrieben, er hatte sie nach Dingen gefragt, über die sie lieber nicht sprechen wollte, er hatte sie gehänselt, aber nicht mit dem Ziel, ihre Wut zu wecken, auch wenn er das immer wieder getan hatte. Diesmal war es anders gewesen, und sie wollte wissen, was er vorhatte. Eines wusste sie über Männer: Wenn sie etwas vorhatten, dann fand man am besten heraus, was es war, damit man sich dagegen wappnen und verteidigen konnte.

Sie erreichten den Weg, auf dem sie gestern gereist waren; ihre Fährte war im jungfräulichen Schnee noch deutlich zu sehen. Catriona wandte sich in die Richtung, in die sie am Vortag unterwegs gewesen waren, und freute sich im Stillen, dass sie auch ohne seine Hilfe gewusst hatte, welchen Weg sie einschlagen musste. Sie stapfte ein paar Schritte voran und bahnte ihnen einen Weg durch den kniehohen, überkrusteten Schnee, bis Tayg an ihr vorbeischritt und selbst wieder die Führung übernahm.

So war es stets in ihrem Leben – immerzu lief sie einem Mann hinterher. Ihre Brüder hatten aber wenigstens einen legitimen Anspruch darauf, ihr vorauszugehen, denn sie waren alle älter; wenn man das einen Anspruch nennen konnte. Tayg hingegen hatte keinen Grund, sie wie ein albernes Kind zu behandeln, das sich auf einem klar erkennbaren Weg verlaufen könnte. Und obendrein besaß er noch die Frechheit, zu behaupten, sie hätte … nun, nicht *mit* ihm, aber *bei* ihm geschlafen, absichtlich, mehr noch, sie hätte sich in sein Bett »gestohlen«. Als ob sie etwas derart Unsinniges tun würde! Natürlich war es schrecklich behaglich gewesen, so aneinandergeschmiegt … nein, es war eine Dummheit gewesen, und es würde sich nicht wiederholen.

Sie war entschlossen, einen geeigneten Ehemann zu finden, Tayg von Culrain oder einen anderen, wenn es der König so wollte. Jemanden, der nicht zulassen würde, dass der Clan Hundsgesicht MacDonell in die Hände fiel, ganz gleich, was ihre Brüder planten. Aber all das wäre hinfällig, wenn man sie je, wie Tayg es so reizend ausgedrückt hatte, in einer so verfänglichen Situation mit dem Barden fände.

Der Barde. Hmpf. Wenn dieser Mann ein Barde war, dann war sie die Jungfrau von Norwegen. Kein Barde würde ein Instrument so nachlässig behandeln wie er. Sie sah, wie der Beutel mit der Trommel an der Flanke des Pferdes gegen einen anderen Sack schlug. Gestern hatte er die Satteltaschen darauf fallen lassen. Nay, das war kein Barde.

Sie rief sich seine Vorstellung im Dorfsaal von Fionn in Erinnerung. Er war ein guter Geschichtenerzähler, aber vom Singen oder dem Spielen eines Instruments verstand er ebenso wenig wie sie. Und dann war da noch dieses erbärmliche Lied über die arme Dolag, das er sich aus den Fingern gesogen hatte …

»Ihr wisst aber schon, dass Ihr keine Note trefft, oder?«, sprach sie ihn an, weil sie es leid war, sich in Gedanken nur selbst Widerworte zu geben.

Er warf ihr einen Blick zu. »Ich nehme an, Ihr könnt es besser?«

»Ein quiekendes Ferkel kann es besser.«

»Aha, nun steh ich in Eurer Gunst also auch noch unter einem Schweinchen, ja?«

»Aye. So ist es.«

»Was hab ich denn jetzt wieder getan, das Eure Zunge gelöst hat?« Sie hätte schwören können, ein Grinsen aus seiner Stimme herauszuhören. Er hatte eindeutig etwas vor.

Sie lief schneller, um ihn einzuholen, packte ihn am Ärmel und hielt ihn zurück. »Was Ihr getan habt? Ihr habt mich gezwungen, Eure Schwester zu spielen …«

»Ich habe Euch nicht gezwungen.«

»Dann habt Ihr Euch über mich lustig gemacht und mich vor dem versammelten Dorf mit Schimpfnamen belegt.« Ihre Stimme wurde ständig lauter.

»Ah, und daran trifft Euch gar keine Schuld?«, fragte er, die Augenbrauen erhoben, der Mund nur ein Strich, auch wenn die Winkel leicht zu zittern schienen, als hätte er Mühe, sie unter Kontrolle zu halten. »Ihr leugnet die Verantwortung, obwohl *Ihr* das Mädchen vor die Menge gezerrt habt, sodass ich gar keine andere Wahl hatte, als für sie zu singen.«

»Ich stehe zu meiner Verantwortung, wenn es meine Verantwortung *ist*. Ihr hattet keinen Grund, mich in Euren lächerlichen Versuch eines Liedes hineinzuziehen. Dieses Debakel war allein Eure Schuld.« Sie stieß ihn mit dem Finger vor die Brust, um ihre Worte zu unterstreichen. »Ihr seid wie all die anderen Männer in meinem Leben ...«

»Werft mich nicht mit denen in einen Topf. Ich bin ein unfreiwilliges Opfer Eurer Intrigen.«

»Aye, irgendetwas Unfreiwilliges seid Ihr in der Tat, aber bestimmt kein Barde.«

»Ah, jetzt geht das wieder los, ja?«

»Ja, jetzt geht das wieder los. Was seid Ihr wirklich? Ihr könnt nicht besser singen als jeder gewöhnliche Highlander. Und Euer Trommelspiel klingt noch schlechter als Euer Gesang. Also, was seid Ihr? Ein Spion des Königs, der in die Highlands gekommen ist, um nachzusehen, ob wir uns auch gut benehmen? Ein Häftling, der aus dem Kerker von Edinburgh entflohen ist? Oder vielleicht der Sohn eines Earls, der noch ein wenig Spaß sucht, bevor der Winter endgültig Einzug hält?«

Taygs Gesicht wurde so weiß wie der Schnee ringsum, aber sie war nicht sicher, mit welcher der aufgezählten Möglichkeiten sie ins Schwarze getroffen hatte.

»Das alles wäre besser als das, was *Ihr* wirklich seid«, sagte er mit mühsam beherrschter Stimme. »Ein verzogenes kleines Mädchen, das zu dickköpfig ist, um seine eigene Dummheit zu erkennen.«

»Ich bin eine erwachsene Frau, Barde. Und die einzige Dummheit, die ich erkennen kann, besteht darin, mit Euch weiterzureisen.« Catriona wandte sich schwungvoll von ihm ab und stapfte den Weg entlang.

Taygs Lachen folgte ihr. Sie fuhr herum und rief: »Was gibt es da zu lachen?«

»Weil Ihr in diese Richtung geradewegs nach Hause lauft.« Sie sah ihn verständnislos an, und er fügte hinzu: »Wenn Ihr zum König nach Dingwall wollt, geht Ihr da lang in die falsche Richtung!«

Catriona sah sich um und stellte entsetzt fest, dass sie tatsächlich in ihrer eigenen Spur zurücklief. Ihr Gesicht wurde heiß, und Tayg lachte abermals, als sie sich umdrehte, um in die richtige Richtung zu gehen.

»Ohne mich wärt Ihr nicht über Loch Assynt hinausgekommen«, meinte er.

Die Worte trafen sie so schmerzhaft, als hätte er ihr einen Hieb in den Bauch versetzt. Zu wütend, um etwas zu sagen, griff sie nach der einzigen Waffe, die ihr zur Verfügung stand – Schnee.

Sie nahm mit ihren Fäustlingen eine große Handvoll auf und drückte sie fest zusammen, wie Ailig es ihr gezeigt hatte. Dann nahm sie Ziel und warf den Schneeball. Er landete mit einem leisen, dumpfen Platschen mitten auf Taygs Rücken. Der Aufprall brachte ihn ein wenig ins Wanken, dann drehte er sich mit zornigem Gesicht um. Aber da hatte Catriona schon ein weiteres Geschoss bereit. Sie warf es und traf diesmal seine Brust. Wenigstens etwas Nützliches hatte sie von ihren herrischen Brüdern gelernt.

Der Zorn in Taygs Gesicht wich rasch Entschlossenheit. Als er sich bückte, um selbst einen Schneeball zu formen, huschte Catriona hinter einen Baum, nahm mehr Schnee und bereitete ihren nächsten Wurf vor. Sie spähte um den Baum herum – und genau in diesem Augenblick traf Taygs Geschoss den Stamm direkt neben ihr und ließ ihr Schnee ins Gesicht spritzen. Auch er sprang hinter einen Baum, und sie nutzte diese Gelegenheit, um zu einem anderen zu wechseln. Als er hervorlugte, warf sie und traf ihn mitten ins Gesicht.

»Ah! Ich krieg Euch schon!« Tayg rannte auf sie zu, wischte sich mit der einen Hand den Schnee aus dem Gesicht und holte mit dem anderen Arm aus, um seinen Schneeball zu werfen.

Catriona bewaffnete sich schnell wieder, dann lief sie durch den Wald vor ihm davon. Doch diesmal zielte Tayg besser und sie stolperte nach vorn, als sein eisiger Ball sie hart in den Rücken traf. Sie drehte sich um und schleuderte den ihren, verfehlte ihn jedoch, weil er rasch hinter einen anderen Baum trat. Catriona rannte weiter, flitzte von Baum zu Baum, bis sie meinte, weit genug weg zu sein, um stehen zu bleiben und mehrere harte Schneebälle zu formen. Sie fasste ihren Umhang an den Ecken, sodass sie ihre Geschosse darin transportieren konnte. Dann spähte sie hinter dem Baum hervor, um nachzusehen, wo Tayg war – da tippte ihr jemand leicht auf die Schulter.

Sie wirbelte herum und sah ihm direkt ins Gesicht. Augenblicklich ließ er seinen Schneeball auf ihren Kopf fallen. Schnee rieselte ihr übers Gesicht und in den Kragen.

»Oh, Ihr …« Aber bevor ihr ein passender Schimpfname einfiel, den sie ihm an den Kopf werfen konnte, rannte er schon wieder davon.

Sie jagte ihm nach, warf Ball um Ball, traf ihn ein paar Mal und ein paar Mal nicht, was ihm ein wildes Lachen entlockte. Ihr letzter Schneeball landete auf seinem Hintern. Er blieb stehen, drehte sich zu ihr um und versuchte, empört dreinzuschauen, aber das Grinsen auf seinem Gesicht in Verbindung mit den Schneeresten, den Kiefernadeln und ein paar Farnkrautblättern ließ ihn ziemlich albern aussehen. Catriona hielt sich die Hand vor den Mund und versuchte, ein Kichern zu unterdrücken.

Als er von Neuem auf sie zurannte, wartete sie, bis er glaubte, er hätte sie erwischt, dann wich sie rasch zur Seite aus. Schlitternd kam er mit dem Rücken zu ihr zum Stehen. Sie konnte nicht anders, als sich einfach von hinten auf ihn zu stürzen und ihn mit dem Gesicht voraus in den Schnee zu stoßen.

»Geht runter von mir!« Der Schnee dämpfte seine Stimme.

»Erst wenn Ihr zugebt, dass ich gewonnen habe.«

»Euch werd' ich's zeigen …« Mit einer einzigen fließenden Bewegung, die seine Kraft zur Schau stellte, warf Tayg sich herum, packte sie und nagelte sie unter sich fest. »Na? Was macht Ihr jetzt?«

Catrionas Arm lag ausgestreckt im Schnee. Schnell nahm sie so viel Schnee in die Hand, wie sie konnte. »Das!«, rief sie, riss den Arm hoch und drückte ihm den Schnee an den nackten Hals.

Taygs Grinsen gefror. Er versuchte, ihre Hand von seiner bloßen Haut zu lösen. Sie nutzte den Moment, da er abgelenkt war, und schaffte es, ihn mit einer Bewegung, die sie sich von den Ringkämpfen ihrer Brüder abgeschaut hatte, auf den Rücken zu werfen. Doch er war schnell wieder Herr der Lage, und bevor beide recht begriffen, wie ihnen geschah, rutschten sie einen steilen Abhang hinunter.

Erst am Boden der Rinne endete ihre Talfahrt dicht neben einem schmalen Bach mit ineinander verhedderten Armen und Beinen.

»Seid Ihr verletzt?«, fragte Tayg voller Sorge.

Catriona schüttelte den Kopf. »Abgesehen von etwas Schnee an Stellen, wo ich ihn lieber nicht hätte, geht es mir gut. Und Euch?«

Tayg brach in Gelächter aus. »Aye, mir geht's auch gut. Wer hat Euch beigebracht …« Sie schnitt ihm das Wort mit einem erneuten Angriff ab. Diesmal bekam er das kalte Zeug direkt ins Ohr. Rasch wälzte er sich wieder auf sie und drückte sie mit seinem Gewicht zu Boden. Er packte ihre Handgelenke und machte sie vollends zu seiner Gefangenen.

Catriona keuchte und versuchte Luft zu holen, die ihr plötzlich weggeblieben war. Jedes Mal, wenn sie die kalte Winterluft einsog, hob sich ihr Busen und drückte fest gegen seine Brust. Ihre Brustwarzen richteten sich auf und tief in ihrem Bauch wurde ein seltsamer Druck lebendig. Seine kastanienbraunen Augen faszinierten sie, und plötzlich wurde ihr bewusst, dass auch ihm der Atem stockte.

Ein Sehnen erklang in ihrem Kopf, doch wusste sie gar nicht genau, wonach sie sich sehnte … nach seinem Kuss vielleicht? Aye, das war es. Sie wünschte sich, seine weichen Lippen wieder auf den ihren zu spüren. Sie wünschte sich, dass er ihr mit seinen Händen durchs Haar fuhr, ihre Haut liebkoste, diesen Schmerz tief in ihr linderte. Sie hob ihren Kopf aus dem Schnee, er senkte ihr den seinen entgegen. Catriona schloss die Augen und wartete.

Da spürte sie die Veränderung in Taygs Körper, eine plötzliche Anspannung, gefolgt von völliger Reglosigkeit. Sie öffnete die

Augen und sah, wie er zum Rand der Rinne hinaufblickte. Seine Aufmerksamkeit galt nicht länger ihr. Enttäuschung erfüllte sie, dann Verdrossenheit, aber ehe sie etwas sagen konnte, hatte er ihr schon die Hand auf den Mund gelegt.

»Pst. Reiter«, flüsterte er.

Catriona nickte leicht, damit er wusste, dass sie verstanden hatte. Wer war dort oben? Ihre Brüder konnten es doch nicht sein, oder? Auf einmal fiel ihr ein, dass sich ihr Pferd irgendwo da oben im Wald befand. Im Zuge ihrer Schneeballschlacht hatten sie es einfach zurückgelassen. Würde der Reiter es bemerken? Und auch die Spur im Schnee, die auf den Rand der Rinne zuführen musste? Man musste sie einfach entdecken.

Sie hörte den Reiter näher kommen, aber das Pferd wurde nicht langsamer. Sie rührten sich minutenlang nicht, bis sie sicher waren, dass Pferd und Reiter wirklich fort waren.

Tayg nahm seine Hand von ihrem Mund, erst dann schien ihm bewusst zu werden, dass er immer noch auf ihr lag. Er erhob sich schnell, und der intime Augenblick verlor sich in der harschen Wirklichkeit. Tayg reichte ihr die Hand und war ihr beim Aufstehen behilflich. Dann brachten sie eine Weile damit zu, sich die Schneereste und das Farnkraut abzustreifen, die beim Herunterrutschen ans Bachufer an ihnen kleben geblieben waren.

»Ich hole das Pferd«, sagte Tayg. »Wartet hier, und haltet Euch so gut es geht versteckt. Vielleicht kann ich ja herausfinden, wer da oben vorbeigeritten ist.«

Sie fürchtete, ihre Stimme könnte ihre Enttäuschung verraten; deshalb nickte sie nur und kehrte ihm dann den Rücken zu, als er den Hang hinaufkletterte.

Sie blickte starr auf den Bachlauf mit den vereisten Rändern hinab. Was war da gerade geschehen? Sie hatten gelacht, waren durch den Schnee getollt, hatten Spaß gehabt. Catriona versuchte sich zu erinnern, wann sie zuletzt Spaß gehabt hatte. Das musste gewesen sein, als sie und Ailig noch Kinder waren. Sie erinnerte sich, wie sie mit ihm auf Bäume geklettert, wild durch die Heide gerannt und im kalten Wasser des Loch Assynt schwimmen gegangen war. Es kam ihr vor, als wäre das jemand anders gewesen, nicht sie. Und genauso wenig konnte sie sich mit dem unbekümmerten, lachenden Mädchen in Zusammenhang bringen, das Tayg mit Schneebällen beworfen hatte.

Sie versuchte, das Gefühl des Frohsinns, das sie erfüllt hatte, bevor sie den Hang herabgeschlittert waren, wieder heraufzubeschwören, verlor sich stattdessen aber in jenen dunkleren, urtümlicheren Gefühlen, die sie erfasst hatten, als sie am Grund der Rinne lagen. Hatte er sie auch küssen wollen? Geglaubt hatte sie das jedenfalls, aber dann war der Reiter gekommen und hatte den Bann, den ihr Spiel im verschneiten Wald um sie gewoben hatte, zerbrochen und sie daran erinnert, was sie riskierten, wenn man sie zusammen fand. Zumal wenn man sie so ineinander verschlungen fand, wie sie in diesem Moment dagelegen hatten.

Ihre Wangen erhitzten sich, als sie versuchte, die Erinnerung an diesen Augenblick, an das Gefühl seines Leibes auf ihr, festzuhalten. An seine Augen, die nur sie angesehen hatten. An seine vollen, lockenden Lippen.

Nay, das war verrückt. Aye, Tayg, der Barde, war ein gut aussehender Mann, der, wenn er wollte, über mehr als nur ein bisschen Liebreiz verfügte. Aber er war ein Barde. Er konnte ihr nicht dabei helfen, ihr Ziel zu erreichen, das darin bestand, ihren Clan vor der Dummheit Brocs und der Schafe zu schützen.

Sie schauderte, als ihr zum ersten Mal bewusst wurde, dass sie nichts wusste über den Mann, den sie heiraten wollte. Sah Tayg von Culrain gut aus? In den Liedern hieß es so. War er freundlich? Klug? Liebenswürdig? Ob er ein leicht schiefes Lächeln hatte? Volle Lippen …

So ging das nicht. Sie musste sich den Barden Tayg aus dem Kopf schlagen und darauf konzentrieren, was nötig war, um einen Ehemann für sich zu gewinnen. Aye. Das musste sie tun, und der Barde musste ihr dabei helfen. Das würde sie beide vor weiteren Dummheiten bewahren. Sie würde darauf achten, dass ihre Gespräche sich nur noch um ihr Ziel drehten, und sie würde sich der Hilfe des Barden versichern und ihm alles entlocken, was er über seinen Clan wusste. So wäre sie dann, wenn es an der Zeit war, bereit, sich dem König und ihrem Zukünftigen von ihrer besten Seite zu zeigen.

Aye, das war ihr Plan. Keine Albernheiten mehr, keine Wutausbrüche, denn das war es, was ihr ein ums andere Mal Ärger mit diesem Mann eintrug. Sie wollte vernünftig sein, dann würde er ihr helfen, ihr Ziel zu erreichen.

Ob er wollte oder nicht.

Kapitel 8

Als Tayg zurückkam, nachdem er das Pferd geholt und den Reiter so weit verfolgt hatte, um sicher sein zu können, dass es sich nicht um Cats Brüder, sondern um einen einzelnen Reisenden handelte, zitterte das Mädchen in der vom Schnee feuchten Kleidung.

Sie marschierten zügig und sehr viel stiller als am Morgen weiter, und es wurde ihnen rasch wärmer, als sie den schmalen Bach überquerten und ihm dann bis zu seiner Mündung in den Cassley folgten. Sie wechselten kaum ein Wort, und Tayg fragte sich, ob sie diese verspielte Seite von sich, auf die er einen Blick erhascht hatte, oft zum Vorschein kommen ließ. Cats Reaktion nach zu urteilen, schien selbst sie davon überrascht gewesen zu sein. Angenehm überrascht, wenn er von ihrem anschmiegsamen Leib und ihren gespitzten Lippen richtig auf ihre Stimmung schloss.

Er grinste vor sich hin. Sie war so kompliziert wie eine gut gespielte Partie Schach, sie führte Finten aus und zeigte immer nur kurz, wer und wie sie wirklich war, um sich dann wieder in den Schutz ihrer Biestigkeit zurückzuziehen. Heute Nachmittag hatte sie sich jedoch nicht allzu weit zurückgezogen. Nay, sie war in gutem Sinne still und folgsam.

Er nahm an, dass auch sie ein wenig über ihrer beider Situation nachdachte, die mit jedem Tag gefährlicher wurde. Was nicht nur daran lag, dass ihre Brüder nach ihnen suchten – nein, Tayg fiel es zunehmend schwer, sich von ihr fernzuhalten. Selbst als sie heute Morgen mit ihrer scharfen Zunge über ihn hergefallen war, hatte sie sein Herz zum Rasen und sein Blut in Wallung gebracht, wie es noch kein anderes Mädchen vermocht hatte. Vielleicht lag es einfach daran, dass er nie wusste, was sie als Nächstes sagen oder tun würde.

Er lächelte bei dem Gedanken an die Wildkatze, die ihn von hinten angesprungen und mit dem Gesicht voraus in den Schnee gestoßen hatte. Oh, das musste er ihr noch heimzahlen … aber das hieße, weitere Augenblicke jener Art herauszufordern, die er nicht zuzulassen wagte. Vielleicht musste er diesen Überfall ungesühnt lassen. Vielleicht.

Sie stapften weiter und wechselten nur hin und wieder einen Blick, wenn Tayg sich umdrehte, um sich zu vergewissern, dass sie ihm noch folgte. Sie wirkte genauso in Gedanken versunken wie er, und er wusste nicht, ob ihn das ängstigen oder freuen sollte.

Sie legten eine kurze Rast ein, um den Rest ihres Proviants zu verspeisen. Wenn sie kein Dorf fanden, in dem sie die Nacht verbringen konnten, würde Tayg auf die Jagd gehen müssen, und das hieße, ihre Reise weiter zu verzögern. Zu dieser Jahreszeit gab es furchtbar wenig Tageslicht zum Reisen. Er wollte es nicht darauf verschwenden müssen, Hasen durch den Schnee zu hetzen. Je eher sie zum König kamen, desto besser war es für sie beide – und für König Robert.

Der Nachmittag verging. Der Fluss wand sich dahin, war mal zu sehen und dann wieder nicht, wenn der Weg zunächst um eine Biegung herum und dicht am Ufer entlangführte, um sich dann wieder zu entfernen und als besser begehbarer Pfad zwischen Bäumen hindurchführte. Als sie sich dem Fluss nach einem solchen Ausflug in den Wald wieder näherten, strich eine riesige Schar schneeweißer Schwäne über sie hinweg. Die Flügel pfiffen durch die kalte Luft, als die Tiere herabsegelten und in einem langsamer fließenden Teil des Flusses landeten. Stockenten und Gänsesäger mit spitzen Schnäbeln versammelten sich auf im Wasser treibenden Holz, und Tayg lief das Wasser im Mund zusammen bei dem Gedanken an eine frisch gebratene Ente anstelle des getrockneten Proviants, von dem er sich in letzter Zeit viel zu oft hatte ernähren müssen.

Sie mussten ein Dorf finden oder wenigstens eine Hütte, wo sie ihre Vorräte aufstocken konnten. Er wusste, dass Duchally, ein Dorf mit einer recht ansehnlichen Burg, irgendwo vor ihnen lag, aber ob es nun eine Meile war oder zehn, konnte er nicht sagen.

Er warf einen Blick nach hinten zu Cat, die durch die Spur stapfte, die er und das Pferd schufen. Auf diese Weise konnte er ihr die Reise wenigstens ein bisschen erleichtern, mochte sein vorheriger Versuch, ihr einen Weg zu bahnen, auch ihre Schneeballschlacht ausgelöst haben. Er grinste, und der Wind fuhr ihm hart und kalt zwischen die Zähne.

Der Himmel war nicht mehr klar und sonnig, doch Tayg war von seinen Gedanken an eine heiße Mahlzeit und Cats Treffsicherheit mit Schneebällen so abgelenkt gewesen, dass ihm der Wetterumschwung erst jetzt auffiel, als es schon fast zu spät war.

Eine Reise in den Highlands war das ganze Jahr über gefährlich, wenn man nicht aufs Wetter achtete. Es konnte zu jeder Jahreszeit im Nu umschlagen – selbst wenn es eben noch mild und sonnig gewesen war, konnte im nächsten Augenblick schon ein tödlicher Sturm losbrechen. Tayg schaute nach oben, wo vorhin noch die Gipfel der Berge zu sehen gewesen waren. Jetzt hüllte sie ein dünner, grauer Schleier ein, der sich an ihren Flanken nach unten schob und die Umrisse der Berge zusehends verschwinden ließ. Der zinngraue Himmel senkte sich rasch, die Wolken wurden dunkler und flacher. Gefahr lag buchstäblich in der Luft.

»Wir müssen einen Unterschlupf finden!«, rief Tayg seiner Gefährtin über den zunehmenden Wind hinweg zu.

* * *

Catriona raffte ihre Kapuze unter dem Kinn zusammen, damit der plötzlich eiskalte Wind sie ihr nicht vom Kopf riss. »Sollen wir nach einer Höhle Ausschau halten?«

»Nay! Dieser Sturm sieht übel aus. Wir brauchen etwas zu essen und ein Feuer, wenn wir nicht erfrieren wollen. Wir müssen Duchally finden und dort um Aufnahme bitten.«

Sie nickte, obwohl sie keine Lust hatte, Fremden wieder etwas vorspielen zu müssen. Andererseits wollte sie auch nicht mit Tayg allein sein. Das hieß, wenn sie ganz ehrlich war, dann wünschte sich etwas tief in ihr, ein unbekannter Teil ihrer selbst, eigentlich eben genau das. Dieser Teil von ihr wollte sehen, wie weit sein Zauber reichte und was sich dahinter verbarg. Aber dieser Weg hätte in eine Katastrophe geführt. Nein. Auf einer Burg voller Menschen waren sie besser aufgehoben, und wenn sie dazu wieder seine Schwester spielen musste, sei's drum. Sie hatte ihr Leben lang die Rolle der Schwester gespielt. Was machten da noch ein paar Nächte mehr?

Und sie mussten sich vor diesem Unwetter in Sicherheit bringen.

Im Handumdrehen hatte der Sturm sie eingeholt. Der Wind wirbelte mit eisigen Böen Schnee vom Boden auf und ließ ihn in weißen Wellen um sie herumtanzen, blies ihn mal in ihre Gesichter, mal den Rücken hinab, dann hob er ihre Umhänge hoch und zerrte daran, als wollte er sie ihnen entreißen.

Catriona ging vornübergebeugt und stemmte sich gegen die Böen, bis sie fast gegen das Pferd gelaufen wäre. Tayg war stehen geblieben, und einen Moment lang fürchtete sie, dass sie sich verirrt hatten.

»Alles in Ordnung?«, fragte Tayg, als er aus dem wirbelnden Schnee, in den sich nun auch noch schmerzhafte Eiskörner vom Himmel mischten, auf sie zutrat.

Cat nickte nur; sie hatte sich das Plaid, das sie um den Hals trug, vor Mund und Nase gebunden. Ihre Finger und Zehen waren so kalt, dass sie wehtaten, aber das war immer noch besser, als sie gar nicht mehr zu spüren.

Tayg schlang etwas um ihre Hand, dann erst erkannte sie, dass es ein Seil war.

»Haltet Euch daran fest. Ich habe es am Sattel des Pferdes festgebunden. Ich möchte nicht, dass Ihr Euch in der Wildnis verlauft und umherirrt, Mädchen«, sagte er. Seine Stimme war so sanft und voller Sorge, dass sie es nicht übers Herz brachte, sich über die Anspielung auf ihren mangelnden Orientierungssinn aufzuregen. Sie packte das Seil und war froh, dass er es auch um ihr Handgelenk geschlungen hatte, falls ihre Finger doch noch taub wurden.

»Ich glaubte gerade, Rauch gerochen zu haben, aber bei diesem Wind ist es unmöglich festzustellen, aus welcher Richtung er gekommen sein könnte. Ich hoffe, es ist Duchally und wir können diesem Sturm bald entkommen.«

Sie nickte abermals. Tayg sah sie kurz an, dann wandte er sich um und trieb das Pferd wieder an.

Catrionas Welt reduzierte sich rasch auf die vagen Umrisse des dunklen Pferdehinterns, das schmerzhafte Prickeln in ihren Fingern und Zehen sowie das unbarmherzige Weiß des wie mit Nadeln auf sie einstechenden Schnees. Auf ihrem Umhang und dem Plaid, das ihr Gesicht schützte, bildete sich schnell eine Schneeschicht. Wenn sie nicht bald eine Zuflucht fanden … Sie schob diesen Gedanken beiseite. Tayg würde einen Unterschlupf für sie finden. Er hatte sich auch bisher um sie gekümmert. Alles wurde gut werden … es musste einfach alles gut werden.

Gerade als sie meinte, sie könnte nicht weitergehen, spürte sie einen Ruck an dem Seil um ihr Handgelenk und musste beinahe rennen, um mit dem Pferd und seinem unsichtbaren Führer Schritt zu halten. Ihre Lederstiefel quietschten in dem körnigen Schnee. Ihre Füße waren gefühllos, und sie rutschte immer wieder aus und schaffte es kaum, sich aufrecht zu halten. Als das Pferd ein paar Minuten darauf wieder langsamer wurde, drängte sie sich an seine Flanke, um sich wenigstens ein bisschen vor dem Wind zu schützen. Sie blinzelte in das weiße Flirren.

Eine Burg schien aus dem Schneegestöber emporzusteigen, ein grauer Gigant, der drohend über dem Fluss aufragte. Catriona war noch nie zuvor so froh gewesen, steinerne Mauern zu sehen. Tayg blickte zu ihr zurück, und sie nickte ihm zu. Sie legten die Entfernung zum Tor im Trab zurück. Die Aussicht auf ein Feuer und Schutz vor dem irrsinnigen Wind weckten ihre letzten Kräfte, und die genügten, um das Tor zu erreichen, das zum Glück offen stand.

Die Wachen hielten sie nur so lang auf, bis sie ihr Begehr kundgetan hatten. Sie schienen sich darüber zu freuen, dass ihnen dieser erste richtige Wintersturm einen Barden gewissermaßen zur Tür hereingeweht hatte. Ein Junge von neun oder zehn Jahren führte sie zum Stall, wo ein anderer das Pferd übernahm und versprach, es gut abzureiben und ihm einen Eimer Hafer hinzustellen. Tayg und Catriona nahmen ihre Habseligkeiten und folgten dem ersten Jungen wieder hinaus in den Sturm, wo sie eilends den verwaisten Hof überquerten und eine Treppe hinaufstiegen. Bevor sie vollends aus der Kälte flohen, schüttelten sie so gut es ging den Schnee von ihrer Kleidung, dann betraten sie die Kammer des Chiefs.

Der Chief saß an einem Tisch, hinter seinem Rücken loderte ein Feuer. Sein ergrauendes Haar war an den Schläfen zu Zöpfen zusammengebunden und gab so den Blick auf ein Gesicht mittleren Alters frei. Er trug ein Plaid, das so alt war, dass die ursprüngliche Farbe nicht mehr zu erkennen war. Tayg und Catriona warteten nahe der Tür, wo der schmelzende Schnee Pfützen um ihre Füße bildete, während der Chief sich mit einem Trio weißhaariger Männer unterhielt.

Catriona trat von einem Fuß auf den anderen und versuchte, der Nadelstiche Herr zu werden, mit denen das Gefühl in ihre Zehen zurückkehrte. Auch ihre Hände und ihr Gesicht tauten allmählich wieder auf. Sie streifte ihre Fäustlinge ab und klemmte sie sich unter die Arme, derweil sie sich die Hände rieb, damit sie schneller wieder warm wurden. Der Chief brachte sein Gespräch mit den Männern rasch zu Ende, dann bedeutete er den beiden Besuchern mit einem Nicken, näher zu kommen.

»Ich grüße Euch«, sagte Tayg mit munterer Stimme.

»Und ich grüße Euch, Sir«, erwiderte der Chief und schaute von einem zum anderen. »Was treibt Euch bei solch schlechtem Wetter zum Reisen?«

Tayg erzählte ihm dieselbe Geschichte, die er Farlan von Fionn aufgetischt hatte, nämlich, dass er Catriona zu ihrem zukünftigen Ehemann brachte. Sie musste zugeben, dass er ein hervorragender Geschichtenerzähler war, wie er sich an all die Einzelheiten des Jagdunfalls ihres angeblichen Verlobten erinnerte: sein gebrochenes Bein, ihr Wunsch, so schnell wie möglich an seine Seite zu eilen, und sein selbstloses Angebot, sie zu begleiten, obschon der Winter vor der Tür stand. Mehr noch, sie stellte fest, dass er die Mär diesmal sogar noch besser erzählte – er schmückte sie mit witzigen Einwürfen aus und spielte ihre Liebe für ihren angebeteten Rory hoch. Rory? Den Namen musste sie sich merken.

»Wir bitten um Eure Gastfreundschaft«, kam Tayg nun auf den Punkt. »Im Tausch dafür werden wir Euch gut unterhalten. Cat singt wie ein Engel.« Catriona sah ihn erschrocken an. Er hatte sie doch noch nie singen gehört. Er zwinkerte ihr zu, dann schenkte er sein keckes Grinsen wieder dem Chief. »Und ich verstehe mich darauf, großartige Geschichten zu erzählen.« Cat schnaubte, vertuschte es aber, indem sie ein Husten vortäuschte. »Gemeinsam«, fuhr er fort, »werden wir uns einen Schlafplatz und ein oder zwei Mahlzeiten redlich verdienen.«

Der Chief musterte sie. »Ihr seht nicht aus wie Bruder und Schwester.«

Catriona biss sich auf die Lippe, um die Bemerkung zurückzuhalten, die ihr auf der Zunge lag. Tayg warf ihr einen Blick zu, wie um sie daran zu erinnern, ihre Zunge im Zaum zu halten.

»Wir haben verschiedene Mütter«, erklärte er rasch. »Ich sehe meinem Vater ähnlich, aber Cat schlägt ihrer Mutter nach.«

»Aha«, sagte der Chief. »So ist es ja oft, nicht wahr? Nun denn, ich biete Euch die Gastfreundschaft meiner Burg an. Cat?« Er suchte mit einem Blick nach ihrer Bestätigung dieses sonderbaren Spitznamens.

Catriona nickte.

»Ihr könnt bei meiner Tochter unterkommen. Die Nacht wird kalt werden, und in ihrer kleinen Kammer ist es wärmer als im Saal. Eine eigene Kammer kann ich Euch nicht geben, weil wir heute von Gästen regelrecht überrannt wurden. Es sind mir so kurz vor dem Winter noch nie so viele Reisende untergekommen.«

»Andere Reisende?«, hakte Tayg nach. Sein Ton klang leichthin, doch Catriona erkannte die Anspannung, die ihn plötzlich erfasst hatte.

»Aye, ein Kesselflicker, die Frau meines Nachbarn und ihre Cousine und noch ein weiterer Reisender aus dem Westen. So viele Gästekammern haben wir nicht.«

»Wir danken Euch für Eure Gastfreundschaft, Sir«, sagte Tayg mit einer schwungvollen kleinen Verbeugung. Er stieß Catriona an.

»Oh, aye, natürlich, wir danken Euch untertänigst.« Sie ergänzte Taygs Verbeugung um einen kleinen Knicks.

Der Chief lächelte. »Ich fürchte, Ihr werdet Euch Euren Aufenthalt bei diesem Sturm schwer verdienen müssen. Womöglich müsst Ihr den Winter über bei uns bleiben.«

»Nay!«, entfuhr es ihnen gleichzeitig.

Der Chief sah sie mit erhobenen Brauen an.

»Wir werden uns so bald wie möglich wieder auf den Weg machen«, erklärte Catriona mit einem Blick auf Tayg. »Mein Rory braucht mich«, fügte sie mit einem, wie sie hoffte, wehmütigen Lächeln hinzu.

»Aye, und er wird gewiss warten, bis Ihr sicher zu ihm gelangen könnt, ohne unterwegs zu erfrieren, Mädchen.«

Catriona setzte zu einer Erwiderung an, aber Tayg kam ihr zuvor. »Wir danken Euch für Eure Gastfreundschaft, ganz gleich, wie lang wir sie auch in Anspruch nehmen müssen.«

Der Chief nickte und rief den Jungen herbei, der sie zu ihm geführt hatte. »Kester, bring das Mädchen in Isobels Kammer und den Barden in den Großen Saal. Ich nehme an, Euch beiden ist nach einer heißen Mahlzeit und einem warmen Feuer zumute?«

Sie nickten.

»Das Essen ist bald fertig. Wenn Ihr zu mir in den Saal kommt, könnt Ihr anfangen, Euch Euren Aufenthalt zu verdienen, indem Ihr mir von Eurer Reise erzählt.«

»Wir danken Euch«, wiederholte Tayg noch einmal. Er nahm Catriona am Arm und sie folgten dem Jungen zur Tür hinaus.

* * *

Im Großen Saal machten sie Halt und Tayg wurde den paar Leuten, die sich hier bereits versammelt hatten, vorgestellt. Catriona wusste, dass sich schon bald eine regelrechte Menge einfinden würde, die Neuigkeiten und Lieder hören wollte, aber sie war zu müde, um sich darum zu scheren. Sie hatte in der vergangenen Nacht nicht gut geschlafen, und dann hatten die Schlacht im Schnee und der Sturm heute an ihren Kräften gezehrt. Wonach ihr der Sinn stand, das waren ein Bad, das warm genug war, um die Kälte aus ihren Knochen zu vertreiben, saubere Kleidung und ein weiches Bett.

Als sie sich umdrehte, um Kester aus dem Saal hinaus zu folgen, ergriff Tayg sie leicht am Arm und zog sie zu sich.

»Hütet Eure Zunge, Cat. Wir wollen nicht, dass diese freundlichen Leute ihre Gastfreundlichkeit bereuen müssen.«

»Ich werde nur sagen …«

»… was Ihr sagen müsst. Ich weiß«, fiel er ihr ins Wort, die Mundwinkel ganz untypisch nach unten gezogen. »Aber versucht, was Ihr sagen müsst, mit Bedacht zu sagen. Denn Euer üblicher Ton ist es, den Eure Brüder als Euer erstes Merkmal nennen. Vergesst nicht, dass Ihr hier nicht das Biest Catriona seid, sondern Cat, ein Mädchen, das mit seinem Bruder auf dem Weg zu seinem Liebsten ist. Ich weiß, dass Ihr das könnt.« Er hielt ihren Blick für einen Moment fest. »Macht mich stolz«, flüsterte er.

Mit diesen merkwürdigen Worten ließ er sie los und schob sie sanft in Richtung des wartenden Jungen. Sie rieb sich mit dem Handballen die Brust, wo sie plötzlich einen sehnsuchtsvollen Schmerz verspürte, und wunderte sich, wie sie Magendrücken haben konnte, wo es doch so lang her war, seit sie zuletzt etwas gegessen hatte. Sie ließ sich Taygs Worte durch den Kopf gehen und rieb sich abermals die schmerzende Stelle. Sie warf dem Barden über die Schulter hinweg noch einen Blick zu, dann geleitete Kester sie aus dem Saal hinaus. Tayg war bereits mit einem der Anwesenden in ein Gespräch vertieft.

Der Junge führte sie durch mehrere kalte, dunkle Korridore und schließlich zu einer Kammer. Er wollte ihr gerade die Tür öffnen, als eine mädchenhafte Stimme »Halt!« rief.

Kester grinste und wandte sich in die Richtung, aus der die Stimme gekommen war. »Jetzt lernt Ihr Isobel kennen«, sagte er zu Catriona. »Sie ist das schönste Mädchen in den Highlands.« Er sah sie grinsend an, dann wurde ihm bewusst, was er da gesagt hatte. Immerhin besaß er genug Anstand, noch rasch zu erröten, als das Mädchen am oberen Ende der Treppe anlangte und den Gang entlang auf sie zueilte.

Catriona spürte, wie ihr ganz flau im Magen wurde, als die blonde Schönheit sie anlächelte.

»Ich habe gehört, Ihr teilt heute Nacht meine Kammer mit mir«, sagte sie. Ihre braunen Augen blitzten vor Freude. »Das ist herrlich – da habe ich endlich einmal jemanden zum Reden!«

Catriona versuchte, nicht zu stöhnen. Reden war das Letzte, was sie im Moment wollte, aber Taygs Stimme schien flüsternd durch ihren Kopf zu geistern und sie daran zu erinnern, mit Bedacht zu sprechen und ihn stolz zu machen. Und seltsamerweise wollte sie das auch.

Isobel nahm sie bei der Hand und zog sie in die gemütliche Kammer. Im Kamin knisterte ein Feuer und schöne Gobelins bedeckten die Wände. Ein riesiges Bett mit einer hohen Matratze füllte den Raum beinahe aus. Es war mit opulenten Vorhängen in Blau und Safrangelb behangen. Catriona beäugte das Bett mit einem solchen Verlangen, dass es sie ihre ganze Willenskraft kostete, sich nicht kurzerhand hineinfallen zu lassen.

Sie drehte sich um, als die Tür geschlossen wurde. Nun war sie mit Isobel allein im Raum. Abermals hörte sie Taygs merkwürdige Worte: *Macht mich stolz.* Darum hatte sie noch nie jemand gebeten. Sie wusste nicht recht, wie sie es anfangen sollte, seinem

Wunsch nachzukommen, bis ihr sein Rat einfiel, dass sie mit Bedacht sprechen solle. Er wollte, dass sie ihre Zunge im Zaum hielt, dass sie Cat war und nicht Triona.

Ihr allererster Impuls war, etwas Hässliches zu Isobel zu sagen, nur um Tayg zu zeigen, dass er ihr nichts zu befehlen hatte, aber dann betrachtete sie die glückliche junge Frau, die da vor ihr stand, und brachte nicht die Kraft auf, ihre flammende Begeisterung mit eisigem Wasser zu löschen, nur um Tayg zu ärgern.

»Ihr seht sehr müde aus … ach, entschuldigt, aber ich kenne Euren Namen nicht«, sagte Isobel.

»Cat«, antwortete sie schnell. Es erstaunte sie, wie leicht ihr der Spitzname, den Tayg ihr gegeben hatte, über die Lippen ging.

Isobel runzelte eine Augenbraue ob des Namens, sagte aber nichts. So war es also, wenn man mit Bedacht sprach. Die zurückhaltende Reaktion des Mädchens erinnerte sie an die bevorzugte Mahnung ihres Vaters: »Wenn du nichts Nettes zu sagen hast, dann halt den Mund.«

»Wäre es möglich, dass man mir ein Bad …«

»Dafür wird schon gesorgt«, unterbrach Isobel sie. »Gebt mir doch Eure Sachen. Wenn Ihr möchtet, kann ich Eure Kleidung für Euch säubern lassen.«

»Ja … das heißt, nein. Die muss ich wieder anziehen.« Das Mädchen sah sie verdutzt an, und sie fügte hinzu: »Wir … wir haben im Sturm meinen Kleidersack verloren.« Sie hoffte, ihre Lüge war überzeugend genug.

»Na, die könnt Ihr jedenfalls nicht länger tragen«, beharrte Isobel. Sie legte den Kopf schief und musterte Cat einen Augenblick lang. »Ich glaube, wir haben ungefähr dieselbe Größe.« Sie wandte sich einer Truhe am Fußende ihres Bettes zu und wühlte darin, dann zog sie ein wunderschönes Kleid aus mit Ginster gefärbtem dunkelblauem Stoff heraus. Es war schlicht geschnitten, aber die Farbe war so kräftig, dass Catriona mit der Hand darüberstreichen wollte.

»Das ist das schönste Kleid, das ich je gesehen habe«, meinte sie.

»Ich würde es Euch gerne borgen, während Eure Kleidung gereinigt wird.«

Catriona trat einen Schritt vor und streckte die Hand aus, um den fein gewebten Stoff sanft zu berühren. Sie konnte sich gut vorstellen, wie sie in einem solchen Kleid aussähe und sich aller Augen auf sie richten würden, wenn sie den Großen Saal betrat. Die Farbe würde mit ihren tiefblauen Augen und ihrer hellen Haut harmonieren. Sie würde ihr Haar offen tragen. Tayg würde sie so sehen, wie sie wirklich war …

Sie zog die Hand so hastig zurück, als hätte sie sich an dem Stoff verbrannt. »Nein, ein so prächtiges Kleid kann ich nicht tragen.«

Enttäuschung bebte auf Isobels Lippen und in ihren Augen, und Catriona wurde bewusst, mit welcher Schärfe sie ihre Worte hervorgestoßen hatte.

Sprecht mit Bedacht.

Macht mich stolz.

Es war zu ihrem eigenen Besten, wenn sie seiner Bitte nachkam. Um seinetwillen würde sie ihre Zunge bestimmt nicht im Zaum halten. Sie lächelte dem Mädchen zu.

»Ihr solltet dieses Kleid heute Abend selbst tragen. Euer Vater sagte, es hätten viele Gäste auf dieser Burg vor dem Sturm Zuflucht gesucht. Ihr solltet in einem solchen Kleid alles überstrahlen, wenn Ihr so viele Fremde beherbergt.«

Die Enttäuschung des Mädchens schwand, und Catriona merkte, dass sie sich wirklich Mühe gab, freundlich zu sein. Nun, wenn mit Bedacht zu sprechen bedeutete, diesem Mädchen seine freundliche Geste zu gewähren, dann würde sie schon einen Weg finden, das zu tun, ohne zu viel Aufmerksamkeit auf sich zu ziehen.

»Habt Ihr noch ein Kleid? Ein etwas schlichteres vielleicht? Ich möchte nicht die Blicke aller auf mich lenken, wie es in diesem herrlichen Gewand der Fall wäre.« Na also, damit hatte sie die Wahrheit mit Bedacht zum Ausdruck gebracht, und Isobel lächelte wieder, wenn auch nicht ganz so strahlend wie vorher.

»Aye, ich habe noch eines, aber mir ist noch nie ein so schönes

Mädchen wie Ihr begegnet, das die Aufmerksamkeit eines jungen Mannes nicht auf sich lenken wollte.«

Isobels beiläufiges Kompliment erschreckte Catriona. Sie wandte sich dem Feuer zu und wärmte sich einen Moment lang die Hände, während sie versuchte, ihre Stimme wiederzufinden.

»Ich wollte Euch nicht verlegen machen«, sagte Isobel leise.

Cat lächelte sie über die Schulter hinweg an.

»Ich möchte keine solche Aufmerksamkeit erregen.« Wenigstens im Moment nicht, ergänzte sie im Stillen.

Ein Klopfen an der Tür unterbrach das Gespräch zu Catrionas großer Erleichterung.

Isobel öffnete die Tür. Zwei Burschen schleiften einen hölzernen Bottich von beträchtlicher Größe herein, vier weitere folgten mit Kesseln heißen Wassers. Sie kamen noch ein paar Mal, dann hatten sie die Wanne mit herrlich dampfendem Wasser gefüllt. Unterdessen hatte Isobel ein Stück kostbarer Olivenseife hervorgeholt, dazu ein Handtuch aus Leinen, einen Kamm und ein weniger aufsehenerregendes grau-grünes Kleid. Als Catriona versuchte, ihr verfilztes Haar auszukämmen, wollten ihr ihre Hände nicht recht gehorchen. Da nahm ihr Isobel sanft den Kamm aus der Hand und machte sich selbst daran. Und dabei hielt sie die ganze Zeit über ein einseitiges Gespräch in Gang und erzählte Catriona all den Burgtratsch, von ihrem Kräutergarten und dem Sturm, den die wetterfühligen Knie ihrer alten Tante Anne prophezeit hatten.

Als Catriona sich in den Bottich gleiten ließ, hoffte sie, dass Isobel sie für eine Weile allein lassen würde, doch das Mädchen setzte sich nur auf das Fußende des Bettes und plapperte munter weiter. Die Hitze drang langsam in Catriona ein und vertrieb die letzten Reste der eisigen Kälte, die sich in ihren Knochen eingenistet hatte. Gelegentlich nickte sie oder murrte etwas, eher um das Mädchen glauben zu machen, sie leiste ihr Gesellschaft, als aus dem Gefühl heraus, dass es nötig sei, sich an der Unterhaltung zu beteiligen.

Erst als Catriona im Wasser untertauchte, um ihr Haar nass zu machen, verstummte Isobel. Es herrschte auch Stille, während

Catriona es einseifte. Sie tauchte abermals unter, um die Seife auszuspülen, und als sie sich wieder aufsetzte, kniete Isobel wieder neben der Wanne.

»Wenn Ihr wollt, gieße ich etwas sauberes Wasser über Euer Haar.«

Catriona lächelte. Sie fühlte sich so entspannt wie seit Tagen nicht mehr. Sie nickte und lehnte den Kopf nach hinten. Warmes Wasser strömte über sie.

»Erzählt mir von Eurem Reisegefährten. Er ist nicht Euer Ehemann, oder?«

Die Frage überraschte sie. »Nay, er ist mein Bruder.«

»Und er ist ein Barde?«

Catriona nickte und ließ sich tiefer in den Bottich sinken, bis ihr Kinn das Wasser berührte, dafür aber ihre Knie in die kalte Luft ragten.

»Warum reist Ihr mit ihm?«

Das Mädchen hatte zu viele Fragen und Catriona zu wenig Antworten. »Tayg bringt mich zu meinem Verlobten.« Sie hielt sich an seine Geschichte.

»Tayg? Heißt Euer Bruder so? Diesen Namen habe ich bislang nur einmal gehört.«

Verdammt. Hatte Tayg seinen Namen genannt? Nay, das glaubte sie nicht. Der Chief hatte ihn nur als Barde angesprochen. Sie musste ihn warnen, dass ihr sein wahrer Name herausgerutscht war. »Das ist ein geläufiger Name im Clan Munro«, erklärte sie.

»Aye, zu dem gehört auch der andere, der diesen Namen trägt. Tayg von Culrain, Sohn des Chiefs von Munro.« Isobels Gesicht nahm einen verträumten Ausdruck an, der Catriona Unbehagen bereitete.

»Dann kennt Ihr den Krieger Tayg?«, fragte sie, bereit, das Mädchen mit Fragen zu löchern, wenn die Antwort Ja lautete.

»Nay.«

Ein Anflug von Enttäuschung überkam Catriona, aber sie fühlte sich zu wohl in der Wanne, als dass sie sich deswegen grämen wollte.

»Aber ich habe gehört, dass er eine Braut sucht«, fuhr Isobel fort. »Oder zumindest sucht seine Mutter eine Braut für ihn. Wie ich gehört habe, will er gar nicht heiraten. Und ich habe auch gehört, dass er ein liebreizender und schöner Mann ist.«

Das war mehr, als Catriona aus den Liedern und Geschichten über den Mann wusste. »Noch hat er sich aber keine Braut genommen«, kam es ihr über die Lippen, ehe sie es verhindern konnte.

»Nein, das hat er nicht. Die einen sagen, er wartet auf die große Liebe, andere meinen, er sei müde vom Krieg und wolle einfach nur ein wenig warten, bevor er mit einem Mädchen den Bund fürs Leben schließt. Wer ihn auch heiratet, sie macht eine gute Partie. Er wird eines Tages Chief eines großen Clans sein, ist eng verwandt mit dem Earl von Ross und damit auch mit dem König selbst. Ich für meinen Teil«, erklärte Isobel, »ich wünsche mir keinen Mann, der einmal so sehr im Mittelpunkt der Ereignisse stehen wird, auch wenn es heißt, dass er sehr schön sei, dazu charmant und, nun ja …«

Catriona warf ihr einen Blick zu und sah, dass Isobel rot geworden war.

»Was ist?«

»Nun, ich habe gehört …«

Langsam kamen ihr diese drei kleinen Worte zu den Ohren heraus.

»Ich habe gehört, dass er kein Mädchen … nun, unbefriedigt zurücklässt.«

»Unbefriedigt?« Wovon redete sie da?

»Aye.« Isobel beugte sich vor und flüsterte Catriona ins Ohr: »Bei dem, was Männer und Frauen so miteinander tun.«

Auf Catrionas verständnisloses Kopfschütteln hin fügte Isobel hinzu: »Wenn er sich mit einer Frau paart. Im Bett!« Dann hielt sie sich schnell die Hand vor den Mund, als könnte sie nicht fassen, dass sie die Worte tatsächlich laut ausgesprochen hatte.

Alles, was Catriona dazu einfiel, war ein erstauntes »Oh«.

»Mit wem seid Ihr denn verlobt?«, fragte Isobel leise.

Catriona dachte rasch nach. Welchen Namen hatte Tayg benutzt? Ihr durfte kein Fehler unterlaufen. Rory, ja. Aber den Clan hatte er nicht genannt. Sie rief sich Taygs Art des Geschichtenerzählens in Erinnerung. Was würde er sagen? Er würde so weit wie möglich bei der Wahrheit bleiben, und er hatte dem Mann den Namen Rory gegeben …

»Rory vom Clan Munro.« Catriona seifte sich beiläufig die Arme ein. »Kennt Ihr ihn?«, brachte sie wegen des Kloßes in ihrem Hals nur mühsam hervor. Wenn man sie je der Lüge überführen würde, dann jetzt.

»Ich habe den Namen gehört, aber weiter weiß ich nichts über ihn.«

Erleichterung erfüllte Catriona.

»Er lebt auch in Culrain, nicht wahr? Seid Ihr dorthin unterwegs?«

Catriona flüchtete sich in einen unverbindlichen Laut.

»Ich habe gehört, der König wird dort bald zu Gast sein«, sagte Isobel.

Das weckte Catrionas Aufmerksamkeit. Sie setzte sich ein wenig auf. »Der König wird nach Culrain kommen? Ich dachte, er wird in Dingwall erwartet.«

»Aye, dort auch, zur Hochzeit seiner Schwester, aber vorher besucht er die Ländereien derjenigen, die ihm die Lehnstreue geschworen haben. Angeblich soll er am Wochenende in Culrain eintreffen. Vielleicht seht Ihr ihn ja. Ich würde König Robert gerne einmal begegnen …«

Catriona sah zu dem Mädchen auf. Isobel saß auf dem Fußende des Bettes, die Füße auf der Truhe, die Arme um die Beine geschlungen und das Kinn auf die Knie gestützt. In ihren Augen lag ein wehmütiger Ausdruck, als blickte sie auf etwas weit Entferntes, nach dem sie sich sehnte.

»Seid Ihr verlobt?«, fragte Catriona, überrascht, dass sie wirklich neugierig auf dieses Mädchen war. Normalerweise kümmerte es sie nicht, was andere taten oder dachten.

Isobel löste sich mit einem Ruck aus ihrem Tagtraum und richtete ihr Augenmerk wieder auf Catriona, die sich im Wasser zurücklehnte und die Wärme aufsog.

»Ob ich was bin?«

»Verlobt.«

»Nay.«

Catriona besah sich das Mädchen genauer. Sie hatte blondes Haar; lang, seidig und gerade so gewellt, dass es sich im flackernden Licht des Feuers ständig zu bewegen schien. Ihre Augen waren warm und freundlich und wirkten in ihrem perfekt ovalen Gesicht riesengroß. Sie war schön, auf eine redselige Art charmant und offensichtlich im heiratsfähigen Alter. Eine gute Partie für einen Mann von ernsterem Gemüt – für einen Mann, der ein wenig Anstoß brauchte, um sich am Leben zu erfreuen. Isobel brauchte jemanden, der ihre Geschwätzigkeit ein wenig dämpfte, aber ihre Lieblichkeit zu schätzen wusste.

»Ihr habt doch gewiss nur wenig Konkurrenz, wenn es um die Gunst junger Männer geht.«

Isobel zuckte die Schultern. »Hier gibt es keine Männer, die ich haben wollte, und obgleich ich schon viele kennengelernt habe, die als Ehemann infrage kämen – jeder, der durch diese Gegend reist, scheint in Duchally Halt zu machen –, ist mir noch keiner begegnet, den ich auch heiraten wollte.«

Catriona lehnte den Kopf nach hinten und blickte zu der mit Brettern verschalten Decke hoch. »Ich wette, Ailig würde Euch gefallen«, sagte sie.

»Ailig? Wer ist das?«

»Mein …« Catriona setzte sich in der Wanne gerade auf. Wie war sie denn jetzt auf Ailig gekommen? Was würde Tayg nun tun? Er würde sich möglichst an die Wahrheit halten. »Mein Cousin. Er ist aus Assynt – wo ich allerdings noch nie war«, ergänzte sie rasch. Da hatte sie das Gespräch geschickt von ihrem Zukünftigen in andere Bahnen gelenkt, und nun schwebte sie doch wieder in Gefahr. Einzelheiten, glaubhafte Einzelheiten, damit lenkte Tayg von der Wahrheit ab.

»Er ist der jüngste Sohn der MacLeods und, wie ich gehört habe«, benutzte sie Isobels eigene Worte, um sich ihrer Aufmerksamkeit zu versichern, »der einzige unter den Brüdern, der Verstand im Kopf hat. Er ist blond, genau wie Ihr. Euch wären hübsche Kinder beschert.«

»Ist das nicht ein Bruder des Biests von Assynt?«, fragte Isobel und reichte Catriona das Handtuch, als diese aus dem sich abkühlenden Wasser stieg. »Ich glaube nicht, dass ich in einen solchen Clan einheiraten wollte.«

Catriona merkte, wie ihre Wut erwachte, aber sie rief sich Taygs Worte in Erinnerung und bemühte sich, ihre Zunge im Zaum zu halten. Sie trocknete sich mit schnellen, kräftigen Bewegungen ab und fragte beiläufig: »Seid Ihr ihm denn je begegnet, diesem …«, sie brachte das Wort *Biest* einfach nicht über die Lippen, »… diesem Mädchen?«

»Nay, aber ihr Ruf macht in Windeseile die Runde. Dann ist sie ja auch Eure Cousine. Habt Ihr denn noch nie gehört, dass man sie so nennt?«

Catriona schüttelte den Kopf und wünschte, ihr fiele etwas ein, wie sie dieses Gespräch beenden könnte, ohne Misstrauen zu wecken.

Isobel nahm wieder auf dem Fußende des Bettes Platz. »Ich habe gehört, sie ist ein Biest mit einer Zunge so scharf wie ein gut geschliffener Dolch. Sie kann einem Krieger allein mit ihren Worten die Haut abziehen. Es heißt auch, dass ihr ganzer Clan Angst vor ihr hat. Sie soll ein furchtbar verkniffenes Gesicht haben und einen verschrumpelten Körper, der so recht zu ihrer Seele passt. Ich möchte meine Familie nicht verlassen, um in der Gesellschaft eines solchen Weibes zu leben.«

Catriona war bei diesen Worten stocksteif geworden und verbarg ihr Gesicht hinter dem Leinentuch, mit dem sie sich nun die Haare trocknete.

»Es ist komisch, dass wir von ihr sprechen«, fuhr Isobel fort. »Ich habe mich gerade erst mit einem Reisenden unterhalten, der mir erzählte, das Biest sei an die MacDonells verkauft worden, aber selbst die hätten ihre Mitgift, so groß sie auch sein mag, gewiss ausgeschlagen, wenn sie nicht in solchen Schwierigkeiten stecken würden. Andererseits sind die MacLeods von Assynt so wohlhabend, dass es ihnen leicht fallen dürfte, eine Tochter wie dieses Biest zu verheiraten. Vielleicht sollte ich Euren Cousin ja doch einmal kennenlernen …«

Catriona spürte, wie ihre Wangen heiß wurden, und wandte dem Mädchen rasch wieder den Rücken zu, während sie sich weiter abtrocknete.

»Setzt Euch dort ans Feuer, dann kämme ich Euch das Haar«, bot Isobel an.

Catriona wickelte sich in das Tuch und folgte der Aufforderung des Mädchens. Sie wollte Isobel nicht ansehen, bis sie sicher sein konnte, dass sie diese ungewohnte Beschämtheit in der Gewalt hatte. War dies das Bild, das jedermann von ihr hatte? Auch Tayg? Verschrumpelt und an jeden zu verkaufen, der sie zu nehmen bereit war?

Die Sanftheit, mit der Isobel ihr die Haare kämmte, vermischte sich mit Catrionas Erschöpfung und lullte sie allmählich ein, bis sie sich fast in Trance befand.

»So«, sagte Isobel, »jetzt ist Euer Haar schön glatt. Bleibt hier am Feuer sitzen, derweil ich Eure Kleidung in die Küche hinunterbringe. Ich sorge dafür, dass sie gewaschen wird, und dann ziehen wir Euch an, und wenn Ihr möchtet, frisiere ich Euch die Haare.«

»Warum seid Ihr so freundlich zu mir?«, fragte Catriona unversehens, dann schlug sie sich die Hand vor den Mund, wie Isobel es vorhin getan hatte.

Isobel lachte, und Catriona konnte sich selbst ein Lächeln nicht verkneifen.

»Ihr seid doch unser Gast. Außerdem gibt es hier furchtbar wenige Mädchen meines Alters. Ich habe niemanden zum Plaudern, keine Schwestern oder auch nur Cousinen, die in der Nähe leben. Ihr habt mir kein Mal gesagt, ich solle aufhören zu schwatzen, wie es mein Vater gern tut. Wir werden schnell Freundinnen werden.«

Catriona nickte. Isobels Antwort erstaunte sie genauso wie die Erkenntnis, dass sie, indem sie einfach nur Taygs Rat befolgte, eine

Freundin gewonnen hatte, vielleicht die erste ihres Lebens. »Wir werden schnell Freundinnen werden«, sagte auch sie und merkte, wie sich ein Lächeln auf ihr Gesicht legte.

Solang Isobel nicht herausfand, wer sie wirklich war.

Kapitel 9

Tayg hatte sich einen Platz gesucht, von dem aus er den Eingang zum Großen Saal im Blick hatte. Er hatte lang gewartet, und Catriona war noch immer nicht zurückgekommen. Je länger sie voneinander getrennt waren, desto größer wurde seine Befürchtung, ihr launisches Naturell und ihre scharfe Zunge könnten sie verraten. Ihre Sicherheit – und auch die seine – hingen von ihrer gemeinsamen List ab. Und das hieß, dass sie Gefahr liefen, entlarvt zu werden, denn diese Frau hatte keine Ahnung, wie man seine Zunge im Zaum hielt und sich unauffällig unter andere Menschen mischte.

Aber dass Catriona unter anderen Menschen nicht auffallen würde, das konnte Tayg sich ohnehin nicht vorstellen. Das dunkle Blau ihrer Augen und die im Gegensatz dazu so helle, sahnige Haut, die tintenschwarze, seidige Haarflut … damit zog das Mädchen stets aller Augen auf sich. Und die Sturheit, die sie mit ihrem Kinn ausdrückte, sowie das entschlossene Funkeln in diesen azurblauen Augen fesselten jedermanns Blick.

Dieses Bild vor seinem geistigen Auge ließ ihn lächeln. Sie war stets unberechenbar … nur dann nicht, wenn er versuchte sie aufzustacheln, aber selbst in dieser Hinsicht, dachte er, war sie immer weniger berechenbar. Schon nach ein paar Tagen in seiner Gesellschaft fiel es ihr leichter, ihr Temperament und ihre Zunge zu beherrschen. Sie sorgte für Kurzweil, ließ ihn ständig auf der Hut sein, war eine Herausforderung wie kein Mädchen vor ihr. Sie war ganz anders als die Mädchen, unter denen seine Mutter ihn wählen lassen würde.

Nay, er wollte keines von diesen Mädchen, die aufgrund der Geschichten und Balladen von ihm schwärmten. Deshalb war es ihm wichtig, sich selbst ein Mädchen zu suchen, und zwar schnell, denn letztlich würde seine Mutter gewinnen, und er musste heiraten. Und natürlich würde dieser Zeitpunkt schneller kommen, als er gehofft hatte. Sobald er Cat und das verdammte Sendschreiben bei König Robert abgeliefert hatte, steckte er wieder in der Falle seiner Mutter. Es wäre so viel besser, immer nur mit Cat unterwegs zu sein, sich ständig in Acht nehmen zu müssen vor einer scharfzüngigen Bemerkung oder ihr einen zärtlichen Kuss zu rauben, anstatt ein Mädchen ertragen zu müssen, das seine Mutter für ihn aussuchte.

Heiliger Sankt Judas! Was gingen ihm da nur für Gedanken durch den Kopf? Seine Pflicht galt seinem Clan, und ganz abgesehen davon wäre es doch ungleich schlimmer, sich auf ewig diese Wildkatze aufzuhalsen, als etwa mit der drögen Dolag von Fionn oder der angeblich hübschen Tochter des Chiefs von Duchally verheiratet zu sein.

Er sah sich um und hielt Ausschau nach Cat und der Tochter. Wenigstens kennenlernen wollte er das andere Mädchen … nur für alle Fälle. Er sah, wie die Leute in den Saal zu strömen begannen, dazwischen schlaksige Burschen, die mit Speisen beladene Platten hereintrugen.

»Wo bleibt sie denn?«, murmelte er vor sich hin, ohne recht zu wissen, welches Mädchen er am liebsten zuerst sähe.

»Wer?«, erklang da eine schnelle, leise Entgegnung dicht an seinem linken Ohr.

Sein Kopf ruckte herum, und sein Blick fiel auf die Frau, die neben ihm stand. »Cat?«

»Gefällt Euch meine Verkleidung?«, fragte sie und blinzelte ihm zu.

Sie trat so weit zurück, dass er das grau-grüne Kleid sowie den Schleier und die Rise, die ihr Haar, ihren Hals und einen großen Teil ihres schönen Gesichts bedeckten, zur Gänze sehen konnte.

»Das ist ganz … reizend … für eine alte Frau.«

Sie schaute ihn finster an, doch dann schimmerte ein Lächeln durch. »Dann hab ich es ja gut gemacht. Isobel wollte, dass ich mein Haar offen trage und nur ein Band hineinflechte, aber ich dachte, das würde zu viel Aufmerksamkeit erregen.« Unsicherheit schlich sich in ihre Miene. »Ich hab es doch gut gemacht, oder?«

»Aye, Mädchen. Das habt Ihr wirklich gut gemacht. Ich habe nicht einmal gesehen, wie Ihr in den Saal gekommen seid, obwohl ich nach Euch Ausschau hielt.«

Da war das Lächeln wieder, und er musste tief durchatmen, um seinen Herzschlag zu beruhigen. Es musste Schluss sein mit dieser Narretei. »Und wie viele Leute habt Ihr unterdessen beleidigt?«

Das genügte, damit löschte er den Funken von Stolz, den er in ihren Augen entdeckt hatte, und an seine Stelle trat der vertrautere Ausdruck von Wut.

»Ich habe niemanden beleidigt, Barde. Mein beherrschtes Benehmen war vorbildlich. Mehr noch, ich habe eine … Freundschaft geschlossen.«

Erschrecken und Eifersucht erfassten ihn zu gleichen Teilen. »Mit wem?«, fragte er, bevor er sich darauf besinnen konnte, dass es ihn doch eigentlich gar nicht kümmerte.

»Mit Isobel«, antwortete sie leichthin, doch der wütende Funke blitzte immer noch in ihren Augen, »der Tochter des Chiefs.«

»Ach so, gut«, sagte Tayg und täuschte ein Interesse vor, das er nicht empfand. »Ihr solltet mich mit Eurer Freundin bekannt machen. Ich will sehen, ob sie den Ansprüchen genügt, die der König an die Bräute für seine treuen Gefolgsleute stellt – oder vielleicht auch meinen eigenen«, entfuhr es ihm dann noch, ehe er es verhindern konnte.

»Sie wird Euch nicht gefallen«, meinte Cat und knirschte fast mit den Zähnen. »Isobel ist ein reizendes Mädchen, aber sehr gesprächig, ich würde sogar sagen, sie ist eine Klatschbase. Ihre drei liebsten Worte sind: *Ich habe gehört ...* Mit so einem geschwätzigen Ding wollt Ihr Eure Zeit bestimmt nicht verbringen. Der König hingegen würde sie vielleicht für geeignet halten.«

Tayg musterte sie jetzt amüsiert. »Und woher wollt Ihr wissen, was mir an einem Mädchen gefällt und was nicht?«

»Ich ... ich ...« Ihr Blick verdüsterte sich wieder, und sie wechselte das Thema. »Sie sagt, sie kenne meinen Verlobten, Rory von Munro. Es gelang mir, weitere Fragen zu vermeiden, aber meint Ihr nicht, es wäre klug, mir etwas über den Mann zu erzählen, damit ich das nächste Mal antworten kann? Ich konnte ihre Gesprächigkeit auf den Burgklatsch und Neuigkeiten vom König lenken ...«

»Neuigkeiten vom König?«

»Aye. Er besucht reihum die Verbündeten des Earls von Ross, bevor er der Hochzeit seiner Schwester auf Dingwall Castle beiwohnt. Vielleicht können wir uns ja früher als gedacht mit ihm treffen?«

Tayg musste sich widerstrebend eingestehen, dass er beeindruckt von ihr war. Sie hatte ihm zugehört. Er nahm ihre Hand und führte sie an seine Lippen.

»Das habt Ihr wahrlich gut gemacht, Cat«, sagte er und schaute ihr in die Augen. »Ich bin stolz auf Euch.« Der Anblick ihres erschrockenen Gesichts war nicht mit Münzen aufzuwiegen. Tayg grinste. »Hat Euch das noch nie jemand gesagt?«

»Nay. Noch nie. Seid Ihr Euch ganz sicher?«

Diesmal lachte Tayg laut auf. »Aye, ich bin mir ganz sicher. Es war gut, dass Ihr eine Freundin gewonnen und Euch so verkleidet habt. Ihr solltet selbst stolz auf Euch sein.«

Sie hob verblüfft die Augenbrauen, und er wollte die Hand ausstrecken, um ihre Stirn zu glätten, als ihn eine melodiöse Stimme innehalten ließ.

»Wollt Ihr mich Eurem Bruder nicht vorstellen?«

Tayg fuhr herum. Vor ihm stand eine Frau, die beinahe in Cats Alter war, mit einem perfekt geformten Gesicht, gewelltem goldenem Haar und strahlenden braunen Augen. Das war eine Frau, in die ein Mann sich verlieben konnte. Er warf Cat einen Blick zu, die eine sorgsam teilnahmslose Miene aufgesetzt hatte.

»Nun? Wollt Ihr uns nicht miteinander bekannt machen, Schwester?«

»Aye«, sagte sie und trat um ihn herum und neben das Mädchen mit dem goldenen Haar. »Das ist Isobel, Tochter von Hamish, Chief der Beatons von Duchally. Isobel, das ist Tayg, der Barde.«

Isobel sah ihn unter ihren langen Wimpern hervor an und lächelte. Ihre Zähne waren nicht perfekt, aber das waren Zähne nur selten. Tayg lächelte zurück, dann blickte er zu Cat, die ihm ein Lächeln mit wie von Tau benetzten Lippen schenkte, das ihre geraden weißen Zähnen entblößte und in dem ein Hauch Sarkasmus mitschwang, den nur er als solchen erkannte. Er fühlte sich von dem Wunsch ergriffen, sich vorzubeugen und sie zu küssen, und er musste sich ihm mit fast körperlicher Kraft widersetzen. Er durfte diese Anziehung, die er empfand, nicht auch noch fördern, und es geziemte sich nicht, seine Schwester so zu küssen, wie er Cat küssen wollte. Er grinste Cat kurz zu, verzweifelt bemüht, sich von dieser Frau loszusagen, die er inzwischen nicht nur ihrer Schönheit, sondern auch ihres Temperaments wegen bewunderte.

»Es wäre mir eine Ehre, Euch an Euren Tisch zu geleiten«, sagte er mit einer kleinen Verbeugung und einem kecken Grinsen zu Isobel. Sie lächelte ihm zu und nahm seinen dargebotenen Arm. Schnell führte er sie zu dem Tisch an der Stirnseite des Saals und ließ Cat stehen, die ihnen nur hinterherschauen konnte.

* * *

Catriona sah, wie die beiden sich durch den vollen Saal schlängelten, hörte das leise Raunen von Taygs Stimme, als er seinen Mund an Isobels Ohr brachte, und ihr helles Lachen, mit dem sie auf seine Bemerkung antwortete.

Sie selbst ging rasch zum letzten Tisch im Saal, der in der dunkelsten Ecke stand, setzte sich jedoch so hin, dass sie den Tisch auf dem Podium sehen konnte, an den Tayg offenbar eingeladen worden war und wo er nun neben der aufgeweckten Isobel Platz nahm. Ihr Magen fühlte sich leer an, und ihre Brust schmerzte. Eben noch war ihr regelrecht zum Singen zumute gewesen, hatte sie sich wie gebadet gefühlt in Taygs ungewohntem Lob, und jetzt wünschte sie, der Steinboden möge sich auftun und sie in die Tiefe des Bauchs der Erde stürzen lassen, weil er seinen Liebreiz ganz Isobel widmete. Im ersten Moment hätte sie dem Mädchen am liebsten einen Kelch ins Kreuz geworfen, doch der Gedanke an die Stunde, die sie gemeinsam verbracht hatten und in der sie Freundinnen geworden waren, hinderte sie daran, das zu tun. Wenn es sich so anfühlte, eine Freundin zu haben – jemanden schlagen, jedoch nicht verletzen zu wollen –, dann konnte ihr jedwede Freundschaft gestohlen bleiben.

Sie stocherte in dem Essen auf ihrem Holzteller herum und nippte an ihrem mit Wasser verdünnten Wein. Nach einer Weile erhob sich Tayg von seinem Platz, verneigte sich leicht vor Isobel und dem Chief und kam wieder zu ihr herübergeschlendert. Auf halbem Weg durch den Saal blieb er an einem Tisch stehen und nahm seinen Trommelbeutel auf, den sie dort nicht bemerkt hatte. Er schaute sich um, und sein Blick fand sie rasch in ihrer dunklen Ecke. Er lupfte eine Braue, als fragte er sie, warum sie sich da im Dunkeln versteckte, dann hob er die Schultern und zog einen Hocker in den Gang, der zwischen den langen Tischreihen verlief.

Catriona stellte fest, dass sie nun, nachdem Tayg den Tisch des Chiefs verlassen hatte, wieder etwas mehr Appetit hatte. Sie konzentrierte sich darauf, das gute Mahl, das vor ihr stand, aufzuessen und schenkte sich aus dem Krug auf dem Tisch noch Wein in den Kelch.

Sie hörte zu, wie Tayg eine einfache Ballade sang, die so alt war, dass jedermann sie gut genug kannte, um mitzusingen. Darauf verstand er sich, andere dazu zu bewegen, seine Fehler zu kaschieren, selbst beim Singen. Geschichten konnte er besser erzählen als jeder *seanachaidh*, den Catriona je gehört hatte, aber die Musik war nicht seine Stärke. Wie war er nur je auf den Gedanken gekommen, ein Barde zu werden?

Eine seltsame Frage kam ihr in den Sinn: Wie *war* er eigentlich ein Barde geworden? Er war schlecht ausgebildet, wenn er überhaupt ausgebildet war. Vom Trommelspiel kannte er nur die allernötigsten Grundlagen. Seine Stimme, so voll und lebhaft, wenn er seine Geschichten erzählte, war eher dünn und unsicher, wenn er sang.

Catriona schob ihren Teller von sich und warf dabei fast ihren Kelch um. Sie rief sich ihren Aufenthalt in Fionn ins Gedächtnis. Seine Vorstellung hier und heute war besser als die dortige, wenn auch nur geringfügig.

Sie erhob sich von ihrem Platz und näherte sich der Menge. Tayg sang eine Zeile, dann stimmten die Kinder im Saal lautstark die folgende an. Er lachte aus vollem Herzen und voller Freude.

Er amüsierte sich.

Sie ging um die versammelte Schar herum und beobachtete Taygs Gesicht, bis sie sich hinter ihm befand. Jetzt konzentrierte sie sich auf die Gesichter, jung und alt, die ihn umringten. Lächelnde, freundliche, offene Gesichter. Wie machte er das? Wie schaffte er es, dass alle so entspannt waren, wo er doch nichts weiter tat, als einen knappen Scherz zu reißen, stockend eine schlichte Melodie auf der Trommel zu schlagen oder jemandem auf die Schulter zu klopfen und jedermann so zuzulächeln, dass man gar nicht anders konnte, als dieses Lächeln zu erwidern?

Er hielt im Trommeln inne, schaute über die Schulter zu ihr herüber und fing ihren Blick auf. Sie sah rasch weg, zu tief in ihre Überlegungen verstrickt, als dass sie sich der Herausforderung, die sie in seinen Augen las, stellen wollte.

Auf das ausgelassene Lied folgten Geschichten, andere als die, die sie schon kannte, und deshalb umso unterhaltsamer. An dieser Stelle hatte sie ihn zu dem Lied für Dolag angestachelt, aber das würde sie heute Abend nicht wiederholen. Nay, er sollte tun, was ihm gefiel, und sie wollte dasitzen und zuhören – und warten. Sie war nicht sicher, worauf, aber sie spürte, dass es da etwas gab, das auf sich warten ließ.

Lautes Lachen erklang am Ende der zweiten Geschichte. Tayg schlug wieder die Trommel und fing an, eine vertraute Melodie zu pfeifen, die aus dem Beaton-Clan allerdings niemand kannte. Es konnte sie niemand kennen, denn es handelte sich um die Melodie, die er sich für Dolag ausgedacht hatte. Catrionas finsterer Blick ruhte auf seinem Hinterkopf, da wechselte er zur Melodie einer bekannten Liebesballade.

Isobel strahlte Tayg an, der zurücklächelte und das so breit, wie er konnte, ohne mit dem Singen aufhören zu müssen. Er warf Catriona einen Blick zu, aber sie erwiderte ihn nicht. Sie ging langsam weiter um das Publikum herum und beobachtete die Gesichter, aber in erster Linie beobachtete sie Isobel und in zweiter Tayg und dann wieder Isobel. Sie richteten ihre Aufmerksamkeit ganz aufeinander. Was bildete er sich da ein? Isobel war kein Mädchen, das seine Tugend an einen wie ihn verschwenden durfte. Wenn er es wagte, ihre Freundin auch nur zu küssen, würde Catriona ihm die Augen ausreißen … oder vielleicht auch nur die Zunge.

Dieser Gedanke erwies sich jedoch als Fehler, denn jeder Gedanke an seine Zunge erinnerte sie an die Küsse, die sie geteilt hatten, und vor allem an den einen, den sie nahe des verschneiten Bachufers am Grund der Rinne fast geteilt hätten. Sie dachte an die Schneeballschlacht und daran, wie er sie angegrinst und mit ihr gelacht hatte. In ihrem Bauch verkrampfte sich etwas. Er war ein launischer Kerl. Aber das hatte er wiederum mit allen anderen Männern in ihrem Leben gemein.

So ganz war er allerdings doch nicht wie all die anderen Männer in ihrem Leben. Er benutzte sie nicht für seine Zwecke. Im Gegenteil, sie benutzte ihn für ihre Zwecke. Sie ließ sich von ihm zum König bringen, damit er sie vor den Zukunftsplänen ihrer Familie bewahrte. Sie hatte das ihr zugedachte Schicksal nicht verdient. Und deshalb musste sie ihr eigenes schmieden.

Direkt gegenüber dem Barden beendete sie ihren Rundgang und setzte sich ans Ende einer Bank. Der Mann neben ihr lächelte und lenkte ihr Augenmerk auf sich. Irgendetwas an seiner langen, krummen Nase und seinen tief liegenden Augen kam ihr bekannt vor. Sie wusste nicht, woher, aber die Clans heirateten ja oft untereinander; vielleicht war er der Cousin von jemandem, den sie kannte, und sah diesem entfernt ähnlich, sodass sie irrtümlich glaubte, sich an ihren Nebenmann zu erinnern. Catriona erwiderte sein Lächeln nicht und richtete ihre Aufmerksamkeit lieber wieder auf Tayg. Er hatte mit einer weiteren Geschichte begonnen, und die Menschen lauschten ihm wie gebannt.

»Der weiß, wie man ein gutes Garn spinnt.«

Aus ihren Gedanken gerissen sah Catriona auf und in das Gesicht des Mannes, der neben ihr saß. Strähniges, fettiges Haar hing ihm ins Gesicht und verbarg zum Teil seine bleiche, pockennarbige Haut. Die dünnen Lippen hatte er aufeinandergedrückt, sodass sie nur einen Strich bildeten, der sein Gesicht zu spalten schien, während er darauf wartete, dass sie etwas sagte. Sie nickte nur, weil sie nicht in eine Unterhaltung verstrickt werden wollte, in der sie auf ihre Worte und ihre Manieren achten musste. Doch war dieser Mann nicht so einfühlsam, wie es Tayg gewesen wäre. Anstatt zu erkennen und zu respektieren, dass sie mit ihren Gedanken allein sein wollte, fuhr er fort.

»Es ist noch keine Woche her, da kam er auf meine Burg. Allerdings hatte er da noch nicht dieses Selbstvertrauen, das er jetzt zur Schau trägt«, sagte er leise, fast wie zu sich selbst.

»Keiner hat mehr Selbstvertrauen als der da«, meinte Catriona.

»Aye, aber seines scheint sprunghaft zugenommen zu haben, seit er auf Dun Donell war.«

»Auf Dun …« Catrionas Blick traf den des Fremden neben ihr, und ein Schauer der Angst überlief ihre Haut. Sie senkte das Gesicht und betete, die Rise möge einen tiefen Schatten darauf werfen. »Dann ist er ja weit gereist«, sagte sie so beiläufig wie möglich.

»Aye, und es reist sich nicht leicht zu dieser Zeit des Jahres.« Er richtete den Blick wieder auf Tayg. »Die meisten Barden suchen sich jetzt ein Winterquartier, aber der da …«

»Dann kommt Ihr also auch von der Burg der MacDonells?«, wagte Catriona zu fragen und fürchtete die Antwort fast so sehr wie die Ungewissheit.

»Ich habe einen Umweg über Assynt gemacht.« Er sah wieder zu ihr her. »Dort sollte ich meine Braut treffen, aber sie ist verschwunden.« Er musterte einen Moment lang ihr Profil, dann widmete er sein Augenmerk wieder den Versammelten. »Ich habe dem Barden da eine Nachricht für meine Braut mitgegeben, aber die kam nie an. Ich möchte wissen, warum er seinen Auftrag nicht ausgeführt hat.« Die Stimme des Mannes war ein tiefes, wütendes Grollen.

Schweiß machte Catrionas Haut feucht, aber sie schaffte es nicht, sich zu regen. Übelkeit stieg in ihrer Kehle hoch, und sie legte die Hand auf ihren Bauch, um ihn zu besänftigen. In ihrem Kopf überschlug sich alles, doch konnte sie keinen anderen Gedanken fassen als den an Flucht. Dennoch traute sie sich nicht, sich schnell zurückzuziehen, weil es den Argwohn des Mannes neben ihr wecken mochte.

Denn auch wenn sie ihn seit sechs oder sieben Jahren nicht mehr gesehen hatte, bestand doch kein Zweifel daran, dass dieser Mann niemand anders als Hundsgesicht MacDonell war.

* * *

Ein einziger Blick auf Catriona verriet Tayg, dass etwas nicht stimmte. Wie sie den Kopf hielt, das Gesicht gesenkt und tief im Schatten, war seltsam. Für gewöhnlich reckte Catriona ihr Kinn vor, als forderte sie jeden heraus, sich ihr in den Weg zu stellen. Jetzt indes saß sie mit hochgezogenen Schultern da, und dieser verdammte Schleier und die Rise verbargen ihre makellose Haut und das ebenholzschwarze Haar.

Die Ablenkung brachte ihn beim Trommeln fast aus dem Takt. Er fing sich wieder und stimmte ein derbes Lied an, ein bisschen zu derb für den frühen Abend, doch die Leute fielen freudig ein, sangen laut mit, hämmerten mit ihren Kelchen und Krügen auf die Tische und übertönten Taygs alles andere als volle Stimme.

Er würde froh sein, wenn dieser Teil des Mummenschanzes vorbei war. Herumzuschleichen und die Menschen glauben zu machen, er sei ein Barde, obgleich das ganz offenkundig nicht stimmte, war eine Sache. Etwas ganz anderes war es, diese Täuschung Cat gegenüber aufrechtzuerhalten, die endlich auf ihn zu hören begann und nachgiebiger wurde.

Er warf einen Blick in ihre Richtung, doch sie war von ihrem Platz am Rand des Kreises verschwunden. Er schaute sich um, erwartete, dass sie näher gekommen und bereit wäre, eine spitze Bemerkung über seine Singerei zu machen oder ihn in die Verlegenheit zu bringen, sich ein Lied über irgendein argloses Mädchen auszudenken. Wenn es natürlich ein Lied über Isobel wäre … Sein Blick huschte über die Menge, bis er das schöne, flachsblonde Mädchen fand.

Wo immer Cat auch hingegangen sein mochte, allzu viel Ärger konnte sie nicht anrichten, da die meisten Leute, die sich in der Burg aufhielten, hier versammelt waren. Vielleicht sollte er die Gelegenheit nutzen und etwas mehr über die Tochter des Chiefs in Erfahrung bringen, etwas, das über ihren Hang zum Tratsch hinausging. Immerhin war Isobel auf dieser unglückseligen Reise bislang die aussichtsreichste Kandidatin, wenn er sich wirklich selbst eine Braut suchen wollte.

Aye, er würde diese Gelegenheit nutzen, um sich über das Mädchen kundig zu machen, während die scharfzüngige Cat nicht zugegen war. Er musste herausfinden, ob sie eine geeignete Frau für ihn abgab. Was Cat trieb, damit konnte er sich auch später noch befassen. Er brachte das derbe Lied zu Ende und lächelte Isobel zu.

»Ich möchte ein Lied für Isobel singen, die erlesenste Tochter Eures Clans«, sagte er zu den Versammelten.

»Aye, das ist sie«, stimmte ihm Kester zu, der Junge, der ihn vorhin herumgeführt hatte.

»Dann erzählt mir von ihr, damit ich ein passendes Lied aussuchen kann.« Er neigte seinen Kopf in die Richtung des Mädchens und bedachte sie mit seinem frechsten Grinsen. Sie lächelte zurück, dann rutschte sie auf ihrer Bank ein wenig nach vorn, um Kester anzusehen.

Das Gesicht des Jungen war ziemlich blass geworden, als ihm bewusst wurde, dass Tayg es ernst meinte, und er musste sich mehrmals räuspern, bevor er sprechen konnte.

»Äh, nun, sie ist schön.«

»Aye, das ist sie«, pflichtete Tayg bei, während das bleiche Gesicht des Jungen allmählich eine rosige Färbung annahm.

»Und ihr Haar ist wie Seide.«

»Und woher willst du das wissen, Junge?«, erklang da eine dröhnende Stimme von der anderen Seite der Menge her.

Der spöttische Ton schien Kester zu ermutigen. Er straffte die Schultern. »Kann doch jeder sehen, dass das stimmt«, sagte er. Jetzt strahlte er. »Und ihre Haut ist weiß wie frisch gefallener Schnee.«

»Ja, das ist nicht zu übersehen«, meinte Tayg und blinzelte der lächelnden Isobel zu. »Aber wie steht es um ihre Sinnesart? Ist sie schüchtern und schamhaft? Ist sie scharfzüngig? Hört sie auf ihren Da?«

»Ihr stellt eine Menge Fragen«, sagte eine andere Stimme nicht weit von ihm entfernt.

»Das muss ich, wenn ich ein Loblied auf ihre Vorzüge singen will.« Tayg drehte sich nach dem Mann um, der ihn angesprochen hatte, und nun anstarrte. Es war Duff MacDonell, und dem steinernen Ausdruck in seinen Augen nach zu schließen, war er nicht erfreut, Tayg wiederzusehen.

»Ich habe Euch schon singen hören, Barde. Jede Frau, die auch nur ein bisschen Stolz im Leib hat, würde sich wünschen, dass Ihr kein Loblied auf sie anstimmt.«

Stille senkte sich über die Versammelten.

»Mein Gesang missfällt Euch?«

»Aye. Vor Kurzem erst habt Ihr in meinem Saal gesungen. Ich muss jedoch zugeben, dass Ihr inzwischen besser geworden seid.«

»Was ist denn nun mit meinem Lied?« Isobel durchbrach die Spannung, bevor Tayg sich überlegen konnte, was er MacDonell wegen des nicht überbrachten Sendschreibens weismachen sollte. Langsam richtete er seinen Blick wieder auf Isobel und grinste.

»Das sollt Ihr bekommen«, sagte er und beäugte MacDonell, als der um den Kreis herumging und auf der Bank Platz nahm, von der Cat verschwunden war. Natürlich. Cat hatte Hundsgesicht erkannt und sich zurückgezogen, bevor ihm klar werden konnte, wer sie war. Jetzt verstand er wenigstens, warum Cat nirgends zu sehen war. Sie würde ihre Sachen zusammenpacken und sich bereit machen, die Burg zu verlassen. Er warf einen Blick zu den hohen Fenstern hinauf, aber es war zu dunkel, um zu erkennen, ob es draußen noch schneite. Würde sie auf ihn warten oder sich allein auf den Weg machen? Es wäre dumm von ihr, ohne Proviant aufzubrechen – und ohne jemanden, der auf sie achtgab.

Ohne ihn.

»Barde?«

Tayg wurde rasch wieder aus seinen Grübeleien gerissen. Er verdrängte das flaue Gefühl aus seiner Magengrube. Erst musste er diese Farce zu Ende bringen und Hundsgesicht entkommen, dann konnte er nach Catriona suchen, um herauszufinden, was sie plante.

»Ich glaub, ich hab's«, verkündete er, als hätte er lang überlegt, welches Lied er singen sollte. In Wahrheit kannte er nur ein paar wenige so gut, dass er sie überhaupt spielen konnte, sodass die Wahl nicht schwer fiel. Unter MacDonells düsteren Blicken stimmte er ein wohlbekanntes Lied über ein schönes Mädchen und ihren feurigen Liebsten an.

* * *

Tayg entschuldigte sich und versprach, bald wiederzukommen. Er steckte seine Trommel in den Tragebeutel und legte sie zu seinen anderen Habseligkeiten in eine Ecke des Saales. Mitzunehmen wagte er sie nicht, denn Hundsgesicht beobachtete ihn aufmerksam. Er drängte sich zum Ende des Saales durch, wo es zu den

Aborten ging. Er glaubte nicht, dass Hundsgesicht ihm dorthin folgen würde, zumal er ja erwartete, dass Tayg gleich zurückkäme.

Aber das tat er natürlich nicht.

Er musste Catriona finden. Er musste wissen, was sie vorhatte. Er konnte es nicht riskieren, dass sie Hundsgesicht in die Hände fiel. Ihre Zukunft und die des Königs hingen davon ab. Über die Reihenfolge dieser Aufzählung wollte er im Moment nicht nachdenken.

Er verließ die dunkle Burg und trat auf den verschneiten, leeren Hof hinaus. Der Sturm hatte zugenommen, der Schnee wurde vom Wind wie mit Peitschen vom nachtdunklen Himmel herab und um Tayg herum getrieben. Er fröstelte. Vielleicht hätte er doch lieber den langen Weg durch die Gänge der Burg nehmen sollen anstatt die Abkürzung quer über den Hof. Aber er wollte keine Zeit verlieren.

Sie würden sofort aufbrechen müssen, ohne seine Taschen, denn er konnte es nicht riskieren, in den Saal zurückzukehren. Bislang war er vor Hundsgesichts Fragen sicher gewesen, aber schon bald würden alle zu Bett gehen, und dann würde er erklären müssen, warum er mit der Braut des Mannes unterwegs war und sie sowie sein Sendschreiben zum König brachte.

Es wäre einfacher gewesen, hätte er sie einfach zurücklassen können. Das hätte Hundsgesicht so lang abgelenkt, bis Tayg verschwunden wäre. Der König wäre trotzdem vor der Verschwörung gewarnt worden. Ob Cat seine Geisel war oder nicht, würde kaum etwas ausmachen.

Aber er konnte sie nicht zurücklassen. Sie hatte irgendetwas an sich, das ihn zu ihr hinzog. Trotz ihres widerborstigen Verhaltens gab es Augenblicke, in denen er die Frau darunter erspähte. Sie benutzte ihre Wut und Zanksucht wie eine Rüstung, ab und zu jedoch … Er dachte daran zurück, wie er auf ihr gelegen hatte, nachdem sie heute Morgen diesen verschneiten Abhang hinuntergerollt waren, er dachte an ihren feuchten, einladenden Mund, an das Funkeln in ihren zwielichtblauen Augen und daran, wie sich ihre helle Haut gerötet hatte.

Er schüttelte sich und zog sein Plaid fest um sich. Es war nicht gut, über derlei Dinge nachzusinnen. Der König würde über ihr Schicksal befinden, und er war sicher, dass er sie mit jemandem vermählen würde, der den eigensinnigen MacLeod-Clan in den Griff bekam. Tayg hatte seine Pflicht und Catriona die ihre. Und er würde seine erfüllen, so wie sie die ihre.

Tayg näherte sich dem Turm, zu dem Cat von Kester geführt worden war. Aber er hatte den Hof erst zur Hälfte überquert, als ihn eine Bewegung drüben am Tor innehalten ließ. Aus dem Torhaus tauchten fünf Reiter auf, so dick in schneebedeckte Felle und Wollkleidung gehüllt, dass sie sich auf ihren Rössern wie große Klumpen ausnahmen.

»Ihr da!«, rief ihm einer der Klumpen zu.

Tayg musterte die in Schnee gepackten Gestalten. Etwas an diesen Männern weckte seinen Argwohn. Er blieb stehen und entgegnete: »Aye?«

»Erlaubt Ihr uns, hier zu verweilen, bis der Sturm vorüber ist?«

Die Stimme klang beinahe vertraut.

»Es steht mir nicht zu, eine solche Erlaubnis zu erteilen. Ich bin nur ein reisender Barde und selbst ein Gast.« Tayg ging um sie herum, achtete dabei jedoch darauf, genügend Abstand zu wahren. Ein Schleier aus Schnee wehte zwischen ihnen. »Das ist keine gute Nacht zum Reisen.«

»Aye. Wo ist der Chief?«

»Das weiß ich nicht, aber seine Tochter ist dort«, antwortete er und zeigte zum Großen Saal.

Der größte der Männer saß ab und schüttelte sich den Schnee vom Mantel. »Sind viele Gäste da?« Der Hüne trat auf Tayg zu.

»Aye.«

»Ist ein Mädchen unter ihnen, dunkelhaarig und bösartig?«

Taygs Nackenhaare richteten sich auf, und jeder seiner Sinne war mit einem Mal hellwach. »Nay, ich habe jedenfalls keines gesehen.«

»Ach nein?«

Der Tonfall des Mannes erinnerte Tayg an die Momente, in denen Cats Sarkasmus durchbrach. Diese Männer waren zweifellos ihre Brüder. Es war schon schlimm genug, dass Hundsgesicht ihn gefunden hatte, aber mussten nun auch noch diese Flegel hier auftauchen?

Er sah dem Hünen entgegen, der ihn umkreiste, als schätzte er ihn ab. Die Größe des Kerls und die schwarzen Knopfaugen, die in der Düsternis kaum auszumachen waren, brachten Tayg aufgrund von Cats Beschreibung zu der Annahme, dass es sich bei ihm wahrscheinlich um Broc handelte, auch wenn es durchaus möglich war, dass ein anderer der Brüder die Führung übernommen hatte. Tayg versuchte, ruhig zu atmen und auf der Hut zu sein, dabei aber ungezwungen zu wirken. Er musste sehr vorsichtig sein und betete, dass Cat sich nicht ausgerechnet jetzt zeigen würde. Aber sie wusste ja, dass Hundsgesicht im Großen Saal war, und würde daher vielleicht das Richtige tun und sich verstecken, bis Tayg diese Sache geregelt hatte.

»Na dann«, sagte er und schenkte dem Mann, der um ihn herumschritt, ein falsches Grinsen, »will ich mal zu Bett gehen. Die Tochter des Chiefs findet Ihr im Saal.« Er wies noch einmal in die entsprechende Richtung. »Isobel ist ihr Name. Sie ist ein hübsches Mädchen und wird Euch auf Duchally gewiss angemessen willkommen heißen.«

Er wandte sich wieder in die Richtung, in die er gegangen war, als die fünf Reiter auf den Hof geritten kamen. Ein scharfes Grunzen des Hünen ließ ihn sich jedoch wieder umdrehen und nach seinem Langdolch greifen, doch der Mann prallte gegen ihn, bevor er die Waffe aus der Scheide ziehen konnte. Schwer schlug er zu Boden. Die Luft wich pfeifend aus seinen Lungen. Eine Faust krachte in sein Gesicht. Der Mann beugte sich über ihn und zerrte ihn so weit hoch, bis sich ihre Nasen beinahe berührten. Jetzt konnte Tayg die Wut in den Knopfaugen sehen.

»In wessen Bett willst du denn, Barde?«

Tayg sagte nichts.

»Weißt du nicht, wer wir sind?«, fragte der hünenhafte Mann.

»Nay«, log Tayg. Er hielt an seiner vorgeblichen Ahnungslosigkeit fest. »Aber ich glaube nicht, dass der Chief es gern sehen wird, wenn Ihr einen Gast angreift, den er gütigerweise aufgenommen hat.«

Tayg blickte sich um, als drei weitere große Männer um seinen Kopf herum Aufstellung nahmen. Er hatte gedacht, es wären fünf gewesen. Schnee drang unter seine Kleidung und lenkte ihn davon ab, die Hünen zu zählen. Der größte der Männer ragte immer noch drohend über ihm auf. Er ließ sich besser etwas einfallen, um sich aus dieser Situation herauszureden. Trotzdem er aus den vielen Schlachten, an denen er teilgenommen hatte, geübt war, wären ihm schon zwei von diesen Kerlen überlegen gewesen.

»Ihr seid der Dreckskerl, der unsere Schwester geraubt hat. Wo ist sie, Barde?« Jetzt war Tayg sicher, dass es sich bei diesem Mann um Broc MacLeod handelte, Cats ältesten Bruder, und er unterstrich seine Frage, indem er Tayg ein weiteres Mal mit der Faust ins Gesicht schlug. Die anderen Brüder schwiegen, dennoch war ihr Zorn in der angespannten Atmosphäre, die ihn umgab, deutlich zu spüren.

»Was habt Ihr dazu zu sagen?« Broc zog ihn grob auf die Füße. Tayg fing an, nach einem Ausweg zu suchen.

»Ich kenne das Mädchen, von dem Ihr sprecht, nicht, und wenn sie so bösartig ist, wie Ihr sagt, warum sollte ich sie dann rauben?« Da fiel ihm auf, dass es in der Tat einen fünften Bruder gab; er stand etwas abseits von den anderen, als schaute er nur zu. »Ist sie eine reiche Erbin?«, fuhr er fort. »Eine umwerfende Schönheit? Gut im Bett?«

Die letzte Frage trug ihm einen wütenden Aufschrei der vier Brüder um ihn her ein. Wie groß sein begangener Fehler war, wurde ihm klar, als sie mit ihren fleischigen Fäusten auf ihn einzudreschen begannen. Tayg verstand jedoch auch selbst zu kämpfen und landete ein paar gut gezielte Treffer, die mindestens einem von ihnen eine blutige Nase bescherten und einem anderen die Lippe aufplatzen ließen, während er einem dritten einen üblen Tritt in den Schritt verpasste, der den Mann zusammenklappen ließ.

Aber sie waren allein zahlenmäßig im Vorteil.

Eine ungeheure Rückhand von Broc ließ ihn um die eigene Achse kreiseln und dann in den Schnee stürzen. Tayg stemmte sich auf Hände und Knie hoch. Blut tropfte ihm von Nase und Lippe und hinterließ Flecken im Schnee. Bevor er sich ganz erheben konnte, landete ein kräftiger Fuß in seinen Rippen und warf ihn erneut in den Schnee. Ein zweiter Tritt erwischte ihn noch einmal an genau derselben Stelle. Der Schmerz schnitt wie eine Klinge durch seine Seite. Er rollte sich zusammen, um seine Rippen vor weiteren Tritten zu schützen. Jemand griff nach unten, hievte ihn wieder auf die Füße hoch und stieß ihn roh gegen eine Steinmauer.

Tayg rang keuchend nach Atem, während er sah, wie der Mann langsam mit dem Arm ausholte, die Hand fest zur Faust geballt, und dann schoss sie auch schon auf ihn zu. Genau im richtigen Augenblick rollte Tayg sich nach rechts und spürte den Luftzug ebenso wie er das dumpfe Knirschen hörte, mit dem die Faust auf die Mauer traf. Ein Heulen ertönte.

Tayg nutzte den Moment, in dem der Mann abgelenkt war, sowie die Deckung, die ihm das Schneetreiben und die Dunkelheit boten, um so schnell er konnte zur nächsten Tür zu hinken. Da krallte sich eine Hand in seine Haare und riss ihn zurück. Ein anderer der Brüder tauchte vor ihm auf und ließ Schläge auf Taygs Bauch und Rippen hageln. Er versuchte sich zu verteidigen, aber es waren einfach zu viele. Als derjenige, der ihn schlug, zurücktrat, ließ der andere auch seine Haare los, und Tayg sackte zu den Füßen des Mannes zu einem stöhnenden Häufchen zusammen.

»Vielleicht wollt Ihr uns jetzt verraten, wo Triona steckt«, sagte Broc mit gefährlich leiser Stimme.

Tayg tat der Kopf weh, als er zu entscheiden versuchte, ob sie es wert war, für sie zu sterben. Wenn die Brüder sie mit zurücknahmen nach Assynt, wem schadete das? Jedem im Dunstkreis von Cats finsterem Gemüt. Und dem König, rief er sich ins Gedächtnis. Er versuchte sich auf die Knie aufzurichten, langsam, um Zeit zu gewinnen. Aye, dem König und Cat hätte es geschadet.

Sein Magen verkrampfte sich bei der Vorstellung, wie Broc seine Schwester zu einem Bündel verschnürte, um sie nach Hause zu schaffen. Ihm wurde schlecht bei der Vorstellung, wie Hundsgesicht sie küsste, sie ins Bett zog … und ihr feuriges Temperament brach. Verdammt! Dieses Schicksal verdiente Cat nicht.

Tayg kam auf die Füße und schwang dabei die Faust so kraftvoll nach oben und unter Brocs Kinn, dass der Mann von den Füßen gerissen wurde und auf dem Arsch landete. Dann fuhr Tayg herum, schlug einem anderen in den Bauch und einem dritten auf die Nase, aber es waren einfach zu viele. Schnell hatten sie ihn wieder auf dem kalten Boden festgenagelt, und Broc drückte ihm ein Knie auf die Brust, sodass er kaum noch Luft bekam.

»Wo ist sie?«, verlangte Broc abermals zu wissen.

Wenn er Cat, indem er ihren Aufenthaltsort geheim hielt – was ihm nicht schwer fiel, da er ja auch gar nicht wusste, wo sie sich gerade befand –, vor Hundsgesicht und diesen Rüpeln bewahrte, dann würde er den Mund halten. Oder besser noch …

»Meint Ihr etwa dieses Biest, das in Fionn war?«, stieß er keuchend hervor. »Dunkles Haar und eine Zunge so scharf wie ein gut geschliffenes Zweihandschwert?« Er grinste höhnisch und hoffte, dass sein Gesicht ebenso viel Verachtung ausdrückte wie Brocs.

»Sie hat Fionn mit Euch verlassen«, sagte einer der Brüder. Doch Tayg wandte den Blick nicht von Broc ab. Es war klar, wer in dieser Sippschaft das Sagen hatte.

»Das stimmt nicht. Sie ist im Laufe des Abends verschwunden. Ich bin bei Tagesanbruch allein aufgebrochen. Sie ist mit einem hübschen Burschen losgezogen.«

Ein Tritt in die Seite raubte ihm von Neuem den Atem, und für einen Augenblick wurde es ihm schwarz vor Augen.

»Die Wahrheit, elender Dreckskerl. Kein Mann würde mit Triona losziehen.«

Tayg grunzte zustimmend.

»Wo ist unsere Schwester?«, fragte ein Bruder, der bislang noch nichts gesagt hatte. Seine Stimme klang ruhiger und fester als die der anderen – und irgendwie auch gefährlicher.

»Was geht hier vor?«, rief eine zaghafte Frauenstimme vom oberen Ende der Treppe zum Großen Saal her.

Einen Moment lang dachte Tayg, nun sei alles verloren, aber dann begriff er, dass es Isobel war, nicht Cat, die da rief. Er gab sich einen Augenblick lang seiner Erleichterung hin, während die

Männer zögerten. Einer von ihnen versetzte ihm einen letzten Tritt in die Rippen, bevor sie sich alle Isobel zuwandten und Tayg den Blick auf sie verstellten.

»Was tut …« Sie kam langsam näher und spähte schließlich um die Brüder herum. »Barde? Barde!« Sie stürmte an den Männern vorbei und ging neben ihm auf die Knie.

»Es geht mir gut, Mädchen«, sagte er und rappelte sich langsam auf. »Diese Burschen haben mich mit einem anderen verwechselt.« Er wischte mit dem Handrücken das Blut ab, das ihm aus der Nase tropfte, und versuchte stehen zu bleiben, ohne hin und her zu schwanken. Finster und herausfordernd starrte er Broc an.

»Ihr solltet ihnen ein warmes Plätzchen im Saal zuweisen«, sagte er dann zu Isobel. »Gewiss wären sie auch dankbar für eine warme Mahlzeit und ein paar Krüge Ale.« Er drehte sich um; er musste weg hier, bevor er etwas sagte, das sie alle in Schwierigkeiten brächte.

»Ich werde Eure Schwester zu Euch schicken, damit sie sich um Euch kümmert«, rief ihm Isobel nach, während sie die Brüder schon zum Saal geleitete.

Er konnte sich die Reaktion der MacLeods auf diese Worte nur allzu gut vorstellen. Er hob eine Hand und winkte, humpelte jedoch so schnell er konnte weiter auf den Turm jenseits des Hofes zu.

Es war nicht der heldenhafteste Abgang, aber wenigstens konnte er noch gehen.

Fürs Erste.

Kapitel 10

Catriona ging in Isobels kleiner Kammer auf und ab. Das Feuer vermochte sie kaum zu wärmen, trotzdem klebte ihr die Kleidung vor Schweiß am Leibe. Wie hatte Hundsgesicht sie gefunden? War es nur Zufall, oder war er hinter ihr her? Es war einerlei. Sie würde diesen Mann nie und nimmer heiraten. Sie musste fort von hier, jetzt gleich, und den König aufsuchen. Auf der Stelle. Aber Tayg war noch im Saal und unterhielt ihren Erzfeind. Wusste er denn nicht, wer Hundsgesicht war? Hatte Tayg ihn nicht dort sitzen sehen, mitten unter ihnen? Nay, er war ja zu sehr damit beschäftigt, Isobel schöne Augen zu machen.

Finster starrte sie auf den ledernen Sack, den sie gepackt hatte. Irgendwie musste sie Tayg aus dem Saal lotsen, damit sie fliehen konnten, ehe Hundsgesicht aufging, wer die Frau mit der Rise war, mit der er da gesprochen hatte. Aber Tayg, dieser alte Tändler, würde nicht nach ihr suchen, obschon sie so jäh verschwunden war. Er amüsierte sich ja. Was kümmerte es ihn, wenn der Mann, der ihren Clan und ihr Leben ruinieren könnte, ihm gegenübersaß? Er würde den Saal nicht verlassen, ehe er bereit zum Aufbruch war. Also musste sie ihn davon überzeugen, dass es Zeit zum Aufbruch war. Allerdings konnte sie es nicht riskieren, noch einmal dort hineinzugehen.

Einmal auf Hundsgesicht zu treffen war schon einmal zu viel. Sie schlang die Arme um sich und versuchte dem Zittern Einhalt zu gebieten, das in ihrem Bauch begonnen hatte und sich rasch ausbreitete, bis es ihre Hände flattern und ihre Zähne klappern ließ. Das war wirklich knapp gewesen. Noch eine Gelegenheit herauszufinden, wer sie war, wollte sie Hundsgesicht nicht bieten.

Wenn es doch nur jemanden gegeben hätte, den sie schicken könnte. Jemanden, der ihr helfen würde …

Isobel.

Isobel würde ihr helfen. Sie hatte gesagt, dass sie Freundinnen waren. Aber Isobel war wahrscheinlich selbst noch im Saal. Das half Catriona also nicht weiter. Sie biss sich auf die Lippe, um zu verhindern, dass sie laut aufheulte. Es gab niemanden sonst, der ihr helfen konnte.

Es gab niemanden sonst, der ihr helfen konnte.

Wenn der Barde auch nur noch eine Minute länger da drin bleiben wollte, dann sollte er sich doch mit Hundsgesicht herumschlagen. Er verdiente es. Wenn sie allein weiterziehen musste, dann würde sie das eben tun. Sie brauchte ihn nicht. Sie kam auch allein gut zurecht.

Und sie würde jetzt gehen, solang Hundsgesicht noch ahnungslos mit Tayg und Isobel im Saal hockte. Bis morgen früh würde niemand merken, dass sie verschwunden war.

Wenn es überhaupt jemanden kümmerte.

Den Barden gewiss nicht. Sie hätte wissen müssen, dass seine Küsse nichts bedeutet hatten. Es war mehr als deutlich, wofür er sich interessierte. Wenn es ihm gelang, Hundsgesicht davon zu überzeugen, dass er nichts über sie wusste, war er in Sicherheit. Und selbst wenn Hundsgesicht die Wahrheit herausfand, würde Tayg ihm erzählen, dass alles ihre Idee gewesen sei. Schließlich war sie dumm und schwierig und niemand, mit dem er freiwillig umhergereist wäre. Er würde über die Maßen froh sein, sich ihrer Gesellschaft zu entledigen. Genau wie es jedermann sonst stets war.

Und Hundsgesicht würde ihm glauben. Was bliebe ihm auch anderes übrig, da Tayg doch so offenkundig die Wahrheit sagte?

Na schön. Sie würde allein aufbrechen. Tayg konnte auf sich selbst achtgeben. Er brauchte sie nicht, und sie brauchte ihn nicht. Sie brauchte niemanden.

Catriona wischte sich mit einer Hand ungeduldig über die Wange, wo eine dicke Träne ihrem Auge entfleucht war. Tränen nutzten nichts. Es war ja nicht so, dass sie noch nie hintergangen worden wäre. Sie würde es überleben. Sie hatte ja kaum eine andere Wahl.

Catriona zog an ihrer Rise, um ihr Kinn noch etwas mehr zu verdecken, schlüpfte in ihren schweren Umhang, schnappte sich ihren Reisesack und stahl sich aus der Kammer hinaus.

Die Gänge waren leer bis auf das unheimlich flackernde Fackellicht, das hier und da den Weg erhellte. Es mussten noch alle Mann um Tayg versammelt sein, um seinen Geschichten zu lauschen – an seinen Liedern lag es gewiss nicht. Sie versuchte, nicht an das Grinsen zu denken, das sein Gesicht jetzt bestimmt zeigte, und auch nicht an das Zittern in seiner Stimme, wenn er an eine schwierige Stelle eines Lieds kam, und ebenso wenig daran, wie seine Worte, wenn er eine Geschichte zum Besten gab, sich um sie zu schlingen vermochten wie die Arme eines Geliebten und sie wärmten und so weit forttrugen, dass sie sich selbst vergessen konnte.

Sie wischte noch eine verirrte Träne von ihrer Wange und bedachte Tayg mit jedem Schimpfwort, das sie je von ihren Brüdern gehört hatte. Aber irgendwie half ihr das nicht.

Sie ging die eng gewundene Treppe hinunter, ohne sich die Mühe zu machen, ihr Murmeln und Grummeln zu unterdrücken.

»Wohin des Wegs?«

Catriona erstarrte und blinzelte in das Dunkel am Fuß der Treppe.

»Wolltet Ihr etwa ohne mich gehen?« Taygs Stimme, spöttisch und mit einem scharfen Unterton, drang an ihr Ohr.

Erleichterung durchlief sie. Er hatte sie nicht im Stich gelassen. Hatte sie nicht verraten … oder? Sie versuchte, die Erleichterung zurückzudrängen, bis sie sicher sein konnte, weshalb er hier war.

»Warum spielt Ihr nicht mehr? Ist es nicht noch zu früh für einen Barden, seine Gastgeber allein zu lassen?« Catriona steckte all ihre Wut und Angst in diese wenigen Worte. Langsam ging sie die restlichen Stufen hinunter und versuchte zwar, außerhalb seiner Reichweite zu bleiben, dabei aber doch einen besseren Blick auf sein im Halbdunkel liegendes Gesicht zu erhaschen. Wenn sie seine Augen sah, würde sie wissen, was er beabsichtigte. Dessen war sie sicher.

»Ihr scheint sehr gefragt zu sein«, sagte er.

»Und trotzdem habt Ihr Euch Zeit gelassen?«

Tayg lehnte sich gegen die Tür. Das flackernde Licht der Fackel legte weitere Schatten über sein Gesicht. »Ich wurde aufgehalten.«

Catriona zuckte unter seinem zornigen Ton zusammen.

»Ihr tätet gut daran, nicht in den Saal zurückzukehren«, warnte er.

»Ich habe auch nicht vor … Tayg!« Sie sah, wie Tayg langsam an der Tür nach unten rutschte. Catriona ließ ihr Gepäck fallen, stürzte zu ihm und ließ sich neben ihm auf die Knie fallen. »Was ist passiert?«, flüsterte sie und versuchte, das Zittern zu unterdrücken, das in ihrer Stimme begann und rasend schnell auf ihren Leib übergreifen wollte.

Sie streckte die Hand aus, strich ihm sanft das Haar aus dem Gesicht und keuchte, als sie die Blessuren erblickte. »War das Hundsgesicht?«

»Nay, nicht Euer Verlobter.«

»Er ist nicht …«

»Das waren Eure Brüder.«

Sie sackte schwer auf den steinernen Boden. »Meine Brüder?«, hauchte sie.

»Es scheint, als verlangte es viele nach Eurer Gesellschaft.«

»Aber niemanden, der mich wirklich will.« Verdammt. Warum hatte sie das gesagt? Sie wollte nicht so bedauernswert klingen. »Sie haben uns gefunden, allesamt.«

»Das haben sie nicht. Sie haben mich gefunden. Dass Ihr hier seid, wissen sie nicht, noch nicht jedenfalls. Es sei denn, Hundsgesicht hat Euch erkannt.«

»Das glaube ich nicht.« Sie berührte leicht seine Wange, wo deutlich die Abdrücke von Fingerknöcheln zu sehen waren. »Warum?«

»Warum sie das getan haben?«, fragte er nach und zuckte zusammen, als sie abermals nach seinem zerschlagenen Gesicht fasste. »Sie vermuten, dass Ihr mit mir reist. Aus irgendeinem Grund haben sie mir nicht geglaubt, als ich behauptete, ich würde Euch nicht kennen.« Seine blutigen Lippen verzogen sich zu einem schiefen Grinsen.

»Was bilden die sich ein?« Catriona stand auf und zog Tayg mit sich hoch. »Ihr wartet hier. Denen werde ich zeigen, was sie davon haben, meinem Barden wehzutun.« Ihre Worte hingen wie bebend zwischen ihnen in der Luft. »Man sollte doch glauben, sie würden mich gut genug kennen, um zu wissen, dass das alles meine Schuld ist«, sagte sie schnell, in der Hoffnung, dass er ihre unüberlegte Bemerkung nicht gehört hatte.

Tayg hielt sie an den Schultern fest und zwang sie, in seine braunen Augen zu schauen. »Nay, Mädchen. Geht nicht zu ihnen. Hundsgesicht ist auch da draußen. Trotz Eures überragenden Temperaments sind sie uns doch zahlenmäßig überlegen.«

Panik wallte in ihr hoch. Hundsgesicht und ihre Brüder, alle waren sie hier. Die Wände schienen auf sie zuzurücken, sie konnte kaum atmen, konnte nicht denken. Aber sie musste. Tayg war verletzt, und sie saßen in der Falle, es sei denn, sie brachen umgehend auf. Catriona blickte auf das Gepäck, das sie mit heruntergebracht hatte. Sie hatte alles, was sie brauchte, aber sie konnte Tayg nicht hier zurücklassen, wo er noch weitere Prügel würde einstecken müssen, sowohl von ihren Brüdern als auch von Hundsgesicht.

»Könnt Ihr gehen?«, fragte sie.

»Wenn es sein muss.«

»Dann lasst uns jetzt gehen, solang wir noch können.«

»Draußen tobt ein Sturm, Cat. Ich weiß nicht, wie weit ich komme.«

»Ohne Euch geh ich nicht«, sagte Catriona in scharfem Ton.

Tayg versuchte zu lächeln, zuckte jedoch zusammen, als seine Lippe wieder zu bluten begann.

Catriona nahm ihr Gepäck auf. »Wo ist Eure Trommel?«

»Im Saal, bei meinen anderen Sachen. Ich musste alles dort lassen, um nicht den Eindruck zu erwecken, dass ich abreisen wollte.«

»Dann müssen wir sie hier lassen. Wir können es nicht riskieren, in den Saal zurückzugehen, um sie zu holen. Vielleicht finde ich noch einen Umhang für Euch.«

Catriona drängte sich seitlich an ihn und legte einen Arm um ihn. Er zischte, als ihre Hand seine empfindlichen Rippen streifte, aber sie sagte nichts. Ihr Mund bildete einen grimmigen Strich.

»Wenn Ihr entschlossen seid, in diesen Sturm hinauszugehen, dann lasst Ihr mich am besten hier, Mädchen.«

»Ich habe doch gesagt, dass ich Euch nicht zurücklassen werde. Broc wird Euch umbringen, wenn er die Gelegenheit dazu bekommt, und in Eurem Zustand könnt Ihr Euch nicht zur Wehr setzen. Ich werde mir Euren Tod nicht aufs Gewissen laden«, sagte sie, um einen spöttischen Ton bemüht.

Sie stemmte sich von der Tür ab und zog ihn mit sich. Über ihnen knarrte ein Bodenbrett und ließ eine neue Panikwelle in ihr aufwallen. Verzweifelt darauf bedacht, ihn zu beschützen, sollten Hundsgesicht oder ihre Brüder wieder nach ihm suchen, kramte sie in ihren Gedanken hastig nach Möglichkeiten. Wer dort oben auch umherging, er durfte sie nicht sehen, und doch konnten sie sich nicht auf den Weg machen, bevor sie wenigstens notdürftige Reisekleidung für Tayg besorgt hatte.

Sie erspähte eine kleine Tür unter der Treppe. Die musste genügen. Es war egal, ob es sich um eine Abstellkammer handelte oder um eine Treppe, die nach unten führte. Catriona zerrte Tayg zu der Tür und schob sie umständlich auf, weil sie sein Gewicht mit ihrem Leib stützen musste. Sie hätte die Wärme seines Körpers, der sich an den ihren drückte, nicht wahrnehmen dürfen. Es hätte ihr nicht auffallen dürfen, wie perfekt sie unter seinen Arm passte und wie ihre Haut dort kribbelte, wo seine Hitze sich mit ihrer eigenen vermengte, und das ärgerliche Zittern, das sie befallen hatte, verebben ließ.

All das hätte nicht sein dürfen. Aber es war so.

Er verkniff sich mühsam ein Stöhnen, als er sich ein wenig bücken musste, um durch die Tür zu passen. Das lenkte Catrionas

Aufmerksamkeit ab von ihren eigenen Empfindungen und zurück auf seine Verletzungen. Sie schaute sich um in der dunklen, engen Abstellkammer. Es war kaum etwas zu sehen. Sie ließ ihr Gepäck fallen, legte ihren Umhang ab und ließ Tayg darauf niedersinken.

»Wir müssen Eure Rippen bandagieren, Euer Gesicht verarzten und einen Umhang für Euch finden«, sagte sie, wenn auch mehr zu sich selbst als zu ihm. Sie dachte an die Leinenhandtücher, die sie nach dem Baden benutzt hatte, und bat ihn, still zu sein, bis sie wieder da war. Schnell, aber leise eilte sie die Wendeltreppe hinauf und duckte sich zweimal in die Schatten, als Männer durch den Gang stapften, die unterwegs waren zu dem Turm, in dem die Soldaten untergebracht waren.

Als sie Isobels Kammer endlich erreichte, hielt sie inne und schaute sich auf dem Korridor, der von Fackeln erhellt wurde, nach beiden Seiten um. Es war niemand zu sehen. Sie schob die schwere Eichentür auf, die allerdings sogleich von etwas gestoppt wurde. Aus der Kammer drang ein Ächzen, gefolgt von einem dumpfen Laut, mit dem etwas schwer zu Boden fiel.

Catriona schob die Tür so weit auf, dass sie um das Blatt herum und in den Raum spähen konnte. Dahinter lag, wie zusammengesackt – Hundsgesicht. Angst krampfte ihr den Magen zusammen, bis sie merkte, dass er bewusstlos war. Sie musste ihn mit der Tür erwischt haben, aber was hatte er überhaupt in Isobels Kammer verloren? Sie stemmte sich etwas kräftiger gegen die Tür. Hundsgesicht hin oder her, sie brauchte ein paar Sachen aus diesem Raum und hatte keine Zeit, anderswo danach zu suchen.

Sie zwängte sich durch den Türspalt und ignorierte Hundsgesicht so gut es ging. Was war, wenn er zu sich kam und sie hier vorfand? Entsetzen packte sie, aber sie zwang sich weiterzugehen. Schnell schnappte sie sich das Leinenhandtuch, das die Wärme des Feuers inzwischen getrocknet hatte. Das konnte sie in lange Streifen reißen, um Taygs Brustkorb damit zu bandagieren. Sie nahm noch die Decke vom Bett und eine Kerze aus dem Ständer, dann schob sie sich wieder zur Tür hinaus und kehrte hurtig zur Treppe zurück. Gerade als sie deren Fuß erreichte, ging die Tür nach draußen auf. Cat erstarrte, überzeugt, dass sie jetzt ihren Brüdern gegenüberstehen würde. Was würde mit Tayg geschehen, wenn die sie mitnähmen?

Ein goldblonder Kopf schob sich zur Tür herein, und Cat stieß den Atem aus. Isobel blickte besorgt drein, während sie die Tür hinter sich zudrückte.

»Cat!«

»Pst!« Catriona trat rasch zu ihr, einen Finger auf den Lippen, damit sie keine Aufmerksamkeit auf sich lenkten.

»Habt Ihr den Barden gesehen?«, flüsterte Isobel. »Diese schrecklichen Kerle haben ihn angegriffen, aber er schien so davon überzeugt zu sein, dass sie ihn mit jemand anderem verwechselt haben mussten … Ich habe die Männer in den Saal gebracht.«

Catriona stand stumm da. Isobel wusste nicht Bescheid. Sie war nicht darauf gekommen, dass es sich um Catrionas Brüder handelte, dass sie hinter ihr her waren, und auch, dass Hundsgesicht nach ihr suchte, schien sie nicht zu wissen. Sie war also wirklich noch in Sicherheit, wenn sie und Tayg nur von hier fortkämen, bevor ihre Brüder oder Hundsgesicht sie fanden – oder wieder auf Tayg stießen.

Aus einem Gefühl heraus beschloss Cat, Isobel zu vertrauen; zwar würde sie ihr nicht das ganze Geheimnis anvertrauen … aber einen Teil davon.

»Ich weiß nicht, nach wem diese Rüpel suchen, aber im Saal ist *noch* jemand, den ich nie mehr wiedersehen möchte.«

In Isobels Augen leuchtete Neugier auf. »Wirklich?«

»Aye. Kommt. Helft mir, Taygs Verletzungen zu versorgen, und vielleicht könnt Ihr uns helfen, bevor diesem Kerl klar wird, dass er mich kennt, oder die anderen Tayg noch einmal verprügeln.«

Isobel nickte sogleich. Catriona entzündete die Kerze an einer qualmenden Fackel und führte das Mädchen in die Abstellkammer.

* * *

Während Catriona Taygs Rippen verband, schmiedeten die drei hastig Pläne. Kurz darauf hieß Isobel sie auf ihre Rückkehr in die kleine Kammer unter der Treppe zu warten. Tayg nickte immer wieder einmal ein, doch Catriona blieb auf der Hut und achtete selbst auf das kleinste Geräusch, damit sie nicht entdeckt wurden. Später, tief in der Nacht, kam Isobel endlich zurück. Sie hatte Taygs Umhang bei sich und berichtete, dass Hundsgesicht kurz nach ihrer Rückkehr in den Saal auch wieder dorthin gekommen sei, wankend, mit finsterer Miene und einer großen Beule am Kopf, aber geredet habe er mit niemandem über den Vorfall.

Unterdessen schnarchten sämtliche Gäste im Großen Saal. Taygs Pferd und seine Habseligkeiten standen am Hintereingang bereit. Catriona und Isobel mussten Tayg mit vereinten Kräften auf die Beine hieven und zum Pferd hinausschleifen. Unter offenkundigen Schmerzen und immer noch mit ihrer beider Hilfe kletterte er mühsam in den Sattel. Isobel öffnete das Tor, das zum Glück ohne über den Boden zu kratzen oder in den Angeln zu quietschen aufschwang. Catriona umarmte das Mädchen kurz, aber fest.

»Wir sehen uns wieder«, sagte sie.

»Ich würde gern auf Eurer Hochzeit tanzen«, sagte Isobel mit einem scheuen Blick zu Tayg hin.

»Das …«

»Seid still. Geht jetzt. Der Sturm wird heftiger, und Ihr müsst Euch schnell einen Unterschlupf suchen. Denkt daran, bleibt dicht am Fluss und folgt dann dem ersten Zufluss bergauf. Die Hütte ist nicht weit entfernt, aber bei Nacht und diesem Wetter immer noch weit genug. Der Sturm wird Eure Spur verwehen, und ich werde Euer Verschwinden so lang wie ich kann geheim halten.«

»Ich weiß nicht, wie ich Euch danken soll.« Catriona umarmte sie noch einmal.

»Das ist nicht nötig. Wir sind Freundinnen. Und es missfällt mir, wenn der … Bruder … meiner Freundin unter meinem Dach verprügelt wird.« Isobel reichte ihr eine Laterne. Die darin flackernde Kerze war kaum auszumachen; ein Sichtschutz umhüllte die Verglasung. »Nehmt den Schutz erst ab, wenn Ihr so weit von der Burg entfernt seid, dass das Licht von hier aus nicht mehr zu sehen ist. Folgt der Baumreihe bis zum Fluss, und geht dann nach links, stromabwärts. Und nun geht schon!«

Isobel drückte Catriona die Zügel des Pferdes in die Hand und drängte sie zum Tor hinaus. Kaum war ihr das Pferd nach draußen gefolgt, hörte sie, wie das Tor mit dumpfem Laut geschlossen und der Riegel vorgelegt wurde. Jetzt gab es kein Zurück mehr.

Sie drehte sich dem Wind zu und folgte dem schneebedeckten Pfad zum Flussufer hinunter, und dabei murmelte sie unentwegt Isobels letzte Anweisungen vor sich hin.

* * *

Catriona stapfte durch den immer tiefer werdenden Schnee. Hätte das Pferd nicht ab und zu hinter ihr geschnaubt und sie nicht immer wieder einmal stehen bleiben müssen, um zu verhindern, dass ihr das Tier in eine tiefe Schneewehe folgte, wäre sie sich in der von Schnee erfüllten Dunkelheit völlig allein vorgekommen. Tayg schwieg. Er war schlimm verletzt, und sie war nicht einmal sicher, ob er überhaupt bei Bewusstsein war. Hin und wieder hielt sie inne, um sich zu überzeugen, dass er noch über dem Sattel hing. Das tat sie auch jetzt gerade wieder und entlockte ihm ein Stöhnen, als sie versehentlich nicht sein Bein, sondern seine Hüfte berührte.

»Tayg?« Sie rüttelte ihn am Bein. »Tayg, Ihr müsst aufwachen.« Sie hob die Laterne, die Isobel ihr gegeben hatte, hoch, damit ihr schwacher Lichtkreis auf sein zerschrammtes Gesicht fiel.

Träge öffnete er die Augen. »Sind wir schon da?«, fragte er, ohne sich aufzusetzen.

»Nay. Ich habe die Hütte noch nicht gefunden, aber wir haben auch den Zufluss noch nicht erreicht … das glaube ich jedenfalls.«

Tayg schloss die Augen und ließ Catriona wieder allein.

Sie seufzte und wandte sich zurück in die Richtung, in die sie, wie sie zumindest dachte, gehen sollten, und wieder peitschte ihr der vom Wind getriebene Schnee ins Gesicht. Der Fluss verlief irgendwo rechts von ihr, und früher oder später würden sie schon auf den zufließenden Bach stoßen. Isobel hatte gesagt, dass sie ihn nicht überqueren, sondern daran entlanggehen und nach einem großen Felsbrocken Ausschau halten sollten, der am Fuß einer riesigen alten Kiefer lag, ganz in der Nähe der Stelle, wo der Bach in den Fluss mündete. Weiter hatte sie gesagt, dass die Äste des Baums, wenn man im richtigen Winkel darauf blickte, am Bachufer entlang nach oben und direkt zu einer Schutzhütte für Reisende zeigten. Nur fürchtete Catriona, dass sie hier und jetzt, mitten in dieser langen Winternacht und einem tobenden Schneesturm, den Bach erst dann sehen würde, wenn sie hineinfiel, von dem Baum ganz zu schweigen.

Aber sie musste weitergehen. Andernfalls würden sie erfrieren. Tayg ebenfalls, auch wenn das Pferd ihn ein bisschen wärmen mochte. Catriona bewegte die Schultern und schüttelte den Schnee ab, der an ihrem Umhang klebte. Sie brauchten ein Dach über dem Kopf, ein Feuer und etwas Warmes zu trinken, und zwar bald. Sie bewegte ihre Zehen und war froh, sie noch zu spüren.

Langsam gingen sie weiter. Catriona bahnte den Weg, das Pferd folgte ihr und stockte nur gelegentlich. Taygs anhaltendes Schweigen ängstigte sie am meisten. Er war ganz und gar auf sie angewiesen, darauf, dass sie ihn sicher zur Schutzhütte brachte. Sie biss sich auf die Lippe, hielt den Kopf gesenkt, damit ihr der Schnee nicht direkt ins Gesicht peitschte, und zwang sich, einen Fuß vor den anderen zu setzen. Sie würde ihn nicht sterben lassen. Sie schluckte hart. Tayg hatte schon zu viel für sie getan, sie stand in seiner Schuld. Er war ihr Barde. Sie würde ihn in Sicherheit bringen und sich dann um seine Verletzungen kümmern. Das war das Mindeste, was sie für ihn tun konnte.

Ihr Fuß glitt aus, und sie hörte das Knacken von brüchigem Eis, dann spürte sie die scharfe, schneidende Kälte von Wasser, das in ihren Stiefel drang. Der Bach. Sie trat zurück, schüttelte das Wasser von ihrem Fuß. Durch ihren Kopf sauste der Gedanke, dass sie in ernstlichen Schwierigkeiten wäre, wenn der Stiefel zu Eis wurde oder ihre Haut einfror. Sie hob die Laterne an und versuchte, in der Dunkelheit wenigstens Umrisse zu erkennen.

Der Schnee umtanzte sie, und bisweilen sah sie im schwachen Lichtschein nichts außer einem dichten Vorhang, der vor der Schwärze der Nacht hin und her zu wogen schien. Sie bückte sich, senkte die Laterne und streckte sie vor, bis sie das Ufer des Bachs sehen konnte.

Bergauf.

Dieses eine Wort formte sich in ihren dumpfen Gedanken wie ein Licht in der Nacht.

Bergauf.

Sie wandte sich um und stapfte den steilen, rutschigen Hang hinauf. Jeder Schritt knarrte auf dem eisigen Schnee, und sie merkte, dass sie den Fuß, der nass geworden war, nicht mehr spüren konnte. Wind pfiff den Hang herunter und blies ihr beißenden Schnee ins Gesicht, dann drehte er sich unvermittelt und fuhr von hinten heran, als sei er sich selbst nicht einig, ob er nun kommen oder gehen sollte.

Eine besonders heftige Bö erfasste sie überraschend, stieß sie auf die Knie nieder und schlug ihr die Laterne aus der Hand. Sie sah ihr nach, wie sie in das weiße Wirbeln hineinrollte und in der Finsternis dahinter verschwand.

»Nay!«

»Cat?« Taygs Stimme drang aus der völligen Dunkelheit ringsum zu ihr. Er war auf sie angewiesen. Sie musste ihn in Sicherheit bringen.

Sie rappelte sich auf und stapfte zum Pferd zurück. Einen Moment lang lehnte sie sich gegen Taygs Bein. Sie brauchte seine beruhigende Wärme, um sich begreiflich zu machen, dass sie nicht allein war in dieser Misere. Sie legte den Kopf an ihn und kämpfte an gegen die Tränen der Enttäuschung, der Wut und der Angst, die sie zu überwältigen drohten.

»Du schaffst das, Mädchen.« Taygs Stimme wehte zu ihr herunter, leise und so schwach, dass es sie ängstigte. »Ich weiß, dass du das kannst, Cat.«

»Ich habe die Laterne verloren«, sagte sie und hasste sich für den niedergeschlagenen Tonfall ihrer Stimme. »Ich weiß nicht, wie ich im Dunkeln die Hütte finden soll.«

»Du kannst es. Behalte einen klaren Kopf. Konzentriere dich auf Isobels Worte. Sie ist dir freundlich gesonnen. Sie würde uns nicht in die Irre führen.«

Taygs Zuversicht erwärmte sie. Der Gedanke an ihre erste Freundin, Isobel, schenkte ihr Entschlossenheit. Sie konnte es schaffen. Sie musste es schaffen. Tayg war auf sie angewiesen. Und sie würde nicht zulassen, dass Isobel sich Vorwürfe machen musste, sie in den Sturm hinausgeschickt zu haben. Sie hob die Hand und legte sie Tayg sanft auf den Rücken. Er lag nun wieder still über dem Hals des Pferdes, aber sie konnte ihn atmen fühlen, flach und rasch. Er hatte sie nicht verlassen.

Aber fast.

Diese Worte waren ein weiteres Licht im Dickicht ihrer Gedanken. Isobel hatte gesagt, die Schutzhütte befinde sich in der Nähe der Mündung des Baches in den Fluss. Also mussten sie ihr ganz nahe sein.

Sie setzte sich wieder in Bewegung, froh, dass ihr eingefallen war, wie Tayg die Zügel ums Handgelenk schlang, sodass sie keine Angst haben musste, sie könnten ihren steif gefrorenen Fingern entgleiten, ohne dass sie es bemerkte. Sie zog daran, und auch das Pferd stapfte wieder voran. Fast augenblicklich stolperte Cat über die Laterne. Sie bückte sich und hob sie auf. Die kostbare Flamme war erloschen, aber die Laterne war noch heil und die Kerze nur zur Hälfte heruntergebrannt. Sobald sie die Hütte gefunden hatten, konnte sie den Docht wieder anzünden.

Das Pferd schnaubte, und sie zerrte an den Zügeln und zwang das unfrohe Tier, ihr den steilen Hang hinauf zu folgen. Drei Schritte, vier …

Sie sah nichts als tiefstes Schwarz. Sie spürte nichts außer dem Beißen des Schnees, mit dem der endlose Wind ihre Haut peitschte. Noch ein Schritt. Und noch einer. Sie konnte an nichts anderes denken, bis sie plötzlich feststellte, dass der Wind aufgehört hatte, als wäre sie aus einem reißenden Strom in eine seichte Stelle getreten, wo die Strömung auslief und innehielt.

Cat streckte die Hände aus und machte noch einen Schritt. Nichts. Noch ein Schritt. Nichts. Noch einer, und da trafen ihre behandschuhten Hände auf etwas Hartes, das ihr direkt im Weg stand. Sie tastete umher, bis sie sicher war, dass es sich dabei um eine von Menschenhand erbaute Wand handelte. Erleichterung durchströmte sie. Sie hatte es geschafft! Sie hatte die Hütte gefunden. Sie wandte sich zu Tayg um und grinste, aber er stöhnte nur. Sie musste ihn aus dem Sturm heraus und in die Hütte schaffen. Und sich selbst dazu. So schnell, wie ihre eingefrorenen Gliedmaßen es erlaubten, begann sie nach links und rechts zu tasten und nach einer Tür zu suchen.

Sie führte das Pferd an der Hütte entlang, tastete an der ersten Wand nach der Tür und bog, ohne fündig geworden zu sein, um die Ecke, um dort weiterzusuchen. Endlich fand Cat die Tür, aber erst auf der dem Hang zugewandten Seite der kleinen Hütte. Sie löste die Zügel von ihrem Handgelenk und wickelte sie um den Griff der Tür, dann stieß sie sie auf.

»Tayg, wir haben es geschafft!«, rief sie, als sie eintrat und sich umschaute. Wasser schmatzte in ihrem Stiefel, und sie begriff, dass sie noch nicht in Sicherheit waren. In der Hütte war es so kalt wie draußen; nur der Wind wurde wenigstens abgehalten. Sie musste Tayg vom Pferd holen und in die Hütte bringen. Das Pferd musste auch mit herein, sowohl zu seiner eigenen Sicherheit als auch, um dazu beizutragen, den Raum zu erwärmen. Sie musste ein Feuer machen. Sie musste aus ihrer nassen Kleidung heraus. Genau wie Tayg.

Sie ging hinaus, trat neben das Pferd und löste die Riemen, die Tayg im Sattel festgehalten hatten.

»Du musst aufwachen«, sagte sie und rüttelte ihn. Als er nicht reagierte, stieg wieder Beunruhigung in ihr auf. »Tayg! Wach auf!« Der panische Ton in ihrer Stimme ließ sie zusammenzucken, aber sie konnte ihn nicht unterdrücken. Ihr Denken ging nur langsam vonstatten, und sie wusste, dass sie immer noch in großer Gefahr waren. Sie war müde, sie fror, sie hatte Hunger und Angst. Sie konnte ihm, verdammt noch mal, nur raten, nicht gestorben zu sein – ausgerechnet jetzt, da sie ihn gerettet hatte!

Sanft stupste sie ihn in die Rippen. »Tayg!«, rief sie im schlimmsten ihrer Tonfälle, mit dem sie ihn aufzuschrecken hoffte.

»Ich kann dich nicht tragen, also wach lieber auf, sonst lasse ich dich hier draußen im Schnee. Aber dann müsste ich mir wenigstens deinen jämmerlichen Gesang nicht mehr anhören.«

Langsam öffnete Tayg die Augen und drückte sich hoch, bis er fast aufrecht saß, auch wenn er dabei so schwankte, dass Cat seinen Arm packen musste.

»Ihr braucht nicht diesen Ton anzuschlagen, Mädchen«, sagte er mit der Ahnung eines Lächelns in der Stimme, obschon das Stöhnen, das darauf folgte, ihr verriet, wie stark seine Schmerzen immer noch waren.

Er stürzte ihr beinahe in die Arme, als er versuchte, aus dem Sattel zu steigen.

»Ich schlage jeden Ton an, der nötig ist, Barde.« Sie schlang einen Arm um seine Hüfte und ergriff mit der freien Hand seinen Arm, den er ihr über die Schultern gelegt hatte. »Na, dann kommt. Meine Füße sind eiskalt, und ich muss uns noch ein Feuer machen.«

Tayg ächzte und ließ sich von ihr mitschleifen. Bevor sie die Hütte betraten, blieb sie noch einmal stehen und schüttelte so viel Schnee wie möglich von ihren Umhängen, dann führte sie ihn in den höhlenartigen Unterschlupf.

Drinnen lehnte sie ihn gegen die hintere Wand, dann ging sie wieder zur Tür. »Wo geht Ihr hin?«, fragte Tayg mit vor Schmerz geschärfter Stimme.

Sie seufzte. »Ich muss das Pferd hereinholen.«

Catriona machte das Pferd an der Wand der Hütte fest, die jener gegenüberlag, vor der sie Tayg zurückgelassen hatte, dann zog sie die Tür fest hinter sich zu, sperrte den Wind und den wirbelnden Schnee aus und schloss sich, Tayg und das Pferd in vollkommene Finsternis ein. Sie versuchte zu überlegen, was sie als Nächstes tun sollte, aber ihr war so kalt und sie war so müde, dass sie kaum noch stehen konnte.

Hitze.

Ja, das war immer das Erste, was Tayg tat, wenn sie irgendwo lagerten. Als Erstes machte er stets ein Feuer. Isobel hatte gesagt, es befinde sich Holz in der Hütte, wie es bei den meisten Hütten dieser Art der Fall war. Das Problem bestand nur darin, es im Dunkeln zu finden, es in der ebenfalls noch nicht entdeckten Feuerstelle aufzuschichten und dann auch noch zum Brennen zu bringen.

Catriona machte sich entlang der Wände auf die Suche und stolperte tatsächlich schon bald über das Brennholz, das neben einem Haufen getrockneten Heidekrauts und anderen Zunders sauber aufgestapelt war. Sie nahm sich, was sie für ein kleines Feuer brauchte, und drehte sich dorthin, wo sie die Mitte des Raumes vermutete. Dann ging sie los und stieß sich kurz darauf eine Zehe an dem Kreis aus Steinen, der die Feuerstelle umschloss. Blind ordnete sie das Holz darin an. Anschließend tastete sie nach dem Pferd, das mit seinen Bewegungen und dem gelegentlichen Schnauben zum Glück genug Geräusche machte, um es leicht zu finden. Vorsichtig wühlte sie sich durch die Satteltaschen, die Isobel aus dem Großen Saal geholt hatte, bis sie auf die Utensilien zum Feuermachen stieß.

Sie kniete sich neben den Steinkreis und legte die Gegenstände auf ihren Schoß, damit sie sich endlich ihre durchnässten Wollhandschuhe abstreifen konnte. Ihre Finger musste sie erst einmal kurz mit ihrem Atem erwärmen, bevor sie ihr *sgian dhub* aus der Scheide, die sie an der Hüfte trug, ziehen, den Zündstein nehmen und beides zusammenführen konnte. Ein paar Augenblicke später sprühten erste Funken, aber dann dauerte es doch länger, als ihr lieb war, bis endlich eine winzige Flamme zum Leben erwachte und in das zerrupfte Heidekraut hineinleckte. Schließlich stieg der herrliche Duft brennenden Holzes in die eiskalte Luft empor.

Sie saß lang da und schürte das Feuer, ganz behutsam, bis es ordentlich brannte und loderte. Erst als sie sicher war, dass es nicht mehr ausgehen würde, trat sie zu Tayg und machte sich daran, ihm seine nasse Kleidung auszuziehen.

Kapitel 11

Tayg erwachte langsam, so langsam, wie er sich der angenehmen Wärme auf seinem Rücken und des Gewichts mehrerer Decken auf seinem Leib bewusst wurde. Als es ihm endlich gelang, seinen Blick zu schärfen, konzentrierte dieser sich auf das glühende Holz eines Feuers. Er erinnerte sich nicht daran, ein Feuer gemacht zu haben. Ehrlich gesagt erinnerte er sich an kaum etwas. Sein Magen knurrte, seine Rippen und sein Kinn schmerzten, und seine Blase drückte.

Er versuchte aufzustehen und stellte dabei fest, dass die Wärme auf seinem Rücken mit dem eisernen Griff um seine Leibesmitte verbunden war. Cat schmiegte sich an ihn und hielt ihn warm, obgleich er spüren konnte, wie sie selbst zitterte. Vorsichtig löste er ihren Arm von seiner Hüfte und drehte sich behutsam zu ihr um. Sie rückte dichter an ihn heran, bis ihr Kopf auf seiner Brust ruhte. Er schlang seinen Arm um sie und fing an, ihren Rücken zu reiben, um sie aufzuwärmen, während er sich umsah und sich daran zu erinnern versuchte, wie er hierhergekommen war.

Stück um Stück fiel ihm wieder ein, was in der Nacht geschehen und wie sie von Duchally Castle geflohen waren. Er erinnerte sich an die Abreibung, die ihm die MacLeod-Brüder verpasst hatten.

Er erinnerte sich an Cats sorgenvolle Miene, als sie ihn gefunden hatte, gefolgt von der ehrlichen Empörung, als sie erfuhr, wer ihn so zugerichtet hatte. Aber danach verschwammen seine Erinnerungen wieder.

Aufblitzende Bilder von Cat und Isobel vermengten sich in seinem Kopf, dann waren da Kälte und Schmerz, jeder Schritt, den das Pferd tat, stauchte seine empfindlichen Rippen. Danach ... nichts mehr ... nur eine vage Erinnerung an zarte Hände, die ihn aus seinem nassen Plaid und offenbar auch aus seiner Hose befreiten.

Er blickte über seine Schulter zum glutroten Feuer. Seine Kleidung hing an Wandhaken. Das Pferd schlief zufrieden, ließ den Kopf hängen, einen der Hinterläufe entlastend. Catriona war es gelungen, ihn hierherzuschaffen. Höchstwahrscheinlich hatte sie ihm das Leben gerettet. Er strich ihr eine Haarsträhne aus dem Gesicht und wurde mit einem zufriedenen Seufzen belohnt. Er staunte, was sie geschafft hatte.

Catriona MacLeod war ein Ausbund an Widersprüchen. Wollte er sie im einen Moment noch erwürgen, wollte er sie im nächsten küssen. Beschimpfte sie ihn im einen Moment noch, bandagierte sie ihm im nächsten sorgsam die Rippen oder versuchte, ihn im Schlaf zu wärmen. Sie war nicht das Biest, das sie zu sein schien, und ganz bestimmt war sie nicht das hutzelige Weib, das sie dem Geschwätz der Leute nach war.

Nay. Sie war ein hübsches Mädchen, wenn auch eines mit scharfer Zunge, aye, aber mit ebenso scharfem Verstand. Und er war stolz auf sie. Es war noch keine zwei Wochen her, da hatte er ein verirrtes Mädchen vor einem Schneesturm gerettet. Heute Nacht – wenn es noch dieselbe Nacht war – hatte sie ihn mit der Hilfe einer neuen Freundin gerettet. Es war fast so, als hätte sie nie die Gelegenheit gehabt, sie selbst zu sein. Sie war mehr, als jedermann in ihr vermutet hatte. Mehr als sie selbst wusste.

Er küsste sie sacht auf die Stirn, atmete ihren schlafwarmen Duft ein, dann strich er leicht über ihr seidiges Haar. Im trüben Licht des Feuers konnte er nicht mehr ausmachen als die Blässe ihrer Haut und ihre dunklen Wimpern. Sie war wirklich ein schönes Mädchen, ein süßes Mädchen auf ihre eigene herbe Art, ein zuverlässiger Freund im Angesicht der Gefahr. Er rief sich ihr Lachen in Erinnerung und den süßen Geschmack ihrer Lippen. Sie war mutig und entschlossen, und sie war, wie ihm fast erschrocken bewusst wurde, loyal. Er spürte, wie sich eine Wärme in ihm ausbreitete, die nichts mit der Körperwärme zu tun hatte, die sie teilten und tauschten.

Sie verdiente es nicht, an diesen widerlichen, verräterischen Pferdearsch von einem MacDonell verheiratet zu werden, der sie offenkundig selbst nicht wollte. Sie verdiente es nicht, von ihren Brüdern gejagt zu werden, die offensichtlich nicht begriffen, wie sehr sie Hundsgesicht hasste – oder fürchtete sie ihn? Wie auch immer, wie konnten sie es wagen, Jagd auf ihre Schwester zu machen, um sie zu zwingen, diesen Kerl zu ehelichen?

Schon jeweils allein wären Hundsgesicht und die Brüder herausragende Gegner gewesen. Jetzt würden sie sich zweifellos zusammenschließen, und er und Cat würden noch vorsichtiger sein müssen, damit man sie nicht fand.

Er dachte an das Sendschreiben, das er abgefangen hatte. Hundsgesicht vermutete, dass Tayg das verdammte Papier hatte, aber er wusste nicht, dass Tayg es lesen konnte, dass er es gelesen hatte. Und je länger das so blieb, desto besser. Es gab so viele Probleme, und sie schienen sich alle zusammenzuballen – ihre Brüder, Hundsgesicht MacDonell, das Schreiben, das Gefahr für den König bedeutete. Selbst der Plan seiner Mutter, ihn zu verheiraten, schien in dieses Durcheinander verheddert zu sein, denn dieser Umstand hatte ihn schließlich erst in diese Lage gezwungen – und hinderte ihn daran, Catriona zu offenbaren, wer er wirklich war.

Cat seufzte, und dieser Laut lenkte ihn ab von seinen sich im Kreis drehenden Überlegungen. Sie war müde, sie fror, und er war dank ihrer Brüder verletzt. Egal, was geschah, sie steckten jetzt gemeinsam in dieser Sache. Sie würden ihr weiteres Vorgehen besprechen, wenn sie aufwachte und sie beide einen klaren Kopf hatten.

Er stand behutsam auf und zog eine Decke um sich. Dann legte er ein Scheit in die Glut, fachte sie an, bis das Holz Feuer fing, und dann zog er sich trockene Kleidung an.

* * *

Catriona saß am Feuer, Tayg schlief ihr gegenüber. Irgendwann in der Nacht musste er sich bewegt haben, denn sie war von dem angenehm verstörenden Gefühl, von ihm umschlungen zu sein, wach geworden. Er hatte sich von hinten an sie geschmiegt, den Arm um ihre Taille gelegt und sie fest an sich gedrückt, obwohl sie sich deutlich daran erinnerte, sich zuvor ihrerseits an seinen Rücken gepresst zu haben, verzweifelt darum bemüht, ihn zu wärmen. Und er war nicht bekleidet gewesen, als sie sich schlafen gelegt hatte. Lebhaft erinnerte sie sich, welche Mühe es ihr bereitet hatte, ihn aus seiner nassen Kleidung zu schälen und dabei die Augen vor seinen Blessuren zu verschließen. Im Laufe der Nacht musste er sich also selbst angekleidet haben.

Jetzt saß sie ihm gegenüber am Feuer und blickte im flackernden Licht auf sein zerschlagenes Gesicht. Draußen war es unterdessen hell, doch der Schneesturm tobte immer noch. Hundsgesicht, Broc und die Schafe würden bald hinter ihnen her sein. Der Geruch des Feuers würde sie zu dieser Hütte locken. Ihr Unterschlupf würde schnell zur Falle geraten, und sie fürchtete, dass Broc zu Ende bringen könnte, was er mit Tayg begonnen hatte.

Wut glitt wie etwas Kaltes an ihrem Rückgrat empor und schlug seine Zähne um ihr Herz. Warum gab Broc nicht auf? Und warum war Hundsgesicht so versessen darauf, sie zu heiraten? Sie war ihm doch mindestens ebenso zuwider wie er ihr. Sie würde ihm keine gute Ehefrau sein – warum also wollte er sie trotzdem?

Sie beugte sich nach vorn und rührte das Stew um, das sie aus den Vorräten zubereitete, die Isobel ihnen mitgegeben hatte. Ein Lächeln wärmte ihr Gesicht, als sie an das goldhaarige Mädchen dachte. Sie war eine echte Freundin, und Cat begriff immer noch nicht ganz, wie es dazu eigentlich gekommen war. Freilich wusste sie, dass sie Taygs Rat befolgt hatte – nur würde sie ihm das nie sagen, sonst würde sie sich ewig anhören müssen, wie er sich damit brüstete. Ein Kloß bildete sich in ihrem Hals. Im Moment hätte sie gern gehört, wie er sich mit etwas brüstete.

Er lag so reglos da, sein Gesicht war so zerschunden. Sie wollte ihn aufwecken, nur damit sie wüsste, dass er wieder genas, aber sie ließ ihn schlafen. Im Augenblick gab es kaum mehr, was sie für ihn tun konnte. Außer ihn warm zu halten. Ihm zu essen zu geben, wenn er wach wurde. Und zu warten.

Aber nicht zu lang.

Wäre Platz in der kleinen Hütte gewesen, wäre Catriona unruhig auf und ab geschritten. Aber es war kein Platz, und so befriedigte sie ihren Bewegungsdrang damit, ihre Haare zu flechten, wieder zu lösen und von Neuem zu flechten. Isobel hatte gesagt, sie werde die Brüder und Hundsgesicht in die falsche Richtung schicken, aber Catriona war sich im Klaren darüber, dass das nicht lang gut gehen würde. Broc war ein ausgezeichneter Jäger, und er würde schnell darauf kommen, in welche Richtung Tayg gegangen war – und in welche nicht –, auch wenn der Sturm ihm das Vorankommen erschweren würde. Sie zweifelte nicht daran, dass Broc ihre Spur bald finden würde, trotz des Schnees und Windes. Sie und Tayg würden in der Falle sitzen.

Und was dann? Sie würde Tayg beschützen, solang sie konnte. Ailig hatte sie oft dazu bewegen können, sich auf ihre Seite zu stellen, wenn es gegen ihre Brüder ging. Vielleicht klappte das auch diesmal. Aber es war unwahrscheinlich. Isobels Schilderung des Kampfes zufolge hatte Ailig nichts getan, um ihn zu beenden. Nay, Broc würde Tayg bestrafen – den Barden, der es wagte, mit seiner Schwester umherzuziehen.

Und sie würde man zurück nach Assynt schleifen und zur Heirat mit Hundsgesicht zwingen.

Lieber würde sie sterben.

»Ihr seht aus, als würdet Ihr frieren, Mädchen.«

Catriona schreckte auf, dann verdüsterte sich ihre Miene. Taygs Stimme klang rau, aber kräftig.

»Es ist Winter in den Highlands. Natürlich friere ich.« Sie ließ ihren Zopf los und rührte das Stew im Topf um. »Habt Ihr Hunger?«

Tayg setzte sich langsam auf, als müsste er seinen Leib erst ausprobieren. »Aye. Ihr habt gekocht?«

Catriona warf ihm einen finsteren Blick zu. »Ich habe gekocht.«

Tayg sah sie stirnrunzelnd an. »Wie ich sehe, seid Ihr wieder ganz die Alte.«

Sie schöpfte Stew in eine Holzschüssel und reichte ihm diese zusammen mit einem Hornlöffel.

»Wir müssen von hier verschwinden, sobald es das Wetter irgend zulässt«, sagte er.

Sie nickte und sah ihm zu, wie er das Stew aß.

»Wir können nicht hierbleiben. Eure Brüder und Hundsgesicht werden uns aufspüren.«

Sie nickte abermals. »Aber Ihr könnt noch nicht weiterreisen. Wir müssen noch hierbleiben und ausruhen, einen Tag noch.« Sie kaute mit den Zähnen besorgt auf ihrer Unterlippe.

Er betrachtete sie einen Moment lang, als verberge sie ein Geheimnis, das er in ihren Augen sehen konnte. »Habt keine Angst, Mädchen.«

Sie blickte auf seine kräftigen Hände mit den zerschrammten Knöcheln, die die Schüssel hielten, und dann auf in sein geschwollenes Gesicht.

»Um mich fürchte ich nicht.« Ihre Stimme klang angespannt, trotz ihrer Bemühungen um einen verdrießlichen Tonfall.

Ein träges Lächeln spielte um Taygs volle Lippen und entfachte eine wohlige Wärme, die sich in Catrionas Brust ausbreitete.

»Ihr fürchtet um mich?«, fragte er mit leiser, heiserer Stimme.

»Ich … ich …« Catriona füllte eine weitere Schale mit Stew, nur um ihre Hände zu beschäftigen. Dann führte sie den Löffel an den Mund, ließ ihn wieder sinken und musterte den grinsenden Barden mit wütendem Blick. »Ich möchte so schnell wie möglich zum König, und dazu brauche ich Eure Hilfe. Ich fürchte nicht um Euch«, sagte sie rasch, dann richtete sie ihre ungeteilte Aufmerksamkeit auf das Essen in ihrer Schüssel.

Sein leises, glucksendes Lachen ärgerte sie. Verdammt sei dieser Mann! Sie fürchtete um ihn, ja, aber das würde sie ihm nicht sagen. Seine hämische Freude über alles, was sie bereits eingeräumt hatte, würde auch so schon schlimm genug sein.

Nach einer Weile des Schweigens, nur unterbrochen vom leisen Schnauben des Pferdes, setzte Tayg seine Schale ab. »Warum wollen Eure Brüder, dass Ihr Hundsgesicht heiratet?«

Überrascht von der Sorge in seinem Ton blickte sie auf und entdeckte zu ihrem Erstaunen dieselbe Besorgnis auch als Schimmer in seinen Augen.

»Ich weiß es nicht«, flüsterte sie. »Ich weiß auch nicht, warum Hundsgesicht mich heiraten will.«

Sie ließ den Blick auf ihre Schüssel sinken, denn sie war solche Sorge um sie von niemandem gewöhnt, und sie verstand nicht, warum dieses Gefühl in ihr das Verlangen weckte, sich in seinem Schoß zusammenzukauern und zu weinen.

»Ich werde ihn niemals heiraten.«

»Das verüble ich Euch nicht. Im Gegenteil, ich würde gar nicht zulassen, dass Ihr ihn heiratet. Er ist ein widerwärtiger Rüpel und obendrein noch ein Pferdearsch.«

»Ihr würdet es nicht zulassen?«

Er holte tief Luft. »Isobel ist nicht Euer einziger Freund. Ich könnte Euch nicht guten Gewissens einen Kerl wie ihn heiraten lassen.« Tayg stellte seine Schüssel beiseite. »Außerdem hat er auf Duchally nicht nach Euch gesucht.«

Sie wusste nicht, welche seiner Behauptungen sie mehr verstörte – dass er sie Hundsgesicht nicht heiraten lassen würde, dass er ihr Freund war oder dass Hundsgesicht nicht nach ihr suchte. Über Letzteres nachzudenken, fiel ihr leichter; über die beiden anderen Punkte und ihre Bedeutung würde sie später nachdenken.

»Er hat nach mir gesucht«, sagte sie. »Er war dort, saß im Saal neben mir, und später war er in Isobels Kammer.« Ihre Stimme wurde etwas lauter, und sie versuchte, den schrillen Unterton, der sich hineingeschlichen hatte, wieder daraus zu vertreiben.

Tayg rutschte ungelenk auf ihre Seite des Feuers und ließ sich so neben ihr nieder, dass er sie ansehen konnte. Nur seine überkreuzten Beine trennten sie voneinander. »Er …« Er schloss die Augen und schüttelte den Kopf. »Er ist nicht hinter Euch her, Mädchen.«

»Er glaubt, ich sei seine Zukünftige. Hinter wem soll er denn sonst her sein?«

»Hinter mir.«

Catriona stockte der Atem. »Was meint Ihr damit?«

»Er ist hinter mir her. Ich habe etwas, das er will.«

»Nun, wenn Ihr es so sehen wollt, werde ich Euch nicht davon abzubringen versuchen, aber es läuft auf das Gleiche hinaus. Er will mich.«

Tayg lächelte, nahm ihre Hand und hielt sie zwischen den seinen. »Nay, Ihr missversteht mich. Ihr vergesst das Sendschreiben. Ich habe seine Nachricht, die für Broc bestimmt war, auch wenn er sagte, sie sei für Euch. Und dabei handelt es sich um etwas, das keiner von beiden in den falschen Händen wissen will. Und die meinen sind ganz gewiss die falschen Hände«, sagte er, hob die ihre an seine Lippen und küsste sie zart auf die Knöchel.

Catriona war wie verzaubert von dem weichen, federleichten Kuss. Er ließ ihrer beider Hände sinken, ohne jedoch die ihre loszulassen. Worüber hatten sie noch gleich gesprochen? Ach ja, das Schreiben.

»Aber Ihr habt es mir vorgelesen«, sagte sie, atemloser als ihr lieb war.

»Aye, aber es steht mehr darin, als die bloßen Worte ausdrücken, Cat. Ihr wisst offenkundig nichts über den Zweck dieses Briefes. Und das ist gut so. Wenn Ihr nichts über den Zweck dahinter wisst, dann könnt Ihr auch nicht dafür verantwortlich gemacht werden.«

»Aber ich weiß von dem Schreiben. Hundsgesichts Absicht meiner Fantasie zu überlassen, wäre gewiss nicht klug.«

Er schüttelte den Kopf.

»Ist es so wichtig, dass, wenn Euch etwas zustieße, ein anderer imstande sein sollte, das Schreiben in sichere Hände zu übergeben?«

»Mir wird nichts zustoßen, Mädchen.« Er rieb mit einem Daumen über ihre Handfläche, und Catriona fand das Gefühl faszinierend und beruhigend zugleich. »Seid nur versichert, dass Hundsgesicht nichts von Eurer Anwesenheit in dieser Burg wusste. Er ist hinter mir her.«

Catriona entriss ihre Hand seiner Liebkosung, verschränkte hastig die Arme und verbarg ihre Hände vor ihm.

»Warum war er dann in Isobels Kammer?«

»Vielleicht sah er mich zu dem Turm gehen und durchsuchte sämtliche Räume dort. Auf Isobels Kammer wäre er dabei gleich zu Beginn gestoßen, wäre er der Reihe nach vorgegangen.«

»Mag sein, aber es ist egal, wen von uns er sucht. Wenn er Euch findet, hat er auch mich gefunden, und dann stecken wir beide in noch größeren Schwierigkeiten.«

Tayg legte seine große, schwielige Hand an ihre Wange. Catriona gab sich Mühe, sich nicht dagegenzulehnen, den Trost, den ihr das Gefühl seiner Haut auf der ihren vermittelte, nicht zu genießen, sich nicht dem Sinnesnebel zu ergeben, den er in ihr hervorrief, mit nichts weiter als einem Blick oder einer Berührung. Sie gab sich Mühe, ihre finstere Miene aufrechtzuerhalten.

Er lächelte, seine Augen funkelten, und ehe sie begriff, was er im Schilde führte, hatte er ihr die Hand um den Nacken gelegt und sie zu sich gezogen, bis er ihre Vorwärtsbewegung mit seinem Kuss bremste. Die Überraschung hinderte sie daran, zu reagieren, und bevor sie auch nur nachdenken konnte, fühlte sie sich verschlungen von jener köstlichen Hitze, die sie schon zuvor zweimal erlebt hatte.

Sein Kuss war weich und verlangend zugleich, und sie ertappte sich dabei, jede Herausforderung seiner Lippen, seiner Zunge, seiner Hände in ihrem Haar anzunehmen. Er stöhnte, zog sie noch näher an sich heran und vertiefte den Kuss.

Ihr Herz schien stehen zu bleiben und dann in doppeltem Tempo weiterzuschlagen. Sie schloss die Augen und ergab sich dem erstaunlichen Gefühl, alles zu sein, worauf seine Aufmerksamkeit sich konzentrierte. Sie schlang ihre Arme um ihn und spürte, wie er sie auf seinen Schoß hob, und dabei hörte er nicht auf, sie zu küssen, als hätte er vor, nie mehr aufzuhören.

Und sie wollte nicht aufhören.

Die Decken, in die sie sich gehüllt hatten, rutschten ihnen bis zu den Hüften vom Leib, aber die Hitze zwischen ihnen wehrte die Kälte ab. Sie schob ihre Finger in sein Haar, neigte den Kopf ein wenig zur Seite, um das Gefühl seiner Lippen auf den ihren noch mehr zu genießen. Nebel schien sich auf ihr Denken zu senken, als hätte sie zu viel Whisky getrunken, und doch nahmen all ihre Sinne ganz genau jede seiner Berührungen wahr und jeden bebenden Atemzug, den er tat. Er zog sie an sich, bis nichts mehr sie voneinander trennte außer der dünnen Lage ihrer Kleidung, und küsste sie von Neuem.

Sie spürte den Druck, der sich tief in ihr aufbaute, sich zwischen ihren Beinen sammelte und in ihrem Busen, dort, wo er sich gegen seine Brust drückte. Und sie spürte wie zur Antwort darauf auch den Druck seiner Erregung. Er rieb seine Hüften an ihren, hielt sie fest, seine Lippen hinterließen eine heiße Spur, als er ihren Hals und die Vertiefung unter ihrer Kehle küsste. Sie hörte sich selbst stöhnen, konnte das Geräusch aber nicht zurückhalten.

Er liebkoste ihren Po, fuhr mit den Händen über ihren Rücken und hinauf in ihre Haare. Seine Hitze wärmte sie und verstärkte den Druck, bis sie nicht mehr klar denken konnte. Vage spürte sie, wie er an ihrem Hemd zog, dann fühlte sie ganz deutlich die Hitze seiner Hände unmittelbar auf ihrer Haut, ihren Brüsten. Es war herrlich. Sie zog an den Bändern seines Obergewands, aber als er seinen Mund auf ihre Brustwarze herabsenkte und der Druck sich bis ins Unerträgliche steigerte, konnte sie nichts anderes tun, als sich gegen ihn zu lehnen und ihn zu drängen, sie zu … sie wusste nicht, wozu, aber sie wollte mehr davon.

Seine Hand glitt tiefer und drückte ihr sanft die Beine auseinander. Sie konnte nichts tun, wollte nichts tun, nur gehorchen, während sein Mund abermals den ihren zudeckte und sie sich in seinem Kuss verlor. Dann spürte sie die Wärme und das Gewicht seiner Hand an der Stelle, wo sich der ganze Druck konzentrierte. An dieser Stelle des Verlangens.

Ihr Verstand setzte aus. Sie konnte an nichts mehr denken, nur noch die Hitze fühlen, die sich von ihm auf sie übertrug, das Drängen seines Mundes auf dem ihren. Sie wollte, dass dieser Moment nie endete, diese berauschenden neuen Empfindungen sollten nie vergehen. Und doch strebte sie einem neuen Höhepunkt zu, bis sie plötzlich da war, bis binnen eines Augenblicks alles zu existieren aufzuhören schien, alles bis auf die wunderbaren Gefühle, die sie durchströmten. Abrupt löste sich der Druck auf, zerplatzte und wirbelte durch sie hindurch.

* * *

Tayg schlang seine Arme um sie und hielt sie fest, während ihr Atem sich beruhigte. Sein eigener Atem ging rau, sein eigenes Verlangen hielt er strikt im Zaum. Was hatte er getan? Trotz seines spontanen Wesens war er noch nie so von der Lust auf eine Frau getrieben worden, dass er nicht durchdachte, was er tat. Noch nie hatte das Bedürfnis, diese Leidenschaft zu finden, sie zu entflammen, ihn vergessen lassen, wo und wer er war. Und doch konnte er sich nicht davon abbringen, sie zu berühren, sie anzuspornen, sie zu befriedigen. Er hatte sich nur gerade so viel Vernunft bewahrt, dass er sie nicht kurzerhand auf den Rücken gelegt und hart und schnell genommen hatte.

Er hatte ihr nur gezeigt, worauf sie sich freuen durfte – in seinem Bett.

Sein Atem stockte. Wollte er das? Wollte er sie in seinem Bett haben?

Cat schmiegte ihr Gesicht an seinen Hals, ihr Leib hing ermattet an seinem. Abwesend strich er mit einer Hand über ihren Rücken, und sie drängte ihre Hüften gegen die seinen. Er verharrte reglos, als das Verlangen nach ihr ihn durchraste, stärker als zuvor.

Ihre Leidenschaft, ihre Hingabe hatten das bisschen Beherrschung, das ihm noch geblieben war, auf die Probe gestellt.

Aye. Er wollte sie in seinem Bett haben. Mehr als jede Frau zuvor. Aber wollte er auch den Rest, alles andere? Heirat, Kinder – und Catriona, das Biest? Er wollte nicht heiraten, aber er musste. War das die Frau, mit der er sein Leben verbringen konnte? Sich in sie versenken zu wollen war nicht genug. Konnte er mit ihr leben, tagein, tagaus, oder würde sie ihn wahnsinnig machen? Wie sollte irgendjemand das wissen? Wie sollte er das wissen?

Außerdem würde sie einen Ehemann wollen, der mit ihr auf Assynt lebte und ihr half, ihre Brüder im Zaum zu halten. Tayg schauderte. Er wollte sich gar nicht vorstellen, sich noch einmal mit diesem Gezücht zu befassen, schon gar nicht tagein, tagaus, und er konnte auch nicht verstehen, warum sie das wollte. Endlich einmal gereichte ihm seine Verantwortung für Culrain, für seinen Clan, zum Vorteil. Es würde ihm nie erlaubt sein, diese Verantwortung abzulegen, um bei einem anderen Clan zu leben.

Er strich ihr über die sich abkühlende Wange, und eine seltsame Melancholie senkte sich auf ihn.

»Cat, könntest du mein Hemd loslassen, Liebes?«

»Hmm?« Sie setzte sich so weit auf, dass er ihr Gesicht sehen konnte. In ihrem schwachen Lächeln und der Benommenheit ihres Blickes drückte sich ihre Befriedigung aus. Sie lehnte sich vor, um ihn zu küssen, und hielt dann inne. Der benommene Ausdruck verflüchtigte sich, und an seine Stelle trat Verwirrung. Catriona blickte erst ihn an, dann auf ihre Hände hinab, die sich zu Fäusten geballt in sein Hemd gruben. Abrupt löste sie ihren Griff.

»Was haben wir getan?«

»Nichts Unwiderrufliches, Mädchen«, antwortete er und zog behutsam ihr Hemdkleid nach oben, um ihre schönen, vollen Brüste zu bedecken, bevor er abermals danach fasste. Sanft schob er sie von sich, bis sie von seinem Schoß glitt. Er erhaschte einen Blick auf dunkle Locken zwischen ihren Beinen, die feucht glänzten infolge seiner Unbeherrschtheit, und er versuchte sich in Erinnerung zu rufen, weshalb er es nur begonnen, aber nicht zu

Ende gebracht hatte. Sie ertappte ihn, zog rasch ihre Knie an und wickelte sich in eine der Decken.

»Was hast du mit mir gemacht?«

Tayg holte tief Luft und fing den Moschusduft ihrer Befriedigung ein. »Es war wohl eher etwas, das du mit mir gemacht hast, Mädchen.« Er schüttelte den Kopf über seine eigenen verräterischen Worte.

»Ich habe gar nichts mit dir gemacht!«

»Am besten schlafen wir noch ein wenig …«

»Ich werde nicht mit dir schlafen!«

»Nay, ich weiß. Das habe ich auch nicht gemeint …«

Cat stand auf, ging zu der Decke, auf der sie neben ihm geschlafen hatte, nahm sie auf und trug sie zur anderen Seite des Feuers.

»Du wirst mich nicht mehr anfassen. Du wirst mich nicht mehr küssen. Ich kann mich keinem wie dir hingeben.«

»Einem wie mir?« Wut rührte sich in seinem Bauch, obschon er wusste, dass er sich ihre Worte nicht zu Herzen nehmen sollte.

»Du bist ein Barde und noch nicht einmal ein besonders guter. Du kannst mir nicht helfen, meine Brüder daran zu hindern …«

»Was lässt dich glauben, dass irgendein Mann sich für dich gegen deine Brüder stellen wird?«

Der panische Ausdruck ihrer Miene passte nicht zu ihrem schneidenden Ton oder den wütenden Bewegungen, mit denen sie ihre Schlafdecke zurechtlegte.

Er hatte ihr Angst gemacht.

Er hatte sich selbst Angst gemacht.

* * *

Tayg lag lang da, starrte in die Dunkelheit, lauschte dem klagenden Wind und mühte sich, den schwarzen Humor zu ignorieren, der in ihm erwacht war, als Cat ihre Decke gepackt und erklärt hatte, was sie wollte … oder besser gesagt, was sie nicht wollte … oder wen sie nicht wollte.

Und doch verriet ihr Leib ihm etwas ganz anderes. Er wusste, dass sie genauso heftig reagiert hatte wie er, als sie einander berührt hatten. Als er sie küsste, hatte sie sich ihm entgegengelehnt, ihn zu sich gezogen und war genau wie er verblüfft gewesen über die Intensität eines jeden Kusses.

Er drehte sich auf die Seite – sie schmerzte inzwischen etwas weniger als beim Erwachen am Morgen – und blickte ins Feuer und zu dem schattenhaften Mädchen, das jenseits davon schlief. Er vermisste das Gefühl ihres an ihn geschmiegten Körpers. Er wollte … mehr.

Aber das durfte er nicht. Er konnte nicht. Er wagte es nicht, sich dergestalt auf ein Mädchen wie Catriona MacLeod einzulassen. Es war gefährlich genug, dass sie miteinander unterwegs waren. Wenn man sie zusammen fand, würde niemand glauben, dass ihre Tugend unbefleckt war. Er wäre gezwungen, sie zu heiraten – vorausgesetzt, ihre Brüder brachten ihn vorher nicht um. Es war ein alberner Gedanke, das Biest von Assynt zu heiraten. Cat zu heiraten.

Er wandte dem Feuer den Rücken zu, starrte wiederum lang ins Dunkel und erinnerte sich all der Gründe, weshalb er nicht heiraten wollte. Er versuchte sich Gründe zu überlegen, warum Cat keine gute Ehefrau abgeben würde, aber immer wieder kam ihm dabei das Gefühl ihrer Lippen auf den seinen und ihrer Hände, die sich in sein Hemd krallten, in die Quere. Schnell dachte er zwanghaft wieder daran, warum er keine Ehefrau wollte, aber seine Gründe schienen ihm selbst dürftig.

Es dauerte lang, bis der Schlaf ihn endlich übermannte.

* * *

Der nächste Tag verstrich langsam. Tayg wollte Holz sammeln, aber schon nach ein paar Minuten im peitschenden Wind kehrte er in die relative Wärme der Hütte zurück, ausgelaugt und geschwächt, ohne zum Beweis seiner Bemühungen mehr mitzubringen als ein paar mickrige Äste.

Catriona hatte großes Aufhebens um ihn gemacht, ihn genötigt, sich wieder hinzulegen, ihn mit sämtlichen verfügbaren Decken zugedeckt und ein Stew gekocht, das trotz der wenigen Zutaten, die sie hatte, gut schmeckte. Er glaubte nicht, dass es ihm wirklich so schlecht ging, aber er genoss ihre Zuwendung viel zu sehr, um sie auf irgendeine Weise daran zu hindern. Er verbrachte den Tag damit, ihr dabei zuzusehen, wie sie sich durch ihr provisorisches Zuhause bewegte, ihn umsorgte und den Platz des Pferdes säuberte. Dann reinigte und flickte sie erst ihre Kleidung und dann seine. Sie kochte und räumte auf. Sie klopfte sogar den Schmutz von seinem Plaid und seinem Umhang.

Nur eines tat sie nicht – mit ihm sprechen. Sie schaute ihm nicht in die Augen, und sie war sorgsam darauf bedacht, sich nicht von ihm berühren zu lassen oder ihn ihrerseits zu berühren, es sei denn, sie sah nach dem Verband um seine verletzten Rippen.

Nach einer Weile erhob Tayg sich abermals von seinem Lager, aber es gab nichts für ihn zu tun, außer in der winzigen Hütte auf und ab zu gehen. Es gab nichts zu tun, außer zu schlafen und zu essen … Sein Blick verharrte auf Cat, die merkwürdig still am Feuer saß. Ein seltsames Kribbeln schien abwechselnd über Taygs Rücken und durch seinen Bauch zu kriechen. Nay, es gab nichts zu tun, außer zu schlafen, mahnte er sich. Dieser Zustand war falsch. Es entsprach nicht seinem Naturell, sein Verlangen so niederkämpfen zu müssen. Und doch musste er es tun.

In seiner Verzweiflung schnappte er sich den Beutel, der seine Trommel enthielt. Sie glaubte nicht, dass er ein Barde war. Nun, jetzt konnte er ja einen spielen. Ein Barde würde Musik machen, wenn er irgendwo lang und im Kalten eingesperrt war. Er konnte für sie spielen, wenn er schon nichts anderes zu tun wagte.

Tayg nahm den Trommelstock in die Hand, platzierte die Trommel auf seinem Schoß und fing an, einen schlichten Takt zu schlagen. Catriona stand auf und ging zu ihrem Lager. Sie legte sich hin, zog eine Decke um sich, ließ ihn aber nicht aus den Augen.

Tayg sang erst nur für sich selbst, lauschte der Mischung aus seiner Stimme und dem Klang der Trommel. Er fand heraus, dass er ihr unterschiedliche Töne entlocken konnte, wenn er an verschiedenen Stellen aufs Trommelfell schlug, und so bewegte er seine Hand darüber, hierhin und dorthin, so wie er es bei anderen Barden gesehen hatte.

Er probierte ein zweites Lied und dann ein drittes. Er dachte, Catriona sei schon eingeschlafen, als er zu seiner Überraschung hörte, wie ihre schöne Stimme sich der seinen anschloss und ihr eindringlicher Sopran sich gleichsam um die Melodie herumwob.

»Du kannst das besser als ich«, sagte er nach dem Lied. Sie schenkte ihm ein mattes Lächeln, und er begann ein weiteres Lied, ein lebhafteres diesmal, geradezu munter für eine schottische Weise. Wieder stimmte sie mit ein, griff die Melodie auf und fügte ihr hier einen Triller und da einen Schnörkel hinzu, wie er sie noch nie gehört hatte.

»Du bist ja selbst eine Bardin, süße Cat.«

Der erschrockene Blick in ihren Augen verriet ihm, dass er etwas gesagt hatte, das er besser für sich behalten hätte. Schnell begann er wieder die Trommel zu schlagen und summte das Erste, was ihm in den Sinn kam.

»Versuchst du jetzt, mich wütend zu machen?«, fragte sie.

Er schüttelte den Kopf, summte die seltsam vertraute Weise dabei jedoch weiter. Noch wollten ihm die Worte dazu nicht einfallen, aber er wusste, dass er sich gleich erinnern würde. Weil er musste.

»Und wieder einmal weißt du nicht, was du da eigentlich summst, nicht wahr?«, meinte Cat.

»Doch …« Aber er wusste es nicht, noch nicht, nicht ganz.

»Süße Dolag von Fionn, sie ist so süß und schlau«, sang Catriona ihm die Worte vor.

»Ihr Haar, das ist wie Feuer, ihr Gesicht sieht aus wie Sau«, brachte er den Reim grinsend zu Ende. »Ach ja, jetzt erinnere ich mich wieder. Ich glaube, dieses letzte Stück lass ich weg, wenn ich es dem König vorsinge.«

»Warum willst du ihm dieses Gefasel vorsingen?« Ihr Ton war scharf.

»Dir gefällt mein Lied nicht?«

»Das ist doch kein Lied. Das ist etwas für betrunkene Idioten, mehr nicht.«

»Ja, aber wenn du mitsingen würdest, wie du es gerade getan hast, das würde das Stück über ein bloßes Trinklied hinaus erheben. Wie soll ich dem König denn sonst von den schönen Mädchen erzählen, die mir begegnet sind?«

Catriona setzte sich auf und lachte. »Wie kommst du auf die Idee, dass diese Mädchen sich vom König mit dessen Kriegern verheiraten lassen wollen? Ich vermute, selbst der berühmte Tayg von Culrain ist wie jeder andere Mann nur scharf darauf, die Zügel der Macht in die Hand zu nehmen – eingebildet, arrogant und ohne Ahnung von den Bedürfnissen und Gefühlen seiner Mitmenschen. Warum sollte sich eine Frau einen von diesen Kerlen zum Ehemann wünschen?«

Tayg zuckte innerlich zusammen bei dieser Beschreibung seiner selbst, und für einen Moment fühlte er sich Catriona fast verwandt. Über sich selbst derlei Worte zu hören, so wie er sie auch ihr gegenüber gesagt hatte, das war kein erhebendes Gefühl.

»Das ist nicht Tayg von Culrain, den du da beschreibst«, sagte er, darauf bedacht, sein schiefes Grinsen aufzusetzen, »na ja, bis auf die Eingebildetheit vielleicht, aber dazu hat er auch allen Grund.« Immerhin machte er den Mummenschanz, den er hier veranstaltete, gar nicht so schlecht, oder?

»Wenn er eingebildet ist, dann trifft auch alles andere auf ihn zu. Meiner Erfahrung nach sind diese Kerle alle gleich.«

»Und du hast reichlich Erfahrung mit Männern?«

Sie funkelte ihn an. »Genug jedenfalls. Ich habe mein ganzes Leben in einem Haushalt zugebracht, der bis zur Decke voll war mit Männern. Ich glaube, ich habe genauso viel Ahnung von ihnen wie jede andere Frau.«

»Ganz bestimmt.« Er schlug einen langsamen Takt auf der Trommel, dann blickte er über das knisternde Feuer wieder zu ihr hinüber. »Du vergleichst also alle Männer mit deinen Brüdern, ja?«

»Sie haben mir reichlich Erfahrung beschert. Zwar unterscheiden sie sich voneinander, aber jeder ist auf seine Art ein Schandfleck der Gesellschaft.«

»Alle?«

»Ailig ist manchmal ganz in Ordnung, wenn er allein ist, aber wenn die anderen dabei sind, bietet er ihnen nicht die Stirn. Er sagt nicht, was er denkt.«

»So wie du.«

»Aye. So wie ich.«

»Und du verachtest Ailig, weil er sich nicht so verhält wie du?«

»Nay. Ich verachte ihn nicht, allerdings beschreibt das recht treffend meine Gefühle für den Rest meiner Brüder. Mit Ailig habe ich … Mitleid.«

Taygs Hand hielt über der Trommel inne. »Mitleid? Warum denn?«

Catriona zupfte an der Kante des Plaids, in das sie sich gewickelt hatte, und hob die Schultern. »Es ist nicht so, dass er sich von den anderen herumkommandieren ließe, er tut nur nichts, um ihnen Einhalt zu gebieten. Ailig ist ein stiller Mensch, er bleibt für sich allein, mehr noch als die drei Schafe. Es scheint ihn nicht zu kümmern.«

»Was scheint ihn nicht zu kümmern?«

»Sein Stolz und was andere von ihm halten. Er lässt sich verspotten und verlachen, ohne den Übeltäter zur Rechenschaft zu ziehen oder sich irgendwie zu verteidigen. Immer setzt er nur sein eigentümliches kleines Halblächeln auf, als fände er alles nur leicht amüsant. Wenn er doch nur einmal …«

»Du möchtest, dass er sich ihnen widersetzt.«

»Aye. Nur einmal.«

»Warum?«

Sie sah ihn verblüfft an. »Damit sie aufhören. Was denn sonst?«

»Ach ja. Und das hat sich für dich so gut ausgezahlt, wie?«

Erkannte sie denn nicht, dass Broc immer noch so mit ihr spielte wie der beste Harfenist im Land auf seinem Instrument? Es schien, als wäre Ailig hinter das Geheimnis gekommen, wie mit ihrer Familie umzugehen war. Zu dumm, dass die sturköpfige Catriona nicht lang genug von ihrem Stolz ablassen konnte, um zu sehen, was da wirklich vor sich ging.

»Ich habe ich mich zum Narren gemacht, weil ich mich meinen Brüdern zu stark verbunden fühlte, um an mich selbst zu denken. In eine solche Lage werde ich nie wieder geraten.«

Irgendetwas in ihrem Tonfall verriet Tayg, dass sie nicht von ein- und derselben Sache sprachen. Der verlorene Ausdruck auf ihrem Gesicht zerrte an Tayg, und er spürte, dass er endlich die wahre Frau unter dem biestigen Äußeren sah, das sie für den Rest der Welt zur Schau trug. Diese harte, widerborstige Persönlichkeit schützte die weichere Seite des Mädchens, die er viel zu selten erblickte. Aber er schwieg, wollte ihre Stimmung nicht zerstören. Das verletzte Mädchen, das er da vor sich sah, faszinierte ihn. Nie wäre er darauf gekommen, dass ein solches sich hinter dieser Fassade verbarg.

»Wenn ich dir etwas erzähle, versprichst du mir dann, dass du nie ein Lied daraus machen wirst?« Jetzt sah sie ihn direkt an, wog offenbar seine Ehrlichkeit ab, ehe sie sich entschied, fortzufahren.

Das Versprechen fiel ihm nicht schwer, und so stimmte er bereitwillig zu, aber auch weil seine Neugier geweckt war durch ihr verändertes Gebaren und ihre plötzliche Bereitschaft, etwas von sich preiszugeben. Sein Versprechen schien sie zu überzeugen, und nun wandte sie den Blick wieder ab und flocht beiläufig ihr Haar.

»Als ich zwölf war, lagen wir ständig im Streit mit den MacDonells. Sie stahlen unsere Rinder. Wir holten sie uns zurück und noch ein paar von den ihren dazu. Jamie und Ailig machten nur mit, aber Broc, Callum und Gowan waren die eigentlichen Anstifter der Auseinandersetzungen, die da stattfanden. Einmal missglückte einer ihrer Streiche, und eine Hütte brannte ab. Ich glaube nicht, dass jemand verletzt wurde, aber die MacDonells ließen sich das natürlich trotzdem nicht gefallen. Eines führte zum anderen, und es dauerte nicht lang, bis mein Da und der Chief der MacDonells einander Nachrichten überbringen ließen, dass der Unsinn der jungen

Männer aufhören müsse, bevor die Sache derart außer Rand und Band gerate, dass sie nicht mehr aufzuhalten sei.«

»Warum kümmerte sie das?«

»Wir waren seit Langem Nachbarn. Freunde sogar.«

Tayg nickte. Er wusste, wie diese Dinge liefen. »Was geschah dann?«

»Als die beiden Chiefs von ihren Söhnen verlangten, das Plündern und das Kämpfen sein zu lassen, überließ es mein Da seinem Ältesten, Broc, die Angelegenheit mit den jungen MacDonells in Ordnung zu bringen.«

Tayg spürte, dass sie jetzt auf den eigentlichen Kern ihrer Geschichte kommen würde.

»Du musst wissen, dass ich zu der Zeit nichts von alldem wusste. Ich war nur ein kleines Mädchen, das gerade die ersten Anzeichen einer … einer Frau zu zeigen begann.« Sie senkte den Kopf.

»Und was für eine schöne Frau du geworden bist.« Tayg konnte die geflüsterten Worte nicht zurückhalten, und sie trugen ihm ein scheues Lächeln ein. Noch ein Rätsel. Catriona zeigte sich scheu? »Erzähl weiter«, ermunterte er sie.

»Broc sagte zu mir, er habe eine wichtige Aufgabe für mich. Da kannte ich ihn noch nicht so gut wie heute. Er war mein ältester Bruder, und ich verehrte ihn. Er war daran gewöhnt, mir Dinge aufzutragen und mich nach seiner Pfeife tanzen zu lassen, und so tat ich es auch diesmal.

Er schickte mich mit einer Nachricht zu den MacDonells. Er hatte sie auf ein Stück Pergament geschrieben. Ich wunderte mich, warum er das getan hatte und vor allem wie, denn Broc kann weder lesen noch schreiben, aber wie gesagt, ich verehrte ihn und tat, was er mir auftrug, weil ich wollte, dass er stolz auf mich war.

Ich ritt mit einem Pony dorthin, wo ich die MacDonells treffen sollte, und wartete auf sie. Als sie eintrafen, waren es nur ein paar Burschen in Brocs Alter. Ich kannte sie nicht, aber ihr Anführer war Hundsgesicht. Er war damals schon hässlich.«

Jeder Nerv in Taygs Körper kribbelte, aber er blieb still und schweigend sitzen und wartete, bis sie bereit war, weiterzuerzählen.

»Ich war nervös«, sagte sie und drehte ihren Zopf in den Händen. »Ich hatte noch nie den Boten für meine Brüder gespielt. Ich reichte die Nachricht dem Ersten, der auf mich zukam, und er gab sie an Hundsgesicht weiter. Sie brauchten eine Weile, bis sie die Worte entziffert hatten, aber schließlich schafften sie es.«

»Was stand in der Nachricht?«

»Sie wurden aufgefordert, mir ihre Waffen zu übergeben, dann sei alles vergeben.«

»Was?!«

»Aye, genauso reagierten die MacDonells. Sie lachten und sagten, es sei nicht verwunderlich, dass die einfältigen MacLeods ein Mädchen schickten, um die Arbeit eines Mannes zu tun.«

»Sie haben doch nicht etwa …«

Sie schaute zu ihm auf, die Augen groß und voll von alter Pein. »Sie haben es versucht. Sie packten mich und zogen mir meine Kleider aus, bis ich nur noch meine Leibwäsche trug. Aber es gelang mir, einem von ihnen einen Stein auf den Kopf zu hauen, und einen anderen, Hundsgesicht, trat ich zwischen die Beine. Er konnte sich nicht mehr bewegen, so groß waren seine Schmerzen, aber er befahl den anderen, mich in ein Moor in der Nähe zu werfen und mich darin verrotten zu lassen. Sie sagten … beleidigende Dinge über mich und meine Familie, während ich versuchte, aus dem Morast herauszukommen. Sie nahmen mein Pony und ließen mich dort zurück.«

»Und deine Brüder waren dir nicht gefolgt?«

»Nay. Sie wollten die MacDonells demütigen, indem sie mich als Boten schickten, verstehst du? Sie wollten ihnen zeigen, dass diese Aufgabe es nicht wert war, die Zeit eines Mannes darauf zu verschwenden.«

»Und stattdessen demütigten die MacDonells die Botin.«

Sie nickte.

»Was geschah, als du nach Hause kamst?«

»Es war schon spät in der Nacht, als ich vor dem Tor laut um Einlass bat. Meine Brüder – alle bis auf Ailig, der zu jener Zeit in Edinburgh war – wurden gerufen, und als sie mich sahen …«

Sie schüttelte den Kopf. »Freundlich waren sie nicht zu mir. Ich bekam ein Fieber, weil ich die halbe Nacht in kalten, schlammigen Kleidern zugebracht hatte. Wäre meine Kinderfrau nicht gewesen, dann wäre ich wahrscheinlich gestorben. Seitdem traue ich meinen Brüdern nicht mehr.«

Tayg wusste nicht, was er entgegnen sollte. Die Geschichte erklärte viel über Cats Verhältnis zu ihrer Familie und alles, was ihren Hass auf Hundsgesicht betraf. Es war dumm von Neill von Assynt, seinen Söhnen durchgehen zu lassen, dass sie so mit Cat umgesprungen waren. Wie konnte der Mann einer Verlobung der beiden zustimmen? Es sei denn, er wusste nichts von dem damaligen Vorfall …

»Deine Brüder waren die Narren, Cat«, sagte er sanft. Er wollte sie trösten, ihr danken, dass sie dieses Erlebnis mit ihm geteilt hatte, denn er war sicher, dass sie noch nie jemandem davon erzählt hatte. Aber er wusste nicht, wie. Wäre sie ein anderes Mädchen gewesen, hätte er sie in die Arme genommen und getröstet, aber das hatte sie sich verbeten, und er wusste, dass seine Selbstbeherrschung bestenfalls dürftig war, wenn es um sie ging.

»Wir müssen morgen von hier verschwinden«, sagte er schließlich, weil er nicht wusste, was er sonst sagen sollte. »Dieser Sturm tobt schon ewig, und wir dürfen nicht noch mehr Zeit verlieren.«

Catriona nickte, jedoch ohne ihn anzusehen. Ihre Augen waren auf das Feuer zwischen ihnen gerichtet.

Tayg widmete seine Aufmerksamkeit wieder seinem Trommelspiel.

Nach einer Weile wandte sie ihm und dem Feuer den Rücken zu und zog das Plaid um sich so fest, dass es den Schwung ihrer Hüften und ihrer Pobacken betonte. Tayg versuchte sich auf seine Trommel zu konzentrieren, obwohl er das Ding am liebsten quer durch die Hütte geschleudert und Cat in seine Arme gezogen hätte. Stolz war ihr wichtig, in demselben Maße wie Treue. Deshalb war sie so widerspenstig – die Menschen, die ihr am nächsten standen, hatten ihr den Stolz geraubt und ihre Treue verraten. Er bezweifelte, dass sie seither irgendjemanden nah an sich herangelassen hatte, weil sie fürchtete, noch mehr verletzt zu werden – nur ihm hatte sie es erlaubt. Sie hatte ihn zu sich gelassen, ganz nah, obschon sie es nicht gewollt hatte. Und er würde dieses schwer verdiente Vertrauen nicht missbrauchen. Er würde nicht zulassen, dass sie noch einmal verletzt wurde.

Vielleicht gelang es ihm jetzt, die kleinen Fallen, die Broc und die anderen in ihrem Wesen ausgelegt hatten, zu umgehen. Ihr Stolz war so groß und stark wie der seine, aber er wusste nun auch, dass dieser Stolz ein zerbrechliches Gut war.

* * *

Catriona lag still da und versuchte, Taygs leises Trommeln zu überhören. Er wurde besser, was in ihr erneut den Verdacht weckte, dass er gar kein Barde war, andernfalls wäre er von Anfang an ein besserer Trommelspieler gewesen. Aber es war eigentlich auch egal. Kein Problem jedenfalls, mit dem sie sich herumplagen musste. Solang er sie zum König brachte, kümmerte es sie nicht, was er war.

Und zu diesem Zweck musste sie ihren Plan überdenken. Ihr Bemühen, freundlich zu ihm zu sein, hatte die Innigkeit zwischen ihnen vertieft. Das Lodern der Leidenschaft, die sich zwischen ihnen entzündete, wenn sie stritten, war nichts im Vergleich zu den weitaus verstörenderen Geschehnissen, zu denen diese stille Stimmung zwischen ihnen geführt hatte. Was war bloß über sie gekommen?

Sie wusste doch, dass man einem solchen Mann nicht trauen konnte. Sie durfte die Zügel nur der berauschenden Gefühle wegen, die er in ihr geweckt hatte, nicht aus der Hand geben. Sie konnte nur hoffen, dass er keine Gelegenheit fand, ihr Verhalten oder ihre Leidensgeschichte gegen sie zu verwenden. Warum sie ihm diese erzählt hatte, wusste sie nicht genau. Vielleicht hatte das verbindende Gefühl, dass ihnen beiden von ihren Brüdern Schmerz zugefügt worden war, sie so eingelullt, dass sie sich ihm anvertraut hatte. Broc rollte die Geschichte auch heute noch immer wieder auf. Sie schien seine liebste Kindheitserinnerung zu sein, und nur mit härtesten Mitteln hatte sie ihn zumindest gelegentlich dazu gebracht, sein Maul zu halten.

Aber Tayg war anders, oder vielleicht war es auch einfach nur so, dass er ihr ein anderes Gefühl gab: In seiner Gegenwart fühlte sie sich kostbar und geschätzt. Nay, das war nur seine Art, sie zu verwirren. Sie musste sich gut vor ihm in Acht nehmen. Es gab keinen Grund, anzunehmen, dass er anders war als ihre Brüder, einerlei, ob er sein Wissen nun selbst gegen sie verwenden oder das anderen überlassen würde. Ihr Benehmen hier in dieser Wanderhütte würde nichts als Kummer und Leid zur Folge haben.

Aber sie hatte Mühe, sich selbst davon zu überzeugen.

Dieser Mann, dieser Barde Tayg, hatte einen schlechten Einfluss auf sie – er verunsicherte sie mit seinen betäubenden Küssen und seinem forschen Lächeln, dann schalt er sie, dass sie Dolag schlecht behandelt habe, und im nächsten Moment half er ihr, der Entdeckung durch ihre Brüder zu entgehen. Und kaum glaubte sie zu wissen, was er als Nächstes tun würde, überraschte er sie, indem er etwas gänzlich Unerwartetes tat, so wie gestern Nacht. Die Erinnerung an die rauschhaften Gefühle durchfluteten sie und weckten die Lust in ihr, sie noch einmal zu erleben. Aber das würde sie nicht zulassen. Niemals.

Sie würde nicht mehr auf seine besondere Art, sie zu beeinflussen, hereinfallen. Er brachte sie ständig aus dem Gleichgewicht mit seiner Unberechenbarkeit, und sie würde ihn nicht gewinnen lassen. Sie musste eben einfach jederzeit auf der Hut sein, als wäre er einer ihrer Brüder oder Hundsgesicht.

Aye. Das war es, was sie tun musste. Sie musste sich schützen, bevor seine sanften Lippen und seine süßen Küsse sie zu weiteren Torheiten verleiteten – ganz gleich, wie herrlich diese Augenblicke auch gewesen sein mochten.

Die Frage war nur: Wie?

Kapitel 12

Früh am nächsten Morgen, bevor die Sonne mehr ausrichten konnte, als das Schwarz des Himmels durch ein dunkles Grau zu ersetzen, verließen Catriona und Tayg die Hütte und wagten sich hinaus in den abflauenden Sturm. Trotz des schweren Schnees ritten sie beide auf dem Pferd. So hatte Catriona Gelegenheit, sich in der Düsternis umzusehen. Der Sturm hatte umgeknickte Bäume hinterlassen, abgerissene Äste und über allem einen hohen weißen Teppich, der im Zwielicht des frühen Morgens zu leuchten schien. Die Bäume, die stehen geblieben waren, schienen herrliche weiße Kleider zu tragen, die dort, wo der Wind den Schnee an ihren Stämmen zu hohen Wehen aufgehäuft hatte, lange Schleppen hatten. Catriona lächelte und drehte ihr Gesicht in den leichten Schneefall. Die Flocken schwebten jetzt träge hernieder und versahen die Kleider der Bäume mit einem seidigen Saum.

Das Pferd rutschte und glitt den Hang zum Weg hinunter, offenkundig ebenso erpicht darauf, der Enge ihres vorübergehenden Heimes zu entkommen, wie sie und Tayg es gewesen waren. Zu zweit auf dem Tier zu reiten war nicht Catrionas Idee gewesen, aber der Schnee war so tief, dass Tayg sie von der Notwendigkeit überzeugt hatte, wollte sie den Tag nicht schon frierend und nass beginnen. Sie versuchte sich von seinem Rücken fernzuhalten, versuchte ihre Schenkel nicht mit den seinen in Berührung kommen zu lassen, wozu seine Wärme sie lockte. Als das Pferd abrupt stehen blieb und sein Gewicht verlagerte, wäre Catriona von ihrem unsicheren Platz hinter dem Sattel gerutscht, hätte Tayg nicht zugefasst und sie aufgefangen.

»Halte dich lieber an mir fest, wenn du nicht im Schnee landen willst«, riet er ihr.

Das Grinsen in seinem Gesicht verriet Cat, dass er genau wusste, warum sie das nicht wollte. Ihn zu berühren war gefährlich. Wenn sie ihn berührte, konnte sie an nichts anderes mehr denken als seine Wärme, seinen Duft und das quälende Kribbeln, das seine Finger hinterließen, wo immer er sie berührte.

Er lupfte eine Augenbraue. »Plagt dich etwas?«

Cat funkelte ihn an und schlang lose die Arme um seine Hüfte.

»Du musst dich schon ein bisschen besser festhalten, wenn du nicht wirklich herunterfallen willst.«

Sie stieß den Atem aus und verstärkte ihren Griff. Dabei gab sie sich alle Mühe, zu ignorieren, wie perfekt sich sein Rücken an sie schmiegte und sie dazu einlud, ihre Wange darauf zu legen, wie ihre Schenkel sich von hinten gegen die seinen drückten, wie ihre Beine sich spreizten und sein Hintern sich in ihren heißer werdenden Schoß schmiegte. Ihr Verstand wollte sich in jene Tiefe stürzen, in der alles Denken schwand und Gefühle das Zepter schwangen, aber sie kämpfte eisern darum, genau das nicht geschehen zu lassen.

»Glaubst du, Hundsgesicht und meine Brüder haben sich gemeinsam auf den Weg gemacht?«, fragte sie in dem Versuch sich abzulenken von dem sinnlichen Nebel, der sie einzuhüllen drohte.

»Sie sind nicht miteinander eingetroffen … nay, ich glaube, Hundsgesicht hat nach mir gesucht, und deine Brüder suchen natürlich nach dir. Ich nehme allerdings an, dass es sie überrascht hat, auf ihrer Suche am selben Ort gelandet zu sein.«

Darüber dachte Catriona kurz nach. »Wollte Hundsgesicht sein Schreiben zurückfordern? Hat er dich gefragt, warum du es Broc nicht überbracht hast?«

»Dazu hatte er keine Gelegenheit, aber ich glaube nicht, dass es ihn sonderlich kümmerte, ob ich es noch hatte oder nicht. Ich denke, er hatte mit mir in etwa dasselbe vor wie das, was deine Brüder mir verpasst haben.«

»Dann steckt also mehr hinter dieser Jagd als nur ein Sendschreiben, das nicht überbracht wurde.«

»Vielleicht ist er hinter mir her, weil ich dich ihm weggenommen habe.«

»Du hast mich ihm nicht weggenommen.« Gut. Ein Streit kam ihr gerade recht.

Er warf einen fragenden Blick über seine Schulter.

»Hast du nicht. Ich habe dich gezwungen, mich mitzunehmen. Das ist etwas anderes.«

»Wie du meinst«, sagte er und wandte sich wieder nach vorn.

»Außerdem hast du gesagt, er wusste nicht, dass ich bei dir war.«

»Ja, das habe ich gesagt.«

»Warum ist er dann hinter dir her, wenn er doch nicht weiß, dass ich hier bin?«

Von einem Baum am Wegesrand fiel ein Schneeklumpen und erschreckte das Pferd so sehr, dass es zur Seite tänzelte. Cat war gezwungen, ihren Griff um Taygs Hüfte zu verstärken. Als er das Tier wieder unter Kontrolle hatte, setzte sie das Gespräch fort.

»Du hast meine Frage nicht beantwortet«, erinnerte sie ihn.

»Das ist richtig.«

»Gab es da vielleicht ein Mädchen auf Dun Donell? Hast du Hundsgesicht ein anderes Mädchen weggenommen?«

Tayg lachte. »Ich dachte, ich hätte dich ihm nicht weggenommen.«

»Du weißt, was ich meine.«

»Aye, aber du bist die einzige Frau, um die es zwischen uns geht, ob er nun von dir weiß oder nicht.«

»Was ist dann der Grund?«

»Warum willst du das wissen?«

»Warum willst du es mir nicht verraten?«

Tayg schwieg einen Moment lang. »Um deiner eigenen Sicherheit willen.«

»Unwissenheit wird mich nicht schützen, wenn er uns zu fassen bekommt. Er wird annehmen, dass ich weiß, was du gegen ihn in der Hand hast.«

»Genug davon, Cat.«

»Nein, es ist nicht genug. Ich möchte wissen, was es zwischen dir und Hundsgesicht gibt, das so wichtig ist, dass er dir deswegen im Winter durch die Highlands folgt.« Sie überlegte kurz. »Eine Frau ist es nicht. Dann vielleicht Reichtum oder Wissen? Nay, Hundsgesicht ist zu dumm, um über irgendwelches Wissen zu verfügen, ob es nun nützlich ist oder was auch immer.«

»Du unterschätzt ihn. Er mag hässlich sein und alles in sich vereinen, was du nicht zum Ehemann haben willst, aber dumm ist er nicht. In dem Fall wäre er weniger gefährlich.«

»Aha, dann geht es also um etwas, das du weißt.«

Tayg schüttelte den Kopf und trieb das Pferd durch eine tiefe Schneewehe. »Du weißt nicht, wovon du redest, Cat. Lass es ruhen.«

Catriona lächelte vor sich hin und schmiegte sich dichter an Taygs Rücken. »Dann bin ich also auf der richtigen Fährte.«

»Aye«, sagte Tayg, und seine Stimme klang merkwürdig gepresst, während er im Sattel zurechtrutschte. »Was wünschst du dir von einem Ehemann?«

»Du wechselst das Thema.«

»Aye, aber ich möchte es trotzdem gern wissen.«

»Abgesehen davon, dass es nicht Hundsgesicht MacDonell sein soll?«

»Abgesehen davon, ja.«

Catriona schloss die Augen und versuchte, sich den perfekten Ehemann vorzustellen. »Er sollte freundlich sein. Fürsorglich. Er sollte mich nicht ständig aufregen, wie es alle anderen Männer tun, denen ich je begegnet bin.«

Tayg schnaubte. »Und wie sollte er aussehen?«

»Er sollte groß sein, aber nicht viel größer als ich. Er sollte dunkle Haare und funkelnde Augen haben und einen Mund mit Grübchen auf beiden Seiten. Er sollte viel lachen und mich zum Lachen bringen.«

»Ist das alles, was er tun soll?«

Catriona stockte der Atem in der Kehle ob dieser leise gestellten Frage, die wie heißes Wasser über ihre Haut zu rinnen schien und eine fast schmerzhafte Erkenntnis hinterließ. »Was meinst du damit?«, fragte sie.

»Was ist mit Kindern? Und soll er dich nicht wertschätzen, auf Händen tragen? Möchtest du das etwa nicht?«

»Aye, ein perfekter Ehemann würde mir auch Kinder schenken.«

»Und alles andere?«

Catriona spürte, wie ihre Wangen sich erhitzten und die Tiefe wieder lockte. »Und alles andere auch, aber dazu wird es nicht kommen.«

»Du glaubst, du könntest keinen solchen Mann finden?«

»Ich werde nie einen finden. Keinen, der mich heiraten wird.«

»Wie kannst du dir da so sicher sein?«

»Weil es einen solchen Mann nicht gibt. Das alles ist nur ein dummer Traum.«

»Warum willst du dann überhaupt heiraten?«

Catriona schwieg eine Weile. Ja, warum eigentlich? Damit sie Hundsgesicht nicht heiraten musste, gewiss. Um ihren Clan vor einem Bündnis mit den MacDonells zu bewahren. Doch das würde Broc kaum daran hindern, etwas anderes, gleichermaßen Dummes zu tun. Wenn sie den König überzeugen könnte, dass Ailig der beste Mann war, um dem Clan vorzustehen, dann hätte sie dem Clan etwas Gutes getan.

Vielleicht spielte aber auch der Wunsch, ihren Brüdern zu beweisen, dass sie ihr eigenes Leben führen konnte, eine Rolle, dass sie es besser treffen konnte als sie alle zusammen? Aber wie führte sie ihr eigenes Leben, wenn sie sich einen Ehemann aussuchte, ohne seinen Charakter zu kennen, ohne zu wissen, aus welchem Holz er geschnitzt war? Wie sollte irgendein Mann die Probleme lösen, die sie mit ihren Brüdern hatte?

In einem Augenblick blendender Klarheit erkannte sie, dass nichts, was sie tun konnte, ihr Problem mit ihren Brüdern lösen würde, und ihre Chance, den König zu überreden, den jüngsten Sohn vor den Erstgeborenen zu setzen, war lächerlich gering.

Vielleicht brauchte sie in Wirklichkeit jemanden, der ihr half, das vernunftlose Benehmen ihrer Brüder ins Lot zu bringen, jemanden, auf den sie hören würden und den sie so sehr respektierten, dass sie ihm ein Mitspracherecht bei der Führung des Clans gewährten. Jemanden, der seinerseits auch auf sie hören würde. Jemanden, der ihr das Gefühl gab, geschätzt und begehrt zu werden, der ihr Blut in Wallung brachte wie Tayg …

Nay, ihre Brüder würden nie und nimmer den Rat eines einfachen reisenden Barden beherzigen, der noch nicht einmal gut singen konnte. Sie würden sie auslachen ob ihrer Selbstsüchtigkeit, einen solchen Mann zu ehelichen, der nichts von Wert in den Clan einbrachte und das Bündnis mit den MacDonells verdarb, das Broc für so wichtig hielt.

Sie holte tief Luft, um ihr heftig pochendes Herz zu beruhigen. Sie musste ihren Weg zum König fortsetzen, und vielleicht konnte sie ihn ersuchen, jemanden für sie zu finden, den ihre Brüder als würdig erachten würden und der auch für sie als Berater akzeptabel war. Es kam nicht darauf an, ob er ihr gefiel, ob er zu ihr passte und ob er ihre Träume erfüllte oder nicht. Sie durfte nicht an sich denken. Der Clan war wichtig, ihre eigenen Wünsche hingegen …

»Nun?«, fragte Tayg.

»Was?«

»Warum willst du heiraten?«

»Das habe ich dir doch schon einmal gesagt. Warum glaubst du, meine Antwort würde jetzt anders ausfallen?«, versetzte sie, wütend, dass er ihre Gedanken in diese Richtung gezwungen hatte.

Tayg schüttelte seufzend den Kopf, als hätte er tatsächlich eine andere Antwort von ihr erwartet.

Aber es konnte keine andere Antwort geben.

* * *

Während sie zu Mittag aßen, hörte der Schneefall endlich auf. Tayg reichte Cat das übliche Haferplätzchen und dazu getrocknetes Rindfleisch, dann zog er eine zugestöpselte Flasche von ganz unten aus der Tasche.

»Was ist das?« Er hielt die Flasche hoch, damit Cat sie sehen konnte.

Sie zuckte mit den Schultern. »Woher soll ich das wissen? Sie war doch in deiner Tasche. Vielleicht ein weiteres deiner Geheimnisse?«

Taygs Brauen senkten sich über seine dunklen Augen, als musterte er etwas Kleines, Hässliches. Cat drückte die Lippen fest aufeinander, um sich daran zu hindern, ihm die Zunge herauszustrecken. Sie war seit dem Ende ihres Gesprächs vor ein paar Stunden wütend. Warum hatte er sie nur dazu getrieben, nachzudenken über das, was sie nicht, was sie *niemals* haben konnte? Einen perfekten Ehemann. Pah! Das Leben war zu kompliziert, als dass es einen solchen geben konnte.

Tayg zog den Lederstöpsel aus der Flasche und schnüffelte. Ein breites Grinsen legte sich über sein Gesicht, ließ seine Augen inmitten der verblassenden Blutergüsse aufblitzen und umrahmte seinen verlockenden Mund mit tiefen Grübchen, bevor er den Kopf nach hinten legte und einen großen Schluck trank.

»Ah! Lebenswasser«, sagte er, dann nahm er noch einen Zug aus der Flasche. Cat konnte ihn nur anstarren, all ihre Gedanken über den perfekten Ehemann schlugen über ihr zusammen wie die sturmgepeitschte See. Sie hatte Tayg beschrieben. Sie hatte all seine Eigenheiten beschrieben, die sie so zu schätzen und zu bewundern gelernt hatte, sowohl die seines Körpers als auch die seines Wesens. Bis auf die eine Eigenschaft, sie in Rage zu versetzen. Aber sie hatte den perfekten Ehemann beschrieben.

Cat keuchte erschrocken auf.

»Das ist nur Whisky, Cat, nichts, was dich erschrecken müsste.«

Er reichte ihr die Flasche. Sie nahm sie entgegen, sorgsam darauf achtend, seine Finger nicht zu berühren. Sie hob sie an ihren Mund und spürte, dass das dicke Glas noch warm war von seinen Lippen. Sie trank und erstickte dann beinahe, als Feuer durch ihre Kehle zu fließen schien und in ihrem Bauch explodierte. Ein Hustenanfall schüttelte sie. Tayg rückte neben sie, nahm ihr die Flasche aus der Hand und reichte ihr einen Trinkschlauch mit Wasser.

»Hier, trink das«, sagte er und strich ihr eine verirrte Haarsträhne von den Lippen.

Das kühle Wasser linderte das Brennen in ihrem Hals. Dann stieß sie Tayg ihren Ellbogen in die Rippen.

»Umpf!«

»Fass mich nicht noch einmal an.«

»Ein Glück, dass du nicht Brocs Fäuste geerbt hast.«

Catriona erstarrte. Seine Rippen! Sie war so wütend auf ihn gewesen, dass sie seine verletzten Rippen ganz vergessen hatte. »Fühlst du dich so wohl, dass wir uns wieder auf den Weg machen können?« Sie bedauerte ihren scharfen Ton nicht. Sie war *immer noch* wütend auf ihn.

»Ich fühle mich wohl genug, und wir haben sowieso keine andere Wahl. Ich glaube nicht, dass die Rippen gebrochen sind, nur geprellt. Der Verband hilft, dein Ellbogen allerdings nicht.«

»Ein Jammer, dass wir dir nicht auch den Mund zubinden können.«

Er schüttelte den Kopf. »Ist dir eigentlich klar, dass du dich immer in deine Rolle als Biest zurückziehst, wenn du Angst hast oder dich bedroht fühlst?«

»Tu ich nicht.«

»Aye, süße Cat, das tust du, aber zu beidem hast du mit mir keinen Grund. Oder hast du Angst vor mir?«

Cat starrte ihn an, blickte in das Gesicht, das ihr so vertraut geworden war, dass sie es mit geschlossenen Augen beschreiben konnte …

Aber er war es nicht, vor dem sie Angst hatte – sie hatte Angst vor sich selbst und davor, wie sie reagierte, wenn er ihr nahe war. Sie stand auf und ging zu der anderen Seite der Lichtung hinüber, auf die sie gestoßen waren.

»Ich habe vor nichts Angst, Barde. Inzwischen müsstest du mich doch wenigstens so gut kennen.« Sie wandte sich ab von ihm und der Enttäuschung, die sie in seinen Augen las, und es überraschte sie, wie sehr sich diese Enttäuschung in ihrem eigenen Herzen widerspiegelte. Es war nicht seine Schuld, dass ihr Herz so aus der Rolle fiel. Aber sie gab dem Drängen ihres Herzens nicht nach. Sie würde ihren Kopf benutzen. Es ging nicht anders. Ihre Zukunft und die ihres Clans hingen davon ab.

* * *

Sie hatten einen vorläufigen Frieden geschlossen, seit sie sich wieder auf den verschneiten Weg entlang des immer breiter werdenden Flusses gemacht hatten. Er ärgerte sie nicht. Sie fuhr ihn nicht an. Mehr noch, sie hatte sich so sehr entspannt, dass sie eingeschlafen war, mit der Wange an seinen Rücken gelehnt, die Arme locker um seine Hüften gelegt. Fast konnte er glauben, dass sie ihn mochte. Immerhin mochte sie ihn so sehr, dass sie sich um sein Befinden sorgte. Sie mochte ihn so sehr, dass sie unter seinen Küssen dahinschmolz wie eine Kerze aus feinem Bienenwachs.

Er atmete tief durch und versuchte, das Drängen in seinem Körper zu bezwingen, das in ihm aufstieg, wann immer er an diese Küsse dachte, an ihre Lippen und daran, wie ihr Leib sich unter seinen Händen erwärmte.

Er holte noch einmal tief Luft. Er musste ihr die Wahrheit über sich erzählen und zwar bald. Und doch schien es so viele Gründe zu geben, ihr die Wahrheit nicht zu offenbaren, wenigstens noch nicht. Sie war zufrieden, mit ihrem Barden zu reisen. Sie war entspannt, beruhigt, und nur wenn sie sich vor etwas fürchtete, zog sie sich wieder in das Biest zurück. Je näher sie einander kamen, desto sanfter wurde sie.

Gefährlich sanft.

Natürlich würde sich das alles ändern, wenn er sich ihr erst einmal zu erkennen gegeben hatte und ihr verriet, weshalb er sie wirklich zum König brachte. Sie würde ihn hassen. Er konnte schon hören, wie sie ihn einen Lügner schimpfte, er konnte den Schmerz in ihrer Stimme hören, den Schmerz in ihren Augen sehen. Er wollte ihr diesen Schmerz nicht bereiten, aber er konnte ihr die Wahrheit nicht auf ewig vorenthalten, nur noch einen Tag oder zwei. Schon bald würden sie in die Nähe des Landes der Munro kommen, wo man ihn kannte. Aber noch war es nicht so weit. Die Ruhe war heilsam. Das Vertrauen, das aus ihrer entspannten Haltung sprach, war herrlich. Und er war nicht bereit, all das schon aufzugeben.

Ein Reh brach von rechts aus dem Wald und erschreckte das Pferd. Er packte Cats Arme, und im selben Moment verstärkte sie ihren Griff und drückte sich ein klein wenig zu fest gegen seine empfindlichen Rippen.

»Ist schon gut, Mädchen. Nur ein Reh.«

»Zu dumm, dass wir es nicht erlegen können. Etwas frisches Fleisch wäre mir sehr recht«, sagte sie. Ihre Stimme klang schläfrig und warm. Tayg ertappte sich bei dem Wunsch, sie öfter so hören zu können.

Fast augenblicklich preschte ein weiteres Reh aus dem Wald hervor, und dieses rannte fast in das Pferd hinein und erschreckte es so, dass es auf dem vereisten Weg einen Schritt zur Seite tat. Tayg hatte Mühe, das Tier zu besänftigen, und das Reh verschwand den Weg hinunter in die Richtung, aus der er und Cat gekommen waren. Ebenso unvermittelt barst ein Pferd mit einem bärenhaften Mann auf dem Rücken genau dort aus dem Wald, wo das Reh zum Vorschein gekommen war. Pferd und Reiter prallten beinahe mit ihnen zusammen und drängten sie gefährlich nahe an das steile Flussufer.

»Entschuldigt«, rief der Mann, während er sich bemühte, sein schneeweißes Pferd wieder in den Griff zu bekommen.

»Ihr habt uns fast in den Fluss gestoßen!« Cats Stimme war voller Angst und Sorge. Tayg lenkte ihr Pferd vom Rand des Weges fort.

»Aye, Mistress, ich sollte besser aufpassen. Ich habe ein Reh gejagt.«

»Es ist da lang«, sagte Tayg und wies mit dem Daumen über seine Schulter, »aber inzwischen ist es längst auf und davon.«

Der Mann nickte. »Ich hätte mir das Vergnügen, ihm nachzusetzen, verkneifen sollen, aber es ist lang her, seit ich zuletzt gejagt habe.« Er lächelte ihnen zu. »Ich bin Bruder John aus der Abtei zu Auskaird. Wohin seid Ihr unterwegs, Freunde?«

»Nach Dingwall«, antwortete Catriona. Ihre Stimme hatte sich beruhigt, nur fiel es Tayg schwer zu atmen, so fest umklammerte sie seine Leibesmitte.

»Aha«, sagte der Mönch, »mein Ziel liegt dort ganz in der Nähe. Habt Ihr von der neuen Abtei gehört, die die Schwester des Earls von Ross gegründet hat?«

Tayg nickte. Catriona schüttelte den Kopf.

»Noch ist es ein bescheidenes Plätzchen. Die Äbtissin hat nur eine kleine Zahl von Schützlingen, aber es werden bald mehr werden, dessen bin ich mir sicher. Ich will dorthin, um bei der Führung der Abrechnungen behilflich zu sein und natürlich um der Hochzeit der Schwester des Königs mit dem Sohn des Earls beizuwohnen.« Das Grinsen auf seinem runden Gesicht war so breit, dass es von einem Ohr zum anderen zu reichen schien.

»Dann solltet Ihr mit uns reisen«, meinte Catriona.

Tayg drehte sich im Sattel zu ihr um. Sein Magen verkrampfte sich plötzlich. Wollte sie denn, dass ihre Tarnung aufgedeckt wurde? Sie hob eine Augenbraue, wie um ihn herauszufordern, ihr doch zu widersprechen, dann ließ sie ihn los. So war das also. Sie wollte diesen Mönch benutzen, um sich davor zu schützen, ihren Gefühlen nachzugeben, die immer offensichtlicher wurden und immer schwieriger zu ignorieren waren.

»Das wäre mir eine Freude«, sagte der Mönch und lenkte sein Pferd neben ihnen auf den Weg. »Aber Ihr habt mir noch gar nicht gesagt, wie man Euch heißt. Ich kann nicht mit völlig Fremden reisen«, fügte er mit einem weiteren breiten Lächeln hinzu.

»Ich heiße Cat, und das ist Tayg.«

Der Mönch warf Tayg einen verwunderten Blick zu.

»Ich bin ein Barde«, sagte Tayg schnell, bevor der Mönch eine Frage stellen konnte, die er im Augenblick wirklich nicht beantworten wollte.

Der Mönch musterte ihn kurz, dann richtete er sein Augenmerk auf Cat. »Ich bin erfreut, Eure Bekanntschaft zu machen, Cat und Tayg, der Barde.«

Tayg sah ein Flackern in den Augen des Mönchs, das ihn beunruhigte. Er kannte den Mann nicht, aber das hieß keineswegs, dass der Mönch ihn nicht kannte. Er musste herausfinden, was der Mann wusste, nur nicht, solang Cat in Hörweite war.

Sie ritten den Pfad entlang, die Pferde Seite an Seite, da der Weg breit genug war.

»Warum reist Ihr zu dieser Jahreszeit?«, fragte der Mönch nach einer Weile.

»Um zu heiraten«, sagte Cat. In ihrer Stimme lag ein merkwürdig selbstgefälliger Ton, der Taygs Wut reizte.

»Ihr seid nicht verheiratet? Warum wartet Ihr da bis Dingwall? Ihr solltet nicht allein miteinander reisen, wenn Ihr nicht verheiratet seid.«

»Wir sind nicht …«, begann Cat, doch Tayg unterbrach sie.

»Die Hochzeit soll mit dem Segen des Chiefs und, wenn wir Glück haben, des Königs stattfinden. Deshalb sind wir nach Dingwall unterwegs.«

Die dichten schwarzen Brauen des Mönchs zogen sich zusammen und bildeten ein steiles V über seinen Augen. »Aber Euer Chief ist … Angus Dubh von Culrain, oder?«

Tayg verkniff sich mit Mühe ein Zusammenzucken. Kannte ihn dieser Mann also?

»Und Ihr musstet Eure Braut abholen?«, fuhr der Mönch fort. »Warum hat ihre Familie sie nicht zu Euch gebracht?«

»Die Braut hat keine Familie«, erklärte Cat rasch, bevor Tayg ihr abermals das Wort abschneiden konnte.

Tayg zwickte sie in den Arm, der um seine Hüften lag.

»Au!«

»Oh, tut mir leid, Liebes. Hab ich dich gekniffen? Sie ist so ein zartes Ding«, sagte er mit einem, wie er hoffte, unschuldigen Lächeln.

Der Mönch nickte nur. »Ich hatte daran gedacht, die Nacht bei der Familie meines Cousins zu verbringen. Ihr solltet mit mir kommen, dann reiten wir gemeinsam nach Culrain. Wie ich gehört habe, wird der König dort einkehren, bevor er nach Dingwall zur Hochzeit reist. Dann erhaltet Ihr den gewünschten Segen, und ich kann Euer angemessener Begleiter sein.«

»Nay«, sagten Tayg und Cat im Chor.

»Euer Angebot ist sehr freundlich, aber wir sind ohnehin schon spät dran. Wir müssen uns beeilen, so gut es geht«, erklärte Tayg. »Wir sind nun schon so lang allein unterwegs, da machen ein oder zwei Tage mehr keinen Unterschied.«

»Dem kann ich nicht beipflichten, junger Barde. Es ist nicht recht, dass Ihr zwei so weitermacht, ohne Ehegelübde und Gottes Segen. Ihr müsst mir erlauben, Euch zu begleiten, sonst …«

»Oh, das Jawort haben wir uns schon gegeben, Bruder«, warf Cat ein.

Tayg und der Mönch fuhren im Sattel herum und sahen sie an. Tayg versuchte ihr mit seiner finsteren Miene zu bedeuten, dass sie still sein solle, aber sie grinste nur und schlang ihre Arme fest um ihn, drückte ihm ihren Busen ins Kreuz, und seine Gedanken erloschen kurz.

»Wie kommt das, Kind?«, fragte der Mönch. Seine buschigen schwarzen Brauen rückten noch weiter auf seine Nasenwurzel zu.

»Ihr habt natürlich recht. Es geziemt sich nicht für ein Mädchen, ohne Begleitung mit seinem Verlobten zu reisen, darum haben wir das Ehegelübde just heute Morgen vor Zeugen abgelegt, bevor wir uns auf den Weg machten. Und in Culrain«, sie schaute Tayg nach Bestätigung heischend an, aber der rollte nur mit den Augen, »wollen wir unsere Heirat vom Chief segnen lassen und natürlich feiern.«

Der Mönch grinste. »Dann ist das also Eure Hochzeitsnacht?«

Tayg spürte, wie Cat an seinem Rücken erstarrte, aber sie löste sich nicht von ihm. Der verwirrende Druck ihrer Brüste war selbst durch seinen dicken Umhang hindurch zu spüren und machte es ihm schwer, sich auf den Sumpf von Lügen zu konzentrieren, den sie sich da aus den Fingern sog und in dem sie sich leicht verirren konnten.

»Mein Cousin lebt nicht weit von hier entfernt. Dort werden wir ein Hochzeitsessen veranstalten, und Ihr sollt ein Bett für Eure Hochzeitsnacht haben anstatt eines harten Fleckchens im Schnee.« Der Mönch trieb sein Pferd zu einer schnelleren Gangart an, ritt voraus und wies ihnen den Weg.

Tayg schaute über seine Schulter nach hinten und funkelte Cat wütend an. »Unsere Hochzeitsnacht?«, fragte er leise und in möglichst anzüglichem Ton.

Sie erwiderte seinen Blick nicht minder finster. »Komm bloß nicht auf dumme Gedanken, Barde. Das wird keine Hochzeitsnacht. Ich habe uns nur ein warmes Plätzchen zum Ausruhen verschafft, und dann können wir unsere Reise fortsetzen. Mir ist kalt, ich habe Hunger, und du bist noch nicht wieder gesund.«

»Deshalb hättest du den Mann nicht anlügen müssen.«

Immerhin besaß sie genug Anstand, wenigstens zu erröten. »Die Worte kamen mir über die Lippen, bevor ich es verhindern konnte.«

»Dann sag jetzt einfach nichts mehr. Wir müssen sehr vorsichtig sein und achtgeben, dass wir uns nicht verraten.«

Tayg drehte sich wieder um und blickte über den Kopf des Pferdes hinweg nach vorn. Eine Hochzeitsnacht. Wie sollte er die Finger von dem Mädchen lassen, wenn ihre Gastgeber erwarteten, dass sie sich wie liebeshungrige frisch Vermählte benahmen? Er konnte sich doch schon kaum beherrschen, wenn er keine solchen Gelegenheiten hatte, wie sie sich ihm nun bieten würden. Er schnaufte tief durch und machte sich daran, seine Liste von Gründen durchzugehen, weshalb er Cat nicht wollte … nur fiel ihm keiner dieser Gründe mehr ein.

Jetzt hatten sie den Mönch erst einmal am Hals, zumindest bis sie die Hütte seines Cousins erreicht hatten. Wenn er angestrengt nachdachte und die Bilder, die das Wort »Hochzeitsnacht« heraufbeschwor, aus seinem Kopf verbannte, würde er vielleicht einen Grund finden, weshalb sie die Nacht nicht in einer gemütlichen, warmen Hütte und in einem richtigen Bett und … miteinander verbringen konnten.

Er versuchte die Augen zu verschließen vor dem Bild, das er im Geiste vor sich sah – Cat, ausgestreckt auf seinem eigenen großen Federbett, ihr seidenweiches ebenholzschwarzes Haar um sie herum ausgebreitet, und dazu leuchtete ihre Haut im Kerzenlicht.

Er stöhnte. Vielleicht würden sie sich in der Nacht einfach davonstehlen. Das hatten sie schließlich schon einmal getan. Sie bekamen richtig Übung darin, sich unbemerkt davonzumachen.

Wenn sie es nicht taten, dann wusste er nicht, wie sie beide in dieser Nacht auch nur ein Auge schließen sollten.

* * *

Tiefer Schnee verlangsamte ihr Vorankommen, und so war es fast dunkel, als sie sich der Hütte des Cousins näherten. Der vertraute Geruch von Torfrauch hüllte die Hütte ein. Trotz der Gefahr, die es bedeutete, noch mehr Zeit mit dem Mönch zu verbringen, der mehr über Tayg zu wissen schien, als er preisgegeben hatte, war er dankbar für die Aussicht auf eine warme Mahlzeit und einen Schlafplatz am Feuer. Catriona zitterte an seinen Rücken gelehnt, und er wusste, dass auch sie sich über die Gastfreundschaft des Cousins freuen würde. Trotzdem, die Familie des Cousins mochte Tayg kennen, und dann gab es da ja noch das Problem, dass der Mönch glaubte, dies sei ihre Hochzeitsnacht. Was Ersteres anging, konnte er nichts tun, im Moment jedenfalls nicht, wohl aber in der anderen Sache. Er hatte beschlossen, dass sie am Feuer schlafen würden, wo sie sicherlich von der Familie und dem Mönch umgeben wären, so könnten sie dem Zauber zwischen ihnen nicht nachgeben, dem zu widerstehen ihnen immer schwerer fiel.

Die Pferde blieben vor der Hütte stehen, wo ein kleiner Garten angelegt war, und Taygs Aufmerksamkeit richtete sich wieder auf das augenblickliche Geschehen.

»Wir warten hier, während Ihr Euren Cousin und seine Familie begrüßt und ihn auf seine zusätzlichen Gäste vorbereitet«, sagte er. Er hielt Cat am Arm zurück, als sie Anstalten machte, abzusitzen.

Sie sah ihn aufgebracht an, beruhigte sich unter seinem Blick jedoch. Sie fror, genau wie er, aber er musste kurz allein mit ihr sprechen, um sie in seinen Plan einzuweihen.

Bruder John ging um sein Pferd herum und schaute mit einem entschlossenen Ausdruck auf dem runden Gesicht zu Tayg auf. »Unsinn, Junge. Runter mit Euch und der Lady vom Pferd, und raus aus der Kälte. Gair und Lina haben gegen den zusätzlichen Besuch gewiss nichts einzuwenden.«

Tayg zuckte zusammen, als er den Namen hörte. Das konnte doch nicht wahr sein. Sicher, Gair war ein geläufiger Name, und sie waren doch noch so weit von Culrain entfernt, dass es nicht sein konnte …

Der Mönch griff nach oben, um Cat zu helfen, und Tayg blieb nichts anderes übrig, als ihr zu erlauben, sich vom Pferd zu schwingen. Er folgte ihr rasch nach, Furcht verkrampfte ihm den Magen, und seine Sinne waren in voller Alarmbereitschaft, als ginge es in eine Schlacht.

Cat berührte ihn am Arm, und die Sorge in ihren Augen überraschte ihn. »Was ist, Tayg?«

»Hüte deine Zunge, Cat«, flüsterte er ihr zu und erntete einen wütenden Blick.

»Daran brauchst du mich nicht zu erinnern, Barde.« Sie betonte das Wort so, dass es wie eine Beleidigung klang.

War ihr die Reaktion des Mönchs auf seinen Namen aufgefallen? Zweifelte sie nun auch an ihm? Nay, sie war einfach nur nervös, und ihr war kalt, und deshalb zog sie sich hinter ihre widerborstige Fassade zurück.

»Wir müssen uns wie frisch Vermählte benehmen«, sagte er und wackelte mit den Augenbrauen, um sie zum Lächeln zu bringen.

»Das ist mir schon klar«, versetzte sie ebenso scharf wie knapp.

»Du tust ja gerade so, als wäre das ein schreckliches Los«, erwiderte er und nahm ihre Hand, während sie dem Mönch folgten. »Wäre das denn so schrecklich?«

Cat wollte zu einer Antwort ansetzen, hielt jedoch mit erschrockenem Blick inne.

»Kommt, kommt, meine Kinder. Es ist bitterkalt, und irgendetwas riecht hier schon ausgesprochen lecker.« Der Mönch klopfte mit der Faust einmal an die Tür, dann stieß er sie mit einem lautstarken »Hallo alle zusammen!« auf.

Tayg und Cat blieben an der Tür stehen und schauten in einen Raum voller Menschen. Eine große, dralle Frau in einem schlichten rostroten Kleid stand am Herd und rührte in einem schwarzen Kessel. Ein Leinenschleier bedeckte ihren Kopf, ein langer rotblonder Zopf, mit grauen Strähnen durchsetzt, schlängelte sich darunter hervor und über ihren Rücken.

»Oh, John!«, rief sie aus, ein breites Lächeln im Gesicht. Sie schwang ihre Kelle wie zum Gruß. »Kommt nur herein, seid uns willkommen!«

Überall waren Kinder, die einen lachten, die anderen zankten sich, und wieder andere stellten Geschirr aufs Ende eines rustikalen Tisches nahe dem Feuer, doch ließen sie alles stehen und liegen und stürmten vor Freude quiekend und kichernd auf den Mönch zu, kaum dass er eingetreten war.

Im hinteren Teil des gemütlichen Raumes stieg ein Mann eine Leiter herunter. Als Erstes waren seine Füße zu sehen, dann folgte der Rest aus dem Dachboden nach. Tayg packte die Angst. Er war ertappt.

Auld Gair, der alte Gair, der mit Tayg und Robbie fur The Bruce gekämpft hatte, sprang von der letzten Sprosse herab und wandte sich den Neuankömmlingen zu.

»John«, sagte er, »wir dachten schon, du hättest dich im Sturm verirrt!« Er schritt durch den Raum und schloss den Mönch fest in die Arme.

Tayg straffte die Schultern und wappnete sich. Gleich würde Gair sich ihm zuwenden und enthüllen, wer er wirklich war. Gair konnte er nicht belügen, nein, der Mann würde ihm sogar helfen, zum König zu gelangen, nur würde Catriona es nicht verstehen. Für sie würde nur zählen, dass er sie belogen, sie betrogen und benutzt hatte, denn sie würde, sobald die wahre Bedeutung des Sendschreibens offenbart war, auch verstehen, warum er sie zum König brachte. Sie war zu klug, um nicht dahinterzukommen. Und er wollte ihr doch auf keinen Fall wehtun. Er brauchte Zeit, um ihr alles zu erklären. Aber diese Zeit würde er nicht haben.

Gair und Bruder John schlugen einander auf die Schultern und wechselten minutenlang freundschaftliche Frotzeleien, derweil Tayg spürte, wie ihm der Schweiß über den Rücken rann, während er auf das Unvermeidliche wartete. Cat stand schweigend neben ihm, ohne zu ahnen, wie sehr sie ihn gleich hassen würde. Er drückte ihre Hand. Sie zuckte zusammen, dann schenkte sie ihm ein zögerliches Lächeln, aber ihm blieb keine Zeit, sich zu fragen, warum.

»Lass mich dir meine jungen Freunde vorstellen.« Die dröhnende Stimme des Mönchs lotste seine Aufmerksamkeit von Cat weg und zurück auf das anstehende Problem.

»Ach, die beiden sind ein hübsches Paar«, sagte Lina. »Es ist uns eine Freude, sie in ihrer Hochzeitsnacht bei uns zu beherbergen.«

Ein Grinsen breitete sich auf Gairs Gesicht aus, und Tayg konnte nicht anders, er musste es erwidern.

»Moment mal, diesen Welpen da kenne ich doch.« Auld Gair schob sich an seinem Cousin vorbei und packte Tayg bei den Schultern. »Ich dachte, du ständest noch im Dienst des Königs, aber nun bist du hier mit diesem reizenden Mädchen. Mit deiner Frau, wie ich hörte.« Er lächelte Cat zu. »Ho, ho! Mit seiner Frau!« Gair wippte auf den Fußballen und rieb sich die Hände. »Ich frage mich, wer die Wette wohl gewonnen hat, mein Junge. Man sagte, du könntest dich nie für nur ein Mädchen entscheiden, und doch hast du in der Tat eine gute Entscheidung getroffen. Sie ist ein hübsches Ding, bei dem du dich gewiss ordentlich ins Zeug legen musstest.«

Er schlug Tayg auf den Rücken, doch ihm wollte nichts einfallen, was er darauf erwidern könnte.

»Was meinst du?«, wandte Gair sich an seine Frau, die ihre Hände in die breiten Hüften stemmte, wobei sie in einer immer noch die Kelle hielt, und deren Gesicht einen Ausdruck großen Unmuts über ihren Mann zeigte.

»Du und der Junge, ihr könnt euch eure Geschichten später erzählen. Jetzt frieren die beiden, sie brauchen trockene Kleidung, und ihre Pferde müssen versorgt werden. Kommt, Mädchen, wie heißt Ihr?«

»Cat«, antwortete Tayg an ihrer Stelle. »Ihr Name ist Cat. Vielleicht könntet Ihr für sie ein warmes Plätzchen am Feuer finden, während Gair und ich uns um die Pferde kümmern?« Er musste den Mann schnell beiseitenehmen. Noch hatte er ihn nicht verraten, und Tayg dankte dem Himmel für diesen kleinen Aufschub, aber es würde nicht lang dauern, bis Cat oder der neugierige Mönch fragten, woher sie einander kannten. Wenn es möglich war, würde er Gair dazu bewegen, sich mit den Antworten zurückzuhalten, wenigstens bis er Cat alles erklären konnte.

Kapitel 13

Eines der Kinder führte Cat zu einem Hocker am Feuer, während Lina zu ihrem Kessel zurückkehrte und im Vorbeigehen einen Spieß drehte, an dem mehrere Vögel brieten.

Die Hitze war nach der beißenden Kälte draußen so durchdringend, dass das Atmen fast schmerzte, und Catriona konnte spüren, wie sich die Kälte tiefer in ihre Knochen fraß, als versuchte sie, sich vor der Wärme zu verstecken.

Cat ließ sich auf dem Hocker nieder und jemand drückte ihr einen Krug mit Ale in die Hand. Lina und den Kindern machte es nichts aus, dass sie still dasaß, während sie mit den Essensvorbereitungen fortfuhren, und Cat war ganz froh darüber, denn es gab einiges, worüber sie nachdenken musste, wobei Taygs leise gestellte Frage an oberster Stelle stand.

»Wäre das denn so schrecklich?«, hatte er gefragt. Sie rief sich den vergehenden Reisetag in Erinnerung, den sie zum größten Teil damit zugebracht hatte, hinter Tayg auf dem Pferd zu sitzen. Im Rhythmus des Trotts hatte sie sich an Taygs breitem Rücken gewiegt. Ein falscher Schritt des Pferdes hier und da hatte sie dazu gebracht, ihren Griff um seine schlanken Hüften zu verstärken. Die

Kälte verleitete sie dazu, sich an ihn zu schmiegen, denn jedes bisschen Wärme zählte. Den ganzen Tag lang hatte sie sich bemüht, nicht daran zu denken, wie er in jener Nacht in der Wanderhütte ihren Körper förmlich zum Summen gebracht hatte und sie die Welt vergessen ließ.

Wäre es ein so schreckliches Los, mit Tayg, dem Barden, verheiratet zu sein, anstatt mit irgendeinem Mann, den sie noch gar nicht kannte? Aye, das wäre es. Sie müsste immerzu umherreisen. Hätte kein eigenes Zuhause. Wie sollten sie da Kinder haben und aufziehen? Dieser Gedanke führte sie zurück zu der Erinnerung an seine Küsse und Liebkosungen, daran, wie sie sich gleichsam brennend nach seiner Berührung gesehnt hatte. Sie konnte sich schon vorstellen, dass es in gewisser Hinsicht durchaus angenehm sein könnte, mit dem Barden verheiratet zu sein … aber es war unmöglich.

Sie musste einen Mann heiraten, der mit ihr auf Assynt leben würde, jemanden, von dem Broc zumindest einen Rat annähme. Dieses Vorhaben war nicht das, für das sie ursprünglich aufgebrochen war, und doch war es im Grunde das Gleiche. Sie musste ihre Aufgabe vollenden. Sie schauderte innerlich ob des Begriffs »Aufgabe«. Eine Heirat sollte doch keine Aufgabe sein, sondern ein Segen, ein Wunder, eine Bindung. Aber sie durfte solchen verlockenden Träumen nicht nachgeben. Sie hatte sich aufgemacht, um ihren Clan vor dem unüberlegten Tun ihrer Brüder zu retten, und das würde ihr nicht gelingen, wenn sie den Barden heiratete.

Wie sollte sie ihm heute Nacht fernbleiben? Das musste sie sich überlegen.

Körperliche Distanz und ein trennendes Feuer waren alles gewesen, was sie während des Aufenthalts in der Hütte davon abgehalten hatte, sich in seine Arme zu werfen. Es musste eine Möglichkeit geben, sich ihn auch heute Nacht vom Leibe zu halten.

Seine leise Frage stahl sich in ihre Gedanken zurück. Wäre es so ein schreckliches Los, Tayg, den Barden, zu heiraten? Für ihren Clan schon, ja, aber für sie selbst …

»Dem Lächeln auf Euren Lippen nach zu urteilen, vermute ich, dass Ihr Euch Eure Hochzeitsnacht ausmalt, hm?«, sagte Lina. »Keine Sorge, auf dem Dachboden steht ein gutes Bett, in dem viele dieser Kinder entstanden sind.« Sie zwinkerte ihr zu. »Ein Glücksbett ist das.«

Catriona spürte, wie ihr heiße Röte in die Wangen stieg, und ihr unmittelbares Problem schob sich wieder in ihre Gedanken. Ihre Gastgeber hielten sie für ein frisch vermähltes Paar, der Mann allerdings, Gair, schien Tayg zu kennen und nicht erwartet zu haben, ihn mit einer Ehefrau an seiner Seite zu sehen. Sie rief sich die kurze Vorstellung in Erinnerung. Der Mann hatte Tayg gekannt, aber Tayg war bei der Begegnung sehr angespannt und ungewöhnlich still gewesen. Er hatte ihre Hand gedrückt, bis es wehtat, und doch hatte sie das bestimmte Gefühl, dass er es nicht getan hatte, um ihr zu bedeuten, still zu sein. Und dann hatte er den Mann rasch zum Stall hinausgedrängt.

Der Nebel in ihrem Kopf, hervorgerufen durch den abrupten Wechsel von der Kälte in die Hitze, lichtete sich.

Was wusste der Mann über Tayg, das den Barden so nervös machte? Und er war ja auch schon nervös gewesen, als sie dem Mönch begegneten. Sie schaute sich um und sah den frommen Mann auf dem Boden sitzen, ein kleines Mädchen auf dem Schoß und einen Jungen, der kaum älter war, auf der Schulter. Die drei waren tief in ein Gespräch versunken, das ab und zu von wildem Kichern der Kinder unterbrochen wurde.

Tayg hatte rasch erklärt, dass er ein Barde sei, als der Mönch den Eindruck erweckt hatte, er kenne seinen Namen. Aus Stolz auf seinen Beruf hatte er das sicher nicht getan. Nay, es gab irgendetwas, das diese beiden Männer, der Mönch und sein Cousin, über Tayg wussten, und jetzt versicherte sich der Barde fraglos gerade des Schweigens von Gair, der ihn aus seiner Zeit mit The Bruce kannte, und das warf noch weitere Fragen auf … aber dafür hatte sie jetzt keine Zeit. Sie musste wissen, was diese Männer über ihren Begleiter wussten, denn im Dunkeln zu tappen, war gefährlich, und jetzt hatte sie Gelegenheit, die

Wahrheit herauszufinden. Sie erhob sich und stellte ihren Krug auf den Herdrand.

»Ich sehe mal nach Tayg und helfe ihm.« Sie sprach den Namen so laut aus, dass der Mönch ihn hören musste, aber er reagierte nicht darauf.

»Ach, Mädchen, ich weiß, Ihr seid frisch verheiratet, aber er kommt doch gleich wieder.«

Erst verstand Cat nicht, was Lina damit meinte.

»Ihr habt noch genug Zeit mit ihm – lasst ihn und meinen Mann doch für eine Weile in Ruhe ihre alten Geschichten aufwärmen. Dann müssen wir uns später weniger davon anhören.« Aber das Grinsen auf ihrem Gesicht widerlegte den Ton in ihrer Stimme, und Cat wurde bewusst, dass die Frau glaubte, sie vermisse ihren Mann. Na schön, es kam ihr schließlich nur zugute, wenn sie das liebeskranke Frauenzimmer spielte, wie man es offenbar von ihr erwartete. Sie schlug die Augen nieder und versuchte sich an einem nervösen Kichern.

»Ich mag es nicht, wenn wir so lang getrennt sind«, sagte sie zu Lina. »Ich weiß, das ist albern, aber es ist nun mal die Wahrheit.«

»Aye, Mädchen. Der Stall liegt hinter der Hütte. Geht einfach draußen an der Wand entlang und richtet Gair von mir aus, dass er mehr Torf hereinbringen soll.«

Catriona zog ihren Umhang fest um sich und eilte aus der belebenden Wärme hinaus in die dunkle Kälte der Nacht.

* * *

Tayg und Gair stapften in die Kälte hinaus und nahmen die Pferde bei den Zügeln. Zwei fast erwachsene Jungen halfen beim Tragen des Reisegepäcks, aber Gair konnte sie schnell wieder in die Hütte schicken. Er führte das Pferd des Mönchs um die Hütte herum zum Stall, der an die hintere Wand angebaut war. Drinnen war es still, und es roch nach warmen Tieren und sauberem Stroh. Eine Weile hantierten sie schweigend vor sich hin, nahmen den Pferden Zaum- und Sattelzeug ab und rieben die Tiere trocken.

»Na, Junge, du scheinst dich ja nicht besonders gefreut zu haben, den alten Gair wiederzusehen. Oder täusch ich mich da?«

Tayg schaute zu dem älteren Mann auf und stellte fest, dass er gar nicht so alt war, wie er ihn in Erinnerung hatte. Gair hatte die Blüte seiner Jahre zwar schon hinter sich gelassen, aber er war noch lang nicht alt und gebrechlich. Und das Funkeln in seinem Blick verriet Tayg, dass der Mann immer noch einen wachen Verstand hatte.

»Ich freue mich sehr, dich wiederzusehen, Gair. Es ist nur so …«

»Es ist nur so, dass du deine hübsche Frau noch ein bisschen länger geheim halten wolltest, was? Duncan hat mir erzählt, dass deine Mutter dich verheiraten will und dass du dich selbst auf die Suche nach einem Mädchen gemacht hast. Sieht so aus, als hättest du Erfolg gehabt.« Gair grinste Tayg an, und er wurde doch tatsächlich rot.

»Aye, sie ist …«

»Du brauchst dir wegen heute Nacht keine Sorgen zu machen, Junge. Ich weiß, dass du's wild getrieben hast mit den Weibern, aber ich werde nicht mehr davon anfangen. Das ist eure Hochzeitsnacht, und es führt zu nichts Gutem, wenn man sein Eheleben mit Geschichten von anderen Mädchen beginnt. Ich hab nicht all die Jahre mit Lina gelebt, ohne das eine oder andere darüber zu lernen, was eine Frau hören will und was nicht.«

»Ja, aber …«

»Stolz bin ich auf dich, Tayg. Du bist in Robbies Fußstapfen getreten und hast seine Verantwortung übernommen, obwohl klar war, dass du das eigentlich nicht wolltest. In der Zeit, in der du für The Bruce gekämpft hast, hab ich gesehen, wie du vom kleinen Kerlchen, das mit seinem Bruder zu einem großen Abenteuer aufbrach, zu einem Mann herangewachsen bist, der andere Männer in die Schlacht führen und heil wieder zurückbringen konnte. Ich hoffe nur, du hast dir ein Mädchen gesucht, das deiner und all dessen, was deine Zukunft bringt, wirklich wert ist.«

Tayg schluckte den merkwürdigen Kloß hinunter, der ihm auf einmal in der Kehle saß. Das unerwartete Lob hatte ihn überwältigt. Er wollte Gair sagen, dass das alles nicht ganz der Wahrheit entsprach, aber der Gute freute sich so sehr. Und wenn er ehrlich zu sich selbst war, wünschte er sich viel zu sehr, dass alles wahr wäre. Aber die Wahrheit war gefährlich.

Die Wahrheit würde Catriona zwingen, ihn zu heiraten, nur würde sie darüber nicht glücklich sein. Wenn sie einen Weg fänden, ihr das Gefühl zu geben, dass ihr Clan in sicheren Händen sei, dann würde sie ihr Schicksal vielleicht hinnehmen. Aber vertrauen würde sie ihm womöglich nie mehr.

Und dieses Vertrauen wollte er nicht verlieren, auch wenn es unabwendbar war. Letztlich würde sie herausfinden, wer er wirklich war und warum er zum König ging. Wenn Broc angeklagt wurde, wäre sie dann zufrieden damit, dass ein anderer Bruder an seine Stelle trat und den Clan anführte? Würde ein anderer Bruder es besser machen?

Da verstand er plötzlich, und in ihm reifte ein Entschluss. Gair hatte recht, er war nicht mehr Robbies Schatten, der ihm folgte und tat, was der große Bruder ihm auftrug. Er war jetzt ein Mann, der auf eigenen Füßen stand, der sich im Kampf erprobt und bewiesen hatte. Er verzehrte sich nach Cat, und sie verzehrte sich nach ihm, auch wenn sie sich das verwehren wollte. Sie hatte gesagt, dass sie ihn heiraten wollte, obschon sie nicht gewusst hatte, dass er es war, von dem sie sprach. Er würde es wahr werden lassen. Er würde das Mädchen heiraten und damit zugleich sein und ihr Problem lösen. Ihr Clan würde mit seinem verbündet sein, und durch diese Verbindung wären sie mit dem König verbündet. Selbst wenn sie sich nicht für den König aussprächen, wären sie doch wenigstens nicht an die MacDonells gebunden. Broc würde sicher nicht an die Spitze des Clans rücken, und vielleicht konnte er, Tayg, ihren Brüdern eine Art Berater zur Seite stellen, damit derlei Dinge in Zukunft nicht mehr vorkämen.

Aber zuerst musste er sicherstellen, dass sie all das von ihm erfuhr, nicht von Gair und auch nicht von Bruder John, denn nun wusste er, warum der Mönch ihn zu kennen schien. Gair war ein Mann, der des Abends am Feuer gern Geschichten erzählte. Die *seanachean* waren nicht die Einzigen, die Geschichten unters Volk brachten.

»Gair, ich brauche deine Hilfe«, sagte er schließlich.

»Ich werde dafür sorgen, dass ihr heute Abend ungestört seid.«

»Nay. Aye. Aber das ist es nicht, worum ich dich bitten will.«

Gair warf Tayg über die Rücken der Pferde hinweg einen neugierigen Blick zu.

»Das Mädchen weiß nicht, wer ich bin. Sie hält mich für einen einfachen Barden, und ich möchte nicht, dass sie die Wahrheit von jemand anderem als mir erfährt.«

Gair stand reglos da, die Augenbrauen nach unten gezogen. »Sie weiß nicht, wer du bist?«

»Nay. Ich wollte kein Mädchen zur Frau haben, das glaubte, einen Mann aus einer Heldenerzählung zu heiraten.«

Gair nickte.

»Ich bin vorgeblich als Barde im Auftrag des Königs unterwegs«, fuhr Tayg fort, »und auch aus diesem Grund möchte ich meine wahre Identität noch eine Weile geheim halten.«

»Im Auftrag des Königs.«

»Aye, und dabei brauche ich wiederum deine Hilfe.«

Tayg klärte Gair rasch auf über die Intrige gegen den König, ohne jedoch zu verraten, welche Rolle Cat darin spielte. Manche Dinge mussten nicht offengelegt werden.

* * *

Gair war gerade mit dem Pferd des Mönchs fertig, als Cat den Stall betrat. »Wie ich sehe, könnt Ihr Euch von Tayg nicht länger fernhalten.« Er grinste Cat zu, und sie erwiderte das Grinsen – sehr zu Taygs Überraschung.

»Das stimmt«, sagte sie, trat neben Tayg und legte ihm eine Hand leicht auf den Arm. »Nicht einmal für so kurze Zeit wollte ich von meinem frisch angetrauten Mann getrennt sein.«

Tayg fing an zu lachen, brach jedoch abrupt ab, als sie ihm gerade fest genug auf den Fuß trat, um ihm in Erinnerung zu rufen, welche Schmerzen sie zu verursachen imstande war. Sie führte etwas im Schilde. Der Gedanke sträubte ihm die Nackenhaare.

Gair ging in Richtung der Tür. »Ich lass euch zwei kurz allein.« Er zwinkerte ihnen zu. »Lina braucht mich bestimmt für irgendetwas.«

»Ach ja«, sagte Cat. »Torf. Sie hat mich gebeten, Euch auszurichten, dass Ihr mehr Torf hineinbringen sollt.«

»Siehst du, Tayg, es wird nicht lang dauern, bis ihr euch so gut kennt, wie Lina und ich einander kennen. Bleib nicht zu lang in der Kälte, Junge.« Mit einem weiteren anzüglichen Grinsen verließ er den Stall.

»Was hast du vor?«, wollte Cat wissen, die unverändert direkt neben ihm stand.

»Ich habe nichts weiter vor, als eine warme Mahlzeit zu verspeisen und ein warmes Bett mit meiner neuen Frau zu teilen«, antwortete er.

»Wir werden kein Bett teilen.«

»Nay? Aber diese freundlichen Leute glauben doch, wir seien frisch verheiratet, und das haben wir immerhin dir zu verdanken.«

»Ich sagte doch, das habe ich nicht mit Absicht getan.«

»Aber getan hast du es, und jetzt müssen wir uns auch entsprechend benehmen, sonst vermutet noch jemand, dass wir nicht die Wahrheit sagen. Möchtest du etwa, dass sie herausfinden, wer du wirklich bist und dass du unbeaufsichtigt mit einem Barden umherziehst?«

Panik huschte über ihr Gesicht, dann gewann die gewohnte Entschlossenheit wieder die Oberhand, und sie reckte das Kinn ein wenig höher.

»Wir gehen jetzt«, sagte sie und ging dorthin, wo er vor ein paar Minuten erst den Sattel abgelegt hatte.

»Nay.« Er packte ihren Arm und drehte sie heftig zu sich herum. »Wir gehen nicht.«

Sie war nur noch ein paar Zoll von ihm entfernt und hatte die Hände in die Hüften gestemmt. »Wenn wir hierbleiben, laufen wir Gefahr, dass man uns auf die Schliche kommt. Gair kennt dich ja offensichtlich, und der Mönch auch. Klar ist auch, dass du kein Mann bist, von dem sie erwartet hätten, dass er je heiratet. Wenn wir unsere Rollen nicht überzeugend genug spielen, wird das ihr Misstrauen wecken. Es wird uns nicht gelingen, sie zu täuschen.«

»Du könntest deine Rolle nicht spielen?«, fragte er. Er würde damit keine Schwierigkeiten haben, im Gegenteil, er könnte seine Rolle höchstens *zu* überzeugend spielen.

»Doch, aber ich halte es für keine gute Idee.«

Sie hatte recht. Es fiel ihm schwer genug, sie nicht zu berühren, sie nicht zu küssen, nicht … nicht jetzt. Aber etwas in ihm drängte ihn. Er musste wissen, ob sie ihn genauso sehr wollte wie er sie.

»Wir müssen das Spiel spielen, Mädchen. Das Pferd ist müde, genau wie du. Wir haben keinen Proviant und keine Hoffnung auf einen anderen Unterschlupf für die Nacht, der auch nur annähernd so bequem oder auch nur warm wäre, und ich muss zugeben, dass mir dank deiner Brüder die Rippen noch ziemlich wehtun. Wir müssen hierbleiben, und wir müssen die Rollen spielen, die du dir für uns ausgedacht hast.«

Sie kaute einen Moment lang auf ihrer Unterlippe. »Was soll ich tun?«

Ein träges Lächeln stahl sich in seine Miene. »Du hast mich gebeten, dich nicht zu berühren, dich nicht mehr zu küssen. Ich fürchte, ich muss doch um Erlaubnis bitten, all das doch tun zu dürfen. Das wird man von uns erwarten.«

Er beobachtete sie dabei, wie ihr die Bedeutung seiner Worte bewusst wurde. Sie straffte die Schultern, reckte das Kinn noch ein bisschen höher und nickte. »Nun gut, du darfst all diese Dinge tun, aber …«, sie richtete einen Finger auf ihn, »… nur so weit, wie es nötig ist, um unsere Gastgeber zu überzeugen.«

»Und kannst du das frisch verheiratete Mädchen geben, das in seinen Gatten verliebt ist?«, fragte er mit zwar gesenkter Stimme, aber doch mit so viel Sarkasmus darin, dass es reichte, um sie wütend zu machen.

»Das kann ich. Ich kann die perfekte Ehefrau sein.«

Tayg schnaubte. Sie hatte keine Ahnung, was sie da sagte, was es hieße, sich wie ein sich liebendes Paar zu benehmen. Das Bild von ihnen beiden, wie sie miteinander im Bett lagen, Arme und Beine ineinander verschlungen, krachte mit der Wucht eines geworfenen Steins in seine Gedanken. Frustration kochte in ihm hoch. Er trat einen Schritt auf sie zu, wollte, dass sie all sein aufgestautes Verlangen und seine Not fühlte, er wollte, dass sie genauso sehr damit zu ringen hatte wie er selbst.

Sie hielt ihm stand; das hatte er nicht anders erwartet. Langsam näherte er sich ihr noch weiter, bis sein Mund sich dicht an ihrem Ohr befand und ihr Atem, der jetzt flach und schnell ging, seine Wange wärmte.

»*Kannst* du die perfekte Frau spielen?«, flüsterte er. Seine Lippen streiften beinahe ihre Ohrmuschel. »Kannst du zulassen, dass ich dich berühre?« Er strich ihr mit einer Hand den Arm hinauf, dann fuhr er mit den Fingerspitzen über ihre Wangen und hinab ins Tal zwischen ihren Brüsten.

»Kannst du mich berühren und so tun, als könntest du es nicht erwarten, mit mir allein zu sein?«

Sie beugte ihren Kopf zur Seite, weg von ihm, als er ihr federleichte Küsse auf den sanft gestreckten Hals hauchte.

»Kannst du ein Bett mit mir teilen und dir nicht wünschen, dass ich dir Freuden bereite?«, fragte er und blickte ihr jetzt fest in die Augen, während er mit dem Rücken seiner Finger über die Wölbung ihres Busens strich.

Ihre überschatteten Augen wurden dunkel und heiß, und ihr Atem ging noch schneller, als er ihre Brüste in seinen Händen wog und mit den Daumen über die aufgerichteten Brustwarzen fuhr, die sich gegen den Stoff ihres Kleides drückten.

Und da küsste sie ihn, schnell und heftig, ihre Finger woben sich durch seine Haare, ihre Lippen verschlangen die seinen, als hungerten sie danach. Er stöhnte und wollte sie an sich ziehen – als sie nach hinten ins Dunkel trat.

»Das kann ich«, sagte sie mit ruhiger, selbstsicherer Stimme, aber ihr Körper, das Verlangen in ihrem Kuss verrieten sie, und Tayg wusste, dass sie ihn wollte.

Gott stehe ihm bei.

Er zweifelte nun nicht mehr daran, dass sie ein Liebespaar spielen konnten. Die Frage war: Konnten sie die Hitze zwischen sich ertragen? Konnten sie sich dem Inferno verweigern, wenn sie wieder allein waren? Würden sie seine Asche überleben, wenn sie sich trennten?

Tayg schüttelte den Kopf und wandte sich wieder dem Pferd zu, um es weiter abzureiben – und um sich nicht damit befassen zu müssen, wie sein Blut rauschte und sein Herz hämmerte.

* * *

Catriona hörte mehr, wie Tayg sich um das Pferd kümmerte, als dass sie es sah. Im Stall war es inzwischen völlig dunkel, vom Schnee draußen vor der Tür war der letzte Widerschein der Sonne verschwunden. Catriona stand völlig reglos da; sie wollte sich nicht rühren, bis ihre aufgewühlten Gefühle und ihr verräterischer Leib ihr wieder gehorchten. Ihr Herz fühlte sich an, als würde es gleich bersten, und sie kam kaum zu Atem. Ein Verlangen so stark, dass es wehtat, pulsierte durch sie hindurch, bis sie fast nicht mehr denken, nur noch fühlen konnte. Der Mann machte ihre Haut so empfindsam, dass jede Berührung, jeder Hauch, jeder Blick darauf brannte. Mit einem Wort fachte er die schwelende Glut in ihrem Bauch zu brüllendem Feuer an, das alles, was sie wusste und kannte, zu verbrennen drohte, alles, was sie zu wollen glaubte, alles, was sie war.

»Mistress? Meister Barde?«, rief ein Junge, ein junger Mann eigentlich schon, von draußen, als zögerte er, hereinzukommen. »Mutter sagt, Euer Abendessen sei fertig. Ihr sollt kommen und Euch am Feuer wärmen.«

Tayg wandte sich in Richtung der Stimme. »Ich bin fast fertig mit dem Pferd. Wir kommen gleich.«

Catriona staunte, wie ruhig seine Stimme klang, wie selbstsicher, ganz wie er selbst, wie immer, als sei nichts Außergewöhnliches geschehen. Und vielleicht war das ja auch der Fall. Für ihn.

Er hatte sie auf die Probe gestellt, wurde ihr klar. Er hatte herauszufinden versucht, ob sie ihre Gefühle gut genug beherrschte, um die Rolle der liebenden Ehefrau zu spielen, ohne sich darin zu verlieren.

Wut fachte die Flammen zu neuer, greller Helligkeit an. Wie konnte er es wagen, derart mit ihren Gefühlen, mit ihrem Leib zu spielen? Aber jetzt wusste sie wenigstens, was er vorhatte. Sie konnte dieses Spiel genauso geschickt spielen wie er. Sie würde ihm beweisen, dass sie die perfekte Ehefrau geben und sich trotzdem beherrschen konnte, dass sie ihre Gefühle, ihr Begehren unter Kontrolle hatte. Es war an ihm, sich der Herausforderung zu stellen.

Sie atmete tief durch und verließ den Stall. Sie brauchte einen Moment, um sich zu fassen und sich einen eigenen Plan zurechtzulegen, und dann würde sie ihm schon zeigen, wer hier das Heft in der Hand hatte.

* * *

Catriona saß an einem Ende einer Bank am Tisch der Familie. Tayg saß zu ihrer Linken und zu nah bei ihr, und Bruder John füllte den Platz an der Stirnseite des Tisches rechts von ihr, mit dem Rücken zum wärmenden Feuer. Die Familie, Gair, Lina und ihre fünf Kinder, deren Alter von sechs oder sieben bis hin zur Schwelle zum Erwachsensein reichte, reihten sich um den Rest des abgenutzten

Tisches. Eine große Holzschüssel, die nahe der Stirnseite des Tisches stand, enthielt ein dickes, herzhaftes Stew aus Brocken saftigen Rindfleischs und Gemüse. Am anderen Ende des Tisches stand eine lange Platte, die mit perfekt gebratenen Tauben beladen war. Jeder am Tisch hatte einen Holzteller, einen Hornlöffel und einen mit Ale gefüllten Becher vor sich. Zwei Talgkerzen in schlichten Haltern standen inmitten des Essens und beleuchteten das Mahl. Catriona war beeindruckt von der Menge der Speisen und des Geschirrs. Innerlich war sie jedoch auch angespannt. Mahlzeiten im Familienkreis hatten auf Assynt nie zum leichten Teil des Lebens gehört.

Neben Lina türmten sich gestapelte Schüsseln, in die sie Stew schöpfte und weiterreichte. Die vier Jungen schienen alle gleichzeitig nach den Tauben zu greifen. Nur kurz im Schöpfen und Schüsselverteilen innehaltend, versetzte Lina dem Ältesten einen Klaps auf den Hinterkopf.

»Benimm dich anständig, Niall«, rügte sie ihn. »Wir haben Gäste und die dürfen sich zuerst bedienen.« Lina lächelte Catriona zu. »Möchtet Ihr eine Taube?«

»Danke, gern, aber ich möchte Euren Kindern nichts wegnehmen«, antwortete Catriona. Sie bemerkte Taygs erstaunten Blick, ging jedoch darüber hinweg. Sie würde ihn heute Abend noch in vielerlei Hinsicht überraschen.

»Meine Kinder bekommen reichlich zu essen«, sagte Lina und bedeutete mit einem Wink, dass man ihr die Platte mit den Tauben reichen möge.

»Das ist nicht zu übersehen«, meinte der Mönch und spießte eine Taube auf sein Messer, als Lina ihm die Platte hinhielt. »Niall ist fast einen Kopf größer geworden, seit ich ihn das letzte Mal gesehen habe, und das ist gerade mal ein Jahr her. Selbst die kleine Cecilia ist gewachsen … nur scheint sie ihre Zähne verlegt zu haben«, fügte er hinzu und grinste das kleine Mädchen mit den langen braunen Haaren an, das zwischen seinen Brüdern saß. Cecilia lächelte, und Catriona sah, dass ihr tatsächlich zwei Zähne fehlten.

Lina legte Catriona und Tayg je einen der perfekt gebratenen Vögel auf den Teller.

»Ceci verlegt alles Mögliche«, sagte einer ihrer Brüder. »Meine Hornpfeife zum Beispiel.«

»Das war ich nicht!«, behauptete das Mädchen und streckte dem Jungen die Zunge heraus. »Du hast sie Annag gegeben, bei der Versammlung. Das hab ich gesehen. Sim will Annag nämlich heiraten. Ich hab gesehen, wie er sie geküsst hat.«

Sim wurde fast so rot wie sein Haar, aber anstatt über den Tisch zu langen und Ceci am Zopf zu ziehen oder sie auf sonst eine Weise schmerzhaft zu bestrafen, wie es Catrionas Brüder getan hätten, brach die Familie in lautes Gelächter aus, und Sim nahm die Spöttelei seiner Schwester mit Humor. Jedenfalls schien es so. Catriona würde nach dem Mahl ein Auge auf das Mädchen haben, um sich zu versichern, dass Sim nicht später versuchte, sich an der Kleinen zu rächen.

»Annag kann er ruhig haben«, sagte einer der anderen Brüder. Catriona wandte sich ihm zu und sah, dass er Sim wie aus dem Gesicht geschnitten war, sein Zwillingsbruder also, und offenbar standen sie kurz vor dem Mannesalter. Diese beiden machten Gair und Lina sicher einen Haufen Ärger. »Annag ist ja ganz liebenswert und hübsch, aber ich nehme lieber ihre Cousine Maggie.«

Auch darauf folgte lautes Lachen, und Niall sagte: »Als ob Maggie dich nehmen würde, Kennon.«

»Keiner von euch wird jetzt schon irgendwen nehmen«, warf Lina ein. »Nicht bevor ich euch sage, dass es an der Zeit ist, euch eine Frau zu suchen. Ich hab euch nicht hinreichend gezähmt, um euch in die Obhut einer anderen Frau zu geben. Das würde ich keinem dieser Mädchen antun.« Sie zwinkerte Catriona zu. »Euch Burschen muss man hart an die Kandare nehmen, bevor man mit euch zusammenleben kann.«

»Ich will nie heiraten«, meldete sich der jüngste Bruder zu Wort. Er konnte nicht älter als zehn oder elf sein und hatte das gleiche rote Haar wie die Zwillinge und auch deren kupferfarbene Sommersprossen. »Warum sollte irgendjemand ein Mädchen küssen wollen?« Er verzog angewidert das Gesicht, dann machte er sich mit dem Heißhunger eines kleinen Jungen über sein Mahl her.

Gair lachte. »Vielleicht möchte unser Gast dir das erklären, Pol.«

Aller Augen, auch Catrionas, richteten sich auf Tayg. Er wirkte einen Moment lang verlegen, dann sah sie, wie sein vertrautes keckes Grinsen wieder durchbrach. Er drehte sich ihr zu und hob die Augenbrauen, wie um sie herauszufordern.

Nun, das konnte er haben. Sie erwiderte das Lächeln und sah mit Vergnügen, wie sich Besorgnis in seine Augen schlich, auch wenn sein Grinsen unverändert blieb.

»Ach, Pol«, sagte sie, schmiegte sich fest an Tayg und lehnte ihren Kopf an seine Schulter, »Küssen ist etwas sehr Schönes, vor allem, wenn du jemanden küsst, den du liebst.« Sie reckte den Kopf hoch und küsste Tayg keusch auf den Mund.

Jetzt war es an Pol, rot zu werden. »Igitt, ich hasse diese Küsserei!«

»Das zählt ja wohl kaum als Küsserei«, meinte Niall und grinste Tayg und Catriona zu. »Zeigt ihm, wie man richtig küsst, Tayg.«

»Aye, das war kein Kuss, wie er sich für eine junge Braut gehört«, ergänzte Gair.

Rund um den Tisch brach ein Sprechchor aus: »Küsst sie, küsst sie!«, und Catriona spürte, wie ihr Herz einen Sprung tat, als ihr bewusst wurde, dass er sie in der Tat küssen würde, hier, vor allen Leuten. Aber das sollte ihr recht sein. Damit würden sie ihre Gastgeber überzeugen, dass wie wirklich waren, wer und was sie zu sein vorgaben. Das gehörte zum Täuschungsspiel, und sie würde ihm zeigen, dass sie dazu imstande war, ohne die Beherrschung zu verlieren. Sie würde ihm zeigen, dass er keine Wirkung auf sie hatte, nicht auf ihren Leib, nicht auf ihr Denken, nicht auf ihr Herz.

Die Familie fing jetzt auch noch an, mit den Füßen zu trampeln. Tayg lehnte sich zu ihr und nahm ihr Gesicht in die Hände. »Das hast du dir selbst zuzuschreiben«, sagte er gerade so laut, dass nur sie es hören konnte.

Dann küsste er sie, weich und sanft, als wäre sie aus feinstem Porzellan. Catriona ergriff seine Unterarme, wusste jedoch nicht, ob sie es tat, um ihn von sich fernzuhalten oder näher zu sich zu ziehen. Die Familie johlte, und Tayg küsste sie inniger. Catriona schloss die Augen und wurde mitgerissen von der Leidenschaft, die in sie strömte, von dem Verlangen und der Begierde, die von ihm auf sie übersprangen. Dieses brennende Wollen.

»Ähem! Es sind Kinder anwesend, Junge.«

Catriona wusste nicht, wer gesprochen hatte. Sie öffnete die Augen und nahm nur vage das laute Jauchzen und Taygs seltsam ruckende Bewegung wahr, weil ihm einer der älteren Brüder auf den Rücken klopfte.

»Ich glaube, wir beeilen uns lieber mit dem Essen und Aufräumen, damit wir die beiden ein bisschen allein lassen können«, sagte Lina, ein Funkeln in den Augen. »Es ist ja nicht zu übersehen, dass sie ihre Hochzeitsnacht kaum noch erwarten können.«

Wieder wurde gelacht, doch Catriona konnte den Blick nicht von Taygs Augen abwenden, in denen das Verlangen klar zu erkennen war – aber auch noch etwas anderes, ein tieferes Gefühl, jedoch ebenso bezähmt. Worum es sich bei diesem Gefühl auch handelte, es griff nach ihr, schlang sich um ihr Herz und weckte in ihr den Wunsch, dass diese Nacht wahr wäre und nicht nur ein falsches Spiel.

Schmerz durchzuckte sie bei dem Gedanken, denn dieser Augenblick zeigte ihr genau das, wonach sie sich sehnte – eine glückliche Familie, ein liebender Ehemann, ein einfaches Leben, in dem sie sich geschätzt und begehrt fühlte. Sie löste sich aus dem Bann von Taygs Blick und sah sich am Tisch um. Sie saß hier in diesem Kreis in den Armen eines liebenden Ehemanns, umgeben von Menschen, die sie annahmen, die ihr vermeintlich gutes Los feierten und ihr Glück wünschten. Vielleicht konnte sie sich ja vorstellen, nur für heute Nacht, dass es wahr war.

Das konnte sie.

Nur für heute Nacht.

Sie schmiegte sich fester an Tayg, dessen Arme noch um sie lagen, und spielte voll Freude ihre Rolle.

* * *

Tayg hielt seine tobenden Gefühle so fest im Griff, wie er Cat in den Armen hielt. Sie brachte ihn um, folterte ihn, forderte ihn heraus, und er konnte nichts anderes tun, als darauf einzugehen. Sie hatte diese Farce angezettelt, und jetzt trieb sie dieses Spiel bis an die Grenze zum Ernst. Und verdammt, er wollte, dass Ernst daraus wurde. Nie hatte er so empfunden, wie er es tat, wenn sie in seinen Armen war. Nie hatte er ein Verlangen verspürt, das so stark war, dass es in ihm wühlte, bis er kaum noch denken konnte. Nie hatte er jemanden so sehr gewollt – nicht nur körperlich, auch wenn das sein drängendstes Verlangen war.

Er schaute auf sie hinunter, wie sie sich zufrieden an ihn lehnte, ein Lächeln auf den vollen Lippen, ein glückliches Funkeln in den Augen. Sie lachte über etwas, das Niall zu einem der Zwillinge sagte, und der Laut schien ihm wie die herrlichste Musik, die er je gehört hatte. Sie wandte sich um und sagte etwas zu dem Mönch, und er verspürte einen Stich der Eifersucht, als sie dem Mann die Hand auf den Arm legte. Ehe er sich versah, hatte er sie auch schon fest an sich gezogen, woraufhin sie ihn mit einem überraschten, wütenden Ausdruck in den Augen ansah, der allerdings rasch in Hitze umschlug, als sie ihm dieselbe Hand leicht auf die Wange legte und ihn küsste.

Der Blick, den sie wechselten, ließ ihn ob seiner Offenheit erzittern. Sie täuschte ihm nichts vor, in diesem Blick lag nichts Berechnendes, sie war in diesem Moment einfach nur ein verliebtes Mädchen. Diese Erkenntnis erschütterte ihn förmlich, als er das Gegenstück dazu in seinem eigenen Herzen fand. Er liebte sie, nicht trotz, sondern wegen ihrer scharfen Zunge, ihres stürmischen Naturells, ihrer Leidenschaftlichkeit; er liebte sie, weil er in ihrer Gegenwart das Gefühl hatte, selbst erst richtig zum Leben zu erwachen. Dieselbe Leidenschaft brachte sie auch in alle anderen Aspekte ihres Lebens ein, und er wollte sich in seinem eigenen nicht weniger davon vorstellen.

Er wollte sie, und das nicht nur heute Nacht, sondern für immer, in jeder Nacht und an allen Tagen noch dazu, denn mit ihr waren die Tage genauso aufregend, wie es die Nächte gewiss sein würden. Sie würden ein wunderbares Paar abgeben, und sie würden genau hier damit anfangen, genau jetzt.

Cat legte den Kopf an seine Schulter und einen Arm um seine Taille und rückte ein wenig näher, damit ihre Hüfte die seine berührte und ihre Brust sich an seine Rippen drückte.

Tayg stockte der Atem, und er hörte den Mönch leise lachen.

»Sollen wir ein Schlückchen von Johns Lebenswasser trinken?«, fragte Gair. »Das ist der beste Whisky in ganz Schottland. Jedenfalls behauptet er das.«

»Aye, das ist er auch. Die Bruderschaft von Auskaird macht ihn seit über hundert Jahren.« Er nahm eine tönerne Kanne aus seinen Satteltaschen, die in einer Ecke standen. »Wir haben die Rezeptur so verfeinert, dass der erlesenste, weichste, kräftigste«, er grinste seinem Cousin zu, »Whisky in ganz Schottland dabei herauskommt. Der König höchstpersönlich verlangt, dass an seiner Tafel unser Whisky ausgeschenkt wird.«

»Na, du machst ja einen ganzen schönen Wind um dein Gebräu, mein lieber Vetter«, meinte Gair, »aber ich habe es probiert, und ich muss dir zustimmen, es ist in der Tat ein edler Tropfen.« Er nahm fünf kleine Holzbecher von einem Regal und reichte sie dem Mönch. Als die Erwachsenen alle einen Becher hatten, hob Lina den ihren in die Höhe.

»Auf Cat und Tayg! Möge ihnen ein langes und glückliches Leben beschert sein, und mögen sie viele hübsche Kinder in diese Welt setzen!«

Tayg hob seinen Becher. »Und auf unsere guten alten«, er schaute zu Gair hin, »und neuen Freunde, die uns dabei geholfen haben, diesen Anlass zu feiern!«

»Und auf die Gesundheit des Königs!«, fügte der Mönch hinzu. Auf Gairs fragenden Blick hin ergänzte er: »Na ja, immerhin ist es ja sein Whisky, den wir hier trinken.«

Sie lachten alle, prosteten sich mit den Bechern zu und tranken.

»Dieser Whisky ist eines Königs würdig«, befand Cat. »Ihr seid also auf dem Weg zu ihm, Bruder John?«

Tayg spannte sich ob des Themenwechsels. Er wollte nicht, dass Cat sich dank ihrer Klugheit etwas zusammenreimte. Noch wusste sie nicht, weshalb er sie wirklich zum König brachte, und je weniger über Politik gesprochen wurde, desto lieber war es ihm.

»Aye, Kind. Ich bin auf dem Weg zur Hochzeit von Prinzessin Maude und dem Erben des Earls von Ross. Dieses Ereignis will ich mir nicht entgehen lassen.«

»Wir sollten uns zurückziehen, Frau«, schlug Tayg vor.

»Trinkt Euren Whisky aus, Junge«, sagte der Mönch, ein Blitzen in den Augen. »Ich werde Euer Mädchen schon nicht so langweilen, dass sie einschläft, das verspreche ich Euch. Die Geschichten um den König und seine Highland-Chiefs sind alles andere als langweilig.«

»Aye, das stimmt freilich, aber Cat ist müde von der Reise und sehnt sich nach unserem Bett.« Tayg sah Cat an und bemerkte die leichte Röte, die an ihrem reizenden Hals aufstieg. Er wusste schon, wie er sie von den Gedanken an Könige und königliche Hochzeiten ablenken konnte. Er lehnte sich zu ihr hin und berührte mit seinem Mund ihren Hals. »Ich wage allerdings zu behaupten, dass sie nicht an Schlaf denkt«, sagte er so leise, dass wiederum nur sie ihn hören konnte. Aber der Mönch brach in Gelächter aus.

»Aye, Junge, das seh ich auch so.« Er blinzelte Cat zu, und Tayg musste abermals diese merkwürdige Eifersucht niederringen, die ihm in die Brust stach.

Cat sagte nichts und hielt den Blick sittsam gesenkt, obschon Tayg doch ihre Wut aufblitzen sehen wollte, diesen heißen Funken ihres Temperaments.

»Ich bin müde«, räumte sie ein und sah ihn aus dem Augenwinkel an.

Er erkannte die Provokation darin, die Hitze. Feuer funkte, aber er glaubte nicht, dass es Wut war, die diese Flammen anfachte, sondern etwas Tieferes, Dunkleres. Etwas, das nach ihm griff und seine Knochen summen ließ, das durch sein Blut rauschte und wie ein Gluthauch über seine Haut fuhr. Verlangen trieb ihn zum Aufstehen, und er zog Cat mit sich hoch. Er wollte sie hochheben und forttragen, aber noch war er nicht so weit genesen, dass er sich dazu in der Lage sah. Er musste sich damit begnügen, sie dicht bei sich zu halten.

»Wir möchten euch allen eine gute Nacht wünschen«, sagte er, verzweifelt bemüht, das Zittern, das sich in seiner Stimme zeigen wollte, zu unterdrücken. »Das Essen war ausgezeichnet, Lina, und wir danken Euch demütigst für Eure Gastfreundschaft, aber wir sind …« Er sah auf Cat hinab, die mit einem Arm um seine Hüften und leicht benommenem Gesicht neben ihm stand.

»Wir sind müde«, führte sie seinen Satz zu Ende, ohne die Augen von ihm abzuwenden.

»Uff!«, machte Gair und rieb sich die Rippen, wo Lina ihm offenbar einen Ellbogenstoß versetzt hatte. Die Kinder kicherten über ihren Vater. »Mir fällt gerade ein, dass ich kurz mit dir reden muss, Tayg«, sagte er, wobei er jedoch seine gelassen lächelnde Frau mit einem finsteren Blick bedachte.

Bevor Tayg oder Cat Einwände erheben konnten, hatte Gair auch schon den kalten Wind zur Tür hereingelassen, als er in die Nacht hinaus verschwand.

Tayg drückte Cat. »Ich bin gleich wieder da … Frau.« Er küsste sie auf die Stirn und schlüpfte zur Tür hinaus in die Kälte.

Gair wartete auf ihn hinter der Ecke, die Schutz vor dem bitteren Wind bot.

»Du brauchst mich gar nicht so mürrisch anzusehen«, sagte er, als Tayg sich zu ihm gesellte.

»In dieser Dunkelheit kannst du mein Gesicht doch gar nicht sehen.«

»Aye, aber ich weiß, wo du jetzt gern wärst. Ich weiß sehr wohl, was du jetzt willst.«

»Warum sind wir dann hier draußen?« Tayg konnte den ungeduldigen Ton nicht aus seiner Stimme vertreiben. Was ihn anging, war dies seine Hochzeitsnacht – er musste nur noch die Braut davon in Kenntnis setzen.

»Immer mit der Ruhe, Junge. Ich möchte dir nur raten, lass es langsam angehen mit dem Mädchen. Ich weiß, du kannst es kaum erwarten, aber du musst sie auch jetzt noch umwerben, wie du es zweifellos in den vergangenen Wochen oder Monaten getan hast. Nur weil sie jetzt deine Frau ist, heißt das nicht, dass du das Mädchen, dem du den Hof machtest, hinter dir gelassen hast.«

»Ich werde es langsam angehen lassen«, versprach er. »Die Nächte sind lang in dieser Jahreszeit. Wir haben viel Zeit.«

»Aye, Junge, das stimmt. Die Matratze wurde erst vor Kurzem neu gefüllt und duftet noch nach Heidekraut, ein schönes Plätzchen also, um diese Nacht zu verbringen. Lass dir Zeit mit dem Mädchen, und du wirst alles bekommen, was du dir von einer Ehefrau nur wünschen kannst.«

Gairs Rat war besser, als er wusste. Tayg atmete tief durch in der kalten Luft und ermahnte sich, dass heute Nacht nichts passieren durfte. Er durfte sie nicht drängen. Sie würde sich der Gefühle, die sie für ihn hegte, schon bald bewusst werden, sie würde zu der Erkenntnis kommen, dass sie heiraten mussten, und dann würde alles vollkommen sein. Aber er musste ihr Zeit lassen, selbst zu diesem Schluss zu gelangen. Der kalte Wind schnitt durch den Wollstoff seiner Hose und peitschte ihm die Haare ums Gesicht. Aye, die Kälte war gut. Er holte noch einmal kräftig Luft und fühlte sich von einer stillen Ruhe durchdrungen.

»Gehen wir wieder rein?«, fragte Gair.

»Aye. Danke für deinen Rat. Ich werde ihn beherzigen.«

Gair brummte etwas, aber Tayg wusste nicht, was er damit meinte. »Lass uns reingehen, wo es warm ist.«

Tayg machte die Tür auf. Drinnen saßen noch alle um den Tisch, bis auf Cat. Sie war nicht mehr da. Panik stieg in ihm auf.

»Wo …«

»Keine Sorge, Junge«, sagte Lina, ein breites Lächeln auf dem runden Gesicht. »Eure Braut wartet schon droben auf Euch.« Sie zeigte zu einer Leiter in der hinteren Ecke, die auf den Dachboden hinaufführte. »Die Kinder werden heute Nacht hier unten schlafen, damit Ihr ganz allein seid und die nötige Ruhe habt.«

Die Andeutungen der Frau ließen Taygs Blut schneller fließen, und sein vorhin gefasster Entschluss löste sich auf. Er konnte gerade noch an sich halten, um nicht zu der Leiter zu rennen, aber nur mit Müh und Not.

Er wollte Cat, und er wollte sie jetzt.

Kapitel 14

Catriona zog sich unter viel Geflüster und Gekicher aus dem Kreis der Familie zurück. Sie kletterte über die Leiter zum Dachboden hinauf, dann stand sie vor dem schlichten Kastenbett, das man in eine Ecke geschoben hatte. Auf einem Regal stand eine Öllampe und erhellte den gemütlichen Raum mit seiner winzigen flackernden Flamme. Das Bett unter den Dachbalken schien Catriona förmlich zu locken.

Bald würde Tayg die Leiter heraufsteigen und zu ihr kommen, in diesen kleinen, traulichen Raum. Der Gedanke an seinen langen Leib, der sich neben ihr in diesem Bett ausstreckte, ließ jeden Nerv in ihr vibrieren, und Hitze sammelte sich und durchlief sie, bis ihr Herz raste und ihr Atem schnell und flach ging. Gott steh ihr bei! Sie wollte dieses Bett mit ihm teilen, wollte seine Hände auf sich spüren, seinen Mund wieder schmecken. Der Mann war wie ein edler Wein, der sie benebelte und töricht machte, und doch gelüstete es sie nach einem weiteren Schluck. Ja, das war Lust, dessen war sie sicher, aber irgendwie war es auch noch etwas Tieferes, Dunkleres, Erdigeres als Lust. Der Mann hatte ihre Gedanken erobert und mit seinen Küssen verstörende Begierden geweckt.

Dieser Kuss am Tisch hatte alles verändert. Rohes Verlangen hatte sie durchströmt, wachgerufen durch die Kraft hinter Taygs Zärtlichkeit, durch seine Sanftheit, die Art und Weise, wie er hinterher grinste, als wäre es ihm peinlich, seine Gefühle so zur Schau zu stellen.

Sie hatten ihre Rollen zu gut gespielt, aber es war auch kein Spiel mehr. Sie wollte ihn wirklich, und obschon sie in dieser Hinsicht nicht sonderlich viel Erfahrung hatte, war sie doch sicher, dass er sie auch wollte.

Hitze schoss durch sie hindurch, wie in jener Nacht am Feuer in der Wanderhütte, in jener Nacht, in der er in ihr eine Feuersbrunst ausgelöst hatte, die an Wucht und Stärke dem heulenden Sturm draußen in nichts nachgestanden hatte.

Sie hörte Lachen von drunten und dachte daran, wie er beim Mahl mit der Familie gelacht hatte. Er war ein Mann von seltener Art – liebenswürdig und freundlich, witzig, stark, fürsorglich, beschützend, mehr als nur gut aussehend und sogar ein bisschen eifersüchtig, wenn sie seinem Verhalten von vorhin trauen konnte … und sie wusste auf einmal, dass sie das konnte.

Sie vertraute ihm. Diese plötzliche Erkenntnis war süß, simpel, wahr. Sie vertraute ihm, wie sie noch nie jemandem vertraut hatte, sie vertraute ihm mit ihrem Leben, ihrem Herzen. Mit ihrem Leib.

Die Hitze, die in ihren Adern pulsierte, entzündete sich zu einem tosenden Feuer bei der Vorstellung, wie sie beide ineinander verschlungen auf diesem Bett lagen. Er würde ein leidenschaftlicher, zärtlicher Liebhaber sein, daran hegte sie keinen Zweifel. Und ihn verlangte so sehr nach ihr, wie es sie nach ihm verlangte.

Wenn auch nur …

Nay, heute Nacht gab es kein »Wenn auch nur«.

Sie traute diesem Mann. Sie liebte diesen Mann. Und das war alles, was zählte.

Die Wahrheit drang in ihr Bewusstsein, erfüllte ihr Herz mit einem Staunen, wie sie es noch nie erlebt hatte. Es war stiller, unterschwelliger als Verlangen, aber genauso machtvoll, genauso heftig.

Sie liebte Tayg, und der Rest würde sich irgendwie fügen. Sie würden schon einen Weg finden, ihrem Clan zu helfen. Es gab nichts, was sie gemeinsam nicht überwinden konnten. Sie wollte seine Braut sein, und sie würde seine Braut sein … wenn er sie zur Braut nehmen wollte.

Einen Moment lang drohte Zweifel ihre Hochstimmung zu ersticken. Wollte er sie zur Braut nehmen? Sie hatte sein Verlangen gespürt, die Leidenschaft in seinem Kuss, sie hatte sein Herz in seinen Augen gesehen, aber das war ihr gerade erst klar geworden.

Sie war während dieser Gedanken hin und her gegangen, jetzt blieb sie stehen und machte sich mit zitternden Fingern daran, ihr Haar zu lösen. Einen Barden heiraten, das hatte sie eigentlich nicht gewollt, aber er war der Mann, nach dem ihr Herz sich sehnte. Sie liebte ihn, und sie war sicher, dass er sie liebte. Alles andere würde sich zu gegebener Zeit schon finden.

Von unten drang Taygs Stimme herauf. Catrionas Herz machte einen Satz, als abermals feurige Begierde sie durchraste. Sie lächelte. Sie würden nicht das erste Paar sein, das die Hochzeitsnacht vor der eigentlichen Hochzeit feierte.

* * *

Tayg stand am oberen Ende der Leiter unter der niedrigen Decke des Dachbodens. Sie war da, wartete auf ihn, das Licht einer Öllampe warf einen goldenen Glanz auf sie. Ihre Augen waren groß, die Hände hatte sie vor sich ineinander gelegt. Ihren Zopf hatte sie geöffnet, das Haar floss ihr in dunklen Wellen über die Schultern.

Er konnte sich nicht rühren, konnte seine Füße nicht zwingen, die Distanz zwischen ihnen zu überwinden. Das Verlangen seines Leibes rang mit der Vernunft, die sich durch seinen Kopf drängelte.

Er wollte sie, und das nicht nur für heute Nacht. Aber würde sie ihn noch haben wollen, wenn sie erst einmal wusste, dass er sie belogen, ihr nicht verraten hatte, wer und was er wirklich war? Würde sie ihn haben wollen, wenn sie glaubte, er sei nur ein unfähiger Barde? Ihre Miene und ihr Kuss dort unten sagten Ja. Bald allerdings, sehr bald, musste er ihr die Wahrheit offenbaren.

Aber nicht jetzt. Jetzt konnte er nur an seine schöne Cat und daran denken, was sie mit ihm tat.

Langsam bewegte er sich auf sie zu, hielt ihren Blick mit dem seinen fest. Er sah ihr nicht an, was sie dachte, was sie empfand. Vor ihr blieb er stehen und streckte die Hand aus, um durch ihr seidiges Haar zu streichen. Sie schloss die Augen und lehnte sich seiner Berührung entgegen. Sein Herz schmerzte unter dieser schlichten Geste der Hingabe.

»Du bist das schönste Mädchen, das mir je begegnet ist«, sagte er mit ernsterer Stimme als eigentlich beabsichtigt. Sie öffnete die Augen, sagte aber nichts. »Ich muss dir eine ganz bedeutsame Frage stellen.«

Sie blinzelte träge, dann stellte sie sich auf die Zehenspitzen und drückte ihm einen süßen Kuss auf die Lippen.

»Ich muss dir erst etwas sagen«, erwiderte sie, nahm seine Hand und führte ihn zum Bett. Einen Moment lang standen sie still da. Catriona konnte ihm nicht in die Augen schauen, wusste nicht, wie sie es ihm sagen sollte.

»Was ist, Mädchen?« Er strich ihr das Haar aus dem Gesicht und hinters Ohr, eine Geste, die sie ob ihrer simplen Vertrautheit beruhigte und die doch auch wie Feuer brannte, weil sie ihre Gedanken hin zu anderen Dingen trieb, die seine geschickten Händen mit ihr getan hatten … und wieder tun würden.

Sie hob die Augen, begegnete seinem besorgten Blick und lächelte ein scheues Lächeln. »Ich möchte dir sagen …«

Sie unterbrach sich, brachte die Worte nicht heraus, mit denen sie sich so weit öffnen würde, dass er sie verletzen konnte, wenn er ihre Gefühle nicht erwiderte.

»Ja, Mädchen?«

Catriona kaute kurz auf ihrer Unterlippe und wandte den Blick ab von seinen verwirrenden zimtbraunen Augen. Sie musste es ihm sagen. »Ich wollte nicht … Was ich sagen will, ist … Ich wollte nie, dass es so weit …«

Sie blickte zu Tayg auf, hoffte, er werde etwas sagen, das sie von ihrer Stammelei erlöste. Aber er lupfte nur eine Augenbraue und wartete. Das ärgerte sie so sehr, dass es ihrer Zunge Mut verlieh.

»Ich wollte mich nicht in dich verlieben, aber ich habe es getan. So, jetzt habe ich es gesagt. Ich liebe dich, Tayg.«

Ein breites Grinsen brach aus ihm hervor, und er nahm sie in seine Arme und schwang sie herum, bevor er sie wieder absetzte. In den Armen hielt er sie weiterhin, und sie legte ihre Arme um ihn. Er küsste sie, wie er es drunten am Tisch getan hatte, und Catriona wusste, dass sie seine Gefühle nicht falsch eingeschätzt hatte.

»Ich liebe dich auch, süße Cat.« Sein Kuss war wie Feuer auf Zunder, entfachte eine Flamme in ihr und verbrannte alle Gedanken bis auf den an das Gefühl seines Mundes auf dem ihren.

»Ich weiß, dass wir noch viel übereinander erfahren müssen, aber dazu ist später Zeit. Ich muss dich etwas sehr Ernstes fragen. Ich habe in den vergangenen Tagen viel über meine Zukunft nachgedacht.«

Er küsste sie von Neuem, bis ihr Kopf sich drehte und sie fürchtete, ihre Knie würden nachgeben, hätte er sie nicht so festgehalten.

»Ich möchte, dass du Teil meiner Zukunft bist«, sagte er leise. »Unserer Zukunft. Ich kann mir eine Zukunft ohne dich nämlich gar nicht vorstellen.«

Catriona hatte Tayg noch nie so ernst erlebt, nicht einmal an jenem ersten Tag, als sie in den Sturm geraten waren.

»Willst du meine Frau werden?«, fragte er, während seine Lippen immer noch auf den ihren waren und er ihre Sinne ins Chaos stürzte. »Cat?« Er löste sich so weit von ihr, dass er seine Stirn an die ihre lehnen konnte, aber nicht weiter. »Sag mir, dass du meine Frau werden willst, denn eine andere Antwort ertrage ich nicht.«

Sie küsste ihn behutsam, dann lächelte sie zu ihm hoch. »Aye, Tayg, ich will deine Frau werden. Ich habe dir mein Herz gegeben, und so ist es nur recht, wenn mein Leib dem Weg meines Herzens folgt, aber lass mich nicht auf meine Hochzeitsnacht warten.« Sie grinste ihn an. »Ich fürchte, von mir bliebe nichts als Asche übrig, wenn du mich heute Nacht nicht in dein Bett holst, mehr noch, jetzt sofort, auf der Stelle.«

Er lachte und umarmte sie so fest, dass sie um ihre Rippen fürchtete, aber sie lachte mit ihm, teilte ein Glücksgefühl mit ihm, das sie noch nie erlebt und mit dem sie nie gerechnet hatte.

Rohe Begierde brannte sich ob ihres Jaworts rasch durch Taygs Erleichterung. Er zog sie an sich und küsste sie, ließ all die gemischten Gefühle der vergangenen Stunde, nein, sogar der vergangenen Tage fahren.

Sie schmeckte nach rauchigem Whisky und den Kräutern des Abendessens. Er vertiefte den Kuss, schlang die Arme um sie, bis er sie ihrer ganzen Länge nach fest an sich drückte. Er strich ihr mit den Händen über den Rücken. Sie stöhnte, leise und tief in ihrer Kehle, und sein Blut wallte auf, heiß und gierig. Sie zog ihn so dicht an sich wie sie nur konnte, rieb sich an ihm, machte ihn verrückt. Sie brauchten einander, und er war sicher, dass sie perfekt zusammenpassen würden.

Er küsste sie abermals, schwelgte in dem Gefühl, sie an seinem Leib zu spüren. Er bedeckte ihre makellose Haut und ihren schlanken Hals mit Küssen. Er fuhr mit den Fingern durch die schwere Seide ihres Haars. Noch nie zuvor hatte er diese Lust empfunden, dieses brennende Verlangen nach einer Frau, das jedes vernünftige Denken hinfortschwemmte.

Catriona wusste, wie es im Himmel war. Die Gefühle, die sie durchliefen, wo immer ihr und Taygs Leib einander berührten, konnten nur himmlischen Ursprungs sein. Hitze floss durch ihre Adern und über ihre Haut. Wo ihre Münder sich berührten und miteinander tanzten, brannte Feuer, und irgendwie schien das überall zu geschehen, wo immer er sie berührte, schien er die Flammen zu schüren, die sie zu verzehren drohten.

Plötzlich spürte sie überraschend Kühle, aber sein heißer Mund auf ihren nackten Brüsten ließ jeden Gedanken vergehen, bis es nur noch das Gefühl seiner Lippen auf ihrer Haut gab, seinen Mund, der an ihr saugte, und auch all das nährte das Feuer tief in ihrem Bauch. Sie spürte ihre eigene Feuchte und wunderte sich darüber, wie ihr Leib zu wissen schien, was zu tun war, wenn ihr Denken umnebelt und von Gefühlen überwältigt war.

Sie zog an dem Gürtel, der sein Plaid um seine schlanken Hüften hielt. Sie musste seine Haut spüren, ihn schmecken, wie er sie schmeckte. Brauchte. Wollte. Sie wusste nicht, wie, aber auf einmal standen sie da, inmitten des Häufchens ihrer Kleidung, sodass sie einander nackt sehen konnten.

Aber zu sehen war nicht genug.

Sie hörte sein Stöhnen, als er sie an sich zog, sie an sich drückte. Sie konnte ihn spüren, an ihren Bauch gepresst, wie er sie brandmarkte mit seiner Hitze und seinem Verlangen. Sie wollte so gebrandmarkt werden. Sie wollte nichts weiter, als seinen Mund auf sich und seine Hände über ihren Leib wandern zu spüren, während sie ihn ihrerseits erkundete.

Sie strich mit den Händen über seinen Rücken, fuhr mit den Fingern seine Muskeln nach, die seine Winterkleidung so gut verbarg. Sie ging tiefer, wagte es, mit ihren Handflächen über sein Gesäß zu streifen und staunte, wie weich die Haut dort war. Langsam, mit geschlossenen Augen, damit sie sich konzentrieren konnte auf das, was sie fühlte, bewegte sie ihre Hände umher, über seine Rippen, ganz behutsam, als sie die Stelle erreichte, wo er verletzt war, bis ihre Finger schließlich durch sein krauses Brusthaar fuhren. Sie rieb ihre Brüste an ihm, wollte das raue Haar auf ihrer empfindlichen Haut spüren.

»Cat.« Er presste das einzelne, erstickte Wort hervor, während er seine statuenhafte Starre aufgab und beweglich wurde.

Seine Hände umfassten ihre Brüste, hoben sie an, liebkosten sie, und dann neigte er den Kopf und kostete sie abermals. Er legte sie rücklings auf das Bett, küsste sie, bis ihr schwindlig war und ihr Leib vor Sehnsucht schmerzte. Er bewegte sich an ihr hinab, hinterließ eine Spur aus brennenden Küssen entlang ihres Halses, die weiter führte über ihre Brüste und den Bauch. Er küsste die Innenseite ihrer Schenkel, drängte ihre Beine auseinander. Seine weichen Bartstoppeln kitzelten, und sie keuchte auf, als er sie dort küsste, wo das Feuer am heißesten brannte, bis sie meinte, vor Verlangen weinen zu müssen. Sie fasste nach ihm, zog ihn zu sich, bis er in der Wiege ihrer Schenkel lag. Sie wusste nicht, warum, aber sie musste sich an ihm wiegen.

Tayg stoppte die Bewegung ihrer Hüften mit einer Hand.

»Cat.« Er stützte sich auf die Ellbogen und umfasste ihr Gesicht mit seinen Händen. Sie war die schönste Frau, die er je kennengelernt hatte, die interessanteste, die herausforderndste. Ihr Temperament zwang ihn zum Handeln. Ihre Verletzlichkeit drängte ihn, sie zu beschützen, ein Bedürfnis, das noch keine andere Frau in ihm wachgerufen hatte. Und doch wollte er sie heute Nacht nicht beschützen. Heute Nacht wollte er sie erobern.

»Bist du sicher, dass du das willst, Cat?«

»Aye, Tayg, ganz sicher.« Sie bewegte sich unter ihm, ließ Flammen über seinen Leib rasen. Ihre Hände waren auf ihm, drängten ihn voran. Lieber Gott, ihre Leidenschaft war so stark wie ihr Temperament!

Er küsste sie und glitt in sie, durchdrang ihr Jungfernhäutchen mit einem raschen Stoß.

Ihr Atem stockte, und er hielt ganz still inne und ließ sie sich an das Gefühl gewöhnen, ihn in sich zu spüren. Er küsste sie abermals und fachte das Feuer schnell wieder an zu einem flammenden Inferno. Als sie anfing zu wimmern und sich unter ihm zu bewegen, hielt er noch einen Augenblick lang still, dann ließ er der Macht seiner Leidenschaft die Zügel schießen.

Sie explodierten aneinander, als hätten sie ihr ganzes Leben lang auf diesen Augenblick gewartet, verloren sich ineinander und den herrlichen Gefühlen, die ihre miteinander verschmolzenen Leiber erschufen. Er vernahm seinen Namen, dann hörte er seine eigene Stimme ermunternde und zärtliche Worte flüstern.

Sie bewegten sich miteinander, aneinander, über- und untereinander, bis er sich schließlich nicht mehr zurückhalten konnte. Er nagelte sie unter sich fest, seine Hände umschlossen die ihren, und so stieß er in sie, lang und schnell und hart. Sie schlang ihre Beine um seine Hüften, und im nächsten Augenblick entrang sich ihr ein hoher, klagender Laut. Er ließ den letzten Rest von Vernunft fahren und ergab sich in sie.

* * *

Cat erwachte mit dem überaus angenehmen Gefühl, Taygs Körper hinter sich zu spüren, wie er sie an seiner Brust barg, seine Schenkel an die ihren geschmiegt, ihr Po in seinem Schoß. Der Gedanke an seinen Schoß brachte die Geschehnisse der vergangenen Nacht sturzflutartig zurück, und Catriona ertappte sich bei dem Wunsch, diese Vereinigung gleich noch einmal erleben zu wollen. Sie schloss die Augen und gab sich der Erinnerung hin, versank in den Gefühlen, die über sie hinweggefegt waren, sie dachte an das Vergnügen und die überwältigende Zärtlichkeit, das Verlangen, zu berühren und berührt zu werden. Sie wand sich ein wenig, um noch näher an Tayg heranzurücken, sie musste seine Haut auf ihrer spüren. Sein Arm legte sich fester um ihre Taille. Seine Hand bewegte sich über ihre Rippen und höher hinauf, um ihre Brust zu umschließen und die empfindliche Brustwarze, mit der er sich in der Nacht so liebevoll befasst hatte.

»Wenn du dich weiter so an mir reibst, Liebes, müssen wir die vergangene Nacht gleich noch einmal wiederholen.«

Sie konnte das Grinsen in seinem Ton hören, noch ehe sie sich in seinen Armen herumdrehte und ihn ansah. Er empfing sie mit einem Kuss, der ihre Gedanken rasen und ihren Leib sich nach seiner Berührung sehnen ließ, und er erfüllte ihr diesen unausgesprochenen Wunsch sogleich. Catriona schwelgte in den Gefühlen, die seine Hände und sein Mund auf ihr auslösten, dann befriedigte sie ihre eigene Neugier, indem sie seinen muskulösen Leib mit ihren Händen und ihrem Mund erkundete. Als sie beide außer Atem waren, küsste er sie noch einmal innig und glitt in sie. Sie war wund, aber er war sanft zu ihr und bewegte sich langsam, bis sie den Rhythmus nicht mehr aushielt. Sie bewegten sich gemeinsam, schneller, trieben einander an, bis es nichts anderes mehr gab außer weißglühender, feuriger Wonne.

Nach einer Weile öffnete Catriona die Augen und sah, wie Tayg sie anschaute, seine Nase nur wenige Fingerbreit von ihrer eigenen entfernt. Er stützte sein Kinn in eine Hand und strich ihr mit der anderen über die Wange.

»Du bist ein wirklich bemerkenswertes Mädchen.«

»Trotz meiner herben Zunge?«

»Im Augenblick bin ich von deiner Zunge recht angetan«, sagte er und beugte sich vor, um sie leicht zu küssen.

Es war komisch, dass so ein einfacher, scheuer Kuss ihr das Gefühl vermitteln konnte, so begehrt und geliebt zu werden.

»Ich finde, wir sollten so schnell wie möglich heiraten«, sagte er. »Ich möchte nicht länger warten, dich zu meiner Frau zu machen. Du weißt doch noch, dass du eingewilligt hast, mich zu heiraten, oder?«

Sie lächelte über die Frage. »Ich will deine Frau werden, Tayg. Das ist schon so gut wie erledigt.« Sie sah ihn einen Moment lang an, nahm den Anblick all dieser sehnigen Kraft in sich auf, dachte an die Nacht, die sie zusammen verbracht hatten, und an die vergangene Stunde. Sie wäre damit zufrieden gewesen, für immer hier in seinen Armen zu bleiben, wo sie sich sicher vor der Welt fühlte. Aber die Welt würde das nicht zulassen.

»Wo ist deine Familie? Sagtest du nicht Culrain? Wir sollten hingehen und um den Segen deines Chiefs bitten.«

Er nickte bedächtig und mit ernster Miene. »Culrain, ja. Das ist einen guten Tagesritt entfernt, vielleicht zwei, da der Schnee jetzt so tief ist. Ich glaube, so lang kann ich noch warten.«

Sie drückte ihm eine Hand auf die Wange, dann lehnte sie sich vor und küsste ihn und ließ all ihre Liebe in diesen Kuss fließen. Als sie sich von ihm löste, waren seine Augen dunkel und voller Leidenschaft.

»Vielleicht kannst du das«, sagte sie, »aber ich bin nicht sicher, ob ich so lang warten kann.«

Er grinste sie an. »Manche Dinge brauchen nicht zu warten«, sagte er, zog sie auf sich und küsste sie, bis ihr die Sinne zu schwinden drohten.

* * *

Tayg schnappte sich seine Kleidung und zog sich rasch an, ohne Cat dabei aus den Augen zu lassen. Ein machtvoller Besitzanspruch schlug seine Krallen in ihn, vergleichbar der heftigen Zärtlichkeit, die er empfand, während er ihr zusah, wie sie auf dem Dachboden umherging und sich ankleidete.

Er musste ihr sagen, wer er war, ihr dieses ganze komplizierte Durcheinander erklären, aber er wollte diesen ersten strahlenden Morgen ihres gemeinsamen Lebens nicht ruinieren. Sie würde heute während des Ritts in seinen Armen sitzen, und dann wollte er ihr die Geschichte vom Anfang bis zum Ende erzählen, oder zumindest bis zum heutigen Stand, denn das Ende dieser Geschichte war noch offen. Zweifellos würde ihr heftiges Naturell durchbrechen, wenn er ihr seine Täuschung gestand, aber sie liebte ihn, sie liebte ihn innig und leidenschaftlich, und letztlich würde sie einsehen, dass es egal war, welchen Namen er benutzte oder wer seine Familie war. Alles würde gut werden.

»Beeil dich, Liebes. Ich würde den Tag ja auch lieber mit dir in diesem Bett verbringen«, er küsste sie, »aber leider müssen wir eilends zum König.«

»Aye, du musst ihm Bericht erstatten, und miteinander müssen wir uns etwas einfallen lassen, wie wir meinen Clan vor Brocs Torheit schützen können.«

Schamvoll griff er nach seinem Gepäck, damit er ihr nicht in die Augen sehen musste. »Das werden wir, Mädchen. Wenn wir den König erst gefunden haben, ist das nur noch eine Kleinigkeit.« Er packte und küsste sie noch einmal, konnte die Hände einfach nicht von ihr lassen.

»Geh schon!« Sie kicherte und schob ihn zur Leiter. »Ich komme gleich nach.«

Tayg sprang die letzten Sprossen der Leiter hinunter und war angenehm überrascht, als ihm bei der etwas ungeschickten Landung die Rippen gar nicht mehr wehtaten. Der Mönch, Gair und Lina saßen am Tisch und unterhielten sich leise. Tayg räusperte sich, um auf sich aufmerksam zu machen.

»Guten Morgen, junger Tayg«, sagte der Mönch. »Ich nehme an, Ihr und Eure schöne Frau seid heute Morgen nicht gut ausgeruht?«

Lina versetzte ihm im Aufstehen einen Klaps auf die Schulter, aber der Mönch und Gair grinsten Tayg trotzdem an, und er konnte nicht anders, als das Grinsen zu erwidern.

»Aye, wir sind nicht gut ausgeruht, danke der Nachfrage«, sagte er.

Lina füllte eine Schüssel mit Haferbrei aus dem schwarzen Kessel, der über dem Feuer hing. Sie reichte sie Tayg und dazu einen Löffel.

»Wo ist Eure Frau?«, fragte sie, als sie wieder am Tisch Platz nahm.

»Sie kommt gleich herunter«, antwortete Tayg. »Ich danke Euch für Eure großzügige Gastfreundschaft, aber wir müssen uns auf den Weg machen, sobald sie gefrühstückt hat.«

»Wozu die Eile? Bleibt doch noch einen Tag«, sagte der Mönch. »Ihr habt uns noch nicht mit Liedern und Geschichten unterhalten. So viel sollte Euch die Gastfreundschaft meines Cousins doch wert sein, oder?« Er zwinkerte Tayg zu.

»Ich habe nicht besonders viel Talent«, erwiderte Tayg grinsend. »Die Gastfreundschaft von Gair und Lina verdient viel mehr, als ich zu bieten habe. Ich verspreche, dass ich einen begabteren Barden zu Euch schicke – und Ihr, lieber Bruder, werdet auf der Hochzeitsfeier in Dingwall reichlich Lieder und Geschichten zu hören bekommen.«

»Außerdem haben wir Winter«, warf Gair ein. »Es wäre klug, wenn ihr das klare Wetter heute nutzen würdet, auch wenn deine Frau vielleicht lieber nicht auf einem Pferd sitzen würde.« Er grinste.

Tayg nickte. »Ich werde den Sattel für sie polstern, wenn es sein muss, aber du weißt ja, warum wir schnell zum König müssen.«

»Zum König?«, fragte der Mönch. »Ach, da braucht Ihr Euch nicht zu beeilen. Bis zur Hochzeit in Dingwall sind es noch zehn Tage, und der Ritt dorthin dauert höchstens drei. Der König besucht unterdessen seine Unterstützer im Norden, wirbt neue Männer für den Kampf um die Freiheit von Schottland an und versichert sich der Treueschwüre jener, die sie noch nicht geleistet haben. Inzwischen müsste er in Linsmore oder Culrain sein. In Dingwall trifft er angeblich erst ein, zwei Tage vor der Hochzeit ein, die an Hogmanay stattfinden soll.«

»Das hast du mir ja gar nicht erzählt, John«, sagte Gair. »Tayg, da hast du es ja noch leichter, den König zu finden, wenn er im Saal deines Vaters in Culrain verweilt.«

»Eures Vaters?« Der Mönch verengte die Augen. »Cousin, mir dünkt, dass auch du mir nicht alles erzählt hast, was du weißt.«

»Nay, John …«

»Das ist kein Barde«, fuhr der Mönch fort, als hätte Gair gar nichts gesagt. »Das ist der schöne Tayg von Culrain.« Ein breites Grinsen legte sich über das Gesicht des Mönchs, und Tayg merkte, wie ihm die Kontrolle über die Situation entglitt.

»Der bin ich nicht.«

»Aye, deshalb seid Ihr mir so bekannt vorgekommen, als wir uns gestern auf dem Weg trafen. Ich bin Euch und Eurem Bruder einmal begegnet, als Ihr noch kleine Jungen wart, und ich hörte von Gair viele Geschichten und von den Barden viele Lieder über Eure Heldentaten auf dem Schlachtfeld.«

»Bitte, Bruder John … Lina«, fügte er hinzu, als er sah, dass auch die Frau ihn anstarrte, den Mund zu einem Strich zusammengepresst. »Es gibt Gründe, weshalb ich mich als ein anderer ausgebe. Ich möchte Euch bitten, dieses Wissen für Euch zu behalten …«

»Cat weiß es nicht, hab ich recht?«, fragte Lina leise. Ihr Blick richtete sich nun auf einen Punkt hinter Tayg.

Seine Nackenhaare sträubten sich. Er drehte sich um.

Catriona stand erstarrt am Fuß der Leiter, ihr Gesicht aschfahl.

»Ich glaube, wir sollten die beiden wieder allein lassen«, meinte Lina und scheuchte die beiden älteren Männer vom Tisch auf und zur Tür hinaus. »Gebt ihm Gelegenheit, Euch alles zu erklären, Mädchen«, sagte sie zu Cat. »Ich bin sicher, das wird eine interessante Geschichte.«

* * *

Catriona starrte den Fremden an, der ihr da gegenüberstand. Er sah aus wie jemand, den sie kannte, und doch, wenn es stimmte, was sie gehört hatte, dann war er ein Fremder. Tayg von Culrain, nicht Tayg, ihr Barde. Das konnte doch nicht sein.

»Cat, ich kann es dir erklären.«

»Ist es wahr? Wie kann das wahr sein?«

Tayg trat auf sie zu, aber sie hob eine Hand und gebot ihm Einhalt, bevor er ihr nahe genug kommen konnte, um sie zu berühren.

»Du bist ein Barde. Ich habe dich spielen hören.«

»Aber du sagst doch selbst, dass ich nicht gut spiele.«

Catrionas Knie drohten nachzugeben. Blindlings tastete sie hinter sich nach einer Sitzgelegenheit und ließ sich schließlich auf dem kalten Boden nieder.

»Cat? Geht es dir nicht gut?«

Sie schüttelte den Kopf, versuchte immer noch, den Tayg, den sie kannte, den Tayg, mit dem sie unterwegs gewesen war, mit dem sie gezankt hatte, mit dem sie geschlafen hatte, in Einklang zu bringen mit … oh Gott. Was hatte sie getan?

»Das kann nicht sein.«

»Aye, Liebes, es ist die Wahrheit. Es tut mir leid, dass ich es dir nicht früher sagen konnte.«

»Du hast es mir auch jetzt nicht gesagt!« Panik erwachte in ihrem Bauch flackernd zum Leben, als ihr die ganze Tragweite dessen, was gerade geschehen war, bewusst wurde. »Du hast mich ins Bett gezogen, ohne mir zu verraten, wer du wirklich bist.« Sie hatte das komische Gefühl, dass ihre Stimme klang, als wäre es die einer anderen, einer Frau, die leise, atemlos und voller Furcht sprach. »Hast du die ganze Nacht lang darüber gelacht, wie naiv Catriona ist?«

Sie hob den Blick, um ihn anzuschauen, konnte ihn jedoch nicht klar erkennen, weil sich in ihren Augen Tränen sammelten.

»Nay, Cat, so war es nicht …«

»Tayg, der Charmeur von Culrain, hat sich wieder einmal ein Mädchen geschnappt, und diesmal musste er sie nicht einmal mit seinem Ruf ködern, damit sie sich in sein Bett stürzte.« Sie wischte sich über die Augen, entschlossen, ihre Tränen nicht fallen zu lassen.

»So war es nicht, Cat. Das weißt du auch.«

»Mir scheint, ich weiß gar nichts. Ich bin nur eine ungebildete, leichtgläubige, dumme Kuh, die so leicht hereinzulegen ist, dass sie gar nicht auf die Idee kam, sie könnte sich in einen Schwindler verliebt haben.« Die Tiefe seines Betrugs machte es umso schwerer, sich diesen einzugestehen, machte den Schmerz umso schlimmer.

»Cat, bitte, ich wollte dich nicht verletzen. Meine Gefühle sind echt. Ich liebe dich. Konntest du die Wahrheit gestern Nacht nicht spüren? Ich liebe dich, Cat. Ich möchte, dass du meine Frau wirst, ich will mein Leben mit dir verbringen. Es gibt keinen Grund, der dagegen spricht. Ich bin Tayg von Culrain. Ich bin der Mann, den du, wie du sagtest, die ganze Zeit schon heiraten wolltest.«

Sie schaute zu ihm auf, nicht fähig und nicht willens, die Pein, die sie durchfuhr, und die Scham, die sie empfand, zu verhehlen. »Jetzt ist es zu spät«, sagte sie. »Es ist zu spät.«

Langsam kam er zu ihr und ging vor ihr in die Hocke. »Als wir uns begegneten, war ich schon als Barde unterwegs, und ich sah keinen Grund, dich einzuweihen. Und später war es dann zu spät, und ich war ein Feigling. Ich wollte die zarten Gefühle, die sich zwischen uns entspannen, nicht mit meinen Geheimnissen gefährden.«

»Geheimnisse? Gibt es denn noch andere Lügen? Andere Geschichten über die arme, dumme Catriona zu erzählen?«

»Aye.« Er zuckte zusammen. »Nay. Nicht über dich, und du bist auch nicht arm dran oder dumm.« In seiner Stimme schwang ein verzweifelter Ton, aber der kümmerte sie nicht.

»Dann gibt es also noch mehr?«

Tayg hielt ihren Blick einen Moment lang fest, dann schaute er zu Boden und schien eine Entscheidung zu treffen. Er ließ sich vor ihr nieder, als befänden sie sich immer noch mitten im Sturm in ihrer kleinen Wanderhütte – nur war dieser Sturm von anderer Art, und sie glaubte nicht, dass sie ihn überleben würde.

Ob es nun einen Augenblick oder einen ganzen Tag später war, konnte Cat nicht sagen, aber als Tayg fertig war mit seiner Geschichte über Hundsgesichts Intrige gegen den König, die Rolle, die ihr Clan darin spielte, und ihre eigene als Geisel, war sie sicher, dass die Welt untergegangen war. Sie konnte sich nirgendwohin wenden, nicht einmal Trost in Taygs starken Armen suchen. Sie konnte nirgends hin. Und sie hatte nichts mehr.

In der Zeit, in der Tayg die Geschichte erzählt hatte, war die Welt zerbröckelt, bis nichts mehr davon übrig war.

Und als sie den Fremden vor sich anstarrte, tat sich in ihr eine ungeheure Leere auf und löschte das Feuer, das Catriona gewesen war.

Kapitel 15

»Catriona?« Taygs Magen verkrampfte sich. Sie war so reglos, so still. Mit dieser Reaktion hatte er nicht gerechnet. Wo blieben die scharfen Worte, der finstere, wütende Blick? »Cat? Mädchen? Das ändert doch nichts von Bedeutung. Ich liebe dich. Ich will dich heiraten. Es ist besser für deinen Clan, wenn du Tayg von Culrain heiratest anstatt Tayg, den linkischen Barden.«

Er erwartete ein Lächeln oder wenigstens eine höhnische Zustimmung zu seiner Selbstbeschreibung, aber sie starrte nur weiter auf seine Brust, mied den Blickkontakt, reagierte in keiner Weise. Er streckte die Hand aus, und sie zuckte nicht einmal zurück und verbat ihm nicht, sie zu berühren.

Angst kroch aus seinem Bauch empor und legte sich würgend um sein Herz. »Cat, bitte, schau mich an. Ich wollte dich nicht verletzen, ich hatte nie die Absicht … all das wollte ich nicht. Aber es ist geschehen, und ich …«

Die Eingangstür krachte auf, und mit Gair, der grimmig wirkte, wehte Schnee herein, als er an Taygs Seite eilte.

»Ein Reiter. Er kommt sehr schnell näher. Pol sah ihn vom Hügelkamm aus. Ihr müsst sofort verschwinden.« Er blickte von Tayg in Catrionas mitgenommenes Gesicht, und die Sorge in Gairs Miene vertiefte sich. »Mädchen, der Junge hat's nur gut gemeint …«

»Lass gut sein, Gair. Sie weiß jetzt alles.«

Es war seine Schuld, und er wollte sie seiner Fehler wegen nicht bedrängt wissen. Der verlorene Ausdruck auf ihrem Gesicht ließ ihn völlig verkrampfen. Hätte sie geschrien, mit Dingen um sich geworfen, das hätte er verstanden, aber das Schweigen, die verzweifelte Miene, das war neu. Es war, als wäre sie von einem hervorragend geschmiedeten Schwert zum zerbrechlichsten Glaskelch geworden – zu einem leeren Glaskelch, der unter der geringsten Berührung zu zerspringen drohte.

»Cat? Es tut mir leid, Mädchen, aber wir dürfen nicht riskieren, gefasst zu werden. Ich lasse dich nicht in die Hände deiner Brüder fallen – und wir müssen den König warnen.«

Sie blinzelte träge, als erwachte sie aus einem Traum. »Was?«

»Wir müssen fort, jetzt gleich. Es kommt jemand.«

Sie erhob sich vom Boden, übersah die Hand, die er ihr hinhielt. »Mein Gepäck …« Sie schaute zum Dachboden hoch, und er erkannte an dem schmerzvollen Zug um ihren Mund, dass sie nicht zurückkehren konnte an den Ort, wo sie ihm so viel von ihrem Herzen und sich selbst gegeben hatte.

»Ich hole es. Gair«, er wandte sich ihm zu, »hilfst du ihr mit ihrem Umhang und lässt das Pferd bringen?«

»Das Pferd wird schon geholt«, erwiderte Gair und nahm Cats Umhang von einem Haken neben der Tür.

Tayg war wieder da, bevor Gair ihr den Umhang ganz um die Schultern gelegt hatte.

»Ich danke dir, Gair, für alles, und ich entschuldige mich dafür, dass ich dich in meine Schwierigkeiten hineingezogen habe.«

»Es ist mir eine Ehre, mit dir in Schwierigkeiten zu geraten, Tayg. Bring das Mädchen in Sicherheit, und lass ihr etwas Zeit. Sie liebt dich, das steht fest, du hast sie nur ein bisschen erschreckt. Und sie lenkt schon wieder ein, wenn sie erst einmal begreift, dass sie sich den schönsten Burschen in den Highlands geangelt hat. Und jetzt geht. Schnell. Grüß deinen Vater von mir, wenn du ihn siehst.«

Tayg nickte und streckte die Hand nach der Tür aus, als sie auch schon aufging. Der Widerschein der Morgensonne, der sich glitzernd auf dem eisverkrusteten Schnee brach, blendete ihn einen Moment lang, dann trat Pol ins Halbdunkel der Hütte.

»Wir haben noch einen Besucher, Da, und er sucht nach Tayg und Cat!«

Tayg trat vor Cat hin, als eine größere Gestalt hinter Pol in die Tür trat. Er blinzelte und versuchte die Züge des anderen auszumachen.

»Auf eine schöne Hatz hast du uns da geführt, Schwester.«

Taygs Kopf pochte. Nicht genug damit, dass er die Frau, die er liebte, verletzt hatte, nein, nun war ihre Zukunft auch noch zusätzlich in Gefahr.

Ailig MacLeod hatte sie gefunden.

* * *

»Hallo, Triona«, sagte Ailig.

Catriona kam sich vor, als schwömme sie durch Schlamm. Jede Bewegung schien anstrengender zu sein, als sie es eigentlich sein sollte. Die Stimmen klangen entfernt, gedämpft und losgelöst. Die Worte ergaben keinen Sinn, wenn sie sich nicht sehr darauf konzentrierte. Und darum war es, als sie Ailig reden hörte, schwer zu glauben, dass er wirklich da war, und noch schwerer war es, sich aus ihrem Elend zu befreien und zu antworten. Tayg sagte etwas, sein Ton war barsch, aber sie brauchte einen Moment, um ihn zu verstehen.

»Was wollt Ihr? Wo sind die anderen?« Das war Taygs Stimme, und er klang … besorgt?

Er war besorgt, aber er hatte keine Angst. Er hätte Grund zur Angst gehabt. Bei seiner letzten Begegnung mit ihren Brüdern war es ihm nicht gut ergangen. Ihre Gedanken entfernten sich rasend schnell von dieser Erinnerung. Sie wollte nicht, dass er sich sorgte, denn das warf ein Licht auf ihr dumpfes Elend. Sie lauschte angestrengt, tauchte aus dem schwarzen Loch nach oben, entschlossen, zu verstehen und die Erinnerungen zu meiden.

»Ich möchte mit meiner Schwester reden, Barde«, sagte Ailig. »Die anderen sind nicht bei mir. Triona, lässt du jetzt andere für dich sprechen?«

Er sprach sie direkt an. Sie musste ihm antworten, aber es war so schwer, Worte zu finden, wo sie doch nichts zu fühlen imstande war.

»Triona? Geht es dir gut?«

»Ihr Name ist Cat«, sagte Tayg in besitzergreifendem Ton.

Sie trat neben Tayg, zwang sich, Ailig in die Augen zu schauen, und war überrascht von der Sorge, die sie darin fand.

»Ich spreche für mich selbst«, erklärte sie mit leiserer Stimme als sonst, »aber nur, wenn ich etwas zu sagen habe.« Sie schluckte und widersetzte sich dem schwarzen Loch, das sie zu locken schien. »Geh heim, Ailig. Lass mich in Ruhe. Ich habe es satt, dass so viele Männer mein Leben manipulieren wollen.« Sie fasste sich so weit, dass sie beide Männer einen Moment lang finster anfunkeln konnte, bevor die Taubheit sich ihrer wieder bemächtigte.

»Ich habe dir einige Dinge zu sagen, Schwester. Ich möchte wissen, was mit dir geschehen ist und warum du mit so einem wie diesem Barden umherziehst.«

Sie seufzte und rieb sich eine Stelle über dem linken Auge, die zu pochen begonnen hatte. »Du weißt ganz genau, warum, und der Rest geht dich nichts an. Das ist eine Sache zwischen mir und Tayg.«

Sie warf Tayg einen Blick zu und sah einen Funken Hoffnung in seinem Gesicht aufglimmen und aus seinen warmen braunen Augen leuchten. Einen Moment lang hielt er ihren Blick und ihr Herz fest. Einen Moment lang hätte sie alles aufgegeben, um mit ihm zusammen zu sein, um wieder mit ihm ins Bett zu fallen und die Welt verschwinden zu lassen, sodass nur sie beide übrig blieben und sich ineinander verlieren konnten. Aber sie würde nicht wieder lieben – ihn nicht und auch sonst niemanden –, denn Liebe führte zu Schwäche, zu Verrat und Schmerz, und lieber verbrachte sie den Rest ihres Lebens ohne Gefühl, anstatt sich das Herz noch einmal herausreißen zu lassen.

Wie schnell Freude in Leid umgeschlagen war, Liebe in … Sie schniefte. Sie wollte ihn hassen, sie musste ihn hassen, denn das war ihre Rüstung wider den Schmerz, aber sie fand diesen Hass nicht in sich. Schmerz, Enttäuschung, das Gefühl, verraten worden zu sein, all das stieg aus dem dunklen Loch auf und schlang sich um ihr Herz, aber sie konnte diese Gefühle nicht mit Hass verknüpfen, wie sie es in all den Jahren Broc und Hundsgesicht gegenüber vermocht hatte. Sie löste den Blick und schaute Ailig durchdringend in die eisig grauen Augen.

»Immerhin hat mein Barde … er hat mir geholfen. Das hat niemand sonst getan.« Sie ging zu einem Hocker und setzte sich darauf. »Geh nach Hause, Ailig, und bereite den Clan vor auf den Zorn König Roberts, denn er wird euch verdient und zweifellos schnell treffen, sobald wir ihn über die Intrige gegen ihn informiert haben.«

»Cat, nicht …«, zischte Tayg, ohne jedoch Ailig aus den Augen zu lassen, der bei ihren Worten ganz still geworden war.

»Erklär mir das«, verlangte Ailig.

Cat sah erst ihren Bruder und dann Tayg an. Sie hatte bei beiden Halt gesucht, hatte beiden vertraut, doch beide hatten sie im Stich gelassen. Sie spürte, wie sich etwas regte, ein seltsames Gefühl, als glitte ihr die Welt unter den Füßen weg, und sie fürchtete, die neue Stärke, die sie in diesen vergangenen Tagen mit Tayg gefunden hatte, könnte verschwinden. Ihre Rüstung war vom Betrug brüchig geworden und drohte nun ganz zu zerbrechen.

Aber das würde sie nicht zulassen.

Egal, was mit Tayg passiert war, ihrem Bruder würde sie nicht zeigen, welche Verheerungen ihr Herz in ihr angerichtet hatte. Sie versuchte sich zu erinnern, wie sie gewesen war, bevor sie Tayg begegnete: hart, unabhängig, einsam. Aber es fiel ihr schwer, wo sie doch nichts anderes mehr wollte, als sich zusammenzukauern und zu verkriechen vor aller Welt, um sich ihrem Elend zu überlassen.

»Triona, ich erwarte eine Erklärung. Warum wird uns der Zorn des Königs treffen?«

Ein trauriges Lächeln glitt über ihre Lippen. Sie schüttelte den Kopf. »Halt du mich nicht auch noch für dumm. Davon habe ich für mein Lebtag genug.« Sie warf Tayg einen Blick zu, doch die Wunde, die ihre Worte schlugen, verschaffte ihr keinen Trost. Sie wandte sich wieder an ihren Bruder. »Die Wahrheit, Ailig – die bist du mir wenigstens schuldig.« Sie sprach die Worte aus, schaffte es jedoch nicht, Kraft hineinzulegen. »Welche Rolle spielst du in Duffs Plan?«

Ailigs Augenbrauen zogen sich zusammen, Verwirrung füllte seine Augen. »In seinem Plan, den Segen des Königs für seine Hochzeit mit dir zu erbitten?«

»Aber …«, setzte Pol an.

»Komm, wir setzen uns und trinken etwas«, fiel Gair seinem Sohn ins Wort. »Tayg, der da wird dir in unserem Beisein nichts tun«, sagte er dann. Catriona merkte erst jetzt, dass Gairs ganze Familie sich versammelt hatte und einen Kreis um Ailig bildete, der Tayg und Catriona vor ihm schützte. »Es hört sich so an, als gäbe es da eine Geschichte, die zu erzählen wäre«, fuhr Gair fort. »Vielleicht erklären sich so viele Dinge auf einmal?« Gair blickte von Tayg zu Catriona, aber sie konnte die Frage in seinen Augen nicht beantworten.

»Habe ich Euer Wort, Ailig, dass die anderen Euch nicht folgen?«, fragte Tayg.

»Das habt Ihr. Ich möchte nicht, dass Ihr zu Tode geprügelt werdet, bevor ich herausgefunden habe, was Triona will.« Er musterte sie für einen Moment. »Aber so, wie sie Euch ansieht, würde ich vermuten, dass es sie nicht kümmert, was geschieht, wenn Broc und die anderen Euch finden.«

Erschrecken durchfuhr sie. Sie sprang auf. »Du wirst ihm nichts tun, Ailig! Und du wirst es auch den anderen nicht erlauben.«

»Hm, das beantwortet eine meiner Fragen, zieht aber viele andere nach sich.« Er lockerte seinen Umhang, und einer der Zwillinge nahm ihm das Kleidungsstück ab. »Lasst uns die Gastfreundschaft dieser lieben Leute genießen, während wir ein paar Wahrheiten aufdecken.«

Lina machte sich am Feuer zu schaffen und fachte es an, und Gair trug wieder den Whisky des Mönchs auf.

»Ich sag immer, eine Geschichte verdaut sich leichter, wenn man mit einem Schluck Whisky nachhilft«, sagte er.

Ailig setzte sich neben Catriona, Tayg nahm ihr gegenüber am Tisch Platz und stützte sich auf die Ellbogen. Sie versuchte die Entschlossenheit zu ignorieren, die von ihm ausging. Sie würde sich nicht von seiner Geschichte hinreißen lassen. Noch einmal würde sie sich die Blöße, ihm ihr Herz zu öffnen, nicht geben. Sie musste stark sein, wie sie es immer gewesen war; nur war es viel leichter gewesen, stark zu sein, als sie jemanden bei sich hatte, mit dem sie zusammen stark sein konnte.

»Gair, das ist keine Geschichte für kleine Kinder.« Tayg blickte in die andächtigen Gesichter der Kleinen.

»Aye. Jungs, nehmt eure Schwester und geht. Draußen gibt es Feuerholz zu holen und zu hacken. Niall, du bleibst hier.« Sie warteten, bis die Kinder den Raum verlassen hatten. Sie murrten, weil ihnen die spannende Geschichte vorenthalten wurde.

Als sich die Tür hinter ihnen schloss, fing Tayg an. »Wisst Ihr, wer ich bin?«, fragte er Ailig. »Was mein Auftrag war? In welcher Sache des Königs ich unterwegs war?«

»Ihr seid Tayg, der Barde, und Ihr habt ein Sendschreiben bei Euch, das Ihr Broc von Duff überbringen solltet. Von der Sache des Königs weiß ich nichts.«

Tayg holte tief Luft. »Ich bin Tayg vom Clan Munro von Culrain, ein Krieger König Roberts, Sohn von Angus Dubh und nächster Chief meines Clans, wenn auch, so Gott will, nicht in allzu naher Zukunft.«

Catriona verspürte ein Regen in ihrem Bauch, ein winziges Aufflackern von Stolz über die Art und Weise, wie Tayg sich vorstellte. Doch Ailigs Gesicht blieb ausdruckslos und unbeeindruckt.

»Und was hat es mit dieser Sache des Königs auf sich?«, wollte er wissen.

»Wo steht Ihr, Ailig? Ihr selbst, nicht Euer Clan, nicht Euer Chief, nicht Eure Brüder. Wo steht Ihr in Bezug auf König Robert?«

Aller Augen waren gespannt auf Ailig gerichtet.

»Hat Triona Euch erzählt, dass ich einige Zeit in Edinburgh verbrachte?«, fragte er.

Tayg nickte. »Davon hat *Cat* mir erzählt.«

»Während ich dort studierte, war ich oft in der Gesellschaft von Burschen, die The Bruce in der Schlacht oder in weniger aufregenden Situationen erlebt hatten, und sie beschrieben ihn als wortgewandt und klug und trotz der Einmischung durch seinen Vater als einen Unterstützer Sir Williams und des Kampfes gegen die Engländer. Ich begriff, dass er für uns alle, für ganz Schottland kämpfte, nicht nur für den Adel, sondern auch für die Highlander, deren Gefolgschaft er sich nicht sicher sein konnte.

Ich habe großen Respekt vor diesem Mann und vor allem, was er für Schottland zu erreichen trachtet. Was mein Auftreten und Tun in der Öffentlichkeit angeht, bin ich dem Chief meines Clans verpflichtet, aber ich habe mir ein eigenes Gewissen bewahrt, und mit dem glaube ich fest daran, dass die Zukunft Schottlands nicht in den Händen jener Macht liegt, die sich mit den MacLeods von Lewes auf den Inseln zusammenballt, und auch nicht in denen Edwards von England, sondern in den Händen unseres eigenen Königs. Wäre ich Chief des Clans Leod, gälte meine Treue König Robert.«

»Cat hatte recht, als sie sagte, Ihr seid der Intelligente unter ihren Brüdern«, befand Tayg. Er fischte in dem Lederbeutel an seiner Hüfte nach den Dokumenten, die seine Geschichte, die er zu erzählen im Begriff war, untermauern würden.

Kurze Zeit später und nach einer Runde stärkenden Whiskys faltete Tayg die Dokumente wieder zusammen und verstaute sie sicher im Beutel. Er versuchte die erschrockenen Gesichter rings um den Tisch zu ignorieren und konzentrierte sich auf Ailig, der ziemlich blass aussah. Seine Augen glänzten wie im Fieber. Er starrte auf die Stelle des Tisches, wo Tayg ihm die Dokumente gezeigt hatte, als lägen sie immer noch dort.

»Ich bin ein Idiot«, sagte Ailig schließlich mit gepresster Stimme.

Catriona war da ganz seiner Meinung, sagte jedoch nichts. Sie hatte die Geschichte nun zum zweiten Mal gehört und fand es nur noch widerlicher, wie schuldhaft ihr Clan in die Intrige gegen den König verstrickt war. Wie hatte sie nur so selbstsüchtig sein können, dass sie die weiteren Auswirkungen eines Bündnisses zwischen den beiden Clans übersehen hatte?

»Ich hätte erkennen müssen, was wirklich hinter dieser Verlobung steckte«, sagte Ailig. »Ich wusste, dass das Bündnis Duffs Beweggrund war, aber ich hatte weder eine Ahnung, wie weit sein Wahn reichte, noch wie tief Broc darin verstrickt war.«

»Es hat ganz den Anschein, als wüsste Broc sehr gut, welche seiner Geschwister ihm am heftigsten ins Gewissen reden würden, nicht wahr?« Tayg sah zu Cat, dann wieder zu Ailig.

»Broc hat kein Gewissen und auch keinen Funken Verstand«, erwiderte Ailig. »Das ist offensichtlich eine Falle, die er und Duff Euch und Triona gestellt haben. Und ich habe ihnen direkt in die Hände gespielt, indem ich euch für sie gefunden habe. Darauf hat Broc gewiss gezählt.«

»Zweifellos. Und es war auch eine Falle für den König, nehme ich an, schließlich ist bekannt, dass er vor der Hochzeit seiner Schwester diesen Teil des Landes bereist. Was also wollen wir unternehmen? Warnen wir den König, oder halten wir die Verschwörer auf?«

Catriona sah, wie die Farbe in Ailigs Gesicht zurückkehrte.

»Ich würde vorschlagen, zunächst die Verschwörer aufzuhalten«, sagte er, »und sie dann dem König zu übergeben, damit er nach Gutdünken mit ihnen verfahren kann. Aber ich fürchte, wir sind in der Unterzahl.«

Catriona war überrascht – und argwöhnisch. Vor wenigen Augenblicken noch waren diese beiden bereit gewesen, aufeinander loszugehen, und jetzt, da Tayg seine kleine Geschichte erzählt hatte, waren sie auf einmal Verbündete?

»Da muss ich Euch zustimmen«, sagte Tayg. »Wir müssen herausfinden, wo sich der König gerade aufhält, und dann reiten wir so schnell wie möglich zu ihm.«

Gair räusperte sich, und Catriona zuckte zusammen. Sie hatte ganz vergessen gehabt, dass die anderen mithörten, welche Schande ihr Clan auf sich geladen hatte.

»Ihr werdet nicht in der Unterzahl sein«, erklärte Gair. »Wir werden zu siebt sein – ihr zwei, John, ich und meine drei ältesten Söhne. Und wir haben den Vorteil der Überraschung auf unserer Seite.«

»Und ich«, sagte Catriona. »Ich werde nicht zurückbleiben.«

»Und Cat«, willigte Tayg ein.

Gair nickte. »Zu so vielen wird es uns ein Leichtes sein. Ich bin sicher, dass Cat das Zeug dazu hat, sich ihren Brüdern und Duff entgegenzustellen …«

»Hundsgesicht«, unterbrach Catriona ihn. Die Vorstellung, sich dem Mann entgegenzustellen, anstatt vor ihm davonzulaufen, hatte ihr Blut wieder in Wallung gebracht.

»Hundsgesicht also«, fuhr Gair fort. »Aber habt *Ihr* es auch, Ailig? Könnt Ihr Euch gegen Eure Brüder stellen?«

»Aye. Ich habe mich ihnen mein ganzes Leben lang auf die eine oder andere Weise entgegengestellt. Nur werde ich es diesmal offen tun. Wir müssen den König schützen, und damit schützen wir auch meinen Clan und Triona vor dem Unheil, das Broc über uns brächte. Aber wir können nicht auch noch Euch und Eure Familie in diese Sache hineinziehen, so wenig wie meine Schwester«, fügte er hinzu.

»Glaubt Ihr wirklich, sie würde widerspruchslos hierbleiben und uns Drachen für sie erschlagen lassen?«, fragte Tayg. »Glaubt Ihr, wir könnten sie davon abhalten, ihren Teil dazu beizutragen, den König zu schützen?« Er hielt ihren Blick kurz fest, und es überraschte sie, Schmerz in seinen Augen zu sehen. »Schließlich will sie, dass der König einen Ehemann für sie findet.«

»Aber sie ist doch schon mit Euch verheiratet!«, meldete sich Pol zu Wort, und alle Blicke richteten sich dorthin, wo sein Kopf durch die Dachbodenluke herunterhing. »Ihr habt Euch doch gestern Abend beim Essen geküsst. Ich hab's gesehen!«

Ailig warf sich halb über den Tisch auf Tayg zu, das Gesicht vor Wut verzerrt. Tayg wich gerade noch rechtzeitig zurück, um Ailigs Hieb zu entgehen, und warf dabei die Bank um.

»Halt!« Catriona packte Ailigs Kleidung und zerrte kraftvoll daran. Er wankte und richtete seinen funkelnden Blick auf sie.

»Du bist verheiratet?«

»Ich möchte allein mit dir sprechen, Bruder.« Sie warf Tayg einen Blick zu. Er stand mit grimmigem Gesicht da und ließ sie und Ailig nicht aus den Augen.

»Was hast du getan, Triona? Was hast du dir dabei gedacht?«

Catriona spürte, wie in ihr die Wut zum Leben erwachte. »Sprich nicht in diesem Ton mit mir, Ailig. Komm mit mir nach draußen, dann erkläre ich dir alles.«

»Ich begleite euch«, sagte Tayg.

»Nay«, entgegneten Catriona und Ailig wie aus einem Munde.

»Aye. Ihr könnt mich nicht aufhalten. Ich bin Teil dieser Angelegenheit, ob euch das nun gefällt oder nicht.«

Lina schnalzte mit der Zunge und lächelte den beiden Männern zu, die einander finster anstarrten. »Kommt, meine Lieben, wir kümmern uns um unsere Arbeit, damit diese drei ihre Sache ungestört klären können. Pol, komm runter von dort oben, du Racker, und scher dich in den Stall hinaus. Ich bin sicher, der muss sauber gemacht werden, und diese Aufgabe hast du dir heute mit deiner Lauscherei verdient.«

»Ma!«

»Still, sonst pack ich dich am Schlafittchen, wie es Cat uns gerade so eindrucksvoll vorgemacht hat.«

Sie scheuchte sogar Gair und den Mönch flugs aus der Hütte; zurück blieben Tayg und Ailig, die sich immer noch mit düsterem Blick maßen, und Catriona, die überlegte, was sie als Nächstes sagen sollte. Als sich die Tür schloss, verschränkte Catriona die Arme und bedeutete den beiden Männern mit strengem Blick, sich wieder hinzusetzen.

»Wir sind nicht verheiratet. Zwischen uns ist nichts vorgefallen außer ein bisschen Mummenschanz, um während unserer Reise geheim zu halten, wer wir wirklich sind«, sagte sie, und der Blick, den sie Tayg zuwarf, warnte ihn davor, etwas anderes zu behaupten. Als sie beide zu einer Widerrede ansetzten, hob sie die Hand und schüttelte den Kopf. »Ich werde mir nicht anhören, was ihr in dieser Angelegenheit sagen wollt, denn man kann euch beiden nicht trauen.«

»Cat, ich wollte dir nicht wehtun.«

»Aye, aber das hast du. Du bist eben doch nur wie all die anderen. Mein Fehler war, zu glauben, dass du anders seist – dass ich an deiner Seite anders wäre. Aber es scheint, als sei ich jetzt noch genauso dumm, wie ich es mit zwölf war, weil ich dir vertraut und geglaubt habe, du seist ganz anders als meine Brüder und Hundsgesicht.«

»Cat …«

»Nay, mehr gibt es nicht zu sagen. Ich gehe nach draußen. Wenn ihr einander immer noch umbringen wollt, dann tut das. Ich werde euch nicht noch einmal daran hindern, aber eines sollt ihr wissen – ich gehe zum König, ob mit oder ohne euch. Das ist die einzige Möglichkeit, ihm zu beweisen, dass nicht unser ganzer Clan gegen ihn ist.« Sie schoss einen schroffen Blick auf Ailig ab. »Wir sind nicht alle blöd.«

Sie zwang sich zur Tür zu gehen, ohne sich noch einmal umzudrehen. Dann schlüpfte sie aus der Hütte hinaus und floh in den Wald, bevor jemand die Tränen sehen konnte, die ihr übers Gesicht rannen.

* * *

»Was habt Ihr mit meiner Schwester gemacht?«, fragte Ailig. Sein Blick war hart, aber er war nichts im Vergleich zu der Verwirrung in Cats Augen, als sie die Hütte verlassen hatte.

»Ich habe ihr nicht die Wahrheit darüber gesagt, wer ich bin und warum ich unterwegs war. Davon abgesehen habe ich sie nicht belogen, aber sie glaubt mir nicht, aus gutem Grund, wie ich gestehen muss.«

»Triona vertraut anderen nicht so ohne Weiteres. Sie sieht nur Euren Betrug, nicht die Gründe dafür.« Ailig musterte ihn einen

Moment lang, und Tayg versuchte sich unter seinem harten Blick nicht zu winden. »Bedeutet sie Euch etwas?«

»Ich liebe sie.«

»Das dachte ich mir schon. Ihr verhaltet Euch ihr gegenüber sehr beschützend.«

»Ich habe sie gebeten, mich zu heiraten.«

»Und ihre Antwort?«

»Sie hat Ja gesagt, allerdings bezweifle ich nicht, dass sie es sich im Licht der Enthüllungen dieses Tages anders überlegen wird.«

»Der Enthüllungen dieses Tages? Sie hat die Wahrheit doch gewiss nicht erst erfahren, als Ihr sie mir erzählt habt.«

»Nay, aber nicht lang vorher und nicht so, wie ich sie ihr eigentlich beibringen wollte. Ich habe es vermasselt, und ich fürchte, sie wird mir ihr Vertrauen nicht noch einmal schenken. Es war schon beim ersten Mal schwer verdient.«

»Sie hatte es nicht leicht, aber andererseits macht sie es uns allen auch nicht leicht.«

»Wollt Ihr damit sagen, es sei ihre Schuld, dass sie von ihrer eigenen Familie so schlecht behandelt wird?«

»Seid friedlich, Mann. Ich weiß nur zu gut, dass ihre scharfen Worte und ihr hitziges Gemüt lediglich ihr Schutz vor dem achtlosen Verhalten unserer Brüder sind. Und doch ist sie jetzt merkwürdig still, niedergeschlagen sogar. Sie liebt Euch, nicht wahr?«

Es war mehr eine Feststellung als eine Frage, aber Tayg nickte trotzdem. »Jedenfalls hat sie mich geliebt.«

»Werdet Ihr darum kämpfen, sie zurückzubekommen?«

»Aye. Und lasst Euch nicht einfallen, Euch zwischen uns zu stellen, denn das werde ich nicht zulassen.«

»Das werde ich auch nicht tun. Ich weiß nicht, was alles zwischen euch vorgefallen ist, aber wenn sie sich so weit geöffnet hat, um sich in Euch zu verlieben, dann seid Ihr gewiss ihre beste Hoffnung auf eine glückliche Zukunft. Ihr werdet nicht erlauben, dass der König einen anderen für sie auserwählt, oder?«

»Nein.«

»Und Ihr werdet Euch bescheiden, wie es auch nötig sein mag, um ihr Vertrauen und Ihr Jawort zurückzugewinnen?«

»Ja, ich werde tun, was immer ich tun muss.«

»Dann bin ich überzeugt, dass sie mit Euch glücklich werden wird. Und ein Bündnis mit Euch und Eurem Clan wird unseren Stand gegen die MacDonells nur stärken.«

»Was ist mit den MacLeods von Lewes? Sie sind gegen den König. Seid Ihr nicht mit ihnen im Bunde?«

»Aye, aber mit diesem Problem werden wir uns befassen, wenn es an der Zeit ist. Fürs Erste scheinen sie sich damit zu begnügen, sich um ihre Angelegenheiten zu kümmern und uns ohne ihre Hilfe oder Anweisungen dahinwursteln zu lassen, was auch mir nur recht ist. Ich muss zum Wohl meines Clans und meiner Schwester handeln. Sie hat eine schwierige Zeit hinter sich, und ich möchte, dass sie glücklich wird.«

»Genau wie ich. Ich werde alles tun, damit sie glücklich bleibt, Ailig. Das schwöre ich.«

»Gut, dann lasst uns das dringendere Problem in Angriff nehmen – den König vor meinen Brüdern zu beschützen.«

Tayg sah zur Tür hin, durch die Cat verschwunden war. Er wusste, dass Ailig recht hatte. Den König zu schützen war das Gebot der Stunde, aber sein Herz drängte ihn, Cat zu folgen und die Sache zwischen ihnen zu bereinigen.

Widerstrebend schob er das Drängen seines Herzens beiseite und konzentrierte sich auf das, was Ailig ihm über Brocs Plan erzählte.

Kapitel 16

Wenig später hatte Tayg ihrer beider Gepäck geholt und lud es auf sein Pferd. Er hatte Cat nicht zu Gesicht bekommen, seit er und Ailig ihre Planung abgeschlossen hatten, aber jeder Augenblick war mit Gedanken an sie erfüllt, Gedanken an Dinge, die er hätte tun sollen, die er hätte sagen sollen, vor Tagen schon, wenn nicht gar bei ihrer allerersten Begegnung. Er spielte in seinem Kopf jedes nur denkbare Szenario durch, ein ums andere Mal, doch jedes einzelne davon – bis auf das tatsächlich geschehene – schien ihn nicht mit Cat zusammenzubringen. Jeder andere Weg, den er hätte einschlagen können – ob nun mit Taten oder Worten –, hätte nur dazu geführt, dass das Biest ihn von Cat ferngehalten hätte. Nur indem er sich als jemand ausgegeben hatte, der keine Gefahr für sie darstellte, hatte er sie dazu gebracht, ihre widerborstige Fassade aufzugeben und ihr wahres Ich zu zeigen.

Und ihr wahres Ich war ein wunderbarer Anblick. Er war so stolz auf sie gewesen, als Isobel sie zu ihrer Freundin erklärt hatte, als Cat sich durch die Nacht und den Sturm gekämpft hatte, um ihn sicher in die Wanderhütte zu bringen. Er war sich fast klein und demütig vorgekommen ob ihrer Leidenschaft in der Hütte von Gair und Lina, und er war fasziniert von ihrem immer wieder aufblitzenden Humor, von ihrer Schlagfertigkeit und ihrer Klugheit.

Und doch führte sie eben dieser Weg, auf dem er sie so gut und eingehend kennengelernt hatte, nun fort von ihm und zurück in das gefährliche Reich von Hundsgesicht und ihren Brüdern.

Er prüfte den Sattelgurt des Pferdes. Ailig war der Ansicht, sie könnten rechtzeitig zu seinen Brüdern und Duff gelangen, doch Tayg konnte sich nicht ganz sicher sein, ob dem Mann zu trauen war. Zwar schien er ehrlich überrascht und erbost über die Intrige, die Duff und Broc ausgeheckt hatten, und doch, hätte er davon gewusst, würde er sich dann wirklich anders verhalten haben?

Wenn er log, würde Cat am Boden zerstört sein. Ailig war der letzte Mann, dem sie vertraute. Wenn er sie belog, hätte sie das Gefühl, niemanden mehr zu haben. Wenn sie sich auch noch vom letzten Menschen ihres Vertrauens verraten wähnte, würde sie nie mehr irgendeinem Mann vertrauen, und nichts, was Tayg sagen könnte, würde daran etwas ändern. Er sandte ein inbrünstiges Stoßgebet zum Himmel, dass Ailig genau das sein möge, was er zu sein schien, um Cats willen und um der Zukunft willen, die Tayg mit ihr zu haben hoffte.

Aber nur für den Fall, dass ihm nicht zu trauen war, wollte Tayg, dass Cat mit ihm auf seinem Pferd ritt, ob ihr das nun gefiel oder nicht. So konnte er wenigstens für ihre Sicherheit sorgen, sollten sie auf Schwierigkeiten stoßen.

Er seufzte, vergewisserte sich, dass das Pferd bereit war, sah nach, ob Gair, John und die Jungen zum Aufbruch gerüstet waren, und dann machte er sich auf die Suche nach Ailig und Cat. Sie mussten sich umgehend auf den Weg machen. Je schneller sie ihre Aufgabe erfüllten, desto eher konnte Tayg sich darauf konzentrieren, Cat zu überreden, ihm noch eine Chance zu geben.

Kurz darauf saßen sie alle im Sattel und nahmen Kurs auf die Straße nach Linsmore. Sie ritten in einer Reihe, Tayg und Cat, die vor ihm saß, an der Spitze, gefolgt von Ailig, Gair und den anderen. Es gefiel ihm nicht, Ailig hinter sich zu haben, wo er ihn und sein Tun nicht genau im Auge behalten konnte, aber Gair konnte ja sehen, wie sich der Mann verhielt.

Als sie in Linsmore eintrafen, machten sie kurz an einer Schenke Halt, um in Erfahrung zu bringen, ob der König zugegen sei, aber es hieß, er werde am heutigen Tag Culrain erreichen. Als sie das Dorf wieder verließen, war der Mittagshimmel strahlend blau und die Sonne brachte den Schnee zum Gleißen. Tayg konnte den Fluss hören, der nicht weit entfernt in der blendenden Helligkeit unter der Brücke von Linsmore hindurchrauschte.

Tayg verlangsamte sein Pferd und hielt ringsum Ausschau nach irgendwelchen Anzeichen von Gefahr. Die Brüder wollten sich erst in weiterer Ferne und in einigen Stunden treffen, am Rande Culrains, aber er war misstrauisch. Auch Catriona schien ruhelos zu sein, als übertrüge sich sein eigenes Unbehagen auf sie.

»Es tut mir so leid, Mädchen«, sagte er leise mit dem Mund dicht an ihrem Ohr. »Ich hätte dir meine wahre Identität nicht verschwiegen, wäre es nicht wirklich wichtig gewesen.«

Sie holte tief Luft, sagte jedoch nichts, weder zu ihm noch zu Ailig, kein Wort, seit sie Gairs Hütte verlassen hatten. Nichts.

Sie ritten noch ein paar Minuten lang schweigend dahin. Die Straße führte über einen kleinen Hügel hinweg und der Fluss kam in Sicht, die Brücke war ein fahler Streifen, der über das schnell fließende Wasser reichte. Tayg hielt an und ließ den Blick schweifen. Massige Schatten nisteten dort, wo das grelle Licht die dichten Bäume nicht durchdringen konnte. Alles Mögliche konnte sich entlang der Straße verstecken, und es hätte eines viel schärferen Blickes bedurft, als er ihn besaß, um in die Tiefen der Schatten hineinzusehen.

»Ich reite voraus«, erklärte er, als sie sich der Brücke näherten. »Gair, du bildest die Nachhut.«

Gair ließ sich hinter seine Söhne und den Mönch zurückfallen. Cats Bruder nickte nur und reihte sich hinter Tayg ein. Er schien ebenso auf der Hut zu sein wie Tayg; jeder seiner Sinne war aufs Höchste gespannt, während sie sich dem Flussufer näherten.

Taygs Pferd verursachte hohle, klappernde Laute, als es die Hufe auf die Brücke setzte. Ailigs Tier war das Nächste, und bevor

Tayg das jenseitige Ende erreicht hatte, befand sich auch Gair schon auf der hölzernen Brücke. Er wollte sich bereits entspannen, als aus dem tiefen, dunklen Wald vor ihnen ein Ruf ertönte. Hinter ihnen erklang eine Antwort darauf.

»Verdammter …«, stieß Tayg hervor, als er nach hinten blickte. »Gair! Hinter dir!« Er fluchte, weil er mit Cat vor sich auf dem Pferd sein Schwert nicht ziehen konnte.

»Ailig?« Cats Stimme klang verunsichert.

»Ich schwöre, das wusste ich nicht«, erwiderte Ailig. »Ich schwöre es.«

»Hallo, Bruder.« Broc MacLeod trat auf das hintere Ende der Brücke und verwehrte ihnen den Rückzug. Die anderen drei Brüder, Callum, Gowan und Jamie, standen vor Tayg und grinsten zu ihm herauf. »Ich sehe, du hast Triona und den Dreckskerl, der sie entführt hat, gefunden. Ich wusste, dass du dir ihr Vertrauen erschleichen könntest, was mir wohl nicht gelungen wäre. Gut gemacht, Ailig. Scheint so, als wärst du doch nicht ganz unnütz.«

Zu gern hätte Tayg Cat angesehen, er wollte wissen, wie es ihr ging, aber er wagte nicht, den Blick von den Brüdern abzuwenden. Doch Cats Schweigen ließ nichts Gutes erahnen, und er fürchtete, dieser neuerliche Verrat würde sein Schicksal besiegeln.

»Warum bist du hier, Broc?«, fragte Ailig. »Hier wollten wir uns doch gar nicht treffen.«

»Aye, das habe ich in der Tat so zu dir gesagt, aber ich bin nicht so dumm, wie du glaubst, weißt du? Du bist in unserem Haus nicht der einzige Meister der Ränkeschmiederei.«

Tayg stierte die Schafe düster an, dann drehte er den Kopf gerade so weit, dass seine Stimme zu hören war, ohne die ganze Bande aus den Augen zu lassen. »Und wo ist Euer Meister, Broc? Wo ist Duff MacDonell?«

»Ich habe keinen Meister außer mir selbst«, knurrte Broc. Niemand sagte etwas, und einen Moment später fügte Broc hinzu: »Er behält den König im Auge.«

»Aha, dann hat er also seinen Lakaien geschickt, damit der sich um die Störenfriede kümmert … und vielleicht auch, um ihm eine unfreiwillige Braut zu bringen, die Euren Clan an seinen binden soll.« Tayg grinste die Schafe an und senkte seine Stimme so weit, dass nur sie seine nächsten Worte hören konnten. »Wusstet Ihr, dass Broc Euren Clan an einen wie Duff MacDonell überantworten will?«

»Nay, das will er nicht«, entgegnete einer von ihnen.

»Hör nicht auf ihn, Jamie«, ging Broc lautstark dazwischen. »Steigt vom Pferd.« Tayg konnte hören, wie er weiter auf die Brücke hinaustrat.

»Lasst Eure Finger von meinem Pferd«, warnte Gair in gefährlich leisem Ton.

»Du hast mich zum letzten Mal benutzt, Broc«, sagte Ailig.

»Aye, denn jeder Bruder, der Triona dabei unterstützt, ihren Clan zu entehren, verdient die Gunst seiner Familie nicht länger. Du bist auf Assynt nicht mehr willkommen, Ailig. Weder du noch Triona, es sei denn, du willigst ein, Duff zu heiraten. Mach mir in dieser Angelegenheit nicht noch mehr Schande.«

Cat drehte sich um und sah Broc an. »Eher würde ich dir den Hals durchschneiden, als Duff MacDonell zu heiraten, mein Bruder«, sagte sie. Noch nie hatte Tayg jemanden die Worte »mein Bruder« so despektierlich aussprechen hören, so erfüllt von … nicht Hass … nay, es war Verachtung. Es war, als betrachtete Cat ihren Bruder als den allerletzten Abschaum. Er grinste und nutzte die Gelegenheit, ihr ins Gesicht zu sehen.

Das war ein Fehler, denn in diesem Augenblick sprang eines der Schafe vor, packte Taygs Bein und zerrte ihn vom Rücken des Pferdes. Hart prallte er auf die schlüpfrigen Holzplanken der Brücke. Ein ähnliches Los musste Ailig ereilt haben, denn Tayg hörte einen vertraut klingenden dumpfen Laut, gefolgt von einer Verkettung lautstarker Verwünschungen, die Cat in einem ihrer erfindungsreicheren Momente das Wasser hätten reichen können. Ein Poltern verriet ihm, dass Gair und die anderen eingriffen. Tayg schüttelte den Kopf und setzte sich auf, doch da sah er schon einen Dolch auf seine Brust gerichtet. Er lehnte sich auf den Ellbogen nach hinten.

»Na schön, ich rühr mich nicht vom Fleck, aber lasst das Mädchen in …«

Bevor er das Wort »Ruhe« hervorbrachte, stieß Ailig einen Schrei aus. Der Bruder, der über Tayg stand, sah auf und rief Cats Namen. Tayg traf den Unterarm des Mannes mit dem seinen, schlug ihm den Dolch aus den Fingern und stürzte sich auf seinen Angreifer. Aus dem Augenwinkel sah er das Pferd mit Cat förmlich von der Brücke fliegen und auf den Wald zupreschen, weg von Culrain.

Erleichterung durchströmte ihn. Sie war fort und unterwegs in die falsche Richtung. Duff würde sie nicht finden, und er würde dafür sorgen, dass auch Broc und die anderen Brüder sie nicht finden würden. Er genoss den Augenblick, indem er dem Bruder, der ihn auf dem Arsch hatte landen lassen, ein paar Hiebe in den Bauch versetzte. Auf der anderen Seite der Brücke wurde ein Ruf laut, doch Tayg war zu sehr damit beschäftigt, dem MacLeod-Bruder die Prügel, die er auf Duchally bezogen hatte, heimzuzahlen, als dass er die Worte verstanden hätte. Noch ein Hieb und noch einer, dann zerrte ihn auf einmal jemand von dem Kerl weg und rief seinen Namen.

»Tayg, hör auf! Hör auf! Die Zwillinge übernehmen ihn. Cat ist weg und Broc auch. Wir müssen ihnen nach!«

Tayg schüttelte den Kopf, versuchte die Kampfeslust, die ihn gepackt und angetrieben hatte, zu verscheuchen. Endlich drangen die Worte zu ihm durch.

»Sie ist fort, in den Wald«, sagte Tayg, »aber nicht in Richtung Culrain.«

»Aye, aber Broc ist ihr gefolgt«, erwiderte Ailig.

Angst kroch über Taygs Rücken, doch er jagte sie einfach davon.

»Das ist kein Problem«, sagte eines der Schafe unter der Last von Bruder John, der auf ihm hockte. »Das Mädchen würde noch nicht einmal aus einem Raum mit nur einer Tür herausfinden.« Der Mönch machte sich noch etwas schwerer, und der Mann unter ihm ächzte. »Broc wird sie bald gefunden haben. Geht runter von mir, Mann!« Der Mönch grinste, rührte sich jedoch nicht von der Stelle.

»Aye«, sagte Tayg und stand auf. »Aber Broc darf sie nicht finden.«

»Er wird ihr nichts zuleide tun«, sagte ein anderes der Schafe, das in Gairs kräftigem Griff hing.

Ailig blickte von Tayg zu seinen Brüdern. »Ich glaube nicht, dass Tayg sich deswegen sorgt.«

»Das Mädchen hat von Männern so ziemlich die Nase voll«, sagte Tayg. »Ich möchte nicht in Brocs Haut stecken, wenn er sie einholt.«

»Geht ihr nach, Tayg«, forderte Ailig ihn auf.

»Das wird er nicht tun«, brachten die drei Schafe im Chor hervor; alle drei wanden sich in den Griffen der Männer, die sie festhielten.

Ailig trat auf sie zu. »Dieser Mann hat für die Sicherheit unserer Schwester gesorgt. Er hat ihr auf eine Weise geholfen, wie es von uns nie einer getan hat. Geht, Tayg«, sagte er über seine Schulter hinweg. »Findet sie, bevor Broc sie findet.«

»Nay, Ailig. Sie will mich nicht sehen. Geht Ihr. Sie ist Eure Schwester. Ich muss zum König reiten, bevor Duff ihn findet und uns allen schadet.«

»Wie soll er uns denn schaden?«, fragte eines der Schafe. »Er will den König doch nur um seinen Segen für die Heirat mit Triona bitten.«

»*Cat* wird diesen Hundesohn niemals heiraten«, erklärte Tayg. »Eher brächte sie ihn um – wenn ich ihr dabei nicht zuvorkomme.«

Die Schafe gebärdeten sich wie toll, schafften es aber nicht, sich zu befreien. Ailig zog sein Schwert und richtete es auf den Bauch seines größten Bruders.

»Du würdest dich auf die Seite dieses Barden und gegen deine eigenen Brüder stellen, Ailig?«, fragte der Mann.

»Aye, Callum, das täte ich, selbst wenn er nur ein einfacher Barde wäre.« Er warf Tayg einen Blick zu, und der nickte. »Das ist Tayg, der Erbe von Munro, früher im Dienste der Armee Seiner Majestät König Robert und jetzt in des Königs Sache unterwegs. Duff will den König nicht um seinen Segen bitten. Er und Broc wollen Unheil über The Bruce bringen und uns alle ins Verderben stürzen.«

Die Brüder protestierten lauthals, aber Ailig wartete nur ab. Auch Tayg wartete, wenn auch weniger ruhig. Duff wartete seinerseits nur auf die Ankunft der MacLeod-Brüder, um Brocs Falle für den König zuschnappen zu lassen, und Cat war irgendwo im Wald und fühlte sich von jedem Mann, den sie je gekannt hatte, verraten und hatte Broc auf den Fersen, der entschlossen war, sie zu Duff zu schaffen. Bis Tayg den König gefunden und gewarnt hätte, würde Broc seiner Schwester habhaft geworden sein, die sich verlaufen würde – oder sich schon verlaufen hatte, wie ihr Bruder es so anschaulich zum Ausdruck gebracht hatte – und gesucht werden musste. Er zweifelte nicht daran, dass sie sich gegen Broc behaupten konnte, allerdings glaubte er nicht, dass dies so bleiben würde, wenn sie auf Duff trafen.

»Zum Reden ist jetzt keine Zeit!«, fuhr er die Brüder an und brachte sie wirkungsvoll zum Schweigen. »Ailig, Ihr müsst hinter Cat her. Ich muss zum König reiten, und die da … Gair, kannst du mich begleiten und dafür sorgen, dass sie in Culrain sicher dem König überantwortet werden?«

»Aye, Tayg. Es wird mir ein Vergnügen sein«, antwortete Gair und bedachte den MacLeod-Bruder in seinem Griff mit einem einschüchternden Blick.

»Gair und seine Söhne können sich um meine Brüder kümmern, aber lasst mich zum König reiten, Tayg. Wenn ich ihm die Wahrheit überbringe, ist die Wahrscheinlichkeit größer, dass er meinem Clan und vielleicht sogar meinen Brüdern gegenüber Nachsicht walten lässt.« Er musterte sie finster. »Ihr müsst Cat folgen.«

»Du kannst ihn nicht gehen lassen, Ailig«, sagte der Kleinste der drei.

»Doch, das kann ich, Jamie, und ich muss, sonst ist unserer Schwester ein Schicksal beschieden, das sie nicht will und nicht hinnehmen wird. Sie liebt diesen Mann, und er liebt sie. Er ist der Einzige, auf den sie jetzt hören wird.«

»Dessen bin ich mir nicht so sicher«, murmelte Tayg gerade so laut, dass Ailig es hören konnte.

Ailig warf ihm über die Schulter hinweg einen Blick zu. »Nach diesem Zwischenfall wird sie mir wohl nicht mehr trauen. Und denen da ganz bestimmt nicht.« Er wies mit einem Daumen auf die murrenden Schafe. »Von Euch mag sie vielleicht enttäuscht sein, aber das könnt Ihr im Laufe der Zeit ausmerzen.«

Tayg nickte. »Aye, aber der König …«

»Der König wird die ganze Geschichte aus meinem Munde erfahren. Ihr habt doch gehört, was Broc gesagt hat. Ich habe Euch nicht mit Absicht in einen Hinterhalt gelockt, und mit so einer niederträchtigen List wird Broc nie mehr davonkommen, darauf könnt Ihr Euch verlassen. Ich bin dem König treu, und Gair wird zugegen sein, um zu gewährleisten, dass ich Eure Geschichte richtig erzähle. Und nun geht, beeilt Euch. Cat braucht Euch.«

Tayg war hin- und hergerissen zwischen seiner Pflicht gegenüber dem König und seinem Wunsch, Cat in Sicherheit zu wissen.

»Wann solltet Ihr Euch mit Duff treffen?«, fragte er die Schafe.

»Heute um die Mittagszeit«, antwortete der Kleinste.

Ein Schreck durchfuhr Tayg. Er sah Ailig an, dann fällte er eine schnelle Entscheidung. Er griff in seinen Beutel, zog die beiden Sendschreiben heraus und reichte sie Ailig. »Wenn Ihr mich in dieser Sache hintergeht, werde ich dafür Sorge tragen, dass Ihr und jeder Eurer Brüder einen qualvollen Tod sterbt. Gair, kümmere dich um diese kleinen Idioten, aber mach es ihnen nicht zu angenehm. Reite schnell zum König. Quetsch aus ihnen«, er zeigte mit einem Finger auf die Schafe«, heraus, wo Duff ist und geh ihm aus dem Weg. Die Garde des Königs kann ihn aufgreifen, sobald der König gewarnt wurde. Ich muss Cat suchen.«

»Geht!«, sagte Ailig. »Ich werde Euch nicht enttäuschen.«

Tayg rannte über die Brücke und folgte dem Weg, den Cat genommen hatte. Ailig rief seinen Brüdern etwas zu, und Tayg betete, dass sein Vertrauen in Ailig gerechtfertigt war. Das Leben seines Königs stand auf dem Spiel, ebenso wie das seiner Liebsten. Er hoffte nur, dass Broc auf dieser Seite der Brücke kein Pferd versteckt gehalten hatte.

* * *

Catriona beugte sich tief über den Hals ihres Pferdes, hielt das Tier jedoch zurück – sie ritt schnell, aber nicht so schnell, dass ihre Brüder sie nicht einholen konnten. Sie machte absichtlich so viel Lärm wie möglich und betete, dass wenigstens ein paar ihrer Brüder ihr folgten. Als Ailig und Tayg von ihren Pferden gezerrt wurden, hatte sie den Entschluss gefasst, möglichst viele ihrer Brüder fortzulocken. Gairs Söhne waren stark, aber von der Statur her nur halb so kräftig wie die MacLeod-Brüder. Gair und Bruder John waren nicht mehr die Jüngsten, und Tayg würde keine weitere Auseinandersetzung mit Broc und den Schafen überleben, und ganz gleich, wie sehr ihr Herz auch litt, sie würde nicht zulassen, dass sie Tayg umbrachten. Wenn sie sein Überleben sichern wollte, musste sie ihren Schmerz, den Betrug hintansetzen, fürs Erste wenigstens, und sich auf den vor ihr liegenden Weg konzentrieren. Sie hatte sich stromaufwärts gewandt, weil sie wusste, dass Culrain in der anderen Richtung lag. So hoffte sie, ihre Brüder von der Straße wegzulotsen, damit Tayg und Ailig zum König eilen konnten.

In Linsmore hatte es geheißen, der König sei in Culrain. Tayg hatte gesagt, diese Straße führe nach Hause … heim zu ihm, nicht zu einem Clan, den er als Barde unterhielt, sondern zu seinem Clan, zu seiner Familie. Heim. Nay, darüber durfte sie jetzt nicht nachdenken. Sie musste die Schafe ablenken, damit Tayg und Ailig den König warnen und ihren Clan vor Hundsgesichts Verrat retten konnten, und dann würde sie über die Zukunft nachsinnen – eine Zukunft, die nun ob der Schmach ihres Clans trostloser denn je zuvor war.

Vielleicht würde sie zu Lina und Gair zurückgehen. Sie setzte sich auf, und das Pferd wurde langsamer. Nay, sie würde nie in deren hübsche Hütte zurückkehren. Dort hatte sie Tayg, dem Barden, ihr Herz und ihren Leib geschenkt, nur gab es diesen Barden gar nicht. Sie war die Geisel Taygs von Culrain gewesen … eine willige Geisel, wie es schien.

Scham durchströmte sie. Er musste sie für das dümmste aller Frauenzimmer halten, dass sie sich einem Mann, den sie gar nicht kannte, hingab. Er konnte sie für kaum mehr als eine Hure halten, denn die einzige Münze, derer er bedurft hatte, waren schöne Worte und ein dreistes Funkeln in den Augen gewesen.

Wäre doch nur der Barde echt gewesen. An der Seite jenes Mannes hätte sie mit Freuden den Rest ihres Lebens verbracht, sie hätten gelacht und gezankt, sie hätten sich geliebt … und Kinder in die Welt gesetzt. Ach du lieber Gott, was, wenn sie schwanger war? Das konnte nicht sein. Das wäre eine zu harte Strafe für ihre Torheit gewesen.

Tränen machten sie blind, denn mehr als alles andere wollte sie die Kinder ihres Barden bekommen. Der Mann mochte nicht echt gewesen sein, ihre Gefühle für ihn waren es jedoch. Ein Kind würde wenigstens beweisen, dass ihre Gefühle existiert hatten, auch wenn sie nicht ehrlich erwidert worden waren. Der Mann hatte sie sogar gebeten, ihn zu heiraten. Pah! Was hätte er denn gemacht, wenn sie es getan hätte?

Er hätte sie verhöhnt, sie irgendwo auf sich allein gestellt sitzen gelassen … aber nein. Das hätte er nicht getan. Die ehrliche Antwort drängte aus ihrem wehen Herzen. Er würde sie nicht im Stich lassen, sie nicht verspotten, würde sie niemals so zurücklassen.

Ihr Pferd scheute und hätte sie beinahe abgeworfen, hätte sie ihre Finger nicht so fest in die Mähne des Tieres gewunden.

»Ah, das Biest, wie ich sehe. Endlich!«, grollte da eine tiefe Stimme.

Sie beruhigte ihr Pferd und wischte sich hastig die Tränen aus den Augen. »Verdammt.«

Hundsgesicht MacDonell saß auf seinem Pferd, blockierte den Waldweg, so nah an ihrem Pferd, dass er nur die Hand auszustrecken brauchte, um einen ihrer Zügel zu packen und an sich zu reißen.

»Mit Worten wisst Ihr umzugehen, meine liebe Frau.« Er grinste sie an.

»Ich bin nicht Eure …«

»Wo sind Eure Brüder? Eure … Eskorte?«

Ihr Atem stockte, als ihr das ganze Ausmaß der Gefahr, in der sie schwebte, bewusst wurde.

»Ihr habt sie zurückgelassen? Und Euren vormaligen Liebhaber auch?« Er drängte sein Pferd noch näher an sie heran und packte ihren Arm mit stählernem Griff, als sie Anstalten machte, aus dem Sattel zu klettern. Er zog sie so dicht zu sich, dass sie seinen sauren Atem auf ihrem Gesicht spüren konnte. »Ihr werdet ihn nie wiedersehen, verstanden? Wenn er mir noch einmal unter die Augen kommt, wird er sterben. Ihr werdet meine Frau.«

Heiße Wut durchströmte sie, und sie war ihr willkommen, denn sie scheuchte ihre missmutigen Gedanken beiseite. »Nay«, sagte sie und riss ihren Arm aus seinem Griff. »Ich werde niemandes Frau. Wenn Ihr glaubt, mich dazu zwingen zu können, werdet Ihr Euch mit einem Messer im Herzen wiederfinden, und das meine ich nicht im bildlichen Sinne.«

»Ich fürchte, das Mädchen spricht die Wahrheit.« Hundsgesicht und Catriona drehten ruckartig den Kopf und blickten hinter sich. Dort saß Broc auf seinem Pferd, ein Grinsen im Gesicht. »Sie ist eine Ausgeburt des Teufels höchstpersönlich, Duff. Es ist zweifelhaft, ob sie ihre Unschuld überhaupt noch hat. Bist du sicher, dass du sie haben willst?«

Hundsgesicht betrachtete sie argwöhnisch und mit grimmiger Miene. »Ich habe keine andere Wahl, das weißt du ganz genau.«

Broc lenkte sein Pferd von der anderen Seite her auf Catriona zu, und sie wusste nicht, welchen der beiden Männer sie im Auge behalten sollte. Jeder war gefährlich, aber plötzlich spürte sie, wie sich die Macht innerhalb dieses Geschehens von Duff hin zu Broc verlagerte. Überrascht musterte sie ihren Bruder.

Er grinste sie an. »Du dachtest doch nicht etwa, dass er dich deiner Schönheit wegen wollte, oder? Nur dumme Barden würden derlei in einer verdrießlichen Frau wie dir suchen.«

Sie hatte das Gefühl, als hätte man ihr ein Messer in den Bauch gestoßen und drehte es in der Wunde, aber sie zwang sich zum Nachdenken. Was gewinnt er …? Da traf sie die Erkenntnis, und alles fügte sich ineinander. Ihre Mitgift. Sein Clan. Das Bündnis zwischen den Clans. Das alles würde den MacDonells zum Vorteil gereichen, nicht den MacLeods. All das legte Broc den MacDonells gleichsam zu Füßen, sie stünden damit tief in seiner Schuld.

»Er ist gar nicht der Anstifter dieser Verlobung und auch nicht der Kopf hinter der Intrige gegen den König, nicht wahr, Broc?«, sagte sie.

»Du lässt dich doch sonst nicht so leicht an der Nase herumführen, Schwester.«

Sie sah Duff an. »Aye, es geht um die Aussteuer, den Anteil der Braut. Es heißt, Euer Clan werde zunehmend verzweifelter. Was hat Broc Euch versprochen? Vorräte? Vieh? Genug, um Euch und die Euren durch einen harten Winter zu bringen?« Sie wandte sich wieder an Broc. »Und im Gegenzug wirst du mich los. Aber was ist mit dem König? Warum sollte Hundsgesicht sich gegen den König stellen? Und warum du, Broc?«

»Mein Name ist Duff«, fuhr Hundsgesicht auf und funkelte sie wütend an. »Es geht um Macht und Respekt. Der Clan MacLeod von Lewes gewährt seinen Respekt und seine Unterstützung vielen Clans im Westen, aber uns nicht und auch Eurem Clan nicht, die ihr verwandt mit ihm seid. Er schaut auf uns herab, hält uns für bloße Barbaren, die ihm kaum von Nutzen sind – und die ihn auch nicht kümmern.«

»Ihr wollt also seinen Respekt erringen, indem ihr den Zorn des schottischen Königs und seiner Armee auf unsere Clans zieht?«, fragte sie. »Seid ihr verrückt?« Sie schaute wieder zu ihrem Bruder hin, der selbstgefällig auf seinem Pferd saß. »Es war falsch vom Clan MacLeod von Lewes, euch beide zu ignorieren. Er hätte euch umbringen sollen, als ihr noch kleine Welpen wart.«

Broc schlug ihr so fest mit dem Handrücken ins Gesicht, dass sie seitlich vom Pferd stürzte und erst gegen Duff stieß und dann schwer zu Boden fiel, als sein Tier zur Seite tänzelte. Ihr Gesicht pochte, und sie schmeckte Blut. Einen Moment lang blieb sie im Schnee liegen, prüfte, ob sie sich etwas gebrochen hatte, und ließ ihren Blick wieder klar werden. Sie musste diesen beiden entkommen, aber sie musste sie auch so lang ablenken, dass Tayg und Ailig den König erreichen konnten. Sie mussten zu ihm, um ihn zu warnen. Ailig musste ihm klarmachen, dass nicht der ganze Clan MacLeod aus Verrätern wie ihrem Bruder bestand, er musste um Gnade für ihren Clan bitten, bevor Brocs Dummheit den Zorn des Königs über sie alle brachte. Duffs Leute waren verloren, denn sie hatten ihn zu ihrem Chief gemacht und waren ihm auf Gedeih und Verderb ausgeliefert, aber Broc war noch nicht Chief. Es bestand noch Hoffnung, aber nur wenn Tayg und Ailig den König überzeugen konnten. Und *sie* musste ihnen Zeit verschaffen, um das zu tun.

Hundsgesicht packte sie wieder am Arm und zog sie grob auf die Füße. Sterne tanzten vor ihren Augen.

»Ich schlage vor, wir kehren zurück nach Linsmore. Dort gibt es einen Priester. Dann können wir den Bund endlich besiegeln.«

»Nay, erst der König«, sagte Broc.

»Der König ist noch drei Tage lang in Culrain. Wir können uns erst um dieses kleine Problem kümmern«, er schüttelte Catriona durch, sodass sie abermals Sterne sah, »und trotzdem noch rechtzeitig nach Culrain kommen, um die Sache dort zu erledigen. Es sei denn ...«

Hundsgesicht zerrte Catriona um die Pferde herum, bis sie vor Broc standen. »Es sei denn, du hattest gar nicht vor, sie mir zu geben – mir ihre Mitgift zu geben.«

Broc lächelte. Es war ein wissendes, spöttisches Lächeln, das Catriona noch nie gesehen hatte. Es war, als löste sich der Broc, den sie seit jeher gekannt hatte, allmählich auf, um ein wahreres Ich zum Vorschein zu bringen, das all die Jahre darunter verborgen gewesen war. Er war kein linkischer Idiot mehr. Der Mann, der jetzt vor ihr stand, war offenkundig schlauer, als jedermann gedacht hatte. Und das durfte sie nicht außer Acht lassen.

»Du hast gut in meinen kleinen Plan gepasst, Triona, und du

auch, Duff, obwohl deine Besessenheit mit diesem Barden fast alles über den Haufen geworfen hätte, als du ihm hinterhergejagt bist. Das hatte ich auch schon fast erledigt, wäre uns auf Duchally dieses Weib nicht in die Quere gekommen.«

»Wirklich zu dumm für Euch, dass Ihr mir dort nicht auf der Stelle den Garaus gemacht habt.«

Catriona keuchte auf, als sie diese Worte und die Stimme hörte, die sie mit Erleichterung und Erschrecken zugleich erfüllten. Sie drehte sich um und sah Tayg lässig an einem Baum lehnen, die Arme verschränkt, als hätte er keinerlei Sorgen – doch seine Augen blitzten gefährlich, und in seiner Miene war keine Spur der Belustigung zu finden, die sie so oft darin gesehen hatte. Er sollte doch auf dem Weg zum König sein. Sie schaute sich um, doch weder sah noch hörte sie sonst einen Menschen. Sie lenkte ihr Augenmerk wieder auf Tayg und versuchte mit einem bloßen fragenden Stirnrunzeln in Erfahrung zu bringen, was mit Ailig und den Schafen war.

Tayg sah sie an, gab jedoch keine Antwort. Ein Ausdruck der Sorge huschte kurz über seine Züge, wurde aber rasch abgelöst von harter, kalter Wut, als er seine Aufmerksamkeit auf ihre Begleiter richtete. Catriona sog den Atem ein und tat einen unwillkürlichen Schritt nach hinten. Diesen wütenden Mann, der da vor ihr stand, kannte sie nicht. Ihre Bewegung, gepaart mit Hundsgesichts Verblüffung über Taygs Auftauchen, befreite sie aus seinem Griff. Sie machte noch einen langsamen Schritt nach hinten, dann wirbelte sie herum und rannte ins Dickicht davon.

Kapitel 17

Cats schnelles Verschwinden in der Dunkelheit des Dickichts überraschte Tayg, aber ihr rasches Handeln brachte ihn indes zum Lächeln. Noch ehe Brocs Aufschrei »Schnapp sie dir, du Tölpel!« verklungen war, setzte Tayg ihr bereits nach. Er musste sie einholen, verstecken und in Sicherheit bringen, und dann würde er sich überlegen, wie er Broc und Duff aufhalten konnte, wenigstens so lang, dass Ailig es zum König schaffte. Er hoffte nur, dass der König Gairs Bitte, Ailig anzuhören, erfüllen würde, denn die MacLeods waren nicht als Clan bekannt, die dem König die Lehnstreue hielten.

Allerdings waren sie für ihre kluge Tochter bekannt. Sie rannte fast lautlos, aber nicht ganz. Tayg schwenkte nach links ab und fand ihre Spuren im krustigen Schnee. Er wollte nicht nach ihr rufen, weil Duff und Broc ihm dicht auf den Fersen waren, und so rannte er weiter, trotz des Brennens, das in seiner Brust einsetzte. Ein, zwei Minuten später machte er eine Bewegung aus – ihr Umhang, der im Wind flatterte. Er drehte nach rechts ab, verließ den Wildwechsel, dem sie folgte, und schnitt ihr den Weg zwischen den Bäumen hindurch ab. Er platzte zwischen zwei Eichen hervor, prallte mit ihr zusammen, fing sie in seinen Armen auf und dämpfte ihren Sturz mit seinem Leib.

»Hallo, Liebes.« Er grinste sie an.

Sie starrte ihn an, als wäre er ein Fremder. Ihre Augen glänzten, als kämpfte sie mit den Tränen, und sie krabbelte hastig von ihm herunter.

»Du solltest doch auf dem Weg zum König sein«, sagte sie mit leiser Stimme, während sie sich den Schnee von der Kleidung fegte.

»Ailig ist mit Gair und den anderen, auch mit deinen Brüdern, aufgebrochen …« Er hob eine Hand, bevor sie ein Wort sagen konnte. »Er wird dem König die Warnung überbringen. Ich habe ihm die Sendschreiben zum Beweis mitgegeben.«

»Aber die Schafe …«

»Sie scheinen von Duffs Plan nichts gewusst zu haben.«

»Es war Brocs Plan.«

Tayg sah sie verblüfft an, versuchte zu verstehen, was sie da gerade gesagt hatte. »Brocs Plan?«

»Aye.« Sie blickte sich um, und Tayg hörte das Geräusch, das ihre Aufmerksamkeit erregt hatte. »Wir müssen sie lang genug aufhalten, damit Ailig zum König gelangen kann.«

»Genau das habe ich mir auch gedacht«, erklärte er. »Lass uns ein Versteck finden, und dann kümmere ich mich um sie.«

»Nay, das ist auch mein Kampf, Tayg. Du wirst mich nicht einfach beiseiteschieben …«

»Ich würde dich nie beiseiteschieben, Cat«, erwiderte er, streckte die Hand aus und fuhr mit dem Daumen leicht über die Prellung, die ihre Wange anschwellen ließ. »Wer war das?«

Sie zuckte mit den Schultern. »Das ist egal. Sie sollen uns kurz zu sehen bekommen, dann gehst du da lang und ich dorthin. Vielleicht trennen sie sich voneinander. Ich gehe davon aus, dass wir sie niederschlagen und fesseln müssen.«

»Wir könnten sie auch einfach umbringen.«

»Broc ist mein Bruder, trotz seiner dämlichen Intrigen, und ich werde nicht zuschauen, wie du ihn tötest.«

Tayg nickte. Es war keine Zeit zum Streiten. Außerdem würde die Strafe des Königs wahrscheinlich weniger schnell und gnädig ausfallen, als es der Tod durch Taygs Dolch gewesen wäre.

»Da sind sie«, flüsterte sie. »Lass mich los!«, fuhr sie dann fort und erschreckte ihn mit ihren lauten Worten. »Bis später!«, sagte sie, nun wieder leiser, und dann drehte sie sich um und rannte wieder den Wildwechsel entlang.

Tayg grinste ihr hinterher. Sie war ein keckes Mädchen, das mehr Mut besaß als so mancher Mann, an dessen Seite er gekämpft hatte. Er blickte wieder in den düsteren Wald und sah die beiden Männer zu Fuß und mit gezogenem Schwert auf sich zusprinten. Er zögerte noch einen Moment, wollte, dass sie ihn auch wirklich sahen, dann stürmte er wieder in den Wald hinein.

Cats Plan ging auf – Broc setzte ihr hinterher, und Duff drehte ab, um Tayg zu folgen.

* * *

Catriona warf einen Blick über ihre Schulter und machte die unverkennbare Gestalt ihres ältesten Bruders aus, der ihr folgte. Gut, genau darauf hatte sie gehofft. Auf einer kleinen Lichtung kam sie schlitternd zum Stehen, fand am Rand einen großen Baum, überquerte die Lichtung entlang des Wildwechsels, dann umrundete sie die freie Fläche im Schutz der Bäume. Hinter dem alten, mächtigen Baum versteckte sie sich, schöpfte kurz Atem und bereitete dann rasch ihre Munition vor.

Genau im richtigen Augenblick spähte sie um den Stamm herum, holte aus und warf ihren Schneeball. Mit einem hohlen Laut traf er Broc seitlich am Kopf.

»Triona!«, brüllte er und rieb sich die Schläfe. Der Stein, den sie in ihren Schneeball eingepackt hatte, schien seinen Zweck erfüllt und Broc so benommen gemacht zu haben, dass sie im Schutz der Schatten hinter einen anderen Baum huschen konnte. Broc drehte sich um seine eigene Achse.

»Dieser kleine Klaps war nichts im Vergleich zu der Tracht Prügel, die ich dir verabreichen werde, wenn du das noch einmal tust«, sagte er kopfschüttelnd.

Catriona warf einen weiteren in Schnee gepackten Stein, traf ihren Bruder diesmal an der Schulter und entlockte ihm ein Grunzen.

»Triiiii-ooooo-nnnaaa!«, brüllte er und stürmte auf sie zu.

Sie nahm die Zipfel ihres Umhangs auf, in dem sie ihre Schneebälle transportierte, und rannte tiefer in den Wald hinein.

* * *

Tayg hörte das Brüllen, genau wie Duff, doch da Tayg auf ihm saß, gab es nichts, was Duff tun konnte, um Broc zu helfen. Tayg fuhr unter dem Klang seiner Stimme zusammen. Das Mädchen hatte irgendetwas getan, um ihn zu provozieren, und jetzt ging dort offenbar mehr vonstatten als eine schlichte Hatz durch den Wald. Einerseits wollte er hinlaufen und sie anfeuern, andererseits aber, und das war die Seite an ihm, die sie erst erweckt hatte, wollte er nichts anderes, als sie unbedingt vor weiteren Misshandlungen durch die Hand ihres Bruders zu beschützen.

»Ich muss gehen«, sagte er zu Duff, als wären sie nur in ein schlichtes Gespräch verwickelt und nicht in den Kampf, den sie tatsächlich austrugen. Tayg packte Duff vorn am Umhang, holte mit der rechten Hand aus und landete einen Hieb, der ihm selbst die Knöchel zu brechen drohte, auf dem Kinn des Mannes. Es knirschte, dann verdrehte Duff die Augen. Tayg ließ ihn los und stand auf. Er hatte kein Seil dabei, mit dem er den Mann fesseln konnte, aber er konnte ihn nicht einfach hier liegen lassen, wo er wieder zu sich kommen und von Neuem angreifen würde. Tayg packte den Saum von Duffs Umhang und schnitt mithilfe des Dolchs des Mannes mehrere Streifen aus dem Wollstoff. Es war ein Jammer, dass er das Kleidungsstück ruinieren musste, aber er hatte keine andere Wahl. Schnell wälzte er Duff auf den Bauch und band ihm die Hände auf den Rücken, dann fesselte er ihm die Füße, und mit dem letzten Stoffstreifen band er die Hand- und Fußfesseln aneinander.

»Das müsste halten.«

Duff stöhnte, schlug aber nicht die Augen auf.

»Gut«, sagte Tayg und hielt Ausschau nach seinem eigenen Dolch, der ihm während des Kampfes aus der Hand geschlagen worden war. Tiefer im Wald erklang ein weiteres Brüllen, gefolgt von einem überraschten Aufschrei. Tayg gab seine Suche nach dem Dolch auf und hetzte in die Richtung, aus der die Stimmen zu ihm gedrungen waren. Wenn Broc Cat etwas antat, würde Tayg ihn umbringen, egal, was sie wollte. Tayg würde ihre Tirade schon überstehen, aber sie war nicht die Art von Rache, die ihr Bruder über sie bringen würde. Es stand in dieser Sache zu viel auf dem Spiel, und er zweifelte nicht daran, dass Broc keine weitere Störung durch seine lästige Schwester dulden würde.

* * *

Catriona jagte Haken schlagend zwischen den Bäumen hindurch, sodass Broc keine klare Sicht auf sie hatte. Sie blieb immer nur gerade so lang stehen, dass sie einen weiteren in Schnee gepackten Stein nach ihm werfen konnte, und manchmal traf sie ihn, meistens aber nicht. Broc hatte, im Gegensatz zu Tayg, Übung darin, ihren Geschossen auszuweichen. Einmal traf sie ihn noch ins Gesicht, diesmal voll auf den Mund. Blut spritzte, und er brüllte und rannte hinter ihr her. Jetzt loderte richtiger Zorn in seinen Augen. Cat jagte davon. Wenn er sie jetzt zu fassen bekam, war sie wirklich in größter Gefahr, also würde sie sich nicht ergreifen lassen. Darin hatte sie ihrerseits jahrelange Übung.

Sie schaute über die Schulter nach hinten, genau in dem Augenblick, da Tayg förmlich aus dem Wald geflogen kam, um sich auf Broc zu stürzen. Verdammt! Sie hatte Broc doch genau da, wo sie ihn haben wollte, aber nein, da musste Tayg, der große Held, zu ihrer Rettung eilen. Sie brauchte nicht gerettet zu werden. Sie brauchte ihn nicht. Sollten sich die beiden doch gegenseitig zu Brei schlagen. Ihr war es egal. Sie stemmte die Fäuste in die Hüften und seufzte.

Die beiden Männer wälzten sich ineinander verkrallt durchs schneeverkrustete Unterholz und warfen sich Schimpfnamen an den Kopf. Sie merkte sich die einfallsreichsten davon, um sie ihrem eigenen Repertoire hinzuzufügen, und wollte sich gerade auf die Suche nach ihrem Pferd machen, als Tayg aufstöhnte und Broc einen unverkennbaren Triumphschrei ausstieß.

»Nay!«, entfuhr es ihr schrill, und sie rannte dorthin zurück, wo die beiden miteinander kämpften. Sie packte einen toten Ast, der auf dem Weg lag, und riss ihn hoch.

Broc hockte rittlings auf Tayg, den Dolch zum Stoß in sein Herz erhoben. Bevor sie recht begriff, was sie vorhatte, schwang sie den Ast, genau in dem Moment, da Tayg seinen Widersacher abwarf. Der Ast pfiff durch die Luft und verfehlte Tayg um Haaresbreite.

»Tayg!«

Broc warf sich auf ihn. Tayg wich zur Seite aus und entriss Cat den Ast. Er schwang ihn und traf Broc seitlich am Kopf. Broc wurde zur Seite geschleudert und landete neben Cat, den Dolch noch in der Hand. Sie trat ihm aufs Handgelenk, weil sie nicht darauf vertraute, dass er wirklich bewusstlos war, dann schnappte sie sich den Dolch, bereit, ihn selbst einzusetzen, wenn es sein musste.

Tayg warf den Ast beiseite und nahm ihr den Dolch ab. »Erinnere mich daran, dich nie wütend zu machen, Liebes«, sagte er und schenkte ihr das schiefe Grinsen ihres Barden. »Hat er dich verletzt?«

»Nay, er verletzt nur dumme Kerle, die nicht wissen, wann sie sich aus einer Sache heraushalten sollten«, erwiderte sie, unfähig, ihre Augen von Tayg abzuwenden. An seiner Stirn wuchs eine große Beule, seine Lippe war blutig.

»Das konnte ich einfach nicht.«

»Aye, weil du ein Held bist, ein Krieger.«

Tayg wischte sich mit dem Handrücken Blut von der Lippe. Sie bemerkte, dass auch seine Knöchel zerschrammt waren. »Nicht weil ich ein Krieger bin, auch wenn das ein Teil von mir ist, Mädchen. Nay, ich konnte mich nicht heraushalten, weil ich nicht zulassen konnte, dass er der Frau, die ich liebe, Schmerz zufügt. Ich werde nie mehr zulassen, dass er dir wehtut.«

Er griff nach ihr, doch sie trat zurück. Verwirrung flutete seine Augen, und sie musste den Blick abwenden. Ihr eigenes Herz war durcheinander, und seine Berührung würde es nur noch mehr verwirren.

»Wir müssen Broc mitnehmen und …« Sie sah sich um. »Wo ist Hundsgesicht? Hast du ihn getötet?«

»Nay«, antwortete er, ohne sie aus den Augen zu lassen. »Er liegt da hinten am Weg, verschnürt und bereit, zum König geschafft zu werden.«

Sie nickte. »Dann lass uns dasselbe mit dem hier machen. Wir brauchen Pferde, um sie zu transportieren.«

»Ich fessle ihn, dann können wir die Pferde holen.« Tayg griff nach Brocs Umhang und schnitt Streifen daraus.

»Ich gehe.«

»Aber du wirst dich verlaufen.«

Sie musterte ihn kurz, dann lauschte sie in den Wald. Rechter Hand konnte sie das Tosen des Flusses hören. »Ich habe den Fluss überquert und bin dann nach rechts gegangen, stromaufwärts. Wenn ich also diesem Wildwechsel folge, muss ich den Fluss von links hören. So müsste ich zu den Pferden kommen.« Sie warf ihm unter einer erhobenen Augenbraue hervor einen Blick zu, der ihm sagte, dass er es nur wagen solle, ihr zu widersprechen.

»Du bist mit Absicht in diese Richtung gegangen«, sagte er mit überraschter Miene. »Du wusstest, dass du dich von Culrain entfernst.«

»Irgendjemand musste diese Dummköpfe doch weglocken. Aber du solltest mit Ailig zum König gehen. Es besteht kaum Hoffnung, dass der König Ailig die Gnade erweisen wird, sich seine Geschichte anzuhören, wenn mein Bruder nicht auf die Fürsprache des Taygs von Culrain zählen kann, des tapferen Kriegers des Königs.«

Sie sah ihn zusammenzucken, als sie »tapferer Krieger« sagte. Gut so. Schließlich war er das, ganz gleich, was er ihr erzählen wollte. Den Barden hatte es nie gegeben, und sie wäre dumm gewesen, hätte sie ihm vertraut, egal, wie schief sein Lächeln war und wie sehr das Funkeln in seinen Augen sie sich nach seiner Berührung sehnen ließ, nach seinem Witz, nach seinem schwer zu erringenden Lob, das ihr inzwischen so viel bedeutete. Nay, sie durfte in ihrer Entschlossenheit nicht nachlassen. Sie durfte sich eine solche Schwäche nie wieder gestatten, denn selbst, wenn sie einen Weg fände, ihm zu trauen, würde seine Familie doch nie billigen, dass ein zukünftiger Chief sich mit der Tochter eines so verräterischen Clans belastete. Sie würde dafür sorgen, dass Duff und Broc dem König übergeben wurden. Und danach …

»Cat …«

Sie kehrte ihm den Rücken zu und stapfte den Weg entlang zu den Pferden.

* * *

Catriona führte die Pferde den Wildwechsel hinauf. Sie hatte länger gebraucht, um sie zu finden, als sie erwartet hatte. Irgendwie war sie in ihrer Konzentration darauf, den Fluss von links hören zu müssen, an den Tieren vorbeigelaufen und hatte umkehren müssen. Aber sie hatte sie gefunden, und deshalb war sie stolz auf sich.

»Cat!« Taygs Stimme drang von irgendwo linker Hand zu ihr. Hatte sie die Lichtung verfehlt? »Cat!«, rief er noch einmal, und dann sah sie ihn zwischen den Bäumen hindurch näher kommen. »Ich habe Broc dorthin gebracht, wo ich Duff liegen gelassen habe. Komm mit«, sagte er, löste den Knoten, der die Zügel des zweiten und dritten Pferdes verband, und nahm ihr die beiden vorderen ab.

Er wandte sich wieder in die Richtung, aus der er gekommen war, und sie folgte ihm, insgeheim wütend, weil er sich nicht dazu geäußert hatte, dass sie die Pferde gefunden hatte, aber vielleicht war sein Zutrauen in sie ja so groß, dass er keinen Zweifel daran gehabt hatte, dass sie die Tiere finden würde. Dieser Gedanke linderte den Stich, den ihr die Wut versetzt hatte, aber sie grübelte auch nicht lang darüber nach, damit das warme Gefühl, das der Gedanke hervorrief, ihre Ablehnung Tayg gegenüber nicht aufweichen konnte.

»So, Ihr Burschen, Eure Pferde sind da, und wie ihr sie reitet, ist eure Sache«, erklärte Tayg.

Catriona blickte auf die beiden Männer hinab, die gefesselt dasaßen, die Arme auf dem Rücken, die Knie gebeugt, weil Hand- und Fußfesseln zusammengebunden waren, und an Bäume gelehnt, die so weit voneinander entfernt waren, dass Broc und Hundsgesicht nicht miteinander tuscheln konnten.

»Wir reiten nirgendwo mit Euch hin, Culrain«, sagte Broc. Hohn färbte seinen Ton.

»Dann reitet ihr eben mit mir«, warf Cat ein. »Und du wirst dem König erklären, dass du hinter diesem Plan gesteckt hast. Du wirst ihm erklären, dass wir anderen nichts damit zu tun hatten.« Sie sah Hundsgesicht … Duff an. Im Moment wirkte er nur noch wie die jämmerliche Hülle eines Mannes, verbittert und wütend, aber nicht mehr gefährlich. »Und du wirst ihm erklären, dass Duffs Beteiligung aus der Not geboren war. Zwar werde ich ihn nie und nimmer heiraten, aber vielleicht findet der König ja einen Weg, sich der Lehnstreue des Clans Donell zu versichern, wenn er die Wahrheit über Duffs Rolle in dieser Angelegenheit kennt.«

»Aye, ich werde dem König die Umstände gern darlegen«, sagte Duff. »Ich werde ihm gern erklären, wie Broc uns belogen und beeinflusst hat, bis mein Clan so verzweifelt war, dass ich einwilligte, das Biest von Assynt in mein Haus aufzunehmen, nur um das Überleben meines Clans zu sichern.«

»Hütet Eure Zunge, MacDonell«, knurrte Tayg.

»Aye, hüte deine Zunge, Duff, sonst sehe ich mich gezwungen, sie dir aus dem Mund zu schneiden«, drohte Broc.

»Große Worte von einem Mann, der verschnürt ist wie eine schöne fette Kuh«, meinte Catriona.

»Schwesterherz, reiz mich nicht.«

»Ich reiz dich, wie es mir gefällt. Das habe ich schließlich mein Leben lang getan, oder nicht?«

»Aye, du warst schon immer ein Dorn in meinem Fleisch, Triona.«

»Mein Name ist Cat.«

Tayg grinste, und sie erwiderte sein Grinsen, ehe sie es sich versagen konnte. Mit leisem Schrecken wurde ihr bewusst, dass sie jetzt Cat war, nicht mehr Triona, das Biest. Sie hatte sich verändert, und abgesehen davon, dass es ihre Schwäche für Tayg war, die dazu geführt hatte, gefiel ihr die Person, zu der sie geworden war.

»Von dem Moment an, da du sprechen konntest, hast du mir Widerworte gegeben«, fauchte Broc sie an. »Von dem Moment an, da du einen Satz bilden konntest, hast du alles getan, was du nur konntest, um meine Macht über dich und alle anderen zu hintertreiben. Selbst jetzt ist dem noch so, wo ich so nah dran bin, uns einen Platz in der Geschichte zu sichern, unseren Platz in den Highlands. Wenn ich dieses Ziel erreicht habe, werden uns alle um unsere Unterstützung ersuchen. Die MacDonells sind nur der Anfang.«

»Nay, wir werden die heimtückischen, unzuverlässigen MacLeods nie mehr um irgendetwas ersuchen«, sagte Duff. »Ich würde euch in meinem Haus nicht trauen, und ich würde eurer Rechtschaffenheit nicht einmal dann vertrauen, wenn ihr mir eure Gastfreundschaft anbötet. Lieber sähe ich zu, wie mein Clan verhungert, bevor ich mich solchen Menschen wie euch unterwerfe.«

»Ich bin die Rettung deines Clans.« Broc spuckte in Duffs Richtung. »Die MacDonells sind nichts ohne die Hilfe, die mein Clan euch leisten wird.«

»*Nichts* ist besser als das Los, mit dir im selben Sattel zu sitzen.« Duff wandte sich Tayg zu, der dem Wortwechsel mit einem kleinen Lächeln auf den Lippen und vor der breiten Brust verschränkten Armen folgte. »Bringt mich zu König Robert. Ich werde ihm alles verraten, was Broc im Schilde führt … alles.«

»Das wirst du nicht!«, stieß Broc hervor und sprang plötzlich auf von seinem Platz am Baum. Er stürmte über die Lichtung und stürzte sich mit gezücktem Dolch auf den gefesselten Duff, der zur Seite rollte, während Tayg im selben Moment gegen Broc prallte und ihn beiseitestieß. Broc landete ein paar Fuß entfernt auf dem Boden.

Duff kämpfte sich mühsam und mit großen Augen wieder in eine sitzende Position hoch. »Bindet mich los! Bindet mich los, bevor der Kerl es noch einmal versucht!«

Cat ging ohne Eile zu ihrem Bruder, der mit dem Gesicht nach unten reglos dalag. Sie sah Tayg entgegen, der ebenfalls näher kam, langte nach unten und rüttelte Broc an der Schulter. Er rührte sich nicht. Tayg packte ihn bei der Schulter und wälzte ihn auf den Rücken. Der Dolch steckte bis zum Heft zwischen Brocs Rippen.

»Es tut mir leid, Cat.«

Sie schüttelte den Kopf, versuchte noch immer, den Anblick ihres Bruders in sich aufzunehmen, des Mannes, der ihr das Leben zur Drangsal gemacht hatte und jetzt tot zu ihren Füßen lag. Ein bisschen, tief in ihrem Innern, trauerte sie um ihn – er war ihr Bruder, egal, wie wenig Gutes es zwischen ihnen gegeben hatte –, aber das überwiegende Gefühl machten Kälte und Distanz aus, als wäre der Mann, der da am Boden lag, ein Fremder.

»Dich trifft daran keine Schuld. Du hast nur versucht, einen Mann zu verteidigen, der sich selbst nicht verteidigen konnte«, sagte sie.

»Aber das ist mein Dolch. Ich habe ihn beim Kampf mit Duff verloren.«

»Aye, und Broc hat ihn gefunden, als Ihr ihn da an den Baum gesetzt habt«, sagte Duff.

Tayg sah den Mann finster an. »Ihr wusstet, dass er bewaffnet war, und trotzdem habt Ihr ihn gereizt?«

»Es hat noch nie jemand behauptet, Duff sei ein kluger Kopf«, warf Cat ein. Ihre Stimme klang merkwürdig hohl, selbst in ihren eigenen Ohren.

»Ich hätte ihn sich auf Euch stürzen lassen sollen«, sagte Tayg zu Duff. Er holte eine Decke aus seinen Satteltaschen und breitete sie neben Broc im Schnee aus. Dann zog er dem Mann den Dolch aus dem Leib und säuberte die Klinge im Schnee. Vorsichtig rollte er den Toten schließlich in die Decke ein, band sie zu und lud das Bündel quer über den Sattel von Brocs Pferd.

Rasch befreite er Duffs Füße, nur so lang, dass der Mann aufsitzen konnte, dann band er sie ihm unter dem Bauch des Pferdes wieder zusammen. Cat stieg auf, und Tayg schwang sich hinter ihr aufs Pferd. Es war ein tröstendes Gefühl, so in seinen Armen zu sitzen, aber sie würde sich nicht erlauben, sich nach hinten und an ihn zu lehnen, so weit reichte ihr Bedarf an Trost nicht. Er band die Zügel von Duffs Pferd an den Sattel, so wie er die von Broc an Duffs Sattel festgemacht hatte, dann ließen sie den blutbefleckten Schauplatz schweigend hinter sich.

Sicher war Ailig unterdessen fast in Culrain angekommen. Und sie mussten so schnell wie möglich dorthin, denn Catriona fürchtete, dass der König Gair nicht dasselbe Maß an Aufmerksamkeit schenken würde, wie es Tayg zukäme. Der König würde sich Ailigs Geschichte womöglich gar nicht anhören. Ailig brauchte Tayg, den vertrauten Krieger des Königs, der für ihn bürgte, ansonsten würde man ihm und ihrem Clan die Schuld an Brocs schlecht durchdachtem Plan geben. Der König würde Ailig in den Kerker werfen oder noch Schlimmeres mit ihm tun, und Catriona wollte heute nicht noch einen Bruder verlieren.

Kapitel 18

Der Abend dämmerte schon, als Tayg ins Dorf Culrain voranritt und zwischen den Hütten hindurch auf das Hallenhaus zuhielt. Diesmal wurde er nicht mit Willkommensrufen empfangen; im Gegenteil, das Dorf machte einen verlassenen Eindruck, was bedeutete, dass alle im Saal versammelt waren, um zu erfahren, wie der König auf Ailigs Geschichte reagierte – wenn er Ailig überhaupt angehört hatte.

Tayg schaute über die Schulter nach hinten, um sich zu überzeugen, dass Duff noch da war, wie er es unterwegs viele Male getan hatte. Cat hatte nichts zu ihm gesagt, seit sie die Lichtung verlassen hatten. Duff hatte versucht, sich zu rechtfertigen, während sie durch den Wald ritten, aber Taygs geknurrtes Versprechen, Brocs Drohung wahr zu machen und Duff die Zunge herauszuschneiden – allen wertvollen Informationen zum Trotz, die der Mann für den König haben mochte –, schien seiner Gesprächigkeit endlich einen Dämpfer aufzusetzen.

Tayg hielt nahe der Treppe an und band sein Pferd dort an einen Pfahl. Dann ging er zurück, um Cat aus dem Sattel zu helfen, doch sie schien wie benommen und gar nicht wahrzunehmen, dass er neben ihrem Knie stand.

»Mädchen?«, sagte er und berührte sie leicht an der Wade.

»Wir müssen Ailig von Broc erzählen«, sagte sie.

»Aye, wir müssen Ailig eine ganze Menge erzählen, ebenso wie dem König, aber hier draußen können wir das nicht.« Er griff nach oben, fasste sie um die Taille und half ihr vom Pferd.

Sie stand da, reglos wie aus Stein. Er hob ihr Gesicht mit dem Finger unter dem Kinn an, aber sie schaute ihm nicht in die Augen. Sacht strich er mit einem Finger über ihre verfärbte Wange. »Es tut mir leid, was geschehen ist.«

Sie schüttelte den Kopf. »Nay, das braucht dir nicht leid zu tun. Broc ist selbst schuld.« Jetzt sah sie auf und in seine Augen. »Ich finde nur wenig Trauer um ihn in meinem Herzen. Ich bin also wirklich das kaltherzige Biest, als das er mich immer bezeichnet hat.«

Tayg schloss sie in seine Arme und war erleichtert, als sie ihre Arme um seine Hüften schlang und sich in seine Umarmung schmiegte. »Nay, Mädchen. Du hast ein weiches Herz, wenn man dich nur lässt. Und du hast mein Herz höher schlagen lassen, als es je zuvor eine andere getan hat.« Er küsste sie auf den Kopf, dann legte er seine Wange auf ihr weiches Haar. »Du hast nur wenig Trauer für ihn übrig, weil er dir nie Grund gab, dich um ihn zu sorgen. Lass ihn nicht triumphieren, indem du dich in Zweifel stürzt.«

Er löste sich von ihr und umfasste ihr Gesicht mit den Händen. »Ich liebe dich, Mädchen. Du hast mich dazu bewegt, dich zu lieben – mit deiner Wärme, deinem Witz und deiner Dickköpfigkeit.« Er grinste sie an. »Und mit deiner Art und Weise, Freunde zu gewinnen – mit deiner Art und Weise, mich zu gewinnen.«

Dann küsste er sie und ließ alles, was er empfand, in diesen einen Moment fließen. Sie erwiderte seinen Kuss voller Verzweiflung, und er zog sie fest an sich.

»Wir haben viel zu tun«, sagte er, seine Stirn an die ihre gelegt. »Aber ich möchte diese … Unterhaltung … so bald wie möglich fortsetzen, denn es gibt noch viel, viel mehr zu erklären.«

»Nay.«

»Aye, aber zuerst müssen wir zum König und dafür sorgen, dass Ailig und deinen anderen Brüdern nichts geschieht.«

Sie löste sich aus seinen Armen und zog ihren Umhang fest um sich. »Also dann, auf zum König.«

Tayg befreite Duffs Füße und half auch ihm zu Boden. »Was denn, für mich habt Ihr keine zärtlichen Worte übrig?«, fragte Duff. »Sie sollte mir gehören, trotz ihrer scharfen Zunge. Sie war schon immer für mich bestimmt.«

»Ihr wolltet nur, was das Mädchen mitbrachte.«

»Und wollt Ihr etwa weniger?«

»Nay, ich will mehr«, erwiderte Tayg und schob den Mann auf die Treppe zu. Er sah Cat an und fing ihren verdutzten Blick ein. »Ich möchte, dass mir ihr Herz gehört. Nichts weniger.«

Sie atmete erschauernd ein, und er machte einen Riss aus in der Mauer, die sie um ihr Herz errichtet hatte. Vielleicht gab es doch noch Hoffnung für sie beide.

Er stieß Duff durch die Tür in den lärmenden Saal, aber niemand schien ihr Eintreten zu bemerken. Er schaute sich um, stellte fest, dass seine Eltern und der König nirgendwo zu sehen waren, doch die Tür zur »Bärenhöhle« war geschlossen und Duncan stand davor Wache. Er versetzte Duff, dessen Hände immer noch auf dem Rücken gefesselt waren, einen weiteren Stoß, der ihn in diese Richtung trieb. Dann nahm er Cat bei der Hand und zog sie mit sich. Als sie den Saal durchquerten, wurde es still um sie, bis die Ausläufer ihrer Bewegung die ganze Versammlung zum Schweigen gebracht hatten. Duncan nickte Tayg zu, dann klopfte er an die Tür, öffnete sie und trat beiseite, um die drei einzulassen.

Der König saß in seinem reich bestickten roten Mantel auf dem Stuhl, der für gewöhnlich der Platz von Taygs Vater war. Das dunkle Haar des Königs und sein kurz gestutzter Bart umrahmten stählern kalte Augen, in denen kaum bezwungener Zorn loderte. Angus Dubh, Chief von Culrain, Gair und Bruder John reihten sich hinter dem König auf. Ailig und die anderen Brüder standen ihnen gegenüber und waren dem König wie Bauern auf einem Schachbrett zugewandt. Soldaten säumten die Wände des Raums.

Ailig war gerade mitten im Satz, unterbrach sich jedoch, als sie hereinkamen.

»Sire, hier ist Tayg«, sagte Ailig. »Lasst Euch von ihm in seinen Worten berichten, was er alles herausgefunden hat.«

Der König erhob sich und nahm Taygs und Cats hastige Verbeugung entgegen.

»Das ist das Mädchen, das die ganze Jagd ausgelöst hat?«, knurrte der König.

Catriona zuckte zusammen, wich aber nicht von der Stelle. Tayg legte einen Arm um sie und zog sie an sich. »Aye, Sire. Das ist sie, und ohne sie wäre Euer Leben in großer Gefahr …«

* * *

Mehrere Stunden später lag Cat in der Kammer, die man ihr gegeben hatte, auf dem Bett. Es war ein großer Raum, und das Bett war breit und mit Federn gestopft. Sie war müde, und ihr tat alles weh, einerseits von der tagelangen Reise, andererseits wegen ihres Sturzes vom Pferd, den sie Broc zu verdanken hatte. Sie wollte schlafen, all dem, was sie in den vergangenen Stunden gehört und mit angesehen hatte, entkommen – und sie wollte der Erkenntnis entkommen, dass Tayg nicht der Mann war, den sie in ihm zu sehen geglaubt hatte.

Denn sie war sicher, dass sie ihn nur zu sehen geglaubt hatte. Wie sonst sollte sie sich erklären, dass sie den Mann, der sich da vor ihren Augen wortgewandt für ihren Clan eingesetzt hatte, für einen zwar charmanten, aber ungeschickten Barden gehalten hatte? Er war durch und durch ein Krieger und stand offenkundig hoch in der Gunst des Königs, als er da die Fakten darlegte, um ihren Clan zu retten, um Ailig, die Schafe und auch, wie sie mit einiger Verspätung begriffen hatte, sie selbst zu retten vor dem unübersehbaren Zorn des Königs. Ailig hatte still dagestanden und hatte erst Tayg und dann, als er befragt wurde, Duff erlaubt, die Geschichte zu bestätigen, die er dem König bereits vor ihrem Eintreffen erzählt hatte.

Schließlich hatte der König alle bis auf Tayg fortgeschickt und Duff, Ailig und die anderen unter Bewachung gestellt. Erst nachdem Tayg dem König etwas zugeflüstert hatte, entließ der sie in die Obhut von Taygs Mutter, ließ sich von Cat jedoch versprechen, dass sie in ihrer Kammer bleiben werde, bis sie wieder vor den König gerufen wurde. Dieses Versprechen leistete sie gern. Die Frau, die sie aus dem überfüllten Raum hinaus und in diesen gemütlichen hinein führte, hatte sie merkwürdig gemustert, aber wenig gesagt und eigentlich nur auf die Wanne und die Kleidung hingewiesen, die man ihr zur Verfügung stellte.

Cat hatte in der Wanne gesessen, bis das Wasser zu kalt war, um noch angenehm zu sein. Sie hatte sich angezogen und erst ein schön gearbeitetes Unterhemd aus Leinen übergestreift und dann ein Kleid, das schöner war als jedes andere, das sie jemals getragen hatte. Es bestand aus fein gewebter, indigoblau gefärbter Wolle, wie das Kleid, das Isobel ihr angeboten hatte, und es war weich und warm und entlang der Ärmel mit aufwendigen Stickereien verziert. Der kunstvoll abgenähte Saum war mit winzigen grauen und weißen Süßwasserperlen besetzt. Die gleiche Zierde säumte den Halsausschnitt. Der Rest des Kleides floss schlicht und doch elegant über ihre Hüften und fast, aber nicht ganz bis zum Boden, als wäre es eigens für sie geschneidert worden. Als Umschlagtuch diente ein Plaid in roten Tönen, die mit Safrangelb und Schwarz durchwirkt waren.

Sie hatte ihr Haar ausgekämmt und vor dem Feuer getrocknet. Sie hatte es offen gelassen und nur vorn zu Zöpfen geflochten, die sie nach hinten schlang und mit einem Stück Leder befestigte. Jetzt wartete sie und fragte sich, ob sie sich wohl für ihre Hinrichtung so gekleidet hatte.

Es klopfte leise an der Tür. Im Aufsetzen stockte ihr der Atem. Würde sie jetzt das Schicksal ihres Clans erfahren? Ihr eigenes Los?

»Herein«, sagte sie.

Die Tür schwang auf, und Tayg betrat die Kammer. Er hatte seine Kleidung nicht gewechselt, immer noch befleckte Brocs Blut sein Gewand. Cat erhob sich. Auf dem Bett zu sitzen erschien ihr zu traulich, es erinnerte sie an Dinge, die sie wollte und nicht haben konnte.

Tayg starrte sie förmlich an. Er leckte sich die Lippen und schien etwas sagen zu wollen, stand dann aber doch nur still da, bis er kopfschüttelnd auf sie zutrat.

»Du bist noch schöner, als ich bislang wusste«, sagte er.

Cat senkte den Blick, unfähig, die Frage in seinen Augen zu beantworten. »Das liegt nur an dem Kleid.«

»Nay«, entgegnete er und hob ihr Kinn mit dem Finger an. »Nay, das liegt nur an dir.«

»Hat mich der König zu sich bestellt?«, fragte sie und fürchtete sich davor, weitere Fragen zu stellen.

»Bald. Er möchte, dass wir mit ihm zu Abend speisen.«

Sie nickte und hob das Kinn, um sich von seiner Berührung zu befreien, denn sie machte sich an ihren Gedanken zu schaffen, genau wie es der verlangende Ausdruck in seinen Augen tat.

»Du brauchst dir keine Sorgen zu machen, Mädchen. Der König ist gerecht. Noch hat er nicht über das Schicksal der MacLeods und der MacDonells befunden, aber ich glaube nicht, dass diejenigen, die sich allenfalls unwissentlich gegen ihn gewandt haben, etwas zu befürchten haben.«

»Und wir anderen werden von unserem Land und aus unserem Zuhause verbannt?«

»Du wirst immer ein Zuhause haben, Mädchen, wenn du mich heiratest.«

Tränen brannten in ihren Augen und erstickten ihr die Kehle. »Ich kann meinen Clan nicht im Stich lassen, nur um mir selbst eine angenehme Zukunft zu sichern.«

»Ich bitte dich ja nicht, deinen Clan im Stich zu lassen. Ich bitte dich, einen Bund mit mir einzugehen.«

»Das ist doch dasselbe. Ich kenne dich ja gar nicht. Du bist so viel mehr als nur mein Barde.«

»Cat, ich …«

»Still, lass mich ausreden«, sagte sie und legte ihm einen Finger auf die Lippen. Das war ein Fehler, denn alles, was sie wollte, war, ihre eigenen Lippen auf seine zu pressen und in der Herrlichkeit seiner Umarmung alles zu vergessen. Sie wollte sich vollkommen in ihm verlieren und spüren, dass nur sie beide existierten – Gefühle, die sie in jenem Moment überkommen hatten, als sie in seinen Armen lag. Sie wollte die Liebe und die Akzeptanz spüren, die Sicherheit und den wunderbaren Witz. Sie wollte all das und so viel mehr. Aber sie würde nichts davon bekommen. Konnte nichts davon bekommen. Wegen Broc.

»Ich kann dich nicht heiraten, Tayg. Wärst du nur ein Barde, dann sähe es anders aus, denn dann wäre der schwarze Fleck auf dem Namen meines Clans ohne große Bedeutung, aber Tayg von Culrain kann ich nicht um so viel Nachsicht bitten. Ich verspreche, alles zu tun, was ich kann, um zu gewährleisten, dass mein Clan nichts wider den König unternimmt. Mehr noch, wenn es Ailig und mir möglich ist, werden wir den Clan dazu bewegen, König Robert die Lehnstreue zu schwören – aber ob der Clan nach alldem hier noch auf einen von uns hört, bleibt abzuwarten. Vielleicht wird man uns alle verbannen und einen anderen wählen, der den Clan fortan führen soll. Mein Vater wird entsetzt sein, aus gutem Grund freilich, und es gibt kaum etwas, das ich tun könnte, um daran etwas zu ändern.«

Tayg stand schweigend da und verschlang sie mit seinem Blick. Schließlich fragte er: »Wirst du tun, was der König von dir verlangt?«

»Das ist das Mindeste, was ich tun muss.«

Tayg nickte und wandte sich zum Gehen. Die Hand auf dem Riegel hielt er inne und drehte sich noch einmal um. »Liebst du mich?«, fragte er. »Sag die Wahrheit, Cat. Die bist du mir schuldig.«

Tränen stiegen ihr in die Augen, aber sie hielt sie zurück. »Ich liebe dich, Tayg, von ganzem Herzen. Ich verstehe jetzt, warum es nötig war, deine Identität zu verheimlichen, und auch alles andere. Aber all das andere ist der Grund, weshalb ich dir die Schmach meines Clans nicht aufbürden kann. Du bist für große Dinge bestimmt, daran besteht kein Zweifel. Es würde mir das Herz brechen, sähe ich dich meinetwegen zu Fall kommen.«

Seine Augen waren finster und entschlossen, aber er sagte nichts, und dann schloss sich die Tür hinter ihm.

* * *

Man hatte einen zusätzlichen Tisch auf das Podium im Saal gestellt, damit das Gefolge des Königs Platz hatte, und Tayg saß fast am Ende dieses Tisches, Duncan zu seiner Linken und seine Eltern zu seiner Rechten und damit näher am noch leeren Platz des Königs. Der Barde spielte nahe dem Feuer, wie er es vor vierzehn Tagen getan hatte. Wie hatte sich alles andere nur so schnell ändern können?

Vor zwei Wochen erst war er nicht willens gewesen, über eine Heirat auch nur nachzudenken. Und jetzt war er auf geradezu lächerliche Weise übel gelaunt, weil ein schwieriges, aber hübsches Mädchen seinen Antrag aus nur allzu vernünftigem Grund abgelehnt hatte. Ein Grund, der Robbie gut zu Gesicht gestanden hätte, aber er war nicht Robbie, so wenig wie Cat es war. Sie traf keine Schuld am Plan ihres Bruders. Cat hatte alles getan, was sie konnte, um ihn zu vereiteln. Machte sie das nicht zu einer Braut, die eines Kriegers des Königs und des zukünftigen Chiefs der Munros von Culrain würdig war?

»Dummes Ding.«

»Aye, das sind sie alle, dumme Dinger«, sagte Duncan und betrachtete Tayg auf eine Weise, die ihn an seine Mutter erinnerte, als er noch ein kleiner Junge gewesen war und sich an den Süßigkeiten vergriffen hatte. »Aber auch nicht dümmer als ein verliebter Bursche. Gibt es da eine bestimmte, die dich so ins Grübeln bringt?«, fragte er mit einem Grinsen.

Tayg sah ihn finster an. »Das weißt du doch ganz genau. Sie will mich nicht haben.«

Seine Mutter lachte glucksend zu seiner Rechten. »Irgendwie ist es ja gerecht, dass du endlich ein Mädchen gefunden hast, das du willst und das dich aber nicht haben will.«

»Das hat kaum etwas mit Gerechtigkeit zu tun«, sagte er. »Sie glaubt, der Verrat ihres Bruders mache sie meiner unwürdig.«

»Und ist es so?«, fragte sie leise.

Tayg sah seine Mutter an und wog seine Antwort sorgfältig ab. »Nay. Sie ist das würdigste aller Mädchen. Sie ist loyal, und ich würde ihr mein Leben anvertrauen – ich *habe* ihr mein Leben schon anvertraut. Sie hat nichts damit zu schaffen, dass ihr Bruder ein Narr war.«

»Aye«, warf sein Vater ein. »So weit sich aus eurer Geschichte schließen lässt, hat sie im Gegenteil viel gewagt, um zu verhindern, dass ihr Clan ihrem Bruder zum Opfer fällt.«

»Und das seit vielen Jahren«, ergänzte Tayg leise, als spräche er nur mit sich selbst. »Sie war viele Jahre lang ein Stachel in Brocs Fleisch. Wäre das anders gewesen, hätte er vielleicht schon längst etwas in dieser Art versucht. MacDonell hätte ihn jedenfalls gewiss schon eher unterstützt.«

»Klingt so, als sei sie ein feines Mädchen, trotz des Rufes, in dem sie steht.«

Tayg schnaubte. »Ihre scharfe Zunge dient ihr nur zum Schutz. Unter dieser Rüstung ist sie ein süßes Mädchen, ein starkes Mädchen.«

Seine Mutter lächelte wissend.

»Was lässt dich so lächeln, Mama?«

»Du, mein Junge. Es liegt doch auf der Hand, dass Catriona das richtige Mädchen für dich ist, und doch hockst du hier, als wäre die Welt untergegangen und als gäbe es nun nichts mehr zu tun, außer auf die Verheerung zu schauen.«

»Sie will mich nicht haben. Sie sagt, sie will weder mich noch diesen Clan mit ihrer Schande beflecken. Robbie hätte ihr zugestimmt.«

»Aye, aber Robbie konnte bisweilen auch sehr kurzsichtig sein«, meinte sein Vater.

Diese Worte erschreckten Tayg. Er wusste nicht, was er sagen sollte.

»Du bist nicht Rob, mein Sohn«, fuhr Angus fort. »Rob war ein guter Mann, und er hätte den Clan gut, aber fantasielos geführt.

Du hast das Problem mit den MacLeods und den MacDonells mit Fantasie und Diskretion gehandhabt. Dir ist es gelungen, den König zu retten und indes noch die Würde so vieler Beteiligter wie möglich zu wahren. Die Munros werden dir folgen, nicht Rob, Gott hab ihn selig. Du musst den Clan auf deine Art führen. Du musst ihn ebenso sehr mit dem Herzen wie mit dem Kopf führen, Tayg, und das eine wird das andere gut ergänzen und ausgleichen. Dafür wird Catriona schon sorgen.«

»Sie will mich nicht haben.«

»Du denkst nicht nach, Tayg«, meldete sich nun Duncan zu Wort. »Es ist klar, dass du sie liebst, und wenn ich mich nicht irre, hat sie dir ihre Liebe bewiesen, oder nicht?«

Tayg weigerte sich ob der Andeutung seines Freundes zu erröten, aber es stimmte schon. Noch bevor sie die Worte ausgesprochen hatte, wusste er schon aufgrund der Reaktion ihres Leibes auf ihn, was sie für ihn empfand. »Sie sagt, dass sie mich liebt. Sie sagt, wenn ich wirklich der Barde wäre, den sie anstatt des Erben von Culrain kennenlernte …«

»Dann finde einen Weg. Du bist doch immer noch der Barde, den sie kennengelernt hat, oder? Das ist ein Teil von dir. Warst du dem Mädchen gegenüber weniger du selbst, nur weil du in die Rolle eines Barden geschlüpft bist?«

»Nay.« Er schüttelte den Kopf und dachte über die Fragen seines Freundes nach. »Nay, ihr gegenüber war ich mehr ich selbst als je zuvor. Ich versuchte nicht mehr, Robbie zu sein, und auch nicht, irgendjemandes Erwartungen zu erfüllen außer meinen eigenen.«

»Dann brauchst du dem Mädchen doch nur zu zeigen, dass du immer noch derselbe Mann bist, in den sie sich verliebt hat. Sie liebt dich, aye, aber sie braucht noch einen kleinen Schubs.«

Bilder ihrer Reise blitzten in Taygs Kopf auf. Diese erste Nacht in der Höhle, wie sie neben Dolag stand, als er dieses schreckliche Lied …

Er grinste. »Mir ist gerade etwas eingefallen. Entschuldigt mich.« Er stand auf. »Ich muss mit dem König sprechen.«

* * *

Cat saß auf dem Bett, genau dort, wo sie gesessen hatte, als Tayg gegangen war. Irgendwie wusste sie, dass dies seine Kammer, das Bett sein Bett war. Sie wollte sich einerseits ebenso sehr auf dieses Bett werfen und sich die Seele aus dem Leib weinen wie sie andererseits diesen Raum verlassen und nicht mehr an den dunkeläugigen Mann denken wollte, der sich durch ihren Panzer hindurchgearbeitet und in ihrem Herzen eingenistet hatte. Ihr Herz schmerzte, und sie war überzeugt, dass nichts je diesen Schmerz stillen könnte. Alles, was sie gewollt hatte, war hier und zum Greifen nahe, es wurde ihr dargeboten, und doch konnte sie es nicht ergreifen, konnte Tayg und seine Familie nicht hineinzerren in den schwarzen Morast, der das Joch aller MacLeods war – dank ihres Bruders und dieses Idioten, Hundsgesicht.

Hier gab es nichts mehr für sie. Sie konnte nicht bekommen, was sie sich wünschte, also war es so, als existierte es nicht. Hätte sie Assynt doch nur nie verlassen. Hätte sie Tayg nie kennengelernt. Hätte sie sich nie in diesen aufwühlenden Mann verliebt.

Aber sie hatte das alles getan, und wenn sie ehrlich zu sich selbst war, wusste sie, es wäre für alle nur noch schlimmer geworden, wenn sie sich nicht begegnet wären, hätten sie nicht zusammengeholfen, um die Intrige Brocs und Hundsgesichts zu vereiteln, hätten sie nicht zusammengeholfen, um den König zu warnen. Und es wäre auch für sie schlimmer geworden, denn sie wäre jetzt mit Hundsgesicht verheiratet, und das wäre eine noch trostlosere Zukunft geworden als jene, in die sie nun blickte.

Es klopfte leise an die Tür.

»Herein.«

Die Tür ging auf, und ihr Herz hüpfte einen Moment lang, weil sie glaubte, Tayg sei zurückgekommen, um sie anzuflehen, ihre Meinung zu ändern. Aber es war nicht Tayg. Es war Ailig.

»Man hat uns in den Saal bestellt, Cat«, sagte er.

Erschrocken sah sie auf. »Warum nennst du mich so?« Ihre Stimme klang leise, und sie zuckte unter dem Zittern darin zusammen.

»Weil der Name zu dir passt«, antwortete er zärtlich. »Du hast Zähne und Krallen, und doch bist du, wie ich gehört habe, süß und sanft, und du beschützt die Deinen.«

»Das stimmt nicht.«

»Aye, Mädchen. Und trotzdem bist du wütend auf deinen Barden …«

»Er ist nicht …«

»Er ist dein, Cat, ob du das nun einsiehst oder nicht, er ist dein und du bist sein. Siehst du denn nicht, wie du dich verändert hast unter seiner Fürsorge und seinem Einfluss?«

»Ich habe mich verändert, das kann ich nicht leugnen, und es ist unbestritten, dass er etwas damit zu tun hatte.« Ihr Leib erinnerte sich nur zu gut daran, wie seine Hände ihn berührt hatten. Ihr Atem ging schneller, und Panik wallte in ihr auf. Sie durfte nicht vergessen, dass er sie belogen und betrogen hatte. Dass er sie benutzt hatte. Er hatte sie als Geisel mitgenommen, nicht um ihr zu helfen. Lügen, alles Lügen. Aye, aber Lügen für einen höheren Zweck. Keine Lügen, die sie verletzen sollten.

»Wir müssen gehen«, sagte Ailig und wies zur Tür.

Sie nickte, stand auf, richtete das wunderschöne Kleid und ging dann vor ihrem Bruder aus der Kammer hinaus. Der Gang draußen war kalt, aber sie mussten nur zur Treppe und ins nächste Stockwerk hinuntersteigen. Von der Treppe aus traten sie direkt in den Saal. Er war dicht gefüllt mit Menschen, viel mehr als bei ihrer Ankunft zusammen mit Tayg vor ein paar Stunden. An einer der Längswände brannte ein Feuer, und zwei lange Reihen von Holztischen füllten den Raum. Die Kammer, in der sie dem König gegenübergetreten waren, befand sich an diesem Ende des Saals, doch nun saß der König auf der anderen Seite auf einem Podium und dort oben wiederum an einem Tisch.

Ailig legte ihr eine Hand auf den Rücken und dirigierte sie an der Wand entlang, wo man einen Gang frei gelassen hatte.

»Was glaubst du, warum der König uns sehen will?«, fragte sie Ailig im Flüsterton.

»Ich weiß es nicht, Schwester. Hab keine Angst. Ich bin sicher, das ist nur eine Formalität, bevor er uns nach Assynt zurückschickt, oder vielleicht möchte er auch, dass wir in seiner … Obhut … bleiben, als Geiseln, damit unser Clan keine Dummheiten begeht. Halt nur dein Temperament gut im Zaum, ganz gleich, was geschieht.«

Sie warf ihm einen Blick aus schmalen Augen zu. »Wenn du glaubst, du könntest mich ärgern, dann kannst du dir das sparen. Ich habe gelernt, mich zurückzuhalten, manchmal jedenfalls, und ich weiß, welchen Nutzen das haben kann.«

Ailig lächelte ihr zu. »Du bist eine bemerkenswerte Frau, Cat. Tayg ist ein bemerkenswerter Mann.«

Catriona senkte den Blick zu Boden. »Das ist er.«

Einen Moment später standen sie vor dem Tisch des Königs. Ailig verneigte sich, Catriona machte einen Knicks, nur zum Tisch aufzuschauen, dazu konnte sie sich nicht zwingen. Sie wollte Tayg nicht sehen, wollte ihm nicht noch einmal in die Augen blicken, damit er nicht sah, wie zerrissen ihr Herz war. Sie würde ihm keinen Grund geben zu glauben, dass sie mit ihrer Entscheidung nicht im Reinen sei. Sie würde ihm keinen Grund geben, für das Mädchen mit dem gebrochenen Herzen den Helden zu spielen.

»Ailig von Assynt«, dröhnte die Stimme des Königs über die Menge hinweg und erschreckte Cat so sehr, dass sie nun doch hochsah. Die Augen des Königs waren auf sie beide gerichtet. Seine Stimme war fest, seine Miene … undeutbar. Sie begann zu zittern, und Ailig nahm ihre Hand und drückte sie. Die Berührung machte ihr Mut. Gemeinsam würden sie sich allem stellen, was der König als gerecht erachtete.

»Ich habe nachgedacht über die Kunde, die Ihr mir heute überbracht habt. Ich habe mit Euren überlebenden Brüdern gesprochen, mit Eurer Schwester«, er nickte leicht in ihre Richtung, »mit MacDonell und mit meinem treuen Gefolgsmann, Tayg von Culrain.«

Catriona hielt den Atem an; sie wusste, dass ihr eigenes Schicksal dem ihres Bruders gleichen würde.

»Ich betrachte Eure Loyalität mir gegenüber als bemerkenswert, und ich begrüße sie. Ich betrachte darüber hinaus den Tod von Broc MacLeod von Assynt als einen Segen, weil er die zukünftige Führung Eures Clans über den Haufen wirft.« Er hielt inne und musterte Cat und Ailig für einen Moment. Sie gab sich Mühe, sich nicht zu winden, aber das fiel ihr unter seinem prüfenden Blick sehr schwer.

»Ailig, obschon Ihr der jüngste Sohn Eures Vaters seid, betrachte ich Euch als einen Mann, dem ich vertrauen kann, einen Mann, der mir und dem Wohle Schottlands gegenüber loyal sein wird. Wollt Ihr mir die Lehnstreue schwören, hier und jetzt?«

»Aye, Sire«, antwortete Ailig, ohne zu zögern. Er zog seinen Dolch, legte ihn auf seine Handflächen und präsentierte ihn dem König. Dann ließ er sich auf ein Knie nieder und neigte das Haupt. »Ich leiste den Schwur, auch wenn er dazu führen mag, dass man mich aus Assynt verbannt. Ich schwöre Euch die Lehnstreue, Robert, König von Schottland.«

»Erhebt Euch.«

Ailig kam der Aufforderung nach, und der König gab ihm den Dolch zurück.

»Der MacDonell wird meine Garde nach Dingwall begleiten, wo der Earl von Ross ihn in seinem Kerker beherbergen wird, damit er seinem Clan keinen weiteren Schaden zufügen kann. Euren drei Brüdern, Gowan, Jamie und Callum vom Clan Leod von Assynt, befehle ich, in meiner Armee zu dienen, bis ich der Ansicht bin, dass sie ihre Pflicht erfüllt haben. Ailig, ich beauftrage Euch, Euren Clan dem Bund von Schottland anzuschließen.«

»Aber, Sire …«

»Einem guten Chief sollte diese Aufgabe keine Probleme bereiten.«

Cat hielt diese Worte erst für einen Tadel, aber dann erkannte sie die wahre Bedeutung darin. Sie warf ihrem Bruder einen Blick zu und sah den Ernst in seiner Miene. Sorge erfüllte seine Augen. Dies war genau das, was sie gewollt hatte – und genau das, was Ailig nicht gewollt hatte.

»Ich werde tun, was ich tun muss, Sire. Der Clan Leod von Assynt wird dem König von Schottland dienen.«

Cat wusste, dass das leichter gesagt als getan war, aber Ailig würde schon einen Weg finden.

»So sei es«, sagte König Robert. »Was Euch betrifft, Mistress«, wandte er sich nun an Catriona, »welche Gunst erbittet Ihr für Eure Loyalität?«

»Ich bitte um nichts«, erwiderte sie, erstaunt ob der unerwarteten Frage, »außer um die Heimkehr mit meinem Bruder.«

»Man gab mir zu verstehen, Ihr hättet die Reise von Assynt aus unternommen, um mich zu suchen und mir eine bestimmte Bitte vorzutragen.«

Catriona versuchte den Schmerz zu verbergen, den diese Worte auslösten. Sie schluckte, hob das Kinn und schaute dem König in die Augen. »Nay, Sire. Das habe ich nicht getan. An mir ist es, nach Assynt zurückzukehren und die Zukunft von Schottland Euch und den guten Menschen von Culrain zu überlassen.«

Der König schüttelte den Kopf. »Es gibt da einen, dem etwas anderes lieber wäre.«

»Ich kann nicht, Sire. Er verdient etwas Besseres als die verstoßene Tochter eines entehrten Clans.«

»Hm. Ist sie denn verstoßen, Ailig?«

»Nay, mein Lord, niemals.«

»Ist Euer Clan entehrt?«

Ailig sagte nichts.

»Das ist er nicht«, fuhr der König fort. »Ich bin zufrieden damit, dass die Schuldigen gefunden sind und für ihre Rolle in dieser Verschwörung bezahlen werden oder schon bezahlt haben. Ihr seid also weder verstoßen noch entehrt, Catriona. Trotzdem scheint mir, dass ein mittelmäßiger Barde sich wegen solcher Kleinigkeiten nicht herumstreiten würde.«

Trommelschlag setzte ein, unstet, aber kräftig. Catriona drehte sich um und sah, dass die Menge, die bei ihrem Eintreten noch so dicht gedrängt gewesen war, sich zwischen den beiden Tischreihen in der Mitte geteilt hatte und den Blick freigab auf Tayg, der dort auf einem Hocker saß, mit seiner Trommel auf dem Schoß und einem Grinsen im Gesicht. Ein hochschwangeres Mädchen erhob sich vom diesseitigen Ende des Tisches, fasste Cat am Ellbogen und führte sie mit sanfter Gewalt in den Saal hinunter.

»Barde«, rief die Schwangere laut.

»Aye, Mairi?«

»Möchtest du dir nicht ein Lied für dieses Mädchen hier einfallen lassen? Ich habe lang kein so schönes mehr gesehen.«

»Ich bin nicht besonders gut in solchen Dingen«, erwiderte er, und Cat musste lächeln, trotz des Steins, der plötzlich in ihrem Magen zu liegen schien.

»Ich bin ganz sicher, dass dir ein schöner Reim in den Sinn kommen wird. Es gibt doch viel zu erzählen über dieses Mädchen, aye?«

Taygs Blick verschränkte sich mit Cats. Er beschleunigte den Takt, und Mairi zog sie nach vorn. Hinter ihr schloss sich die Menge und machte jede Hoffnung auf Flucht zunichte.

Er pfiff die Melodie des Liedes, das er sich für Dolag ausgedacht hatte, und Cat schüttelte den Kopf. »Wag es nicht ...«

»Ein Mädchen namens Cat, das ist so treu und rein.« Er übertönte ihren Einwand. »Ihr Haar ist wie aus Ebenholz, ihre Stimme wie Musik so fein.«

Cat presste sich die Hände auf den Mund, verzweifelt bemüht, nicht zu weinen, ihm nicht nachzugeben, diesem bezaubernden Tayg.

»So sanft, so schön, so süß meine Liebste ist. Und niemand nenne sie jemals mehr ein Biest.«

Er verstummte, und im Saal herrschte vollkommene Stille. Catriona konnte nicht atmen, nicht denken. Tränen rannen ihr über die Wangen.

Tayg reichte die Trommel jemandem, stand auf und trat langsam auf Catriona zu.

»Siehst du, Cat?«, begann er, umfasste ihre Hände und zog sie zu sich. Er hielt sie fest und hob sie an seine Lippen. Ein Schaudern durchlief sie ob der sanften Berührung seines Mundes auf ihrer

Haut, und sie konnte die Augen nicht von seinen abwenden. »Ich bin noch derselbe Mann, der ich war, als wir uns zum ersten Mal begegneten … nay, ich bin jetzt ein besserer Mann, und das habe ich dir zu verdanken. Ich kann nicht ohne dich leben. Für den Fall, dass du nicht hier in Culrain bleiben willst, habe ich darum gebeten, von meinem Lehnsdienst entbunden zu werden, um dir nach Assynt zu folgen, wo ich dich tagein, tagaus besingen werde, bis du es nicht mehr aushältst und dich meiner erbarmst und meine Frau wirst. Denn ich werde nicht eher ruhen, bis du mein bist, Liebes.

Willst du mich heiraten, tapfere Catriona? Willst du meine Frau werden, mit allem, was diese Heirat nach sich zieht? Sie wird Streit und Aufruhr, Not und Glück, Lachen und Liebe mit sich bringen. So Gott will, werden wir Kinder haben, die so schön sind wie du und so geduldig wie ich.« Dann grinste er sie an, und es war das Grinsen ihres Barden, ihres Taygs, des Mannes, den sie liebte, des Mannes, der sie zu einem besseren Menschen gemacht hatte, als sie es je gewesen war, der sie zu lachen und zu spielen gelehrt und der ihr Herz, ihren Geist und ihren Leib zum Singen gebracht hatte, trotz seiner bescheidenen Reimkünste.

»Sag ja, Mädchen«, bat er, mehr mit seinen Augen als mit seinem Mund.

»Sag ja!«, rief die Menge.

Catriona schaute sich um, blickte in die strahlenden Gesichter ringsum. Über die Schulter hinweg sah sie zum Podium, und der König, Taygs Eltern und Ailig lächelten zu ihr herab. Ailig nickte ihr zu, und Taygs Mutter tat dasselbe. Sogar der König grinste und nickte.

»Gib ihm dein Jawort«, dröhnte die Stimme des Königs.

Tayg nahm ihr Gesicht in seine Hände und küsste sie, weich und sanft. »Sag, dass du meine Frau werden willst, Cat. Der König erachtet dich als des erhabenen Erben von Culrain würdig«, sagte er grinsend. »Wirst du mich heiraten?«

»Aye«, antwortete sie und küsste ihn leicht auf die Lippen, und Freude machte ihr das Herz in der Brust ganz leicht. »Ich werde dich heiraten.«

Tayg packte sie um die Hüfte und schwang sie herum und jauchzte unter dem Jubel der Menge.

»Warte!«, rief Cat. »Warte!«

Tayg setzte sie ab und sah sie fragend an.

»Ich stelle eine Bedingung«, erklärte sie und versuchte, nicht zu grinsen, als sie den besorgten Ausdruck auf seinem Gesicht sah.

»Alles, was du willst«, sagte er vollkommen ernst.

»Ich werde dich heiraten, aber … du musst mir versprechen, dir keine Lieder mehr auszudenken.«

Taygs Miene blieb ernst. »Ich weiß nicht, ob ich das versprechen kann.«

Jetzt war es an Cat, besorgt dreinzuschauen.

»Wenn wir ein kleines Mädchen bekommen, muss ich mir vielleicht für sie eines einfallen lassen.« Dann grinste er, und Cat ging das Herz auf. Er war ihr bezaubernder Tayg, jetzt und für alle Zeit.

ENDE

MIX
Papier | Fördert
gute Waldnutzung
FSC® C083411

Zeitfracht Medien GmbH
Ferdinand-Jühlke-Straße 7
99095 Erfurt, Deutschland
produktsicherheit@kolibri360.de

Druck:
CPI Druckdienstleistungen GmbH
im Auftrag der
Zeitfracht Medien GmbH
Ein Unternehmen der Zeitfracht - Gruppe
Ferdinand-Jühlke-Str. 7
99095 Erfurt